山　外

林舟◎著

广东旅游出版社
GUANGDONG TRAVEL & TOURISM PRESS
悦读书·悦旅行·悦享人生
中国·广州

图书在版编目（CIP）数据

山外 / 林舟著 . — 广州：广东旅游出版社 , 2023.4
ISBN 978-7-5570-2989-0

Ⅰ . ①山… Ⅱ . ①林… Ⅲ . ①幻想小说 — 中国 — 当代 Ⅳ . ① I247.5

中国国家版本馆 CIP 数据核字 (2023) 第 047378 号

出 版 人：刘志松
策划编辑：彭　超
责任编辑：宁紫含　李菁瑶
装帧设计：书点文化
责任技编：冼志良
责任校对：李瑞苑

山外
SHAN WAI

广东旅游出版社出版发行
（广东省广州市荔湾区沙面北街 71 号首、二层）
邮　　编　510130
电　　话　020-87347732（总编室）020-87348887（销售热线）
投稿邮箱　2026542779@qq.com
印　　刷　四川科德彩色数码科技有限公司
地　　址　成都市郫都区成都现代工业港北片区港北二路 551 号
开　　本　889 毫米 ×1194 毫米 32 开
字　　数　305 千字
印　　张　11.5
版　　次　2023 年 4 月第 1 版
印　　次　2023 年 4 月第 1 次
定　　价　89.90 元

献给"彩色的蛾子"，我亲爱的外婆，愿您在天国安息。借用了很多您讲述的传说和吟唱的歌谣。

送给云凯小朋友，愿你自由自在地成长，一路收获智慧、勇气和友爱，一生与平安、健康和幸福为伴。

送给大斌大朋友，是你点亮了我的生命。

目 录

第一章　遁世　　　　　　　　　　/1

第二章　旅程　　　　　　　　　　/15

第三章　山外　　　　　　　　　　/33

第四章　传说　　　　　　　　　　/48

第五章　关山祭　　　　　　　　　/59

第六章　水啸　　　　　　　　　　/76

第七章　大会　　　　　　　　　　/97

第八章　魂阁　　　　　　　　　　/109

第九章　舞会　　　　　　　　　　/126

第十章　战狼　　　　　　　　　　/141

第十一章　山路　　　　　　　　　/151

第十二章　山居　　　　　　　　　/169

第十三章　朗达山　　　　　　　　/181

第十四章　飞伞赛　　　　　　　　/197

第十五章　劫难　　　　　　　　　　/215

第十六章　德夯　　　　　　　　　　/232

第十七章　归来　　　　　　　　　　/248

第十八章　议事　　　　　　　　　　/258

第十九章　备战　　　　　　　　　　/272

第二十章　招魂　　　　　　　　　　/288

第二十一章　植魂　　　　　　　　　/307

第二十二章　征程　　　　　　　　　/328

第二十三章　五彩石　　　　　　　　/343

第二十四章　尾声　　　　　　　　　/355

第一章　遁世

一

八月的一个清晨，暴雨过后，苍翠陡峭的山岭。

一辆破旧的捷达车在山岭前停下。驾驶座上是一位二十来岁的年轻人，脸颊如削，目光如炬。他摇下沾满泥泞的车窗，探出头向上望去，只见盘山公路迂回折往，向上没入云雾中。

年轻人估摸盘山公路的坡度：有的地方30多度，接近汽车爬坡的物理极限。他担心手下这辆十多年的捷达爬不上去，或者爬到半截溜下山崖致使车毁人亡。但更多的是兴奋：一直渴望来一场真正的挑战，今天终于如愿了。于是挂二挡换一挡，开到最大马力，隆隆上路。

汽车颠颠簸簸几个之字来回，过了半山腰。突然间轰轰隆隆，地动山摇，大大小小的石头溅着泥泞往下滚。不断有石头砸在车上，砰！砰！咚！咚……

泥石流！车窗前、后视镜里，滚石越来越多，越来越大。此时停车、倒车都是死路一条，唯有加速往前冲或能逃过一劫。年轻人握紧方向盘，踩死油门。车却"呜呜哄哄"，十分吃力，似乎到了极限。打滑！在这生死攸关之际，偏偏车轮打滑，陷在泥坑里。

年轻人迅速下车，从后备箱里找出几块木板和一捆尼龙绳，转身两步，蹲在车轮前，把木板捆在轮胎上。捆好后胎，正要捆前胎，忽然听见"咔嚓咔嚓"碎裂的巨响。扭头一看，山顶火光崩裂，一块巨石滚下来，裹挟着大大小小的石块和泥沙。

年轻人迅即扔下木板和绳子，冲进驾驶座，猛踩油门。谁知此处正是盘山公路之字回折的地方，车猛向前窜，冲出路面，飞在了半空中。

又有石头猛然砸中车门，砸得安全气囊顿时弹出，打在年轻人脸上。年轻人拨开气囊，发现车悬在半空中。他还没来得及惊讶，就有一个黑影重重地砸在前盖上，咚的一声闷响。只见一个男子的脸贴在撞碎的前窗玻璃上，满是血迹，额头上一道伤疤还在冒血。那男子睁开眼睛，惊讶地看着年轻人，艰难地动着嘴唇，似乎想要说什么。男子说得艰难而含糊；年轻人只辨别出"生……死……门……"几个字。

"什么？你说什么？生死门？什么生死门——你是谁……时？石？什么石头……记住？记住什么……'爷'？'耶'？'耶'什么……"年轻人一边问，一边试图打开车门。然而车门怎么都打不开。忽然间，不知又是哪里猛然一震，把窗前的男子震飞得无影无踪，年轻人也被震得失去了知觉。

二

年轻人名叫池舟，是个典型的"人生输家"，从起跑线输到现在的那种。从记事起，就不知道母亲是谁。从幼儿园到高中，读书不行，调皮捣蛋、混社会倒是一把好手。初中被选进体校，练了几年被劝退。高中毕业跑去部队混，两年过去，干也没提，军校也没考上。拿着退伍费漂在北京，上了半年计算机培训班，找了份码农工作。然而改不了生就的犟脾气，不经意间得罪了上司和同事，又因病住院，很快便"被辞职"。为生计当起了骑手。不料老家的父亲又大病一场，让他花光了所有积蓄。女友说拜拜，说他无房无户口，和他在一起拉低了生活质量，结婚更得"阶层下滑"。

人倒霉起来，喝凉水都塞牙缝。六月份的时候，池舟在送外卖途中出了车祸，摩托车报废。他左腿骨折，只能卧床养着。整整一个月，独自窝在出租屋里，只有一只布偶猫做伴。正所谓"富在深山有远亲，穷在闹市无人问"。

猫是战友留下的，名为"大喵"。战友在一次缉毒、缉枪行动中受了重伤，临走前把大喵托付给了池舟。谁料六月底，大喵突然拒绝进食，换什么猫粮都不管用。带去楼下的宠物医院，大夫看了，说没病没灾，就是衰老，可能寿数到了。池舟问还有多少时间，大夫说可能一天，可能是一个月、一年，甚至更长。池舟在心里嘀咕："嗯，跟算命的大仙一样准。"

三天后的清晨，池舟醒来，感觉跟往常不一样。枕畔没有"喵喵"的叫声，池舟习惯性地伸出臂弯，也没有搂到大喵。

大喵伏在床边的单人沙发里，醒不过来了。池舟突然间异常渴望和人说话，打开手机通讯录，却又找不出一个人来。以前夜深人静的时候，也曾联系过几个同学、战友和所谓的朋友，却都是寥寥几句场面话，"在哪儿发财呢""有女朋友没有""什么时候办事"……你是谁？谁会在意？

池舟拍下大喵的遗像，发朋友圈，写道："感谢生命中曾经有你，一路多保重。"盘坐在沙发前，抚摸着猫，感叹，"人既有死，又为何而生。"这是一部文艺哲学片里的台词。池舟向来不看这类无病呻吟的东西，无奈这一个月实在无聊，见是豆瓣高分，便瞄了几眼，听见这句，想起牺牲的战友，就记住了。

三

不知道过了多久，池舟被微信提示音惊醒。点开手机，有人问："好久没联系，最近怎么样？还记得我吧？"头像是大漠风景，微信名是"柳志峰"。池舟正努力回想这人是谁，接到柳志峰的语音通话。然而信号极差，声音断续，两人"喂"了半天，不得不挂掉。过了一会儿，接到柳志峰的文字消息："信号越来越差，我长话短说。"

池舟和柳志峰断断续续文字来往了半日，终于理出个头绪来。柳志峰是几年前池舟父亲做脑瘤切除手术的主刀医师。人到中年，经历了变故，厌倦了红尘，便加入无国界医生组织，驻东南亚和拉美援助医疗。两年后，想到同胞也有需要，便联系相关组织，赴边远山区做医疗志愿者。同行的本来还有一位支教老师，不料老师事到临头退缩。当地的联系人着急，柳志峰便打开通讯录逐个询问。

一圈下来，正巧联系上了池舟。柳志峰说："这个支教不是暑假来一两个月混资历，至少得一年。据说很快就要封山，进山后，要明年七八月才能出来。"

池舟不假思索就答应了，问学校在什么地方。柳志峰回道："我也说不清楚，地图上找不到。你来 A 省 B 州 C 县 D 镇，我接你。一定要在八月底之前赶到，晚了就过不了生死河。"

"生死河？"池舟这几天无聊，看过不少玄幻片，才刚又经历了生离死别，止不住瞎想："这就是传说中的黄泉来信？"再一查 B 州 C 县，位于西南，多少年来，一直被各种神秘的传说加持，什么赶尸、养蛊、邪术、蚩尤后裔等。池舟早有去探个究竟的想法，如今机缘凑巧，心中不由有点小小的兴奋和期待。

事不宜迟，池舟料理了大喵的后事，卖掉二手摩托，退掉出租屋，收拾行囊，开车直奔 C 县 D 镇。京昆高速转二广高速，一路南下，过"八百里洞庭"，跨澧水和沅水后折向西。正逢南方汛期，一路瓢泼大雨，走得十分艰难，五天后才抵达 C 县县城。

在县城休整一晚。大雨继续倾泻，第二天早上才暂且止住。乘雨停的间隙，立即出发赶赴 D 镇。不料道路多处被泥石流和地裂阻断，工程人员艰难抢修。午后路遇一辆旅游大巴，抛锚陷在泥沼中。池舟停下来上前帮忙，完事后又被感激的司机和游客请进大巴里，吃东西聊天，耽搁了小半天。故而五十多里的路，走走停停，一整天还没走完。

第二天清晨，接到柳志峰的微信："到哪里了？"打开手机地图，发现已经到了"野鸭子岭"脚下，翻过山岭便是 D 镇。

于是就有了开头那一幕：池舟驾车沿盘山公路翻越"野鸭子岭"，遭遇泥石流，车冲出路面，悬在半空中，一个男子重重地砸过来，满是血迹的脸贴在破碎的前窗玻璃上，惊讶地看着池舟，似乎要说什么。突然间，不知又是哪里猛然一震，把男子震飞得无影无踪，把池舟震得失去了知觉。

四

夕阳投过来橘黄色的光芒。池舟醒了过来，一手遮住阳光，一手揉额头。定神下来，四下张望，发觉车悬在半空中：车后几十米处是悬崖和盘山公路，下边是一条河，河边一棵大树伸上来，树顶距离车尚有一两米。池舟揉眼睛，掐胳膊，仔细看。没错，车就是悬在半空中，就像冲出山岭，坠落到半截被定格了一样。

前窗玻璃碎了，沾着血迹。这让池舟记起，似乎曾见过一张满是血迹的脸贴在窗前。他努力回想那张脸是谁，好奇那人被震到哪里去了。忽然听见砰砰咚咚的声音，从后视镜望去，后边野鸭子岭上的石块往山下滑落，有几块弹起来砸在了车后盖上。

又听见嘎嘎哑哑一片叫声，前方一群野鸭子飞过来。五彩斑斓，映着红彤彤的夕阳，撩动着雾气。

野鸭子越飞越近，池舟看得出神。领头的几只鸭子突然"嘎嘎"大叫着往下跌落，像是撞上了一堵无形的墙。更确切地说，是一张透明的、张紧而富有弹性的网膜，鸭子们撞上去，弹回来，跌跌撞撞往下滚。一群鸭子，百十来只，前赴后继撞上来，跌下去。有鸭子扑棱着，稳住姿态，接着飞，没两下又撞了上去。

有一只鸭子摔在车前窗，扑腾几下，卡在了碎裂的玻璃中。蹬腿扯脖子，"哑哑"直叫。池舟欠身上前，小心拨开碎玻璃，救下鸭子。

正查看鸭子的伤势，听见身后轰轰的撞击声。扭头一看，一块巨石砸下山坡，正向这边飞过来。还没等池舟反应过来，巨石砸在车尾，轰隆一声，车跟野鸭子一样，被弹出来，往下翻滚。

车翻滚几次，重重地砸在岩石面上，四轮朝天。池舟倒立在驾驶座上，眼冒金星。平生第一次遭遇这种情况，不免发蒙。他深吸一口气，镇静下来，思考对策。蓄积力量，用力贴住座椅，双脚顶住仪表台，一只手撑住车顶，一只手解开安全带，放下身体。感觉有东西往脸上滴，用指头抹来一看，是沾着血的汽油。不好，要爆炸！

池舟迅即摸到车门把手。然而车门打不开，用拳头砸，用脚端，怎么都不行。只能另想办法：他从身下摸出一个水壶，拿来砸掉前窗破碎的玻璃，忍住痛爬了出来。

听见身后"嘎嘎"鸭子的叫声，池舟又返身救出野鸭子，捧在怀里，滚到一边。站起来，踉踉跄跄跑向一棵大树，没几步，只听见身后"嘭"的巨响，就被巨大的气浪掀倒在地。

五

不知过了多久，池舟在"呷呷"的叫声中醒来，臂弯中的野鸭子一瘸一拐想要爬出去。池舟忍住疼痛，挪开手臂，放走鸭子，目送它趔趔趄趄钻进草丛里。他撑手坐起来，靠在树干上。四下张望，只见雾气和月光笼罩着树林，朦朦胧胧；远远传来"哗哗"的流水声，隐隐约约；一条小河在月光下闪动，恍恍惚惚。

池舟四下里搜寻手机，又拿手摸索。然而哪里还找得着？于是拢起嘴朝四周大声喊："有人吗？救命……"一直喊，直到再也喊不出声。然而连个鬼影也见不到，只听见远远的回音。

大难不死，难道不应该遇上绝世美女以身相许，或者有世外高人传授毕生功力吗？至少得有个穿越动作吧！然而什么都没有！看来就是简简单单地丢掉性命。

忽见河那边有火光闪动。火光越来越近，依稀可见两个白衣人，蹚水渡河而来。在月光和雾气中，那火光和白衣忽隐忽现，飘飘悠悠。池舟一向不信牛鬼蛇神，见此情此景，也发慌了："生死河？白衣无常？鬼火？"池舟凝目望着，额头渗出细汗。他哆嗦几下，大叫一声，"什么人？"没有回应，那白衣人和鬼火影影绰绰，没入飘忽的雾气中。

池舟再次壮起胆子大叫："什么人！"却见雾气中走出了一对年轻男女，好像二十世纪五六十年代的电影中走出来的阿哥阿妹。阿哥头缠青白格帕子，左边漏出一截坠在耳边；上穿青白色无领镶边对襟甲，露出壮实的胳膊；下着黑边米白色长裤，裤脚挽到膝上。阿妹缠红绿条纹头帕，戴银色飞鸟图案的耳环；上穿粉白色圆领宽袖大襟短衣；下着米白色绣边百褶裙。

阿哥阿妹走到跟前，俯身问："你就是池舟吧。"池舟点头，要问两人是谁，却已经虚弱得出不了声。阿哥和阿妹商量几句，转过身，让阿妹扶池舟爬上他的背。阿哥背上池舟，阿妹在一旁搀着。三人穿过雾气，蹚河往对岸走去。阿哥的背宽阔结实，阿妹的手柔软温暖。池舟累得不行，很快就睡着了。

六

也不知过了多久，池舟只觉大腿一阵灼痛，大叫一声，睁开双眼，只见床头站着一位男子，手持棉签和碘酒，看样子是在给伤口换药。男子四十岁左右，黑色西裤，白色衬衫，黑色和浅灰色相间的细格子领带，浓密的头发打理得一丝不苟。眉毛微锁，薄薄的嘴唇却露出笑意："痛醒了？"他一边换药一边自我介绍。池舟听了，笑道："刚才就猜，你肯定是柳志峰柳大叔。"柳志峰锁起眉头："那么显老？"

池舟想起昨夜的阿哥阿妹，问柳志峰："昨晚在野鸭子岭，两个年轻人把我背过来的，他们是谁？"柳志峰笑道："他俩回野鸭子岭接货去了。你正好提醒了我，我说好午饭后过去帮忙的——你一定饿了，我先出门弄点吃的。"池舟饿得不行，说："我跟你去。"柳志峰让池舟留下养伤，却拗不过他一再坚持。

池舟的衣裤洗了还在晾着，柳志峰便找出了阿哥的让他换上。两人出门。池舟发现，自己躺了一夜的房子是吊脚楼：木质结构，下面一层架空，上面一层住人，环绕着围廊。

池舟扶着围廊栏杆转一圈。只见一面侧墙上挂着蒜、辣椒、玉米和一些不知名的蔬果的种子，点缀着各式各色翎毛。转到后墙，就见屋檐下扣着几个蜂桶，蜜蜂进进出出，一片嗡嗡声。又转到另一面侧墙，就见墙上挂着各式兽皮，挺多都叫不出名，只认得一张是蟒蛇皮，一张是麂子皮。有一张是大型猫科动物的，斑纹不是老虎的条纹状，而是一块一块的。池舟琢磨半天，自言自语道："豹子？"正疑惑，听柳志峰在身后说："是云豹。我刚来时也好奇，据说有些年头了，二十世纪五六十年代打的。"

二人下楼，走在街上。两边是依山傍水而建的两排吊楼，民居和店铺夹杂，中间一条石板路，沿着河流的走势蜿蜒，窄得错不开车，石板缝里顽强地长着青草。

路上当地居民和游客参半。池舟本以为穿上阿哥的传统服饰是入乡随俗，哪知街上人来人往，衣着和其他地方没什么两样；偶尔才见上了年纪的穿传统服饰，但不似池舟所穿的鲜亮白色和红色，都是黑色、灰色等朴素老气之色。

两人找了家小店吃米粉。聊起 D 镇。柳志峰来此已快一个月，一个月来的耳闻目见，再加上网上搜索，让他大致了解了此地的风土人情。这 D 镇所在的 C 县，各族杂居，当地人分为军、民、土、苗四家。苗家就不用解释了；"土"是当地土著的自称，然而据他们自己的说法，其实也是从别处迁徙过来的；"军"是对历朝历代从北方来的驻军及其子嗣的统称；"民"是对各方移民的统称，五花八门，据说有从山东等地逃荒过来的，有从中亚流放过来的，甚而有从万里之遥的大洋彼岸传教过来的。

自有史记载以来，此地先后出现了几个夜郎小国，自称"大戎""大庸"之类，后被中原政权收编，择选当地土著豪强立为土司，间接治理，"世有其地、世管其民、世统其兵、世袭其职"；当地人只知有土司，竟不知有皇上。清末改土归流，废了土司，留下权力真空，各方势力混战，"匪患"不绝，直到二十世纪五六十年代才平定下来。

当地人先是说本地土语。明清两代，因和周边贸易往来，多数人或多或少都讲一点周边的汉语方言。自二十世纪五六十年代起，当地土语逐渐被汉语方言替代，随着网络的渗透，"00后"连汉语方言也不讲了，直接说普通话。

又说起笼罩当地的神秘的传说，赶尸、养蛊、悬棺、邪术等。柳志峰说："我也和你一样好奇，刚来的时候，逢人便问。都说是人猎奇胡编的，用当地人的话来说，就是'你信人吹牛，晚上没饭吃'。有人说'我也是看了小说、影视，才知道，原来祖上还盛行这些'。"

七

吃完饭继续赶路。池舟问："咱们去支教的学校在哪儿？顺路的话，去看一眼。"柳志峰道："不在 D 镇。要沿生死河顺流下去，到山外去。"池舟说："昨天鬼门关里走了一遭，还以为那就是。"

又问这生死河在哪儿，到底什么样，这"山外"又是什么地方。柳志峰说，"我也不太清楚。也曾打听过，D镇当地人说什么的都有，一个比一个神乎，真真假假你也分不清。"

原来生死河的尽头有一个隐秘去处，那里的居民称之为"山外"，自称"山外人"，称其余的世界为"山内"，称世人为"山内人"。这山外人把持了通往山外的通道，不允许外人进去，故而D镇当地人中，即使是和"山外人"同宗共祖的族人，也不知道这"山外"到底是什么世界。

柳志峰说："你来是接替一个女大学生。那姑娘刚毕业，原打算去山外支教一年，边支教边准备考研。哪知道来到D镇，听了不少传闻，说那里有凶猛怪兽出没，说有人进去了，活不见人死不见尸，甚而有传言说山外人拿活人祭神。又从网上看见新闻，女大学生被拐进深山给人当老婆，被打断了腿怎么都逃不掉。被吓跑了。"

池舟忙问："有什么怪兽？真拿活人献祭？"柳志峰摊手道："你问我，我问谁？"池舟笑问："你就不怕？"柳志峰缓缓道："早看淡了生死。人这一辈子，就那么回事。"

八

说话间，来至一座廊桥前。廊桥是榫卯接合的全木结构，经过多年的日晒雨打，古旧斑驳。游客和商贩三三两两，或倚或坐。桥下面，一座小小的木码头从河岸伸到水中。

过廊桥走不远，到D镇的新镇区。街景大变，宽阔的马路，两边是钢筋水泥丛，夹带着几栋不伦不类的欧式建筑，和全国各地的新城区大同小异。

有外卖骑手骑着摩托车，迎面驶来。摩托车是辆"趴赛"，和池舟在北京送外卖时骑的一模一样。骑手穿的制服、戴的头盔也和池舟之前穿戴的一样。甚而连后座上的外卖箱也一模一样。此情此景，让池舟仿佛回到了北京郊区的日子。

正恍惚间，忽见前方一辆吉普车闯过红灯，风驰电掣冲过来，要撞上骑手。骑手正戴着蓝牙耳机接电话，没注意到，犹如池舟出车祸时的情形。池舟急忙大喊："小心后面！车！"骑手没有反应。池舟捡起一块石头，朝骑手砸了过去。骑手连人带车被砸翻在地，扭头看见撞过来的吉普，急忙翻滚到一边。吉普碾过摩托车的车轮，呼啸而过。

没等骑手反应过来，七八辆吉普接二连三横冲直撞而过。"呜呜"的警笛声从远处传来，很快就到了跟前。全副武装的特警从车窗和天窗敏捷地探出身子和突击步枪，瞄准前方的吉普，"嘟嘟嘟""噗噗噗""啪啪啪"地射击。骑手被吓呆了，好一会儿才反应过来，迅即匍匐爬到人行道上，躲在梧桐树后。

这边，池舟将柳志峰扑倒，躲在路边的绿化带中。池舟听见流弹从耳边呼呼而过，忙查看柳志峰。大叔惊恐万状，浑身抖得跟筛糠一样，好在并没有受伤。

枪声远了，很快就听不见了。池舟从灌木丛里钻出脑袋，朝四方打探一番，站起来，转身拉柳志峰，说："没事了。"柳志峰腿软，站不起来。池舟拉了几次才拉起来，搀扶到路边的一条石凳处，揶揄道："说好的'看淡了生死'呢？"柳志峰白了池舟一眼，坐下来喘气。

柳志峰回过魂来，说："这里也不是什么世外桃源啊。"拿出手机查找，原来最近有毒贩和军火贩子逃窜到这D镇，警方正在追捕。

池舟见柳志峰缓过了气，便去查看外卖骑手和路人的情况。万幸都没有受伤，就是被吓得不轻。反倒是两三个初中生模样的男孩，初生牛犊不怕虎，啊啊乱叫，兴奋地谈论着刚才的枪战，到处找子弹壳，拍照发朋友圈。

九

继续赶路，一路议论着刚才的枪战，又说起池舟的军旅生涯，很快来至野鸭子岭脚下。

展现在两人眼前的，是一幅绝美的油画：远处是野鸭子岭苍翠的山岚，山岚脚下蜿蜒着清澈的小河，河边延绵着绿油油的草地，草地里缀满了各色野花。

有一对青年男女，站在河边一棵高大的油桐树下，笑盈盈地招手。池舟认出是昨天的阿哥阿妹。两人都背着背篓。阿哥挎着刀，背着弓箭，面目俊朗，身着浅色短马甲，无袖无扣，现出结实的胳膊和腰腹。阿妹挎着青白蜡染包，眼中含笑，身着米黄色短上衣，露出小蛮腰。

　　池舟和柳志峰紧赶几步到阿哥阿妹跟前。柳志峰介绍池舟，提到了刚经历过的枪战，说池舟"果然是当过兵的，身手不错"。

　　阿哥先介绍阿妹，一口带着南方口音的普通话："这是'西兰卡普'，我们都叫她西兰。"池舟握住西兰的手，盯着西兰说："复姓西兰？"西兰笑道："是昵称。'西兰卡普'是织锦的意思。"

　　阿哥自我介绍，姓"DebXot"。池舟学着发"DebXot"的音，不伦不类。柳志峰笑道："算了。就按普通话发音，'岱箫'。"说着，拿出手机敲出"岱箫"二字。池舟见了，哈哈笑道："巧了，我有个战友就姓岱。"

　　岱箫的名更奇怪，发音类似"画巫朗达"。据说"画"是岱箫的乳名，"巫"是父名，"朗达"是山外一座有名的山峰。岱箫说，这名字太为难山内人，叫他"岱箫"或者"画巫"就行。

　　岱箫又说："我身份证上的名字是洪书勇。"池舟很意外："你还有身份证？"岱箫笑道："是。以前好多人都不登记户口，不办身份证。现在开银行卡、办手机必须要这个。"柳志峰好奇："你们在哪儿上户口？"岱箫说："在D镇。山外没有政府的人。"

　　池舟问道："这'山外'到底是个什么样的地方？"岱箫说："不好意思。为保持祖上的生活方式，山外不允许山内人进入，也不允任何人向山内人多说。果乃们——也就是头人——准许你们俩进入山外，已经是破例。"西兰接话道："明天回到山外，就什么都知道了。"

　　池舟没忍住，又问道："听说你们那里怪兽出没，拿活人祭祀。真的假的？"西兰笑道："不是你想象的那样。"池舟追问："那就是确有其事？"

　　西兰和岱箫岔开话题，说大可不必惧怕，山外不是传言中原始、野蛮的地方。山外虽然不许山内人进入，却从来没有断过和山内的联系。山外人满十六岁后，会去山内待两三年，然后决定是回到山外，还是留在山内。很多人跟岱箫和西兰一样，选择回到山外，源源不断地带回山内的信息。而且，每年七八月"开山"，很多山外人会来山内，和山内人进行贸易，互通有无。

柳志峰问："为什么破例让我们进去呢？"西兰和岱箫异口同声道："因为需要你们的帮助。"

历史上，山外人来山内，都是和族人做交易，大家的语言习惯都是一样的。然而过去几十年来，山内的族人逐渐改说汉语方言，这几年又变成了普通话，就剩七老八十的还懂土话；而山外人，尤其是上了岁数的，听不懂方言和普通话。更严重的是，这两年，山内突然流行网上买卖东西，很多山外人没有手机电脑，根本没有办法做买卖，有人即使置办了手机电脑，不识字，也只能干瞪眼。

西兰说："感觉突然被山内族人抛弃了。以前多多少少还能想办法应付，今年突然发现，山内不用现金了，都用微信和支付宝。山外人付不了款买不了东西，收不了款卖不了东西。"岱箫接话："像药品这些东西，山外没有，又不能缺，买不了，果乃们真是急了。"

"所以，急着找人去山外支教？"柳志峰微锁眉头，说道，"但是，如果就是要人教普通话、教微信支付宝，不必找个山内人。你们说过，有很多山外人来山内待过几年，他们不行吗？才几天工夫，你们俩微信和淘宝就玩得很溜啊！"

池舟听柳志峰一席话，恍然大悟，把右手掌抬到胸前，手心向下，朝前往斜下方猛地一划，像是在劈什么东西，叫道："对！一定有别的原因！"

岱箫和西兰见瞒不过柳志峰，笑道："据老一辈传言，山外正要遭遇三百年一次的大劫，我们正想办法应对。"池舟听了，连忙问道："什么劫？我们能做什么？"心中不免臆想，"劫难？三百年一遇？难道……我是'天选之人'？命中注定的，躲不了，也逃不了，必须站出来，拯救地球，拯救苍生。果然是'大难不死，必有后福'！"

岱箫和西兰不答，只说："到了山外就知道了。"池舟不死心，继续追问。柳志峰拉住池舟的胳膊，说："算了，到山外就都知道了。再说，就算是刀山火海、龙潭虎穴，咱们都去定了，你说呢？"池舟答道："是，不让去都不行！"心里却笑道，"这个大叔，又说大话。真遇到事，先尿裤子了。"

十

柳志峰又转身问岱箫和西兰："咱们什么时候出发？明天对吧？"岱箫说："必须明天一大早，赶正午最后一趟船渡，不然封了山，就得等明年了。"柳志峰指着岱箫和西兰空空的背篓，说："现在还没接到货？得等到什么时候？明天走得了吗？"

原来岱箫和西兰奉果乃之命，为山外的学校和医院购置物资。山内对医药品的流通控制得越来越严，多亏柳志峰托请同学和朋友，以"山外卫生院"的名义才要到急需的药品和手术器械，因诸多周折，迟至今天才运过来。偏偏进出Ｄ镇的道路被泥石流阻断，药品被阻隔在岭那边，过不来。岱箫和西兰一大早来到山脚下接货，一直等到现在。

西兰在山内的卫生学校学习过，是山外医院的联络人和负责人。她掏出手机，发信息催野鸭子岭那边的送货人。不一会儿收到回复，焦急地告诉大家："说是路还在抢修。今天肯定是不行了，明天也悬。"岱箫想一想，问："药房里应该还有些库存吧？"西兰说："都快过期了。其他的还能凑合，今年怀孕的格外多，接生用品不能少，万一遇到难产呢？新生儿疫苗最好也能及时注射。"犹豫一会儿，接着说，"还有白血病的特效药，格列卫，等到明年就没有意义了。"

岱箫看着西边即将没入山峦的太阳，想了一会儿，将右手握成拳，缓缓抬到右肩前，忽然往前挥动，伸出食指和拇指，在胸前一指，定格成向斜上方开枪的样子，大声说："啊哈，我有办法了！"说着，掏出手机，在一个微信群里发了几条消息。西兰凑上前看了消息，笑道："怎么我就没想到？"

岱箫掏出一支竹子做的哨子，放下背篓，从中拿出一瓶矿泉水，往哨子里灌些水，然后转身对着半空中吹起来，一阵美妙的鸟鸣声

13

从哨子里飞扬出来。岱箫又推拉哨子下端的一根细杆，鸟鸣声不断地变换着音调，如同欢快的乐曲。

池舟和柳志峰十分惊奇，问西兰："这是要干吗？"西兰说："岱箫借用了几只山鸟，让它们飞到岭那边去取药。这是在吹鸟笛，给山鸟发指令、指示方位。"

"山鸟？"池舟和柳志峰正疑惑，忽见一只大鸟从远方飞过来，拖着长长尾巴，五彩辉煌，如同传说中的凤凰。接着又是一只，还有一只……前前后后十来只从四面八方翱翔而来，停落在岱箫身旁，有一只落脚在岱箫肩上。

池舟和柳志峰凑到岱箫身边，惊奇地打量着鸟儿。是锦鸡！有红腹的，也有白腹的。红腹的华丽无比，金黄色的头，浓绿色的背，下半身火红火红的，黑褐色的尾羽缀满了黄色斑点。白腹的要素雅一些，绿色的头顶拖着一条紫红色的"辫子"，翠绿色的胸背，白色的腹，浅灰色的尾羽上横着蓝黑色的条纹。

据西兰说，山区交通不便，族人多养山鸟传递书信。但是这几十年来，山鸟在山内越来越稀少，被列为保护动物，近些年来又有了电话和手机，山内的族人逐渐放弃了养山鸟的习惯。

岱箫指着野鸭子岭上空，吹鸟笛发出指令，类似摩斯密码。山鸟们听了，纷纷展翅向着野鸭子岭飞去。西兰用手机给送货人发消息，说有十四只山鸟正向他们那边飞去，让他们吹鸟笛指示方位。

十多分钟后，又见野鸭子岭上方，山鸟结队往这边飞来。岱箫忙吹鸟笛指示方位，山鸟们循着鸟笛声飞了过来，腿上绑着药盒。

四人忙上前，抓住山鸟取下药。岱箫吹鸟笛，让山鸟们来来回回四五次，直到太阳落山，才取回全部药品。西兰对着手机里的单子清点：剖宫产手术器具、新生儿疫苗、格列卫……都在。

于是动身返回。岱箫和西兰背着堆尖的背篓，双手又提了两袋子，池舟肩扛了一大箱子，柳志峰跟圣诞老人一样肩背一个大袋子。四人迎着夕阳往回赶。

第二章　旅程

十一

　　四人赶回老镇区的吊脚楼里，匆匆扒拉几口饭，马上开始清点、整理购买的物资，一直忙到午夜。上床眯三四个钟头，天还没亮就雇一辆小货车，拉到廊桥下面的木码头上。

　　原来廊桥下面的河叫"酉水"，是生死河的支流，往西蜿蜒二十千米汇入生死河。沿着"酉水"河岸有一条狭窄的公路，但是这两天多处被泥石流阻断，车辆通行困难。生死河的轮渡不等人，只能走水路了：人乘坐竹排，物资投入河中，顺流而下。

　　岱箫带着池舟去附近山上砍竹子，扎竹排。西兰和柳志峰则将物资分包成几十个包裹，每个都裹上塑料布防水，再绑上泡沫塑料和空竹筒，方便其漂在水上。四人马不停蹄地赶工，一直忙到太阳从东边的山坳里探出头。

　　一切准备妥当，西兰带着柳志峰，先划竹排顺流而下。二十来分钟后，岱箫和池舟把分包物资的包裹一一投到河里。稍稍喘口气，也撑竹排出发。岱箫站在前面，拿竹竿点开竹排，到河当中，左右撑竿控制方向。池舟站在后面，听岱箫的命令，拿竿撑河底，给竹排助力。

　　河两岸峭壁耸立，危岸层叠。竹排随着水流七弯八拐，跌宕起伏，水花和浪头直往身上扑。池舟虽然身手敏捷，却是第一次撑竹排，遇到激流难以保持平衡，几次摔进水里。他不想让岱箫看轻了，摔进水里也不声张，独自抓住竹排，竭力翻身站起来。岱箫都用余光瞄见，却装作没看见，只暗中撑杆，放慢竹排速度。

一个多小时后，飘过一个大弯，转过一块巨大的岩石。忽然发现前方堵着大大小小的山石，上面翻倒着一辆吉普车。两人大呼不妙，提竿去抵住前方的吉普。然而为时已晚，竹排迎面撞了上去，"砰"的一声，急速打转，把两人抛进水中。

两人猝不及防，呛几口水，方才钻出水面，游到岸边。爬起来查看四周，原来是岸边贴着悬崖的公路塌方，山石崩裂，将几辆吉普车卷下山崖，一辆正堵在河道中，还有几辆或挂在崖壁上，或倾覆在狭窄公路上。

两人爬上乱石堆，查看吉普。吉普摔了个底朝天，被乱石砸得面目全非。里面陈尸三具，血肉模糊，脑浆崩裂，断肢四散。

岱箫差点没吐出来，背过身去，拿起用塑料袋包着挂在脖子上的手机，想要报警。池舟认出了吉普车，是昨天在D镇新镇区被警察追捕的那几辆，对岱箫说："不用了，是毒品和枪支贩子，警察正到处找他们呢。"虽是毒贩枪贩，岱箫也不忍其暴尸荒野，但想到再耽搁就进不去山外了，也只得作罢。

乱石堆和吉普车挡在河道当中，截住了一些物资包裹。西兰和柳志峰呢？两人急忙四下张望，大声呼喊，并没有发现西兰二人。又打二人的手机，都是提示音："您所拨打的手机暂时无法接通，请稍后再拨"。料想公路塌方应该是在西兰二人撑竹筏漂过去之后，二人已经进入了下游无信号区，这才放下心来。两人四下里搜寻被截住的包裹，一一捡起来，抛到石堆和吉普车那头，让其继续顺流而下。

竹排怎么办？抛是抛不动，必须两人抬着爬上乱石堆跨过吉普车。然而如此不知要耽搁多久。岱箫环顾四周，看见崖壁上有一块突出的岩石，想了一会儿，把手在胸前一指，说："有办法了！"

说着，弯腰将绑竹排的一根尼龙绳解开。将绳子的一端仍然系在竹排上，从背后取出一支箭，把另一端系在箭尾。然后从背后取下弓，拉弓搭箭，转身对着岩石上方，"嗖嗖"射出去。

箭牵引着绳子，飞过岩石上方，绷直绳子，掉落下来，绳子的中段正好绕在岩石根部上。

岱箫攀爬过吉普车，到那头拽绳子，把这头的竹排吊了起来。池舟听岱箫指令，在这头推送，让竹排在吉普车上方荡起来，像秋千一样。岱箫在那头盯着，等荡得足够高，猛松开绳子，便见竹排飞过一段距离，掉落在水流中。

水流挺急，岱箫眼见竹排要被冲走，急忙扑进水中，追上去拽住。池舟也攀越过乱石堆和吉普，扎进水里游了过来。

两人双手撑在竹排边缘，正要跨腿翻身上去，忽觉有东西"咻咻"从耳边擦过，射进水里，激起水花。是子弹！接着又是一发，还有一发。从水花的大小形状，池舟判断有可能是突击步枪，从射入的角度和方向，判断射击手应该是在岸边崖壁十米高处。

池舟迅速转头，果然看见翻倒在崖壁公路上的吉普车里伸出一根枪管，正瞄准这边发射。池舟迅即转头，对岱箫大叫："吸气！深吸气！"岱箫愣了几秒，被池舟摁住脑袋往下压，这才反应过来，猛吸一口气，和池舟一起没入水中。

两人在水下，憋气顶着竹排，顺激流往下漂，只见一颗又一颗子弹或击穿竹排，或穿过缝隙，扎进水里，划出一串串气泡。

过了一两分钟，转过两道弯，两人才敢浮出水面，大口大口吸气。互相检查有没有受伤。岱箫问："怎么回事？"池舟说："吉普车里的毒贩没死光。"岱箫道："为什么要弄死我们？我们又没把他们怎么样，也不会怎么样。"池舟也是不解，想一想，说："估计是杀人灭口，以为我们看见了什么。"

两人翻身爬上竹排，岱箫说："这就是我选择回到山外的原因：山内人被欲望控制，成了奴隶，什么事干不出来？贪婪、无耻、欺骗、杀戮……"池舟无语。

十二

惊魂甫定，两人蹲在竹排上，继续顺流而下。没有撑杆掌控方向，竹排接二连三地撞上礁石，连连打转，跟游乐园里的碰碰车一样，又随急流上下左右颠簸。两人被折腾得晕头转向，五脏六腑翻江倒海。

到中午时分，河面渐宽，水流稍缓。池舟摇摇晃晃站起来，举目四眺。前方是宽阔的河谷，三条河流交汇，中央是一个沙洲。沙洲北面远远有一个渡口，停靠着一艘大船，四面八方的山路水路通向渡口，人们三两结伴，肩挑背扛，朝渡口汇集。

沙洲上，西兰和柳志峰早已将顺流而下的物资包裹打捞上来，交给人装了船。西兰找了一艘小船在岸边等着，远远看见池舟和岱箫，一面挥手打招呼，一面撑船去接两人。

两人弃竹排上船，很快到了岸上。两人浑身上下湿淋淋的，幸而西兰早已预备了两套干衣裳，两人拿了，找棵参天大树，躲在背人面换上。

四人随人流往沙洲北面走，来到大船前。船是旧式木制的，有近百米长，船体被风吹雨打成斑驳的黑褐色，甲板上立着两排四根桅杆，前排的两根高耸入云霄，估摸着有六七十米，后排的两根矮些，也有三四十米。

大船设了两处船梯，船梯前面已经排上了登船的队伍。队伍中，人们扶老携幼，或背背篓或挎包，有人还带着山鸟，不少人身着传统服饰，虽是日常家居劳作衣着，却各色各式，让人眼前一亮。几个背着弓箭、扛着刀枪的壮实汉子在维持秩序，查验登船者的身份。

池舟和柳志峰正要上前排队，岱箫带着歉意道："山内人去山外，需要举行个仪式。"柳志峰见岱箫吞吞吐吐，知道这仪式必不简单，笑道："什么样的？不会要人命吧。"岱箫笑道："那倒不至于，就是发个誓，血誓。"又解释说，"山内族人原来也有血誓的习惯，丢掉没多久；山外也曾有人提议摒弃掉，但去年在议事大会上，大伙儿还是决议保留。"

柳志峰笑道："就是歃血为盟呗，史书里、武侠小说里读到过。"岱箫支吾道："有些不一样，不是用牲畜的血，必须自己的血。"柳志峰微锁眉头，说道："那就是滴血结义？"岱箫说："也不是，是用血在脸上涂上誓纹。""誓纹？""就是纹面，用来起誓的纹面……图案，用血在脸上画出图案。"

柳志峰和池舟问："什么样的图案？"岱箫说："军、民、土、苗，哪家的都可以。"池舟问："你们是哪家？"岱箫说："西兰是土，我是苗。"池舟说："那就跟你一样。"岱箫说："这苗又分白苗、青苗、花苗和黑苗，你要哪家的？""你是哪家？""白苗。""那就白苗。"

说话间，西兰早已找来了两位精壮男子，头上都缠着深色包头。一位年近四十，一身青黑色，身材魁梧，行动威严，眼神凌厉；一位三十来岁，一身浅蓝色，系着青白红三色蜡染腰带，身形挺拔，笑容可掬，可亲可敬。原来这血誓需要果乃在场。岱箫做介绍，四十来岁的是青苗的"二果乃"，也就副头人；三十来岁的，是花苗二果乃。

花苗二果乃笑着打招呼，说"幸会""欢迎"之类，又问长问短，普通话比岱箫和西兰更纯正。青苗二果乃则用犀利的眼光把池舟和柳志峰两人上上下下打量了个遍，把岱箫三人叫到一边，用当地土语问话。

池舟二人听不懂，在一旁听语气看神态。四人似乎有分歧和争执，青苗二果乃咄咄逼人，指着花苗二果乃、岱箫和西兰的鼻子大声责问。后来池舟和柳志峰问起岱箫才知道，青苗二果乃一再追问池舟和柳志峰有没有问题，是否受人指使，有没有不可告人的目的。花苗二果乃强调，这是果乃们的多数决定，而且请了好几个可靠的客居人调查过，没有发现问题。所谓的"客居人"是留居山内的山外人。岱箫和西兰则做证，从和池舟、柳志峰的相处来看，两人应该是好人。

四人争论完毕，花苗二果乃招手示意池舟二人过来，举行血誓。西兰拿出三根医用的采血针，给池舟、柳志峰和岱箫每人一根。

池舟和柳志峰学岱箫的样，刺破手指，在脸上画白苗誓纹：额头正中一道短横杠；眉毛上方两道斜杠，两边各一道，构成一个八字；双眼下方一道横杠贯穿；脸颊上两道八字横杠；下巴上两道倒八字横杠；最后一道竖杠，从额头往下，贯穿鼻梁，嘴唇，直到下巴。池舟画到半途，血不够，又刺了另一根手指。

两人画完，见彼此跟好莱坞电影里的印第安人一样，又觉新奇又觉好笑。接过岱箫和西兰递过来的弓，转身面对着二位果乃，照岱箫做的样子，左手持弓，右手剑指指天，口中随头人们念道："我以'古老'的名义发誓，严守山外的规矩，绝不将山外的事情传到山内……"

十三

这里血誓仪式还没完，听见北边远远传来"轰轰隆隆"低沉的闷响。转头望去，天水之际堆满了乌云，正朝这边移动，紧接着，只觉大地在前后左右晃动，如在颠簸的车里。两位二果乃转身，见码头的渡船不住摇晃，点头道："今年真比往年早，不能等了。"丢下池舟一伙人，朝渡船疾步走去。

池舟忙问怎么回事。岱箫说："要封山了。"柳志峰问："哪里要封山了？"西兰远远指着北面，说："生死河的尽头。"池舟惊讶道："尽头？河流的尽头？"柳志峰说："中国的大江大河，都是自西向东流入太平洋，此地的支流则是自南向北汇入长江，这条河的尽头通向哪里？"

正说着，听见渡船那边传来骚动声，大家看过去，原来是一架船梯边有人打起来了，一干人扭作一团，旁边的人惊叫着躲避。四人忙跑过去，原来是有歹人冒充他人登船，被查出来，暴力抗拒。一共有三个歹人。其中两人已被维持秩序的壮汉制伏，反手押在两位二果乃面前。第三人则挟制了一位年轻姑娘当人质，手持匕首，时而指着众人挥动，时而抵着人质的脖子，用当地土语歇斯底里地大喊大叫。青苗二果乃慢慢逼近两步，严词训责，而花苗二果乃则在一旁用徐缓的语调诱导安抚。

池舟忙问岱箫"怎么回事""他们在说什么"。岱箫凑到池舟耳边，低声说，这几人是"放逐人"，本是山内人，因作奸犯科被驱逐，永远不能进入山外。那个劫持人质的放逐人说他是被冤枉的，说山外有人挑拨是非、陷害好人。

正说着，却见青苗二果乃使眼色，示意身边的一个汉子绕到放逐人的背后，伺机行动。不料那汉子挎着刀，扛着弓箭，太显眼，行动时被那放逐人察觉。放逐人拿刀抵着人质，转过去，指着那汉子哇哇乱叫。

那汉子是个颀长的高个子，腰间别着刀鞘和一根扁扁的棍子，围着高高的头巾，头巾在右边露出一截坠着，遮住了眉角和太阳穴，风吹起坠着的头巾，就见一道刀疤从眉角斜着往后，一直延伸到太阳穴。汉子看着放逐人和人质，犹豫不决。

忽听到岱箫惊讶道："Lief！"原来这人质是白苗在任果乃的幺姑娘，是岱箫和西兰的发小，比岱箫小三岁，名叫"Lief Vip"。"Lief"是乳名，蝴蝶的意思，"Vip"是父名，石头的意思。"Lief Vip"，石头家的蝴蝶，发音类似"蕾怡"。

蕾怡也认出了岱箫和西兰，情急之下，连叫岱箫的乳名："画，画巫！"放逐人立即勒紧了蕾怡的腰腹，把抵着蕾怡脖子的匕首一划，一道鲜血渗进蓝色的圆领绣边里。吓得岱箫和西兰举起双手，用温和的语气缓缓说话，而放逐人则勒住蕾怡后退半步，用匕首指着岱箫，高声训斥。池舟有过解救人质的经验，听语气，观神态，已猜出七八分：岱箫和西兰想用自己交换蕾怡，而放逐人不肯。

池舟眼珠子乱转，查看四周情势，急切找破局的法子。忽然又传来一阵轰隆声，大地又开始颠簸，渡船大幅度摇晃，船梯"哐当"一声摔在地上，扬起一团灰尘。船梯边的人群慌乱躲避。放逐人也吃了一惊，扭头查看情况。

池舟当机立断，抢起手里的弓朝那放逐人砸去，弓像飞盘一样飞出去，打两个转，正砸中放逐人的后颈项。放逐人痛得大叫，松开了蕾怡。却在慌乱中本能地挥动匕首，乱扎乱划。那匕首就要刺中蕾怡的胸口。危急时刻，只见蕾怡迅疾往旁边一闪，刚好躲过。接着，就见百褶裙舞动，原来是蕾怡转身踢腿，给了放逐人的裆部一脚。放逐人往后趔趄两步，还想稳住脚步往回扑，被人一拥而上摁倒在地。

池舟愣了一会儿，像是被飞舞的百褶裙击中了眼睛。旋即醒过来，疾步追上岱箫，去查看蕾怡的伤势。不料蕾怡扑上来抱住岱箫，叽叽呱呱就是一通鸟语。岱箫红着脸拨开蕾怡的胳膊，查看蕾怡脖子上的伤口，让西兰和柳志峰清洗包扎。

十四

　　风波过去，大家依旧排队登船。登船口处，有两人负责查验身份，手持平板电脑，示意登船者在上面摁手指。池舟见了，拍一拍排在前面的岱箫，指着登船口问道："他们这是在验指纹？"岱箫点头说"是"。池舟有些惊讶，心想："难怪那几个放逐人没法蒙混过关。"担忧验证系统里是否有自己的信息，问："我怎么办？上得去吗？"岱箫笑道："放心，你的指纹已经发过去了，忘了跟你说了。"前面的蕾怡插过来，挽起岱箫的胳膊，说："还是我帮忙录入的呢！"

　　登船完毕。准备妥当，船长率领水手们在船头举行开航仪式。不少人带着山鸟围观，池舟和柳志峰也跟着岱箫、西兰和蕾怡饶有兴致地观看。众水手们拿手指沾上不同颜色的颜料，在脸上涂上军、民、土、苗各家的誓纹，对着生死河流去的方向列阵伫立。船长是个蓄着络腮胡子的矮个壮汉，站在最前头，弯弓对着天空，大声呼喊一句，嗖嗖射出一箭。众人开始吟诵诗歌，声音低沉而缓慢。据岱箫和蕾怡说，这船名为"古老七号"，船长喊的是"古老号起航了"。众人吟诵的，是一部口传叙事长诗的开头，用的是古语，岱箫他们也只能明白大概意思：

> 翱翔的飞鸟，
>
> 越过座座山峰。
>
> 翻涌的浪头，
>
> 劈过重重礁石。
>
> "古老"始祖啊，
>
> 迁徙的子孙，
>
> 跨过生死门槛，
>
> 踏遍万水千山，
>
> 攀缘迢迢天路。
>
> ……

　　唱完长诗，众人一阵欢呼，纷纷放飞山鸟，岱箫解释说，这是"让鸟儿飞去山外给亲友们捎信"。"呼啦呼啦"，只见一群五彩的鸟儿，展动着绚丽的翅膀，拖曳着绮丽的尾巴，刺破阴云密布的天空，远远消失在两岸的悬崖峭壁之间。

众人散去，水手们各就各位，准备扬帆起航。因人手不够，岱箫等几个年轻力壮的被选出来做帮手，池舟自告奋勇加入。有两人被派去给掌舵的打帮手，池舟和岱箫则留在甲板上，协助两个水手照管船桅和船帆。

船上高耸着四根桅杆，前后排成两排。前排两根主桅，挂方形的横帆；后排两根后桅，挂三角形的纵帆。

池舟和岱箫听指挥，齐心协力拉绳子，把大大小小的横帆、纵帆拽上桅杆，之后在一旁待命，随时听水手的吩咐，根据风向调整船帆的角度。

十五

船往北行驶，顺风顺水。两岸逐渐由山谷变成了崖壁；云层压得越来越低，天越来越暗；大地晃动得越来越频繁，掀起的浪头越来越高；豆大的雨点零零散散落下来，"啪嗒啪嗒"砸在甲板上。

池舟和岱箫坚守岗位，脸上血画的誓纹被雨点划出一道道痕迹。衣服也很快湿透，粘在身上，很不舒服。两人脱了上衣，拿来擦脸上的血迹，展露出隆起的胸膛、块垒凸显的腹、宽阔厚实的肩背、坚实的腰。

正擦着，却见船长冒雨过来，召集众人，大声下命令。池舟忙问岱箫，岱箫说："快要到生死河尽头了，这是要'压帆'。"就见众人各司其位，拉动帆绳，将各桅杆上的帆转九十度，和船的纵向方向平行。接着，众人在每根桅杆两侧各放置一个千斤顶。原来各桅杆大概一米半高处都围着粗实的套筒，众人拿棍子，一头支在千斤顶上，一头抵在套筒下面，摇千斤顶，把套筒往上顶，露出被罩在里面的转轴来。原来每根桅杆都分上下两截，通过这个转轴连接，上面一截可以绕着转轴转动。众人听令，有条不紊地将四根桅杆往两侧放倒，支靠在船舷上，用绳缆固定好。

"压帆"完成。四根放倒的船桅越过船舷，在水平方向上朝两岸延伸。船桅上的白帆平行于河面伸展，恰似蜻蜓舒展的两对翅膀。

池舟惊奇地看着这对"翅膀",问岱箫"这是要干什么"。岱箫说："一两句话说不清楚,说了你也不信,到时候你就知道了。"

船全速前进,过了约莫半个钟头,却突然减速停下,众人纷纷往前倒,正如火车急刹车时车厢中的情形。池舟心中"咯噔"一下,大叫"不好",问岱箫:"这是撞上礁石了?会不会沉船?要不要组织逃生?"岱箫也一脸茫然,说:"我也不知道!从来没碰上这种情况。"连船长都不知道发生了什么,指挥水手们奔来跑去,到处寻找出事原因。

不一会儿,男女老幼都跑到甲板上,慌作一团。几个水手高声喊叫着,在人群中穿梭,拼命维持秩序,人群稍微平静了一会儿。然而一个巨大的浪头猛然卷上甲板,扑倒不少人,接着又是一个。人们惊恐万状,身上湿漉漉的,尖叫着,哭喊着,滚爬着,奔跑着。

西兰带着蕾怡和柳志峰,在一片混乱中找到池舟和岱箫。岱箫上前去拉西兰,却被蕾怡扑上来抱住,叽叽呱呱说了一通。柳志峰捉住池舟的胳膊,急成了哭腔,连连说:"怎么会这样?怎么会这样?有救生艇吗?救生艇在哪里?"

十六

一片混乱中,船长纵身跃上主船桅边的台子,一手扶着压倒的桅杆,一手拿着扩音器,用沉毅的语气喊话。池舟和柳志峰听岱箫翻译道:"船老大让大家不要惊慌,船没有触礁,更没有漏水,就是被卡住了。"两人一脸茫然,问岱箫:"被卡住了?什么叫'被卡住了'?"

看来众人也不知道是怎么回事,议论纷纷。有人高声追问,船长指着主桅杆向河岸崖壁延伸的方向,大声解释。

池舟随着众人朝船长指向的方向看去。原来是压倒的主桅杆被羁縻住了。然而诡异的是,看不到任何东西掣肘桅杆,桅杆越过船舷横在水面上,离崖壁还有十几米远,桅杆上的帆在风中鼓起,正像蜻蜓张开的翅膀。仔细看去,桅杆的末端似乎被一种无形的东西抓住或者说钳住了,被定格在空中,无法动弹,从而牵制住了桅杆的根部和船体。船像是河中的一只水鸟，被水草缠住了翅膀，怎么都挣脱不了，水流也带不走。

这情形，池舟感觉似曾相识，想起两天前驾车过野鸭子岭，车冲出盘山公路，撞进无形的网，悬在半空中。问岱箫："怎么回事？卡住桅杆的是什么东西？"岱箫说："应该是膜界。""魔戒？"池舟失声道，"你是说《指环王》里的魔戒？"岱箫说："想哪里去了。薄膜的膜，边界的界。古语念作 Morge。"

蕾怡接过话，一边整理湿漉漉的头发和衣裙，一边叽里呱啦地说个不停。原来所谓的膜界，就是把山外和山内的世界隔绝开的东西，没人知道它是什么，只知道它会在每年七月初打开一个口子，连通山外和山内，这个口子会在九月中下旬逐渐合拢，让山外从这个世界上消失，就像根本不存在一样。

池舟和柳志峰满脸的震惊，望着岱箫求证："真的假的？"见岱箫点头说是，柳志峰嚷嚷道："怎么会有这种事情？也就是说，我们进到山外，也会消失，就像根本不存在？"岱箫点头道："是的，膜界合拢后，对山内人而言，你们，我们，整个山外的世界，根本不存在。"蕾怡接话道："对，彻底消失，只留下传说。"一旁的西兰道："不用担心。等明年七月，你们回到山内，一切就又恢复正常。"

"难以置信，简直就像奇幻小说中的情节。"池舟和柳志峰转向桅杆延伸的方向，搜寻"膜界"的踪迹。然而只见桅杆和帆的末端被定格在半空中，并不见其他的东西；连说"太诡异了""太离奇了""就像磁场、电场一样，无影无形"……

十七

池舟恼怒岱箫事到临头才坦白"膜界"的事，柳志峰对"膜界"一说是将信将疑，寻思一定有更科学的解释，心中有一千个一万个问题，两人揪住岱箫，一定要说出个长短来。忽觉大地山川又在猛烈地颤动，比之前几次更加剧烈，直掀起一连串的浪头往甲板上扑，引发人群一阵阵骚乱。水手们听命，极力安抚人群，疏导大家往船舱里撒。

池舟和岱箫目送蕾怡、西兰和柳志峰三人随人群下船舱去了，依旧回到桅杆处待命。船长过来，召集水手们部署行动。岱箫做翻译，池舟听了个大概。船长坦白告诉大家，今年封山异常早，膜界合拢得早，致使发生了不测。谁也没有料到，谁也没有经验，不知道如何应对。所以要做好最坏的打算，不得已时要弃船逃生。接着，说明救生小船有几艘，都放在什么地方，到时候谁负责哪些乘客，依照什么次序，从何处下水，往什么方向逃生等，一一分派清楚。完了叮嘱："先不要让乘客们知道，避免不必要的慌乱。"

接着青、花苗的两位二果乃加入船长，说刚才的部署只是以防万一，一定有办法脱险。说一个简单粗暴的办法就是派人爬上桅杆，砍掉被"膜界"卡住的末梢那一截。问大家"有没有反对意见？有没有更好的办法"。见大家纷纷议论，但没人站住来说话，二果乃便喊道："那就这么定了！"又指了指两边横在水面上的主桅杆说，"现在需要人上去，爬到头，砍掉末梢。"说"很危险，以前从来没有人这么干过，不知道会发生什么。这个人既要沉着冷静，又要机变敏捷"，问"有没有人自告奋勇"。

山内人遇到这样的事情，大多会百般推诿，实在躲不过，也要极力讨价还价。这山外风俗不同，众人没有太多算计，纷纷举手，叫喊自己最合适。池舟在这种事情上向来争强好胜，举起手不住地挥动。船长迅速扫视一遍，挑了他眼中最精干最强健的两个小伙，岱箫是其中之一。

船长指派两拨人，各负责一边。池舟随岱箫和几个水手来到东边的船舷。有人找来绳子，把一头系在船舷上，一头捆在岱箫腰上，当作安全绳；又找来一把砍刀，插进刀鞘里，也用绳子捆在岱箫腰间。

准备妥当，岱箫拔出砍刀，捏一捏刀刃，果然锋利无比。他插回砍刀，爬上船舷，踩在池舟肩上，纵身跃上桅杆。他小心翼翼站起来，在雨点里张开双臂，朝桅杆末梢进发，左摇右摆保持平衡，如走钢丝一般。踏过四片横帆，快到最末梢时停下来，转身望着池舟和众人竖拇指。

池舟悬着心，一动不动盯着，几次见岱箫前后左右晃悠，失声喊道："小心，小心！"最后见他转身竖拇指，才松一口气。转身看那边怎么样了，却见一片混乱。原来那边的小伙走了大半，却被风吹起来的帆绳绊倒，掉进了河里，众人正七手八脚拉安全绳打捞人。

　　船长喊了几个人过去说话。池舟料定是在找替换人选，忙上前拨开人，一只手高举着，一只手指着自己，大声说："我，让我去！"船长听懂了池舟，见他光着上身，一身的筋肉，两眼犀利有神，于是上前两步，用蹩脚的普通话问道："你是谁？"池舟转身指着远处的岱箫，说："我跟他来的，是他的好朋友。你们可以相信我。"回头就见船长一个拳头闪电般击打过来，迅疾闪身躲开。船长收回拳头，哈哈大笑两声，说"就是你了"，然后吩咐左右的人。

　　于是在众人协助下，池舟也捆上安全绳和砍刀，跳上船舷和桅杆，趔趄着站起来。张开双臂迈开步子，发现难点不在桅杆本身，桅杆比走过的独木桥要粗太多，难就难在怎么在时大时小、方向不定的风中保持平衡。踏上船帆时，又发现帆布很滑，而且时不时被下面的风吹得鼓起来，劲力非常大，能把人给托上去。池舟如同踩在滑溜的充气垫上，几次踩空，险些掉落下去。

　　幸而有惊无险。在离桅杆最末端约莫一点五米处，池舟碰到了传说中的"膜界"，跟席梦思床垫一样富有弹性，但却无影无形。池舟一手扶着"膜界"，转身朝对面的岱箫竖起拇指。又向甲板上的人打手势，示意已经准备就绪。

　　就见船长和水手们一边喊，一边挥动砍刀示意，知道这是叫自己和岱箫开始行动。于是从刀鞘抽出砍刀，遥望对面的岱箫，一边叫喊，一边舞动砍刀。然后扶着"膜界"，弓下身子，朝桅杆挥刀。桅杆不知道用什么木头做的，非常结实，砍了十几下才破开个口子。池舟喘口气，调整姿势，加大力气，一气几十刀下去，就听见"噼里啪啦"的声音，这是桅杆在弯折、撕裂。

　　桅杆末梢断开，悬留在无影无形的"膜界"中。船被风和水流带动，朝向生死河的尽头进发。

十八

话说桅杆被砍，不断地弯折，直至断裂。在断裂的那一瞬间，猛地往回弹。池舟顿时踩空，往下坠落，慌乱中丢掉砍刀，奋力伸出双臂往前扑，死死抓住桅杆。这一幕，有点像体操运动员玩单杠，做完大回环后直体前空翻抓杠。只是还要惊险得多，因为池舟完全没有预料到这种险况，没有任何心理准备，全凭本能和及时决断，能抓住桅杆有很大的运气成分。

船越来越快，风也越来越大。池舟吊在桅杆上，因风吹和惯性，不住地摆荡，如同迎风的旗帜。池舟脑子里浮出小时候吊在树杈下，翻身上去的情形。于是大吼一声，竭力屈臂，猛抬右胳膊肘，环抱住桅杆。几次向上甩右腿，勾住杆子。再努力把身体翻上去。

此时已经无法再站起来，只能骑着桅杆往前挪。雨越下越大，从零星的雨点变成雨线。乌压压的云层越来越低，像是在往头顶压。四面八方响起雷声，越来越频繁，每一响都震得耳朵发麻。突然一道锯齿形的闪电刺破云层，照亮了整个天空。

池舟忽觉胯下的桅杆急遽一震，原来闪电击中了前方。接着，响起"滋滋"的声音，帆布着火了！火越烧越大，沿着桅杆向池舟袭来。池舟感到胯下的桅杆越来越烫，眼见火焰越来越近，被逼得连连往后退。回头一看，快无处可退了。正寻思要不要弃杆跳河，忽然一阵大雨扫过，如瓢泼一般，霎时间浇灭了火焰。

瓢泼大雨扫过之后，雨越来越小。池舟继续往前爬，经过横帆，因帆布阻隔，不能再骑着桅杆，只能跪趴在帆布上，摸索着帆布下边的桅杆，慢慢往前挪动。

雨小了，风却是越来越大，池舟不得不侧倾身体以抵抗风力，幅度越来越大。爬过顶帆，爬过第二道横帆，到第三道横帆时，突然来了一阵强风，帆布突然向上鼓，力气之大，把池舟抛向空中两三米。池舟跌下来，又被鼓起的帆弹抛上去。如此反复，一上一下，像是在跳蹦床，只是动作之狂野，远非蹦床可比。

池舟竭力去抓住桅杆、帆的横杠或者帆绳，有两次都摸到了什么东西，却没来得及抓紧。船的速度越来越快，风也越来越大，把池舟抛向帆的后边缘。池舟心中明白，这一次，下面再也没有帆布接着，一直往下坠就得掉进水里。紧急关头，他急中生智，经过帆边之际，一个空中转身，再接一个回旋，伸长双臂，抓住了帆边上的一根短绳。

十九

雨越来越小，船越来越快，风也越来越大。池舟在风中摆荡，几次腾出一只手来，试图抓住不远处的横杆，都扑了空。

池舟用手拉了拉系在腰间的安全绳，还挺牢靠，转头看去，绳子的那一端还连在船上；想一想，有绳子在，不会有事，即使绳子出事，也不过是掉到水里，决定放手一搏。于是积蓄力量，憋足了气，大声吼着，猛烈拉扯短绳和横帆，然后松开双手，借着反作用力扑向横杆。

谁知就在摸到了横杆的一刹那，天突然变得亮晃晃的，船骤然往下一沉。惯性和风力把池舟往上往后猛推。安全绳被拉直，牵扯着池舟，绕着挂纵帆的后桅杆转圈，跟游乐场里的大摆锤一样。

绳子一圈一圈绕在后桅杆和纵帆上，转圈的半径越来越小，池舟伺机抓住纵帆，翻身骑在桅杆上。

池舟喘过气来，定睛一看，惊诧万分。眼前是一条巨大的瀑布，落差大到看不到底。往下看，是无边无际的蓝色，应该是水面，但不知道是湖还是海。而船冲出了瀑布，正在空中滑翔。四根放倒的桅杆从船的两侧向外延展，支起的白帆在风中鼓起，恰如翱翔中的翅膀。池舟这才知道当初"压帆"的目的，也明白了问岱箫时他为什么说"说了你也不信"：不亲眼看到，连疯子也未必敢相信。

忽听得砰砰砰的声音，转头望去，原来是船头和船尾向上张开降落伞，陆陆续续张开了十来个，五颜六色的，每张开一个，船就向上挺一下，晃动一会儿。

"啊……嗬……啊……嗬……"池舟诧异而兴奋地大叫，四下张望。眼前却忽然暗淡模糊起来，原来是船钻进了云雾中。不一会儿，又冲出云雾，在池舟眼前呈现一片松软的云海。船就这样，带着桅杆上的池舟，在云海里钻进钻出。

　　船一面向前滑行，一面往下降，沉到云层下。太阳就在天边，十分耀眼，把头顶的云海渲染出一块一块的粉红，又把下方的蓝色的水面映照出粼粼波光，云海的白色、粉红色和水面的蓝色在天际相接，又变幻出无数种形状和颜色。

　　池舟感觉进入了神话一样的梦境，一度怀疑自己是不是已经挂了，这是在去往天堂的路上。于是使劲捶胸捏脸，痛得啊啊叫，得出结论："应该还活着，除非鬼魂也知道痛。"

　　池舟侧身，张开双臂，感受呼呼掠过的风。灵魂好像挣脱了身体，在云海、水面和天际恣意奔跑，跳跃，飞翔。那种驰骋的感觉，那种自由的感觉，无以言表！于是又"啊……嗬……啊……嗬……"亢奋地叫起来。

　　仿佛听见有人也在"啊……嗬……"地回应，扭头找声音来源，原来在船的那头，岱箫正骑在两片横帆之间的桅杆上，朝他挥手，高声喊叫。

二十

　　池舟见岱箫在那头挥手，也挥手回应，然后站起来，踩在桅杆上朝岱箫走过去。

　　谁知船猛然降落在了水面上，轰隆一声，激起白色巨浪。池舟只觉脚下桅杆猛然一磕，前后左右颠簸，脚底一滑，就往下掉落。幸而眼疾手快，用手臂勾住桅杆，悬挂在空中。

　　颠簸慢慢平息，池舟深吸一口气，正要翻身爬上桅杆，忽然瞥见前方的水面上，一头怪兽朝这边游过来。劈波斩浪，很快游到桅杆下面，仰头望着池舟。

　　池舟低头打量这头怪兽。比马匹大，比大象小；身体像是巨型企鹅，黑色的背，白色的腹，但却有着科幻片中长颈龙一样的脑袋和长长的脖子，也是背面黑色，下面白色。身体前部拨动着一对海豚一样鳍，后面蹬着一双恐龙一样的腿，脚趾间带着蹼。

　　怪兽在池舟下方游弋，仰头盯着池舟，时不时发出"嗷嗷"的叫声。

池舟不知怪兽是何意，不知如何是好。正踌躇间，只见又一头怪兽劈波斩浪游过来。池舟定睛一看，惊诧地发现，那头怪兽背上竟然驮着岱箫。岱箫跟池舟一样，裤子被划破了，赤着上身，鼓凸凸的肌肉上挂着闪亮亮的水珠。岱箫指挥怪兽游到池舟前方的水面，停下来，一手指着池舟下方，一手拢着嘴，朝池舟喊："这叫'水兽'，不伤人的，你只管骑上去。"

池舟听了，松开双臂，跳下去，正好骑在水兽背上。岱箫等池舟坐定了，指着船舷方向说："大家都等着呢，我们赶快走，你跟上。"说着，双腿一夹，水兽便仰头叫一声，转身朝船舷游去。池舟也学岱箫夹一夹腿，水兽也仰头叫一声，跟了上去。

很快来到船下，众人放下绳子，将两人七手八脚拉上去。柳志峰、西兰和蕾怡早已等着了。岱箫接过西兰递来的一篮子水果，指着在船边徘徊的水兽，对池舟说："它们等着奖赏呢。"示意池舟朝水兽扔香蕉、苹果等。

水兽们晃动着脖子，张嘴接住一个，嚼两口吞下去，又嗷嗷叫着接下一个。直到岱箫和池舟将一篮子水果扔完，还仰头望着二人。岱箫一边喊"没了，就这些了"，一边把空篮子倒过来给它们看。

水兽们见了，叫两声，又转身游到船的前方，加入已经聚集在此的十多头水兽。池舟和柳志峰见了，便问这些水兽聚集在船前是要干什么。就见水手们找出十来根纤绳，一头系在船头，另一头抛向水兽。水兽们纷纷衔起水手们抛来的纤绳，听船长一声令下，齐力拉着船往前游。

面对此番景象，池舟和柳志峰惊讶不已，一个劲追问这水兽的来历。然而无人知晓它们从何而来，只知道每到夏季这湖中水草丰盛时，水兽们便成群结队过来觅食。有船只经过，便帮忙牵引船只、打捞落水的人和货，挣点吃的。

柳志峰望着船前如游龙一般迎着晚霞前进的水兽们，问道："这得多大的生态系统，才养得起如此庞然大物。这湖有多大？到底通向哪里？这山外到底是个什么世界？还有多少神奇诡异的事情？"又问岱箫，"你说过，这山外正遇三百年一次的大劫。到底是什么劫难，现在总可以说了吧？"岱箫说："不是故意瞒着，根据祖训，每三百年有一次大劫，但究竟是什么劫难，没人说得清楚。所以要请你们来帮忙，弄个清楚，好采取对策。"池舟和柳志峰更加摸不着头脑："我们更是什么都不知道啊。"

不知不觉中，天色已晚，繁星初现，一轮下弦月，弯弯地从天水之际浮起来。西兰和蕾怡招呼大家下船舱去吃饭。一天的惊险和忙碌下来，大家都饿得不行。池舟和岱箫两人此时才意识到，自己的裤子破得遮不住，已经在众人面前出了半日的洋相，羞得直冒汗，忙找地方洗澡换衣裳。换好了出来，加入西兰、蕾怡和柳志峰一桌，狼吞虎咽吃开了。桌上是枞菌、山椒、麂子等野味，柳志峰和池舟一边吃一边赞不绝口，说是"平生未曾品尝过的鲜味"。

席间，船长和青、花二位副果乃等人过来，用竹筒和牛角斟上米酒，向岱箫和池舟敬酒，感谢两人在危难之时挺身而出。又向大家介绍池舟，说他"不是山外人，胜似山外人，是山外人的勇士"。

池舟不免有些膨胀，觉得自己"没准真是天选之人"，瞄一眼身旁的岱箫和蕾怡，心想："我不奢望跟穿越和玄幻小说里一样，登上权力巅峰，如今和帅哥兼勇士并肩作战，已经是生死之交，将来再赢得某位青春美人做伴，此生足矣。"

吃完饭，撤掉桌椅，大家男女分开，简单洗漱，在地板上铺上席子和被褥，和衣睡下。此时，池舟和柳志峰仍然处于兴奋和新奇之中，心中有无限的感慨和问题，却也累得不行，又兼脑子在米酒后劲的作用下开始晕晕忽忽，很快便睡熟了。

第三章　山外

二十一

　　第二天醒来，舷窗外天已大亮，大家洗漱，简单吃了点早餐，到甲板上透透气。正值船前拉纤的水兽们"换班"，昨天那一拨拉了一夜，领了水手们抛的果蔬，散去了，另一拨不知从何处聚拢过来，接过纤绳，拉着船继续前行。

　　站在船头远眺，天澹澹，云渺渺，水茫茫，让人心胸豁亮，意气飞扬。蕾怡带头，唱起了一首高亢的歌谣。池舟和柳志峰也跟着高歌，却不懂在唱什么，一面唱一面问，才知歌词大意：

　　　　哎嗨哎嗨哎嗨！

　　　　我放声歌唱，

　　　　这歌声，穿云渡水，翻山越岭，

　　　　飞到你的耳边。

　　　　亲爱的人儿啊，

　　　　我有问题要问：

　　　　人生一世，生死一程，

　　　　什么是假，什么是真，

　　　　什么可贵，什么可抛。

　　　　哎嗨哎嗨哎嗨！

　　　　我侧耳聆听，

　　　　有歌声，翻山越岭，穿云渡水，

　　　　飞到我的耳边。

　　　　亲爱的人儿啊，

让我铭记在心：

人生一世，生死一程，

你我是真，名利是假，

真心可贵，万物可抛。

船全速前行，太阳西斜时，前方现出陆地。不久，迎来相隔几百米的两座小岛。这小岛与其说是岛，不如说是从水中拔出来的两根石柱，山外人称之为"水天柱"。水天柱十分陡峭，长宽不过四五米，却高四五十米，四周的崖壁上垂着各种藤蔓，还有树木扎根在石缝里，顽强地向上生长。

船放慢了速度，从水天柱之间穿过，抛锚停靠码头。旅客们纷纷带着行李上甲板，涌向船梯。池舟和柳志峰也跟着岱箫三人，被人群裹挟着，下船登陆。

到了岸上，穿过一片卵石滩，一片草地，就见茂密的树林。树林像高墙一样，沿着湖岸蜿蜒，遮蔽了前方。有几条小路通入树林，人群分散流入各条小路，岱箫带着大家走正中间的一条。

穿过树林，就见远方连绵不断的青翠山峦，上空映照着绚丽的晚霞，大块大块橙色的云朵，掺杂了几十种不同的颜色：绛紫、苍灰、粉红、靛青、蓝紫、墨绿……

山峦三面环抱一个小镇，几十条街道纵横，高低错落地排布着大大小小的房子。房子风格迥异，以山内族人的村寨民居居多，也有不少中原古建筑风格、云南传统风格等，甚至能见到欧洲哥特式和巴洛克式。这些不同风格的建筑以一种奇特的方式融合在一起，创造出一种独有的格调。柳志峰走南闯北，去过各大洲、各国的无数城市和村镇，也惊叹道："从来没有见过这样的异域色彩。"

池舟和柳志峰跟着岱箫三人，踏上正中间最宽敞的一条大道。大道两边的建筑是吊脚楼风格，跟山内 C 县 D 镇老城区的一样，但不是木制的，都是用大大小小的石块修砌。每个路口都立着一块大石头，上面刻着池舟和柳志峰不认识的奇特文字。据蕾怡说，这是几百年传下来的，上面的文字连山外人也不能完全读懂，最大号的标识街道名称。"我们现在走的，叫白苗大道。"

二十二

五人来到镇子中心，两条大道交会，中间一个大广场。四边的建筑明显比别处高大，有着欧洲式的尖顶，给人一种城堡的感觉，吊楼式的城堡。

池舟和柳志峰环顾四周，问这是哪里，这些建筑都是做什么用的。岱箫一一指着答道："这是'古老'广场。边上最大的这栋是'议事堂'，山外人在这里开大会。对面是'魂阁'……"西兰见池舟二人疑惑不解，解释道："魂魄的魂，阁楼的阁。"池舟哈哈一笑："里面有鬼魂出没？"

蕾怡抢道："以前是'梯玛'们的秘密基地。"柳志峰疑惑道："梯玛？"蕾怡道："就是巫师，据说会巫术。"蕾怡和西兰说，据祖上的传说，巫术包括招魂、迷魂、催魂、御魂……各种魂术，隐形、移形、变形……各种形术，幻影、驱影……各种影术、幻术、占卜、预言……各种时光术，还有医术、星术、相术、辩术等。还有附魔术这些邪术，也就是山内奇幻小说里所谓的"黑魔法"。

蕾怡又说："对了，岱箫祖上就是做'梯玛'的……"岱箫接过话："都是以前的事了。"又指着另一侧的建筑说，"这是医院，西兰在这里上班，柳志峰老师会在这里帮忙。"柳志峰忙笑道："免掉'老师'二字，当不起，还显老。叫我志峰或者老柳。"池舟问："学校呢？学校在哪儿？"岱箫指着山峦的方向："在山脚下。"

五人继续前行，约半个钟头后到达山脚下的学校。学校有好几栋楼，跟镇中心的议事堂、魂阁和医院一样，都是吊楼式城堡，一楼架空，作为学生们的活动场所。中心一栋高入云天的巨大城堡，城堡周围环绕着几栋三四层楼的小楼，各栋大小不一，都有空中连廊通向中心城堡，相邻的小楼之间也有空中连廊相通。

如此别样的建筑，柳志峰从未见过，不住地称奇。据岱箫和蕾怡介绍，中心城堡是教室、图书室等公共活动区域，四周环绕的小楼是宿舍和起居室，最远处、靠近山的那座名为"古老楼"，是教师宿舍，顺时针排列着五栋学生宿舍，以山外人所崇尚的美德命名，翻译成汉语是："自由""勇气""智慧""公义"和"友爱"。

夜幕已经降临，中心城堡和各个小楼里都亮起了灯，路灯也点燃了。岱箫率领大家，穿过城堡下面的草坪，径直来到"古老楼"前。攀上一段石阶，来到两扇橡木大门前。一位满腮胡子的老人在门口等候，老人虽然上了年龄，却身形高大，目光如炬，声音洪亮。

大家问好，原来老人是校工，干了几十年了，是学校里元老级的人物。当地人称上了年纪的男性为"Diadia"，老人姓"阿里安"，大家都叫他"阿里安Diadia"。岱箫等人年纪轻，直接叫"Diadia"，池舟和柳志峰不会当地话，称老人为"阿里安爷爷"或者"爷爷"。

大家在阿里安的招呼下进了门，来到公共起居室里。让池舟二人意外的是，外面的街道充满异域色彩，里面的家居装饰却没什么特色，就是常见的沙发、桌椅等家具，也没有什么花样和雕饰，朴实、简洁而实用，有点极简主义的味道。

阿里安上下打量池舟和柳志峰，尤其是池舟，似乎有些诧异，一面盯着池舟，一面和岱箫小声说话。池舟被盯得不自在，等阿里安走开，找机会压低了声音问岱箫，岱箫说："Diadia说你像极了一个人。"池舟正要问"像谁"，就听见阿里安招呼吃饭的洪亮喊声。

起居室的一角摆放着两张餐桌，五人围着其中一张坐了。桌上摆着烤红薯、烤马铃薯、熏肉、腊肠、野菜等，还有一种当地人称为"Fababa"的米白色松软糕点。当然，也少不了山外人待客的米酒。

这些年来，池舟被生活的死寂和无奈吊打得奄奄一息，这几天的神奇经历，让他满血复活，一路好奇、兴奋加激动，大惊大喜下来，见了酒就两眼发光，狼吞虎咽几口饭菜，便醉飞吟盏、高谈阔论起来。如此少年意气，引得柳志峰直发感慨：

> 遇酒须倾，
>
> 莫问功名！
>
> 对酒当歌，
>
> 人生几何！

大家喝光了两坛子，又嚷嚷着要了一坛，直到喝红了脸，脑袋发晕。吃毕一起收拾，完了回房休息。宿舍在三楼，一边住姑娘，一边住小伙子，每人有单独的房间。阿里安特地将池舟和柳志峰的房间安排在了自己和岱箫的隔壁，明里是方便照料，暗里方便监视。

二十三

池舟黑甜一觉，不知所之。睁开眼睛，天已大亮。窗外不远处即是苍翠的山峦，窗前一棵大树，枝叶被风吹动，叩击窗户，树上跳动着两只不知名的小鸟，唧唧啾啾地叫着。

池舟连声懊恼睡过了头，从床上蹦起来，匆忙洗漱，出门找大伙。到各房间门口敲门，都没人应答。下楼到起居室，也静悄悄的，只有阿里安爷爷里里外外忙碌着。

池舟问阿里安众人都去哪儿了，阿里安操着难懂的方言，池舟耐着性子，问了半天、猜了半天，才搞明白：众人一大早就集合孩子们，去学校的运动场了。原来明天就是古老节，山外人会从四面八方的大山里赶来参加山外大会。节日持续十多天，会有各种庆祝活动。西兰和柳志峰趁放假前给孩子们体检，顺便把没接种过的疫苗给补上。古老节期间，孩子们放假参加各种比赛；岱箫和蕾怡正在抓紧时间给孩子做最后的训练——山外人祖上过着游猎生活，强健的体魄和顽强的意志是生存的必需，因而很注重体格训练。

池舟跟着阿里安来到运动场。运动场在一块巨大的崖壁脚下，有两三个足球场那么大。场上一片喧闹，大大小小几百个孩子分成一队一队、一组一组，分散在四处做运动：有踢毽子的，有射箭的，有吹箭的，有摔跤的……有一伙十四五岁的孩子肩背绳子，在崖壁下练习攀岩。

孩子们穿着山外版的运动装。一色的镶边短裤。男孩身着白色对襟短袖，V字领，黑边或者蓝边；女孩则是绿色左襟短袖，圆领，各式花边。额头上都箍着山外人称之为"额绳"的头带，用来固定头发，防止汗水流进眼睛。女的由两股拇指般粗细、不同颜色的绳子拧成，称为"双股额绳"；男孩的则是"三股额绳"，粗实得多。

远处几棵参天大树，树下翩翩起舞的山鸟吸引了池舟。大树下挂着大大小小、高低错落的铁环，一伙孩子吹着鸟笛训练山鸟，鸟儿们或衔着枝叶，或抓着小篮子，展翅沿弯弯折折的路径从铁环中穿过。有几只山鸟接力传送一枝栀子花，在空中悬停交接。

听阿里安说，训练山鸟是孩子们最喜欢的比赛项目。以前没有手机这些玩意儿，通信只能靠鸟，在深山老林里打猎，受了重伤动不了，就得靠山鸟通知亲友来救援。在山外，每个孩子长到十岁，都会得到一只山鸟，学习养育山鸟、训练山鸟是孩子们的重要科目。

最让池舟惊奇的是，有山鸟分成两队，脖子上系着不同颜色的丝带，每队齐心协力把一个花篮抛到对方防守的树上。孩子们也分成两队，系着不同颜色的领巾，一边望向空中盯着各自的鸟儿，一边追着跑来跑去，一边跑一边用声音或者肢体语言和队友沟通，一边沟通一边吹鸟笛，向各自的鸟儿发令。鸟儿们听令，或从对方抢夺花篮，或与己方鸟儿抛接。如同飞翔版的足球。

二十四

池舟边走边扭头看，不知不觉被带到运动场的一角。角落里搭了个棚子，棚子下面，西兰、柳志峰，还有欧妮（Ebnil）、巴洛雪（Pa Loxi）等几个医院的女孩子们穿着白大褂，脖子上挂着听诊器，正在给孩子们体检、补种疫苗，有人招呼孩子们一批一批前来排队。

两人上前打招呼，问要不要帮手。大家正忙，也来不及寒暄。柳志峰安排阿里安给孩子们量身高、体重，检查视力和色盲。池舟连连问："我干点什么？"西兰指着远处的山脚，笑道："你去蕾怡和岱箫那边看看。他俩估计快被逼疯了。"

池舟正要找蕾怡，忙答应一声，疾步去了。到了山脚下，却不见她和岱箫的身影。只见几个孩子在全神贯注练习射箭，旁边的崖壁上，几个大点的在攀岩，下面有一伙孩子在观摩和切磋，大概是意见不合，争得面红耳赤。

忽觉有呼啸的声音急速靠近，转头一看，斜上方一根木棒正高速旋转着，飞驰而来。池舟手疾眼快，纵身一跃，一把接住。不料刚从空中落地，又有一根迎面飞来。池舟迅即侧身，木棒从耳边呼啸而过。接着，就听见"啊"的一声大叫，原来木棒重重地砸在地上，弹起来，击中了一个正在屏气定睛、拉弓射箭的孩子。

池舟忙跑过去，蹲下查看伤势。一群孩子围了过来，纷纷问"怎么回事""伤着没""重不重"……几个孩子从远处跑过来，连说对不起。原来一伙人在那边练习"打飞棒"：一方将"飞棒"架在地面的石头间，手持"挑棒"挑起来，将飞棒往目标区域击打；另一方则用"挑棒"挑起地面的"拦截棒"，击打出去拦截"飞棒"。刚才失手，把飞棒打到这边来了。

池舟经常运动，对处理运动损伤有经验，拿捏查看伤员一番，只发现腿上一道淤青，说："只是皮外伤，应该没事。"扶起来，派两个孩子挽着去找西兰和柳志峰。

忽见围观的孩子们纷纷扭头往空中看，一边叫嚷，一边四下逃散。池舟跟着看去，就见一顶类似降落伞的东西，正朝这边坠过来，伞下吊着一块木板，木板上站着一位少女，前后左右急遽晃动，几乎要摔下木板。少女抓着吊木板的绳索，惊声尖叫："要撞上了！让开，赶快让开……"

"是蕾怡的声音！"然而还没等池舟反应过来，蕾怡已经连同木板撞了过来，将池舟和两个孩子扑倒在地，四人被"降落伞"裹住，滚作一团。

一阵混乱之后，池舟扯开头上的伞布，挣脱缠绕的绳索，掀开压在身上的木板，拉着蕾怡的手站起来。怔怔地看着眼前的蕾怡：白色凉鞋，浅绿色的宽松短裙，上衣则是未曾见过的样式，两条银灰色的长布从肩上向胸前和背后披下来，在胸前和背后交叉，在两侧打结，再用一条浅红色的腰带系在腰间——后来得知，山外人将这种装束称为"披结装"，清凉透气，方便大幅度运动，看似是两块布披在身上，实际上经过了剪裁，也用了针线，不用担心运动时脱开。乌黑发亮的头发在脑后挽成一个髻，额头系着青白双色额绳，额绳在右边的太阳穴上打结，绳端的穗子在耳边摇曳。肌肤细腻饱满，浑身上下溢满了青春活力，让池舟想起小时候看过的漫画书里的"阿尔特弥斯"，月亮女神，狩猎女神，自然女神。

蕾怡一边查看被撞倒的两个孩子，一边跟池舟道歉。池舟忙说："没事，这算什么，当特种兵那会儿，从三楼往下跳过，一个打四五个……"见蕾怡转头问"什么是特种兵"，脸唰地红了，不知道眼前这个丫头是真不知道，还是识破了自己的套路，支支吾吾不知道怎么回答。见一旁乱作一团的伞布、木板和绳索，捡起来问："玩跳伞呢？"蕾怡笑道："唉，不好意思，出丑出大了。"

原来这在山外叫作"飞伞"，是一张大伞下面吊着一块木板，木板上可以载物，人驾驶着从高处乘风滑翔，有点类似山内近年来兴起的滑翔伞运动。"飞伞"在山外已有上千年的历史：据说祖辈猎人们翻山越岭，打到猎物尤其是大家伙后还得跋涉十天半月扛回家，十分辛苦不说，夏天的话猎物在路上就开始腐烂发臭。有脑子活络的就发明了"飞伞"，载上猎物从山顶滑过群峰，落在低处后再攀上高处，继续滑翔，直至回到家中。如果风向对的话，能省下七八成时间和力气。

"飞伞"因狩猎而生，且驾驶起来相当危险，山外一向视其为男人们的专属。然而蕾怡偏不信邪，仗着自己是白苗果乃的幺姑娘，非缠着岱箫教她"飞伞"。才会刚从悬崖高处滑下，就失去控制，撞上了池舟几个。

二十五

正说着，蕾怡兴奋地朝空中挥动双臂，又拢嘴呼喊："画巫！画巫！"池舟转身抬头，远远望去，一顶蓝白相间的飞伞冲出崖壁顶部，逆着风向上爬升，伞板上的身影正是岱箫。接着再冲出一顶，不一会儿又是一顶……一共十来顶飞伞，追着风，在运动场上空迤逦地转几个弯，朝蕾怡和池舟这边落过来。

蕾怡追着迎上去，池舟忙跟过去。就见岱箫立在伞板上，如同站在秋千上，前后左右摆动身体，拉扯两边的伞绳控制伞形。不一会儿，噗的一声落在地上，伞布缓缓收在身后。

蕾怡迫不及待地冲上去，去给岱箫一个大大的拥抱。岱箫拉开蕾怡，上下查看，松了口气，说："不要再胡闹了！"蕾怡皱眉"哼"了一声，说："才没有胡闹呢！"

蕾怡一口一声叫着"画巫"，池舟不由得审视眼前这个小伙子：如松针一般竖直的寸头，箍着青白紫三色额绳，浓眉大眼，高高的鼻子，薄薄的嘴唇；身着男版"披结装"，一条浅蓝色的长布从左肩披下来，斜过前胸和后背，在右腰侧打结，系着青色腰带，露出宽厚的右肩和胸膛以及块垒分明的左腹；白色宽松短裤下是修长、坚实的双腿；脚踏草鞋样式的绳编凉鞋。真真是目似明星，颜如美玉，肌肉结实性感，身形挺拔矫健。

岱箫身后，那十来顶飞伞一顶接一顶降落，有像岱箫那样又轻又稳的，也有重重摔在地上的，或者被风带偏，落在远处。岱箫一一迎上去，击掌相贺，拍肩鼓励。正拉起摔在地上的一个小伙，有人上前，指着一旁对岱箫耳语，岱箫扭头看去，场外远远有个瘦高个鬼鬼祟祟向这边张望。

岱箫朝年轻人走过去，那人转身便逃，岱箫大喊："别跑！"那人反跑得更快，很快便隐没在树林里。池舟疾步走来，以为有人在搞事情，撒腿就往树林里追。岱箫叫住池舟，说不用了。池舟问"什么情况"，岱箫笑道："应该是下山来参加古老节，顺路刺探军情。"池舟吃了一惊："军情？""就是情报。军情这个词用得不当吗？"岱箫惊讶于池舟的夸张反应，普通话到底不是自己的母语，有时候心里没底。

原来古老节期间会举行"飞伞大赛"，是仅次于"关山祭""山外大会"和"朗达祭"的重要活动，由军、民、土、苗各家的未婚青年男子组队参赛。刚才是岱箫率领白苗的小伙子们训练。岱箫和一旁的蕾怡以及小伙子们鸟语一阵，对池舟说："看打扮是土家后生，他们拿了多年的对抗赛冠军，但是去年输给了白苗，今年起了血誓，一定要把冠军夺回来。所以来刺探情报。"

池舟忙问起"飞伞大赛"的事情，强烈要求玩飞伞，岱箫说："正好，有不少孩子要满十六岁，过完节开学就要开始练了，到时候你跟着去……"池舟说："不用等，你们不正在训练吗，我跟着练。"岱箫说："这个真的挺危险的，刚才蕾怡差点没把我吓死。"池舟说："我跟她不一样。不是吹，我别的不行，运动天赋，还真没见过有比我强的。小时候我是体校的，自行车、滑板、滑雪、滑冰、开车……都是无师自通。而且，我在山内玩过滑翔伞，跟这个相通……"

蕾怡听见池舟跟着岱箫埋汰自己，打断池舟，咄咄逼人地盯着他的眼睛，高声叫道："我怎么了？哪里比你差了？不要欺负人！"又侧身指着岱箫，"就因为是个 Ntxhais（女孩），待遇还不如一个山内来的外人？我要跟果乃们去评理！"

二十六

池舟缠着岱箫不放，一再要求加入训练，无奈岱箫坚决不答应，只得退一步："那我上去观摩，将来练起来也容易。"岱箫被磨得没有办法，不得不松口："这里不是山内，崖壁可没有电梯，要爬上去，你能吗？"池舟"切"地笑了一声，心想"你们这不是在关公面前耍大刀吗"，只没说出来。

来至崖壁脚下，仰头望去，近百米高，垂着各种藤蔓；有树和灌木顽强地从缝隙里伸出来，拐个弯向上生长。从崖顶垂下来三根粗绳索，小伙子们背着折叠的飞伞，排成三队，一个接一个拽着绳索、蹬着崖壁往上攀爬。唯有一个名叫翁里（OngdLix）的，偏不用绳索，徒手攀岩，又借助藤蔓，从这棵树跳到那处凸岩，像猿猴一般"噌噌噌"地上去了。池舟也想出风头，徒手攀了两三米，被岱箫呵斥："你不熟，小心踩掉什么东西，砸到人！"只得跳下来，老老实实排队爬绳子。

悬崖顶上是草坪，中间被踩出五十来米长的跑道，一旁的大树上栖着几只山鸟，探着脑袋往这边张望。

岱箫组织大家排队起飞，池舟在一旁观察。原来这飞伞的伞布有两层，上伞布和下伞布的边缘缝在一起，中间用绳子连着，形成一个个气囊来储存空气；各边都有若干气孔，用绳子系着，可在需要时解开。起飞时，解开迎风那边的气孔，给伞布充气，鼓起来让风拉到空中。驾驶者仰头观望，等伞张开在空中，抱着伞板迎风往前跑，快出悬崖时，有人会直接跳上伞板，有人会趴在伞板上飞一会儿，再伺机站起来。

七八个小伙乘着风飞出去，轮到岱箫了。然而风变小了，不容易让伞布鼓起来，也不容易将其拉到空中。就见岱箫掏出鸟笛，朝着一旁大树上的山鸟吹起来，五六只山鸟展翅飞过来，叼起伞布的边角往上拉。伞布在空中张开，岱箫抱着伞板，开始起跑。不料，等在一旁的池舟突然猛冲上去，把岱箫推到一边，大喊"对不起了，画巫兄弟"，抢过伞板，往悬崖边上冲过去。岱箫被推倒在地，跳起来，大喊"危险！你给我停下"，追赶几步，眼见池舟就要到悬崖边上，只好算了。

池舟到了悬崖边，正要往前扑上伞板，不料迟了一步，一脚踩空，还没反应过来，身体已经冲出了悬崖，往下坠落。岱箫和几个小伙子吓得忙高声喊叫："抓住绳子！""抓住板！"

池舟来不及思索，在空中拉直身体，双臂尽力往前伸，努力去够伞板，然而手指碰着了木板，却还是错过了，直往下坠。

绝望之际，突然被什么东西截住了，肚子和腿被戳得生疼；听得"哗哗""啪啪"的声音，身体像跷跷板一样上下晃动。定下神来，发现原来是崖壁上的一棵树。

然而这棵树不大，扎根不深，哪里经得住八十多公斤的筋肉这么猛烈地撞击，根须被一根一根拔出来，断掉。岱箫几个趴在悬崖边上往下张望，吓得脸色发白，又不敢大声喊叫，压低了声音道："要断了，要掉下去了。"

池舟抱住树干，听见身后"吱吱呀呀"声音，感觉出树干正一点一点往下倾。然而一动弹，那"吱吱呀呀"的声音更响亮、更频繁，树干也倾斜得更快、更猛。"到底是该抱住不动，还是该起身往崖壁上靠？"正想着，传来岱箫几个的叫喊声："绳子！抓住绳子。"随后就感觉背上有绳子在晃动。

池舟敛声屏气，大叫一声，踏着树干站起来，转身握住绳子。紧接着，就听见"啪啪啪"，脚下的树被连根拔起，坠了下去。

那绳子被池舟抓住，绷直了往下坠，把那一端的岱箫拉下崖顶，大半个身子悬在了空中，幸而被几人拉住腿，拽了上去。

池舟抓住绳子，摆向崖壁，顺势抓住崖壁上凸出的石头，双脚摸索着，蹬在石凹中。仰头看，岱箫几人一边喊"抓紧了"，一边摆好阵势往上拉。

池舟也抱住绳子往上攀，身子打转，瞥见刚才错过的飞伞正飘翔在一旁两三米处。池舟略想一想，到底年轻，争强好胜，宁可赌上生命也要挽回面子，转身猛蹬崖壁，扑向伞板，抓住了伞绳，身体吊在半空中。飞伞猛烈地往下一沉，差点把池舟甩出去。池舟抓紧了伞绳，竭力调整姿态，用胳膊肘抵住伞板，往上甩腿，几次才翻身趴上伞板。岱箫几人在上方看得目瞪口呆，好一会儿才反应过来："真不要命了！"

池舟来不及喘息，扭头就见伞板正向崖壁撞过去，忙扶着伞绳站起来，猛拉左边的伞绳，急速拐弯。飞伞贴着崖壁而过，池舟"啊"地大叫一声，原来是被伸出来的灌木丛的刺划着了腿。

稍缓过来，马上开始摸索飞伞的驾驶，现学现用。飞伞的方向和速度是通过拉动伞绳来控制的。左右两边各有几根伞绳，向左转时，就拉左边的，向右转，就拉右边的。可以用手直接拉伞绳，也可踩脚蹬：伞板左右两边每边都有两个脚蹬，分别连着前后伞绳。同时拉动左右两边的前伞绳，则会拉下伞布的前缘，减小伞布的迎角，增大水平速度；反之，同时拉动左右两边的后伞绳，则增大迎角，减小速度。

飞伞的原理和操纵方式很直观，但熟练操作需要经验和技巧：拉伞绳的力度和时机、身体在伞板的位置等，都对方向和速度控制有着微妙的影响，需要长时间的训练才能熟练。此外，如何感受、判断和预测气流和风向，如何操纵飞伞的姿态来迎合气流和风向，以便获得合适的速度和升力……诸如此类，纵使有再高的运动天赋，也不是一朝一夕能掌握。

二十七

池舟忙乱了一阵，感觉掌控了飞伞。借助上升的气流攀高，在运动场上空绕圈。

站在伞板上，"飘"在半空中。仰望蓝天白云，说不出的通透。俯视小镇，几十条街道纵横，大大小小的房子高低错落。房子五颜六色，房顶却大多是黑色或者蓝色，仔细看去，原来是覆盖了太阳能电池板。极目远眺四方，一面是蓝色水面，波光粼粼，无边无际，三面是绿色山峦，连绵起伏，无穷无尽。

正沉浸其中，远远传来喊声："池舟，你给我等着！"听着像是岱箫的声音，一转头，果然就见岱箫驾着飞伞，从崖顶往这边过来了。

池舟想起在崖顶推倒岱箫的一幕，不禁有一种复仇的快感，转而又有些后怕：小说里兄弟为女人反目成仇的事，竟然在自己身上有了苗头。于是再三告诫自己："我是来支教的，一年后就走了，千万不能陷进去。"又想到当时叫喊的是"画巫兄弟"，而不是"岱箫"，明显是被蕾怡带的节奏，似乎有跟蕾怡争宠、嗔怪岱箫的意思。

胡思乱想中，岱箫已经快追上来了，都能看见他喷火的眼神。池舟此时像做犯了错的小学生，脑子里只有一个念头：赶快逃，能逃多远是多远；躲起来，能躲多久是多久。

关键时刻，偏偏风像是被施了咒，忽左忽右，忽前忽后。吹得伞布前后左右剧烈地摆动，有一边折了起来，急速下降。

池舟起先还能强作镇静，拉另一边的伞绳，试图再度打开折了的地方。然而不起作用，换个力度和方向拉，还是不起作用。如是几次，伞布越折越厉害，下降的速度越来越快。池舟急了，一顿乱拉。伞布突然大幅度倾斜，随即快速旋转，带着伞板自由落体往下坠，不多时便掉落在一棵参天大树上。池舟被枝丫截住，伞绳缠身，伞布蒙头，啊啊乱叫。

池舟一阵手忙脚乱，拨开蒙在头上的伞布，仰头四处张望，看看岱箫追上了没。却见一只山鸟在头顶上盘旋，听见"啪唧"一声，有什么东西砸在脑门上，温热的一团。抹下来一看，灰白色稀泥一样的东西，一股刺鼻的味道。鸟粪！山鸟的！池舟嫌恶地甩手，仰头喊："走开！走开！"然而这一只飞走了，接连又来了十几只。鸟粪像冰雹一样砸下来，池舟应接不暇，用双臂抱住脑袋，"见鬼""傻鸟"……乱骂一气。

原来树下正在进行"山鸟花篮赛"，孩子们分成白红两队，吹鸟笛，指挥各自的山鸟争抢花篮，抛到对方防守的树上。两队胶着成平局，快结束时，白队的山鸟夺取了花篮，正要投到红队的树上。眼见就要赢了，不想池舟从空中掉下来，砸到树上，毁了比赛。小孩子家，气不过，就指挥山鸟们恶意报复。

此时岱箫已经驾着飞伞赶过来，见池舟坠落在树上，操纵飞伞靠近，然后纵身一跃，抛下飞伞，跳到池舟附近的分叉上。飞伞自己飘飘荡荡，落在地上。

岱箫叉开腿站稳了，转身远远地呵斥恶作剧的孩子：“人家是客，怎么待客的？还不给我停下！”见蕾怡躲孩子们身后，咯咯地笑个不停，明白是这个丫头唆使的，指着蕾怡叹道，“你说你多大了？还玩这种小孩子的把戏。”蕾怡噘嘴道：“人家帮你出气呢！不知好歹！”

岱箫笑了笑，转身查看池舟是否受伤，大声说：“我早说过。不听！”一面说，一面去解缠在池舟身上的伞绳。池舟是逃也逃不了，躲也躲不了，脸一直红到脖子根。从此在岱箫面前就不敢太逞强了。

二十八

到晚上，全校师生聚集在中心城堡的礼堂，按照惯例，进行古老节假期前的聚餐。

礼堂中心是一个两平方米的正方形火坑，火坑三面环绕着长条桌椅，后排比前排稍高，跟阶梯教室一样。第四面是舞台，舞台中央设置讲坛和投影幕布，一角摆放着长条桌椅。四周墙壁环绕一圈壁灯。仰头看去，一盏巨大的吊灯，从高高的哥特式吊顶中心悬下。

孩子们排队入座，叽叽喳喳讨论即将到来的假期。池舟和柳志峰跟着岱箫、蕾怡和翁里等人坐在舞台的一角。岱箫走到舞台中央的讲坛，对着话筒击掌，喊大家安静，宣布“聚餐开始”。翁里拿起火把，走到火坑边，点燃了堆在火坑中的柴堆。几缕青烟后，火焰如同被施了魔法一般，猛然蹿高、爆开，众人一片欢呼。

岱箫正式介绍池舟和柳志峰，让两人起身打招呼，讲池舟冒着生命危险协助“古老七号”摆脱膜界的事迹，说：“这样英勇的远客，值得我们献上最动听的迎宾曲。”

池舟和柳志峰侧头，就见一队十来岁的孩子走上舞台，迅速排成三排。正要听童声合唱，却见孩子们掏出鸟笛吹起来。接着，二十来只火红色的山鸟呼啸着，从四面八方飞到中央，映照着火焰，围绕着吊灯翩然起舞。不断地变换着队形，圆圈、六角星、波浪、山峰、火焰……美轮美奂。一边飞舞，一边发出清脆悦耳的叫声。叫声和着翅膀扇动的节奏，高低起伏，交织成轻畅、优美的旋律。

鸟儿们歌舞完，飞到壁灯上停驻，全场掌声雷动。接着，岱箫作为学校负责人简单总结工作。然后进行表彰，优秀学生们一个接一个上台领取奖品。山鸟们一只接一只，飞到一旁大门边，从门边的长条桌上叼起奖品，送到岱箫手中，再由岱箫授予学生。奖品是竹编的帽子，上面插着各色翎毛，十分别致。

最后是聚餐，自助形式。阿里安带人忙碌，在火坑四周围上长桌，摆上大大小小的容器，都满满地盛着吃的。池舟和柳志峰正要上前帮忙，蕾怡和一个女孩笑盈盈地走过来，对着岱箫和池舟说："给英勇的远客带来了礼物。"池舟正要客气几句，就见蕾怡一个响指，一只山鸟衔着纸片，从舞台对面飞过来，停在蕾怡手臂上。蕾怡上前一步，伸出手臂将山鸟送到池舟跟前，说："接着。"

山鸟个头尚小，不到一岁，刚脱掉绒羽，长出正羽，绿色的背，白色的肚子，圆圆的蓝眼睛好奇地盯着池舟，可爱死了。池舟早就想养只山鸟，只是不好意思说，实在是喜出望外，嘴里说着"当不起，当不起"，早伸出手臂去接山鸟。

蕾怡挡住池舟的胳膊，说："慢着，谁说要把鸟儿给你？"说着，取下鸟儿衔着的纸片，纸片有两张，一张递给岱箫，一张递给池舟，说："果乃亲自签名的表彰和感谢信，刚送来的。"

池舟红着脸接过信，满脸写着失望。一旁的岱箫看不过去，上前说："别逗人家了，人家是老实人。"一面说，一面从蕾怡胳膊上接过山鸟，递给池舟。池舟用手臂接过山鸟，眼睛却瞪着朝向岱箫笑个不停的蕾怡。

到深夜，聚餐才结束。岱箫一再告诫学生们"山外正要遭遇大劫，不知道是什么，不知道什么时候，也不知道来自何方，假期期间不要乱跑，每时每刻都要警惕异常情况"，这才遣散孩子们。家在镇上的孩子当晚就结伴回去了，家远的回宿舍，明天一早再走。

第四章　传说

二十九

　　孩子们放假了，岱箫几人却更忙：节日期间，几乎所有山外人都会赶来镇上，赶集做交易，参加各种会议和庆典活动。岱箫等学校和医院的工作人员，则要趁此机会在镇中心的"古老"广场上设点，提供医疗、技术和普通话等方面的咨询和服务。

　　第二天，大家天不亮就起床，洗漱穿戴好。都是正装打扮，池舟也穿了岱箫的白苗小伙子衣裳：青白格子头帕，左边漏出一截坠在耳边，黑色对襟上衣，青白色印染无扣马甲，深蓝色裤子。

　　他们拉来两辆古式木制大车，将各种物资、设备装载到车的后部，几人分坐在车的前部。两车前面都套着八匹不知道是什么的动物，顶着巨大的犄角，像是梅花鹿，又像是驯鹿。自从来到山外，池舟和柳志峰已见识过"水兽""山鸟"等稀奇古怪的物种，倒没有太惊讶。柳志峰说，"叫'山鹿'好了。"说这让他想起在巴西第一次看到的"南美貘"，像猪，像马，像鹿，又像小型的大象、犀牛，对池舟说："这世上，你没见过的，多了去了。"

　　晨曦初现，阿里安用古语吆喝几声，"山鹿"们便昂起头，嗷嗷叫两声，拉起车，沿着白苗大道向"古老"广场出发。

　　一路上不少人在赶路，拖家带口，都是盛装打扮。有的跟岱箫几人一样，赶着车，车有"山鹿"拉的，也有类似麂子或者山羊等拉的；有人步行，背着背篓，背篓里装着小娃娃，肩上驻着山鸟，身后跟着猎狗、狐狸等宠物；也有人骑着摩托和电动车，应该是受山内影响。大道两边满是店铺、酒吧、旅店、饭馆等，都为了节日装扮一新：

门前摆着各种人物和动物造型，由绿色枝条和各色鲜花编织而成；门上挂着风铃、翎毛、兽皮等装饰物，有些大门上方还支着熊熊燃烧的火把，罩着各种形状和颜色的玻璃罩子。

柳志峰一面左右张望打量行人和街景，一面向岱箫打听这山外的人文地理。原来这山外小镇一面临水，三面环山，有七座山脉从小镇向远方延伸。若干年以前，各族群之间尚存在隔阂，有"苗不沾土，土不沾民"之类的说法，因而各自沿不同的山脉聚居。最中间的多居住着白苗人家，称为白苗岭；白苗岭逆时针方向依次是军家岭，青苗岭和黑苗岭，顺时针方向是土家岭、花苗岭和民家岭。如今各族群之间相互婚嫁来往，几乎到了不分彼此的地步，但这按山脉划分地盘的习俗还是保留下来了。

镇子有七条纵向大道连着这七条山脉，从山脚一直延伸到水边。中间是白苗大道，白苗大道往左依次是军家道、青苗道和黑苗道，往右依次是土家道、花苗道和民家道。有五条横向大街和这七条大道横交，从山脚向水边向依次是：友爱路、智慧路、自由路、勇气路和公义路。这七纵五横大道之间又散布有大大小小几十条小街小巷。

靠近白苗大道和自由路交会的镇中心时，"山鹿"车慢下来，驶进"古老"广场。岱箫跳下来，指挥"山鹿"们将车拉到一个角落。大家下车，卸下物资设备，支起遮阳伞，布置好桌椅。

西兰和柳志峰接待前来咨询健康和病情的人，给人接种疫苗，尤其是新生儿。爷爷奶奶辈的山外人对疫苗还是将信将疑，问："打针了真就不会伤风、出疹子？说得比当年'梯玛'们吹的巫药还神？！"柳志峰和西兰怎么都解释不通，山外的土语中，根本就没有抗体、免疫这些词汇和概念。岱箫见了，有空就会拉池舟上前解释："这跟以前'梯玛'们装神弄鬼的'巫药'和'魔药'不一样，是山内经过多少年科学验证的……"又和池舟一起脱掉上衣，展示胳膊上接种疫苗留下的疤痕和健壮的身体，打消老人家的顾虑。

岱箫和池舟则提供技术咨询。山外很多中老年人还不会使用手机、平板等山内传来的各种"神奇"物件，必须一步一步耐心地展示和讲解。有位近百岁的青苗老太太，干瘪的嘴里一颗牙都没了，发现能用手机和人远远地视频通话，瞪大了眼睛，像小孩子一样惊呼："太神奇了！"

岱箫还会给每个手机都装上一款名为"靠谱使者"的小 App，用来发通知。据岱箫说，三百年一年的大劫，不知道是什么，不知道什么时候，也不知道来自何方。有人发现了迹象，用山鸟通知果乃们可能来不及，也不是百分之百可靠，所以才花了大价钱委托山内人开发了"靠谱使者"。岱箫告诉大家，果乃们要求大家随时携带手机，因为发现危险情况时，会通过"靠谱使者"发警报，告诉大家是什么灾难，该向哪儿逃，怎么逃。

这让池舟想起，每年一到夏天汛期，就会收到政府群发的短信，要求大家时刻关注汛情。心想："这山外到底会有什么大劫？洪水？地震？火山？饥荒？战争？或者是瘟疫？是了！不然干吗找柳志峰这个医生？如此大规模地接种疫苗……"

三十

广场上人越来越多。岱箫几人被前来咨询的人包围，忙得不可开交。忽然听见长长的号角声，就见人们纷纷向号角声的方向走去。原来广场中央搭了个台子，大家正向台子前汇集。

岱箫和西兰说：这是开戏了，"献给'古老'始祖的戏"。说"蕾怡和翁里今年带队，演第一出戏"，强烈推荐池舟和柳志峰去看。池舟听说蕾怡要演戏，自然要去瞧瞧，柳志峰也想趁此机会了解山外的精神信仰。岱箫便留下西兰、阿里安和赶来帮忙的几个高年级学生照看摊位，带着池舟和柳志峰去看戏。

这山外的戏很特别，既不是戏曲，也不是话剧，是所谓的"吟唱剧"，据说是当年进入山外的西洋传教士带来的：舞台的一角是十来个人的"唱诗班"，"唱诗班"吟唱故事，演员们在舞台上演绎故事中的场景。

故事都用当地土语吟唱。柳志峰突然想起来，来山外之前，在手机里下载了谷歌口译软件，里面有苗语翻译。便拿出来试一试，谁知完全不行。原来谷歌的苗语是基于东南亚苗族（Hmong）的语言，和中国境内的苗语相差甚大，不亚于粤语和普通话的区别。更何况，这山外的土语还不能说是苗语，千百年来，糅合了各种语言，已和苗语大不同。柳志峰只得作罢，还是得靠岱箫翻译。

今年，白苗的年轻人担当了第一部开场大戏，讲述天地和人类起源。关于世界和人类起源，华夏有盘古开天辟地、女娲抟土造人的传说；欧洲基督教认为是上帝创世造人；古希腊有宙斯和普罗米修斯……山外的传说则完全不同。根据山外的叙事长诗，起初，什么都没有，也就是"虚无"（TsisMuajDabTsi）；从"虚无"产生了"空"（Qhov）；从"空"产生了"古老"（KuLau）；"古老"（KuLau）用"空"创造了天地山川、飞禽走兽和各种人类。

池舟问："这'虚无'和'空'有什么区别？"岱箫说："'空'不是什么都没有，是'空间'的意思，有了空间，才能从中产生古老，古老才能用'空间'造出天地人。"池舟听了，一脸茫然，只能"哦"一声。

来到山外之前，柳志峰做了点功课，了解过山内 A 省 B 州有类似的神话传说，山内的传说和山外的明显不同。山外认为世界产生于"虚无"；山内则说"洪荒时代，天和地，相挨近"，"古老"辟开了天地。柳志峰问岱箫："到底哪个是正宗？"岱箫笑道："年代久了，各地都有各地的版本，分不清哪个'正宗'，就是个传说，都可以是'正宗'。A 省 B 州的应该是经过汉化的，大概是受到了盘古开天地的影响。"

柳志峰和池舟很好奇这"古老"长什么样，是男是女，是人是兽，还是无影无相，借助实物外显自己。就见舞台上，在众人的掌声中，翁里装扮成"古老"出场了，仅用兽皮和枝叶遮挡，体魄之健美，不在岱箫和池舟之下。据岱箫说，祖上过着游猎生活，崇尚力量和勇气，所以都用年轻健壮的小伙扮演。

"古老"祭出"Khawv koob Lo"，意思是"神奇的权杖"，金褐色的乌金木，约莫四十厘米长，有些扁平。岱箫将其名称翻译为"巫杖"。柳志峰走南闯北，遍历五大洲，见识过无数法器，还是头一次听说"巫杖",特意留心看去。

就见"古老"举起巫杖,前后左右比画,然后一手握住中央,另一手握住一端,抽出"Ntaj",一根亮闪闪的金属状物,细长扁平,岱箫将其翻译成"巫剑"。说是"剑",却并不锋利,不如说是一根剑形的棍子。原来这巫杖并非实心棍子,大概四分之三长度是中空的鞘,名为"巫鞘",把巫剑插入巫鞘后,剑柄和巫鞘无缝贴合,合二为一,恰似一根有点扁的权杖,故名"巫杖"。

"古老"一手托着巫鞘,一手挥动巫剑,上蹿下跳,前突后挺,左舞右蹈。舞台后方便落下一块背景布,上画着天地山川、日月星辰、云霞雨雾。

柳志峰很快发现,这"古老"虽是创造天地的神,在山外人眼里却一点也不神圣,既不是万能的上帝、宙斯,也不是供人膜拜的盘古、普罗米修斯。跟普通人一样,被七情六欲折磨,粗枝大叶,脾气还不小。"唱诗班"以一种幽默和戏谑的语气描述"古老"创造天地的过程:

> 古老急得汗淋淋,
> 毛手毛脚做起来。
> ……
> 东边顿几脚,
> 变成一条河。
> 西边挺一挺,
> 变成一条岭。
> 南边踩一踩,
> 土坪一大块。
> 北边太用力,
> 堆成一座山。
> 泥巴捏成大疙瘩,
> 地上变成坑洼洼。
> 巫剑东撮西又撮,
> 弄得地面洞洞多。

......

舞台上，翁里扮演的"古老"做出各种夸张、滑稽的表情和动作，意思是所造出的天地质量之低劣，连他自己也吃惊和嫌恶。台下众人被翁里逗得一阵阵哄笑。

在这哄笑中，"古老"强忍住笑，正襟危坐，开始创造飞禽走兽，于是，山鸟、猎犬、狐狸、山羊、鹿等动物，像走秀一样从舞台一边窜到另一边。

到最后，"古老"又累又困，哈欠连天，但不得不强打精神，拿巫剑敛集和变化"空间"，创造人类。结果错误百出，不是少了脑袋就是多了尾巴，或者手脚的位置不对。一旁的唱诗班唱道："古老啊古老，你做事要认真，莫要害己又害人。"底下的观众也跟着节奏喊啊唱啊："做事要认真，莫要害己又害人。"气氛热烈。

于是"古老"从头顶浇给自己一桶冷水，秀一下突起的肌肉，积聚精神和气力，开始"认真"做事。又失败几回，才创造出各种人类。接着，从舞台两侧陆续走出各种扮相的"人类"，有普通的，有拖着长尾巴的，有长着鸟、蝙蝠、蝴蝶和蜻蜓一样的翅膀的，有顶着大犄角的，有顶着个兽头的，有蹦蹦跳跳只有一条腿的……千奇百怪。

三十一

奇形怪状的各种人类引来台下一阵阵哄笑。独独池舟心思不在此，踮着脚，瞪大了眼睛，在台上的演员中搜寻蕾怡。半天没找着，正想问岱箫，就见蕾怡被绳子吊着，从天而降，背后背着弓箭，还有薄纱做的透明翅膀，身着洁白的"披结装"，长发披散，被风吹起飘逸，宛若传说中的天使。

蕾怡还真是在演天使，"古老"的使者，代表"古老"来向人类传授生火、狩猎、织布、缝衣、造房子、生儿育女等技能，蕾怡说："古老的意思，你们要一天吃三餐。"

然后人类为了一日三餐每天劳作，觉得太辛苦，就到"古老"面前诉苦。古老拿巫杖指着众人，说道："谁让你们一天吃三顿？三天吃一餐才对啊。"众人这才发现，是使者不靠谱，传错了，将

"三天一餐"传成了"一天三餐"。大家愤怒不已，对着使者大骂，还顺手抄起东西砸过去。使者只得扇动翅膀，抱着头狼狈飞走。

台下的观众又是笑又是骂，也有人朝"使者"扔锯末子、菜叶子等。在池舟几人前面，有人往台上扔鸡蛋，差点砸到"飞行"中的蕾怡。池舟急了，大喊"没有这么欺负女孩子的"，上前揪住那人，转过来，举起拳头就要打。柳志峰见了，忙上前挡住池舟的拳头，叫道："你干吗呢？"又和岱箫向那人赔笑解释。池舟意识到自己失态，红着脸道歉。

原来山外祖上的游猎生活，并非文学影视中自由奔放的浪漫诗歌，每日在崇山峻岭中奔波，又危险又劳累，还少不了饥寒病残。这不靠谱的"古老"和"使者"就成了出气筒，每当生活劳累不如意，就把他俩揪出来调侃，以泄心头之火。

接下来两天，军、民、土、苗几家轮番给"古老"演戏。只要咨询摊子不忙，岱箫和西兰就轮流带着池舟和柳志峰二人来看戏。

这天傍晚，又看了一场土家上演的"迁徙史诗"。说的是因为"古老"的不靠谱，有一群人类被造得太羸弱，没有鸟儿的翅膀，没有鱼儿的鳞甲，没有野兽的坚牙利爪，上不了天、下不了水、入不了地，被鸟兽和其他人类欺负、奴役、捕食、围剿，实在活不下去，问"古老"该怎么办，"古老"想了几天几夜，说："没有其他办法，只有躲开他们，另找安居之地。"

于是大家拖家带口，开始漫漫迁徙之路：

> 翱翔的飞鸟，
> 越过座座山峰。
> 翻涌的浪头，
> 劈过重重礁石。
> "古老"始祖啊，
> 迁徙的子孙，
> 跨过生死门之槛，
> 踏遍万水千山，
> 攀缘迢迢天路。

……

记不清走了多远，

说不清走了多久。

寻找安身之地，

一直没有停歇。

……

一路上，他们被长着翅膀、犄角、兽头等的人类追杀，遇到各种神奇的生物和山川景象，和妖龙、库茨（Khutchi）等各种妖魔鬼怪搏斗。堪称山外版的《指环王》和《西游记》。

三十二

第二天，先看了一部民家演出的恐怖剧，《Khutchi Gaga》，讲述魔怪"库茨"伪装成一对姐弟的外婆，吃了弟弟，姐姐和库茨斗智斗勇，为弟弟报仇的故事。Khutchi 是库茨的名字，Gaga 在山外是祖母或外祖母的意思。岱箫笑道："小时候淘气，爷爷奶奶就吓唬，再闹，就让 Khutchi 把你抓去。"说，"听奶奶讲，半夜在被窝里，姐姐醒过来，听见 Gaga 嘴巴里在嚼东西，就问：'Gaga，Gaga，你在吃什么？'Gaga 说：'我在吃甘蔗。'姐姐说：'我也要吃。'Gaga 就递给姐姐一截，姐姐放进嘴里一咬，发现不是甘蔗，是一截手指头……真是童年的噩梦！"

临近中午时分，又看了军家演出的悲剧《血色蜻蜓》。话说一位军家青年，奉命随部队进山剿灭"生苗"部落。这"生苗"，与"熟苗"相对。明清时期，凡不输租服役，不著户籍，自相统领，不通汉语，常居人迹罕至地势险峻之区域者，被称为"生苗"。

这位军家青年受了伤，与部队走散，在深山老林里遇猛兽袭击，被一位白苗青年所救。两人都受了重伤，一边疗伤，一边应对各种毒蛇猛兽、妖魔鬼怪，结下了深厚的兄弟情谊。

历经千难万险，九死一生绕出深山回到家中。谁知因军家和苗家的世仇，两人不能够在一起。两人思念着彼此，憔悴濒临死亡。其中一个感到不久于人世，一定要传信给另一方，没有其他办法，抓住一只蜻蜓，刺破手将蜻蜓染红、放飞。这血色蜻蜓得了感应，飞到另一位那里，停在手上，另一位见了，心里明白，沉水自尽。正是山外的《梁祝》，不过是兄弟版的。

> 你从黎明的曙光中飞来，
> 静静地停在我的窗上。
> 你那晶莹的翅膀，
> 拢着晨雾的迷茫。
> 蜻蜓，蜻蜓，你来自何方，
> 可否听我，诉说心伤；
> 蜻蜓，蜻蜓，你来自何方，
> 可否听我，诉说心伤。
> 你在黄昏的夕照中离去，
> 悄悄地飞向他的山冈。
> 你那血染的身躯，
> 映着晚霞的光芒。
> 蜻蜓，蜻蜓，你去向何方，
> 可否替我，传递衷肠；
> 蜻蜓，蜻蜓，你去向何方，
> 可否替我，传递衷肠。

池舟听着"唱诗班"悲婉、凄迷的吟唱，眼睛止不住红了，下意识地看看岱箫。

三十三

看完戏，注意到有一伙人在一旁默默地注视着，神色冷峻。大概十来个青年男女，穿着打扮与周边格格不入。不缠头帕，长发披肩，头上箍着额绳，两侧和脑后插着枝叶和翎毛；身着贴身长袍，有青苔绿、树干棕、玫瑰茜红等颜色；披着短袖无领的披风，是白色或者黑色；腰间不挎刀，系着巫杖。

岱箫见了，让池舟和柳志峰先回摊点去，独自迎了上去。柳志峰见岱箫神色微妙，便拉上池舟回到摊点，找到西兰，指着那一伙人问："他们是谁。"池舟则一脸的焦急："是不是有麻烦了？"

西兰看过去，也有些吃惊。想了一想，不好瞒池舟二人，便拉到一边细说。原来，这些人是"梯玛"的后裔。"梯玛"是当地土语，意指巫师、祭司。"不知从几百、几千年前起，祖上为躲避战乱和土司统治，陆陆续续迁徙到这山外，也带来了'梯玛'和原始信仰。"不承想脱离了土司统治，却让"梯玛"乘机做大。"梯玛"们从掌管祭祀、婚丧、求子嗣开始，逐步控制了医疗、占卜、纠纷处理，到掌管牢狱、司法、税收、军事……直至攫取了堪比中世纪欧洲教会的权势和地位。

人本性自私、贪婪，"梯玛"们得势之后，也一步步腐败堕落，借助于巫法实施精神控制，作威作福，大肆搜刮、压迫和奴役人们。山外人忍无可忍，组织起来反抗，经过数十年的拉锯，基本清除了"梯玛"势力。近些年来，随着从山内传来的科学和理性的兴起，仅存的"梯玛"们更是沦为了穷酸术士，在深山老林里游走，利用巫蛊之术装神弄鬼、坑蒙拐骗，为人所不齿。

柳志峰半开玩笑道："那么，他们来镇上做什么？要拓展业务？"西兰想一想，说："不清楚。自我记事起，还没见过这样打扮的梯玛。"池舟问："他们找岱箫干吗？"西兰指着说："那个带头的，'石巫朗达'，是岱箫的远房堂兄。""哪个带头的？""正和岱箫说话的那个。"

池舟看过去，岱箫对面站着一个颀长健硕的高个子，应该就是西兰所说的"石巫朗达"。"石巫"看起来比岱箫大几岁，高半个额头。眉眼挺像岱箫的，只是目光冷峻，透着杀伐决断，举止孤傲，心志高远——和岱箫正好相反。石巫身后，一群梯玛簇拥着一头高傲的生物。那生物顶着巨大的灰色犄角，像是驼鹿，又像是驯鹿，但是背上裹着白色的羽毛，有着马一样的白色鬃毛和尾巴。

石巫和岱箫似乎起了争执，声音越来越大。此时蕾怡在戏台边，换上了戏装，正等待下一场演出。远远看见了，恐怕岱箫有麻烦，拉上一旁的翁里，跑去跟石巫高声理论。石巫被激怒，眼神凌厉，拿着巫杖指着蕾怡，一字一顿地吐着字。

这边池舟见了，生怕蕾怡和岱箫吃亏，疾步跑过去。柳志峰和西兰也跟了过去。

　　石巫见池舟跑过来，料定是岱箫和蕾怡的帮手，不容池舟张口说话，用巫杖指着，厉色审视一番，却不言语。转身轻拍那非鹿非马的生物，将黑色的披风一甩，翻身骑了上去。居高临下，扫视一下众人，俯身对着那生物轻语。两边的梯玛们迅速往后退，腾出空地，招呼众人让开。其中有个瘦高个，身形和石巫差不多，一道刀疤从右眉的眉角斜着往后延伸到太阳穴，池舟看着只觉眼熟。

　　石巫朗达一声吆喝，那生物昂昂叫一声，将背上裹着的羽毛展开。那羽毛原来是一对翅膀，展开后宽达近十米。它呼呼扇动翅膀，助跑几步，往上一跃，腾空而起。很快便飞到医院大楼上方，再转向飞到议事堂上方，盘旋一会儿，又飞到议事堂对面的魂阁上方，绕魂阁的尖顶转几圈，像蜂鸟一样悬停，像战斗机一样翻滚，最后像鹰隼一样俯冲回广场。

　　广场上早已是一片惊叹声，众人都仰头追看，不少人还举起手机拍照。大家议论纷纷："这就是传说中的山兽？""山兽原来是真的？"……原来山外的传说中，"古老"和使者们的坐骑是一种似鹿非鹿、似马非马、长着翅膀的神兽，名为"山兽"。然而没有人见过，大家都只当是传说。如今亲眼所见，自然震惊。倒是池舟和柳志峰，自从来到山外，见过"水兽"等奇禽异兽，已经见怪不怪了。

　　石巫骑着山兽在广场上转一圈，向注目的众人微微颔首。最后来到岱箫跟前，翻身跳下，从旁人手中接过一支巫杖，递给岱箫，用低沉而磁性的声音教训岱箫："记住你是朗达家族的人，记住你的使命。"

　　石巫一伙人簇拥着山兽扬长而去。池舟忍不住问岱箫："什么使命？你有什么使命？"据岱箫和蕾怡说，"梯玛"们向来以神使，也就是古老的使者自居，如今沦为人所不齿的江湖术士，自然不甘心，要恢复祖上的荣光。石巫要求岱箫作为"梯玛"后裔，责无旁贷地担起大任，一定要将那根祖传的巫杖交给岱箫。

第五章　关山祭

三十四

　　"古老节"的第三天，傍晚时分会在水边举行"关山祭"。一大早，人们就纷纷赶来水边，一面等待"关山祭"，一面趁祭祀前开集做交易。故而岱箫等人也转战水边。

　　水边的卵石滩和草地之外是茂密的树林，像高墙一样沿着湖岸蜿蜒。树林边上是集市，集市有两处地方如同山内一样建起了购物中心，用来交易家电等山内货物，其余的都是传统的露天市场。

　　池舟和柳志峰抽空逛集市。正逢夏末，阳光灿烂，微风拂面。集市上人来人往，热闹非凡。大大小小的摊位沿着树林边缘弯弯曲曲排成几排，叫卖各种山货：鸡蛋、腊肉、野果、野菜；蛇、山鸡、麂子；鸡仔、猪崽；根雕木雕、藤编竹编的篮子篓子；山外服饰……

　　让人惊讶的是，山外也使用移动支付。池舟和柳志峰只得来到集市边上的一栋吊楼里，找到"山外银行"，在银行工作人员的指导下，用手机下载了名为"山外宝"的支付 App，然后各拿三千块钱现金充了三千"山外币"。柳志峰叹道："这跟想象中的穷乡僻壤完全不一样。咱们不是来支教、支援医疗的，倒是来度假的。"池舟心中嘀咕："你是来度假的，我的使命可是帮助山外应对劫难！"

　　充好"山外币"，池舟第一件要买的便是"鸟粮"：两天前获赠了一只绿色的山鸟，翻来覆去想了一夜，取名"小舟"。岱箫送了一些鸟粮，已经快让"小舟"吃光了。池舟带着"小舟"，拉着柳志峰，一路打听，来到卖山鸟用品的地方，花了五十块"山外币"买了一袋"顶级虫干"，当场便拿出一些，用水泡开，一颗一颗喂给"小舟"。

接着，池舟又精挑细选了一支鸟笛，迫不及待地吹起来，训练"小舟"向各个方向飞去再飞回来。小舟起飞和降落时，从人群头顶掠过，扇起灰尘杂物，引起大声抗议。池舟试过一两次便罢了。

两人带着"小舟"继续逛，在一家卖五颜六色的宠物蜥蜴的摊点前驻足，发现这家卖的蜥蜴不普通，都长着翅膀。柳志峰打开手机的百科全书，对着蜥蜴们拍照，手机出现以下词条：飞蜥，蜥蜴亚目（Sauria），与棘蜥属、树蜥属、攀蜥属等树栖类鬣蜥科蜥蜴共同构成飞蜥（Draconinae）亚科。

摊主十分热情，将一只飞蜥拎起来，往高处一抛，小家伙在空中伸开前肢，抓握住翼膜，滑翔起来，中途不断改变方向，最后落在池舟身上，用爪子紧紧抓住衣角。

池舟要买，撺掇柳志峰大叔也买一只，说："将来带回家，小孩一定喜欢死了。"一问价格，两千八一只，有些惊讶，"这么小的东西，比金毛犬幼崽还贵。"店主笑道："这可不是普通的飞蜥。"说着，俯身对着飞蜥念叨一句，飞蜥便噌噌爬到池舟肩头，纵身一跃，飞到了柳志峰身上。原来是会听指令的，据说比金毛犬还机灵，简直通了灵性。

柳志峰想起个问题，问道："有没有懂普通话指令的？"摊主知道此时谎称飞蜥会外语太容易露馅，老实回答："还真没有。"但又不愿丢掉这笔生意，眼睛骨碌一转，挑出两只很小的，说，"可以从小训练。算便宜点，两只一共两千八。"

两只小飞蜥刚出壳没几天，一只火红的脑袋，蓝色的躯干，黄色的翼膜带着黑色斑纹；另一只黑色的脑袋，绿色的躯体，灰色的翼膜带着火红色的斑点。两人扫码付了钱，池舟挑了蓝色的那只，起名"小蓝"，柳志峰拿了另外一只，起名"小灰"。摊主又送了两小瓶添了鸡蛋的玉米糊和一支小针筒，说头一个月拿针筒喂这个，满月后才能喂虫子。

三十五

池舟意犹未尽，拉着柳志峰继续逛。在人群中穿梭，看能不能淘到"灵石""灵药""精灵""龙蛋"，《穿越指南》《召唤大全》《修真秘籍》《魔法入门》之类的东西，助其打开新世界的大门，开启奇幻的人生。可惜，来来去去把集市逛了个遍，并没有发现这类东西。

柳志峰打趣道："还真是个孩子。真有这些东西，一定是各方争夺的宝贝——早被权贵们抢走了，怎么轮得到你我？"池舟笑道："所以，仙界、魔法界阶层固化，咱们这种没有根基、没有关系、没有奇遇的人，只能认命，做一辈子普通人，过一辈子平淡无奇的生活？"

柳志峰听了大笑，开始说教："就是这样。万般皆是命，半点不由人。不过，话又说回来，什么叫平淡无奇的生活？这个宇宙、这个地球还不神奇吗？这世上最厉害的神通就是科学，最神奇的魔法就是技术，科技教材就是《修真秘籍》《魔法指南》。"又掏出手机，一边展示，一边说，"最厉害的储物袋就是手机，App 就是法器，能源就是真气、魔力。只不过你都司空见惯了，而且需要长时间枯燥地学习、钻研，也不会轻易给你名利。你要找的，不是修真、魔法，是平常人够不着的新奇玩意儿，是不需要艰苦努力就让你一路开挂的金手指，是让你名、利、权兼收，走上人生巅峰，做人上人的际遇……"

转头不见池舟的身影。走回去寻找，却见小伙子正忙着在一家巫杖摊前挑选巫杖。池舟挑花了眼，这儿看看，那儿摸摸，还时不时拿起一根，拔出剑来比画。见柳志峰来了，忙拉住问"哪根好"。柳志峰一一拿在手中察看，有橡木的、柚木的、榉木的、桃花心木的……上面雕刻着龙、山鸟、山兽、松柏、藤蔓等动、植物造型；巫鞘靠近鞘口处凹进去一圈，系着绳子或者箍着铜丝、铜带。都是手工打造，十分精美。柳志峰察看一遍，说："留作纪念，都不错。"

"这可不是旅游纪念品，可以随便挑。"两人正挑着，冷不防从身后传来低沉而磁性的声音。转身一看，石巫朗达一伙人牵着山兽，围在了巫杖摊子前。石巫盯着池舟，缓缓道："仔细看好了，可不是什么材料都有用。"

"那么……什，什么才是有用的。"池舟没料到这石巫朗达讲一口流利的普通话，比岱箫的还标准，又被他那强大的气场震到，半天才结结巴巴吐出一句。后来打听才知道，当年这石巫到了十六岁，也遵循山外的传统，去山内求学打工三年，对山内声色犬马、醉生梦死的生活十分不屑，毅然决然留在山外。据说曾游历过北上广、东京、伦敦、纽约这些地方，见过大世面，对山内很熟悉。

石巫从腰间的披风下拿出他的巫杖，示意池舟和柳志峰二人让开，走到摊前，一一拨着摊子上的巫杖。挑出一根，拿起来，仔细端量，用牙咬一咬，用手指弹一弹，放在耳边听声音。摇摇头，放下，又挑出一根……如此反复，挑了四五根，最后"嗯"了一声，定下一根，递给池舟。

这根巫杖约莫五十厘米，上面漆着蓝色的波纹，波纹上雕着大大小小的水兽图样；靠近鞘口处箍着铜带，铜带拱出来一个小圈。池舟接过来，察看摩挲，问石巫："有什么特别吗？"石巫道："这是朗达山上的珙桐木做的。"池舟又问："你说有用，什么用处？除了用来唱戏，还能怎么用？"

"果然，你们什么都不知道。"石巫冷笑道，又指着池舟说，"用处大了去了——但愿永远都不用你们知道。"

"什么意思？"池舟一脸茫然，转而警惕地望着石巫，"你什么意思？"

正说着，几个挎刀负箭的壮实汉子吆喝着，拨开众人，往这边赶过来。为首的是个蓄着络腮胡子的矮个壮汉，池舟和柳志峰觉得眼熟，想了一会儿，记起来是来山外那天乘坐的"古老七号"的船长。

船长率领众人来到石巫一伙人跟前。石巫嘴角挤出一丝笑，说道："宁当（NinxDangk）船长，好久不见，有什么指教吗？"宁当船长说："恐怕不得不请你们离开。"石巫说："怎么……"宁当说："果乃们的吩咐，祭礼期间，朗达家族的人不准靠近祭台。"看来，昨天石巫一伙在古老广场大秀山兽的事情已经传开了，引起了果乃们的注意。

此时岱箫几人正在那边咨询摊位上忙碌。石巫侧身，用巫杖远远指着岱簫，质问宁当："那么，画巫朗达呢。"宁当说："他可不以梯玛自居。"石巫道："我明白了，你们心虚了，害怕了，所以要防着。""请……"宁当已经让下属在围观的人群中开出了一条路，伸手示意石巫一伙离开。

有人上前，对着石巫耳语一阵。石巫听了，举目向四方扫视，有挎刀负箭的从四面八方赶过来。笑一笑，对宁当轻轻来一句："那就不为难船长了。"转身招呼他的伙计们，"妮晓、么簸、耶久……我们走。"说着，牵着山兽，大摇大摆去了。那头山兽还时不时展展翅膀，嗷嗷叫两声，引得围观的纷纷拍照、议论。

这边，池舟担心心高气傲的石巫会向船长发难，见一伙人去了，才松了口气。听柳志峰轻声说"奇怪"，便问怎么了。柳志峰说："一而再地如此招摇，应该是故意的，他们在筹谋什么呢？"

池舟定下石巫挑选的水兽巫杖，扫码付款。发现不便宜，一千多一根，心中有些肉痛。又挑了两件配件：一个钛合金皮带挂扣，用来把巫杖挂扣在腰带上；一个钥匙扣，方便把巫杖扣在腰裥里。柳志峰挑了一根龙纹巫杖，一则是留个纪念，二则想着儿子没准喜欢这些玩意儿。

三十六

池舟和柳志峰回到咨询和医药摊点，给岱簫和西兰讲了刚才遭遇石巫朗达一伙的事。忽然听见"轰轰隆隆"低沉的闷响，侧耳一听，是远远从南边水面上传来的，紧接着，就感觉大地在前后左右晃动。不一会儿，口袋里手机震动，掏出来一看，前天装的"靠谱使者"App发来通知："关山祭即将开始。"

柳志峰便问岱簫和西兰这"关山祭"是何缘起，到底祭的什么，又在哪里举行。原来这"关山祭"为山外所独有，山内族人虽与山外人同宗同祖，却从未有过这种习俗。"当初，祖先们逃避土司的追兵，造竹筏顺生死河而下，到了生死河的尽头，穿过无影无形的'膜界'来到这山外。而追兵们赶到时，膜界闭合，把山外和山内的世界隔绝，让祖先们保全了性命，还找到了乐土。自此，每年都会在膜界闭合的时候举行'关山祭',以此感念古老始祖的保佑和指引,纪念发现和进入山外的日子。"

这关山祭将在离水岸不远的"水天柱"顶上举行。池舟和柳志峰几天前乘坐"古老七号"来山外,路过这"水天柱",是东西两根从水中拔出来的石柱,十分陡峭,长宽不过四五米,却高四五十米,四周的崖壁上垂着各种藤蔓,长着各种树木。

人们纷纷整理装束,往南穿过树林,向水边的卵石滩和草地集结。宁当船长率人在水边拉起了绳索,防止有人太靠近水,不断地用扩音器广播:"为安全起见,老人和孩子请尽快撤离。"

卵石滩和草地很快就站满了人,仍然不断有人赶过来,有挤不进来的,爬上了树。树林沿着水岸蜿蜒,东南端和西南端止于民家岭和黑苗岭,山岭巨大的岩石延伸没入水中。有年轻人不顾劝阻,攀上岩石峭壁。

西兰、蕾怡和柳志峰也加入了岸边的人群。岱箫和池舟则有特别任务:每年关山祭,军、民、土、苗各家都拣选所谓的"护祭人"守卫安全,今年白苗推选了岱箫、池舟和翁里等人。能当"护祭人"是山外青壮年男子的荣耀,选池舟这个外人,是考虑到他协助"古老七号"摆脱膜界的英勇事迹,又有岱箫力荐。这引起了很多人的不忿。

岱箫等七位白苗护祭人在码头集合,换上运动披结装,背上弓箭,挎上砍刀,跳上一条小船,齐力划向水天柱。翁里掌舵,岱箫等人在两边划桨。池舟舍不得刚买的巫杖,挎在腰间,也放不下山鸟"小舟",坚持带在身边。池舟穿着披结装,上衣只有从左肩斜披的一块布。"小舟"站在池舟左肩上,时不时把爪子从布上挪到裸露的皮肤上,抓得池舟生疼。池舟一边划船,时不时还得腾出一只手,把"小舟"的爪子挪回到布上,压低声音训斥:"听话,不许乱动!"

把船划到水天柱前方,和各家会合。各家领头的跳来白苗船上,和岱箫商量,决定安排白苗、民和土三家巡逻西边的水天柱,青苗、花苗和黑苗三家则巡逻东边的。

于是,岱箫带领白苗小伙子们划船绕西水天柱巡游。仍旧是翁里掌舵,岱箫等人划桨。绕一圈后停下休息,池舟拿起腰间的巫杖把玩，恰好坐在领头的岱箫后面，便拍岱箫的肩问道："那个石巫朗达说，这根巫杖是用朗达山上的珙桐木做的，是真正有用的。你说，除了拿来唱戏，还能干什么？"

岱箫转身接过池舟的巫杖，翻来覆去看一回，又拔出巫剑来比画，说："石巫硬塞给我的那根也是这个材质，但是漆成了绿色，雕的是山兽。"池舟问："有什么用处？"岱箫笑道："我也不知道啊。就是梯玛们装神弄鬼的'法器'，你我又不干这一行……"池舟大失所望，"哦"了一声，敢情自己花了一千多块买的玩意儿，跟道士的拂尘、和尚的木鱼和念珠一样，就是个花瓶、道具，用来掩人耳目的。无奈安慰自己："算了，留个纪念。每次旅游，买的那些玉器、翡翠、土特产，比这个坑多了。"

岱箫笑了，拍拍这位长不大的男孩，说道："别管什么巫杖了。今晚没准会有更神奇的东西。""真的？""真的，要神奇一万倍。你在山内绝对没见过。"池舟忙问："是什么？"

岱箫见勾起了池舟的兴趣，反卖起了关子："这个要碰运气，有些年头有，有些年见不着。到时候你就知道了。"

休息完，又划船绕了一圈，并没有发现什么异样。和民、土两家的小伙子们会合，也都说没发现情况。

不久，太阳没入山峦。水面上黑黢黢的，一轮明月从水中浮起来，亮闪闪撒下一路的碎琼瑶。

三十七

月光下，忽见水面上有什么东西，远远地劈开月影，飞速飙过来。池舟警觉起来，用胳膊肘碰岱箫。岱箫朝池舟示意的方向看过去，不以为怪，反拢着嘴"呕吼""呕吼"地叫。那东西循声游过来，原来是一前一后两只水兽。

两只水兽游到船边，对着岱箫和池舟嗷嗷叫。岱箫指着水兽们问池舟说："还记得他们俩吗？"池舟疑惑了一会儿，惊讶道："这是那天驮我们的那两只？"岱箫点头说："都记得我们了。看样子，是一对兄弟或者 khub 呢。"池舟听了，跟岱箫套近乎："我们给他们俩起个名吧。你那边的就叫'小岱'，这只就叫'小池'。"

小池和小岱似乎听懂了什么，将脑袋探过来，蹭池舟和岱箫的手。岱箫摩挲一会儿，把两手一摊，说："不好意思，没带吃的。"池舟这才明白他们这是在撒娇要吃的，也学岱箫摊摊手，然后指着岱箫对小池说："都怪他，不早告诉我一声！"心里惊喜：看样子，智商不比养过的金毛低。

小池和小岱垂头丧气，一副失望的样子，低声叫着，转身朝岸边游去。岸边的蕾怡见了，拉开架势，转动身子，挥动手臂，向小池和小岱扔苹果和香蕉。然后朝岱箫使劲挥手，又跳又叫。

岱箫挥手回应几下，就被民、土两家的领头的叫过去商量事情。倒是池舟，双手举得高高的，朝蕾怡大幅度挥动。那边蕾怡见岱箫忙去了，反是讨厌鬼池舟起劲地挥手，便快快不乐，放下手臂，跺脚"哼"的一声。

这里小池和小岱灵活地晃动长脖子，张嘴一一接住苹果香蕉，嚼两口吞下去，又嗷嗷叫着要下一个。这一叫，不知从哪里又冒出几只水兽，朝岸边游过来，也嗷嗷叫着要吃的。岸上不少人也加入蕾怡，朝水兽们扔果蔬。人群中升起一片闹腾。

不多时，宁当船长用扩音器喊话，叫大家安静下来。果乃们在码头上集合完毕，军、民、土、黑苗、白苗、青苗、花苗，共七名果乃、七名二果乃，由军家的护祭人举着火把护卫，分乘两条船前往水天柱。

池舟是第一次参加这祭祀，这十四位果乃，除青苗和花苗两位二果乃，都是第一次见到，因而借着月光和火光，好奇地打量着。

果乃们也是传统盛装打扮，只是都披着披风。一条船上的七位果乃年纪较大，穿深色服装，披黑色披风；另一条船上的七位二果年轻的居多，穿亮色衣服，披白色披风。服饰的基本样式都差不多，但各家有着各家的小特色，尤其是头上缠的包头。比如白苗的，大多跟岱箫和蕾怡一样，缠条纹或者细格子头帕，左边漏出一截坠在耳边。

原来近些年来，山内族人跟世界其他地方的一样，抛弃了传统服饰，除了上岁数的老人，都换成了简易方便的现代西装。山外也有这个趋势，但遇到诸如关山祭这样的重大节日，大家还都是传统装束。

让池舟惊讶的是，十四位果乃中，倒有差不多一半是女性。有一位年轻的女性二果乃，高鼻深目，头发颜色也浅。池舟见了，问岱箫："这山外还有新疆人呢？"岱箫笑道："那是民家新选出来的二果乃。民家有新疆迁来的，但这位不是，她祖上是一百多年前来到山外的西洋传教士。"原来山外跟山内族人，把军、土、苗之外的移民统统归入民家，有很多云南、西北、中亚等地方迁徙过来的。

池舟想起蕾怡是白苗果乃的幺姑娘，指着左边船上缠着白苗样式头帕的男子，问岱箫："那是蕾怡他爸？真年轻，真帅气，都说女儿像爸……"岱箫笑道："我们二果乃比蕾怡她大哥还小一岁。"指着右边的船说，"那条船上，花苗果乃身后的，蕾怡的阿妈，看见了吗？"

池舟吐了吐舌头，顺着岱箫的目光看去。船头立着一位留着长胡子的威严的老人，池舟估计这就是花苗果乃了。山外的习俗，年近六十才允许留胡须，这是因为，打猎时经常需要趴在草丛、灌木中伏击，胡子容易被勾住、缠住，是个不小的累赘。而这位老人是满脸的银白色胡子，岁数应该挺大，但却精神矍铄，目光如炬，行动敏捷。

花苗果乃身后站着的，应该就是白苗果乃，蕾怡的母亲。是位约莫六十来岁的老阿妈，头帕下露出花白的头发，可亲可敬。

三十八

两条船载着果乃和二果乃们，分别到达西、东水天柱。各水天柱脚下都有巨石伸出水面，巨石被凿出十来级台阶。众果乃弃船登上台阶，来到水天柱的峭壁下，早已有人从崖顶垂下藤编软梯。于是军家小伙子举着火把打头、断后，众果乃一个接一个攀着软梯到达崖顶。

又从南边传来"轰轰隆隆"的闷响，水面掀起波浪，一波一波地袭过来，把池舟所在的小船掀又抛下。接着，两边的水天柱顶上同时响起了"呜呜"的号角声，然后是"嗖"的巨响，两柱带着青烟的光束分别升起，直冲夜空，噼里啪啦炸开成五颜六色的花瓣。然后从绽开的花瓣中央又生成两柱光束，"嗖"地继续往上冲，噼里啪啦炸开，接着又生出两柱光束，继续往上冲……如此四五次，一次比一次高，直至消失。岸边的人群也被点燃了，随着炸开的花瓣一阵一阵地欢呼。

接着，一队山鸟展翅飞来，嘴里衔着红、绿、蓝、黄、紫等各色荧光棒和荧光带。飞到水天柱之间的夜空，不断地变换着队形，彼此抛接荧光棒和荧光带。织出流溢的色彩，比晚霞还要绚丽，和极光一样轻盈。如诗如画，如梦如幻；牵魂摄魄，醉心迷情。岸边人群的欢呼声、尖叫声和口哨声如同波浪一样此起彼伏。

不知过了多久，所有的山鸟都扔掉荧光棒和荧光带，天空霎时间暗下来，只剩下银色的月光。人群也立即安静下来，都在等待着什么。突然间，最上空出现一点荧光。原来有一只山鸟仍然衔着荧光棒，但是荧光被十来只山鸟包围和遮盖；此时山鸟们突然向四方飞散，荧光便显现出来，像是凭空从夜空中变了出来。所有的人都注视着，那荧光绕水天柱一圈，缓缓降下来，停落在花苗果乃肩上。

花苗果乃接过荧光，对着话筒，用古语缓缓祈祷，大意是"古老始祖啊，你的子孙感激你保佑和指引，期望永生永世、世世代代与你同在。"接着，十四位果乃面向着南边的天水之际，从花苗果乃开始，接力吟唱献给古老的叙事长诗：

> 古老，我们的始祖，
> 天地之始，万物之宗，人类之祖。
> 你从空来，又凭空去，
> 来也空，去也空，
> 你是自在，是自由。
> 你无影无形，却又无所不在；
> 你无为，而又无所不为；
> 你无能，所以无所不能。
> ……

扩音器将果乃们的吟唱送向水面，送向岸边。果乃身边有军家青年轮流举火把，随着吟唱的节奏晃动火把。而岸上的人们，注视着火把，随着果乃们一起吟唱，伴随着节奏击掌、跺脚、晃动肢体。不少人打开手机的手电筒功能，将光柱射向夜空，随着节奏和火把一起晃动。

那声音，低沉而悠远，在云水之间回荡。时而悲壮，时而凄婉；时而激越，时而消沉；时而凝重，时而清宁……有一种说不出的魔力，抓住人的身心，让人忘却生活的烦恼、忘却人生的苦难，沉浸其中。渐渐地，一种宁静中带着激越的感觉，如同暖流在体内涌动，让人迷醉，震颤，直至泪流满面。又有一种宗教般的神秘感和神圣感，让人忘我，仿佛与天地神灵连为一体。

三十九

池舟也被这魔性的吟唱催眠，沉浸其中，忘记了时间的流逝。不知什么时候，突然被人摇醒，睁眼一看，是岱箫，对他笑道："这就是祭祀？你们在山内的族人说你们用活人祭祀，完全没有那档子事嘛。"岱箫笑了笑，说："来了。""什么来了？"岱箫指着水面："你运气好到爆。"

池舟想起岱箫说过今夜可能有比巫杖神奇得多的东西，顺着岱箫手指的方向看去。幽幽的水面上闪着月光，却没有看见什么珍禽异兽，也没有"古老"或者神使显灵，更没有妖魔鬼怪、仙侠、魔法师之类的。然而整条船的小伙子们都骚动起来，指着远方小声纷纷，压抑不住地兴奋。

池舟心中纳闷，瞪大眼睛搜寻。水面上似乎出现了一些泡沫一般的东西，一漾一漾地，随着波浪涌过来，不久就到了船边。

大家纷纷俯下身，伸手去够那泡沫。池舟也伸手捧了几个上来，借着月光察看。像肥皂泡一样的球和椭球，大大小小各种尺寸，小的跟乒乓球一样大小，大的跟篮球一样。触摸起来，多多少少都有弹性，有的跟乳胶一样稍软，有的跟强健的肌肉一样稍硬。拿到眼前看去，这些"肥皂泡"自身跟空气一样透明，无色无味，只是上面粘上了海藻、油污等杂物，这才显出颜色和形状。

　　岱箫见池舟疑惑不解，说："这是 Morge 球。膜界，还记得吗？"池舟记起来，乘"古老七号"顺流死河而下时，压倒的桅杆被膜界卡住了，像磁场、电场一样无影无形却能卡住一条大船的神秘物质。

　　岱箫说："你看着。"说着，把几个膜界球揉在了一起，成为一团。膜界透明无影，只有上面的油污和海藻映射、折射、反射着月光；因而若隐若现，闪闪亮亮，像是一团变幻的光影，而岱箫则像魔法师一样，揉捏、摆弄这团光影。岱箫又时不时叫池舟再去多捡几个，一个一个添进光影团中。光影团越来越大，很快大如足球。

　　接着，岱箫让池舟帮忙，将光影团平展成宽六七十厘米的光影带。池舟两手抓住带子的一头，高举过头顶。岱箫则抓住光影带的两边往下拉，越拉越长。然后把带子对折起来，把两头接合在一起，成为一个椭环。他又把椭环的中部撑开，撑成一个圆形的环带，直径六十厘米左右。接着，又从里向外撑环带，使得环带的直径越来越大。

　　那环带被撑到一米五左右，池舟眼见要环抱不住。岱箫便接过来，越过船舷，放在水面上，环带浮在水面上，一漾一漾地。岱箫随即跨过船舷，弯腰钻进环带中，然后伸手继续从里往外撑，直到将其撑到近两米直径，能让自己站直了。

　　岱箫回头对池舟笑道："这叫 Lub teeb log，光影轮，你看着！"一边说，一边踏着那环带走动起来，像仓鼠玩跑轮一般。

　　水面上，已有好些小伙踏着光影轮跑来跑去。刚下水的，光影轮上还带着油污，被月光映射出斑斓的色彩，像是打翻了颜料盒子，红、黄、绿、蓝、紫……还有相互之间浸染出的几百几千种颜色。

　　下水有一段时间的，上面的油污被洗掉，光影轮透明无色，只能看见上面带起的水波和沾着的水滴。人站在轮中，如同凭空踏在水面上。跑起来，劈开波浪，掀起水花，如有魔法。

四十

　　池舟见了，连忙去收集膜界球，依葫芦画瓢做光影轮。做到半截，等不及，又招呼岱箫回来，求岱箫说，"让我先玩会儿。"岱箫说："这可不是在玩。"说着，让翁里踩着光影轮去传信，集合民、土两家的护祭人，招呼两家领头的商量，安排大家踏着光影轮巡逻西水天柱。

大家一个接一个出发，岱箫招呼池舟过来，指着自己的光影轮，说："你跟上。"池舟问："你自己呢？"岱箫笑道："我一会儿把你这个做完了，我弄得快。"

池舟一面往光影轮里钻，一面问："我们在警戒什么？"岱箫说："首先，要注意岸边，防止有人从岸边偷跑过来捣乱。"池舟忙问："什么人？"岱箫："就是以神使梯玛自居的那帮人。"池舟听了，想起石巫朗达一伙，问："他们为什么要捣乱？"

岱箫笑道："这个说来话长，以后再说。但是今年有宁当船长领着人把守，谅他们也兴不起多大风浪。"又指着南边的水面，说道，"今年更应该注意水那边。"池舟问："注意什么？"岱箫道："已经好几年没飘过来这么多膜界球了，说明今年山门关闭得异常猛烈，可能会有地震、水啸什么的。要保护好果乃和众人，情况严重的话，组织撤离。"

池舟伸手摸一摸肩上的鸟儿，说声"站好了"，便踏着光影轮出发了。一边望着月光下天水的尽头，一边疑惑"水啸"是什么，想了半日才明白，是岱箫根据"海啸"造的一个词，因为这里不是海。

池舟踩着光影，一边听着水天柱上传来的吟唱，一边随大家轮绕西水天柱巡逻。南边又传来"轰轰隆隆"的闷响，水面晃动，有波浪从天水之际涌过来。然而大家不以为意，一切照常进行。池舟心想："这个程度的震动，估计往年都是这样。"

忽然从岸边传来喧闹声，转身看去，西边的树林有两处着火了，火光越来越大，宁当船长和挎刀负弓的守卫们维持秩序，组织众人排队到水边，接力传递水桶灭火。

接着，东边也乱了，远远望去，树林前的草坡上，一伙披着长发、身着"奇装异服"的"神使"梯玛们很显眼，正在闯关往水边冲，和守卫们起了冲突。继而又有几处出现梯玛闯关，守卫们顾此失彼，几个梯玛冲过阻挠，冲到水边，脱掉长袍，扎进水中。

见此情形，岱箫等几个领头的聚拢商量，争执一阵，决定派人去岸边支援，于是踩着光影，分头分派各家的小伙子们："某某、某某……你过去看看。""某某和某某，你跟着某某。"……

池舟还记挂在岸上的蕾怡，也要过去，踏着轮子奔向岱箫，喊道："我也去，这种情况我有经验。"不料岱箫指着另一边的水面，大声说："你别动，那边也要人盯着。"

池舟无奈，看着几个小伙踩着光影轮向岸边飞奔过去。谁知小伙们还没上岸，便有梯玛们游水正面迎上来，夺取光影轮。双方大打出手，水花四溅。远处岸上又有几处出现火光，人群开始骚动，逐渐乱作一团。

不一会儿，人们纷纷望向西边的空中，用手指着，高喊着，尖叫着，不少人将手机的光柱射了过去。岱箫和池舟忙抬头望去，原来天空中有人举着一根点亮的火把，骑在白色的山兽上。那山兽挥动着巨大的翅膀，飞到水天柱上空。在西水天柱崖顶上盘旋，调整姿态，似乎在找落脚点。崖顶上，吟唱止住了，军家小伙和正值壮年的二果乃们摆好了阵门，准备迎接山兽的冲击。几个护祭人从背后取下弓箭，朝盘旋的山兽射去。

岱箫见了，朝小伙子们挥手，高声喊道："中计了，快回来。"掉头赶往西水天柱。大家彼此招呼，除几个被梯玛们纠缠住的，都掉头跟上岱箫。

池舟紧跟在岱箫后面，不料快到西水天柱时，岱箫的光影轮突然停下来，池舟猝不及防，撞了上去，和岱箫都摔进水里。肩上的"小舟"叽叽叫着，扑腾着飞到轮子顶上。

后面赶上来的翁里等人见了，试图刹住光影轮，或把腿伸进水里，或转身往回踩，或往后倒着踩。然而这东西在水面上，不比汽车在陆地上，不是那么容易刹住，几个人也撞成一团。

众人一边在水中扑腾，一边喊"怎么了？""怎么回事？"岱箫从水中冒出头，大声喊："往东边去，往东边去！老弱的果乃们在东边！"于是大家忙翻上光影轮，噔噔噔踩着往东水天柱奔去。

大家抬头望去，果然见那山兽躲过射来的箭，腾空往上，拨拉着蹄子，朝东飞奔而去。

此时，东水天柱上的果乃和军家小伙们也意识到发生了什么，花苗果乃拿着话筒朝岸边喊："宁当，组织大伙儿撤离。所有人都镇静，镇静！不要慌乱，不要发生踩踏。"

那梯玛骑着山兽飞奔到东水天柱，从崖顶一冲而过，将一个护在前方的军家护祭人撞得掉下悬崖，跌入水中。接着那山兽又嗷嗷叫着，转一个圈，折回来，再次冲过崖顶，又将两人逼下悬崖。如是几次，崖顶上不剩几个人了。

当山兽再次掠过崖顶时，剩下的几个人趴下来躲避。谁知那梯玛纵身从山兽背上跳下，在崖顶翻了几个跟斗，因惯性太大，翻出崖顶，眼见要掉下去。他一个反身腾跃，伸出双臂，抓住一根藤蔓；然后双脚猛蹬崖壁，翻身跃上来。随即转身飞腿，踹开冲上来的人，几步上前，夺过花苗果乃手中话筒，对着岸边大声喊：

"山外的兄弟姐妹们，我是石巫朗达。大家都知道，这关山祭，自始以来，就是神使主持的，只有神使才能和古老始祖沟通。如今被果乃们篡夺，已经失去了任何意义，还会惹古老发怒。如今山外正遭遇三百年一次的大劫，正要祈求古老的庇护和指引……"

石巫这样谣言惑众，众人哪里肯容他说下去，一起扑上去，扭打起来。那话筒发出一阵尖利刺耳的噪声之后，便被掐断了。

四十一

岸上的人群见空中有人驾着山兽举着火把而来，还以为是祭祀的一个庆典节目。直到听到花苗果乃喊大家撤离，才知道出了岔子。守卫们分成几路，点起火把引路，维持秩序。宁当船长站在高处，拿着扩音器指挥，朝人群喊："不要慌乱，不要停留，也不要乱跑。"

趁守卫们忙乱之际，越来越多的梯玛们冲到水边，脱掉长袍，扎进水里，劈波斩浪追击护祭人，夺取船只和光影轮，扑向水天柱。

除梯玛们外，还有一拨人不向北边撤离，反扑向水边：有筋壮小伙见池舟这样的外人都被拣选为护祭人，神气活现地在水上巡逻，愤愤不平，要冲上去大展身手；有十多岁的孩子，天不怕地不怕，见了膜界球和光影轮，心里早痒痒得不行，趁机冲进水里去捞膜界球。

岱箫带领大家往回赶，然而大部分护祭人被梯玛们牵制住，赶回东水天柱的，只有岱箫等几个白苗小伙以及几个青苗和花苗的。

岱箫对着两家的领头人大声喊："带人去打捞落水的。"自己带着池舟和翁里跳上台阶，要爬上崖顶去制伏石巫朗达。

忽然听见岸边隐隐传来噼噼啪啪的声音。池舟大吃一惊，喊道："枪声！"岱箫惊讶道："应该不是，他们也不想伤人。"池舟："肯定是枪，我有经验。"又说，"蕾怡他们还在那边，我得过去看看。"

正说着，听见清脆的声音叫道："画巫，画巫！"蕾怡的声音！转头一看，果见蕾怡正踩着光影轮赶过来，天知道她是怎么弄到的光影轮。

池舟和岱箫忙下台阶迎上去，岱箫喊道："你怎么来了？搞什么鬼？回去！""不。""赶快回去。""我不。我阿妈还在上面呢。"

正说着，有一个精壮汉子冲了过来，把蕾怡撞倒在水里，撞开岱箫池舟等人，往崖壁前冲。披着长发，白色松散裤子，上面只穿了灰色贴身短褂，显然是脱掉长袍的梯玛。崖壁前，翁里正要顺着藤编的软梯爬上崖顶，闻声转头，见到冲上来的灰褂梯玛，返身两步拦住，和他冲撞在一起，厮打起来。

这边，池舟和岱箫捞起落水的蕾怡。岱箫呵斥蕾怡，"岸边乱成那样，你不去协助船长，居然跑过来了！"蕾怡这才鼓着嘴，踏上光影轮。"等等。"池舟叫住蕾怡，"把小舟也带上。"说着，从肩上托过小舟，递给蕾怡。

两人看蕾怡去了，转身就见那灰褂梯玛已经冲破翁里的阻拦，在攀爬藤编软梯。翁里紧追在后面，挥动手臂，拉扯他的腿脚。

岱箫见了，飞速冲上去，爬上软梯去支援翁里。不料那梯玛从腰间掏出砍刀，三两下砍断了软梯。翁里手臂受伤，"啊"地大叫，往下坠落，正砸中下面的岱箫。岱箫本已抓住了岩石，稳住了脚，被翁里一砸，一起摔在岩石上。

池舟又回头看了看远去的蕾怡和小舟，确认这小姑娘不是在要诡计，的确是回岸边去了，这才放心，转身冲向崖壁。谁知翁里和岱箫摔倒在地，池舟被绊了一下，差点摔倒。

池舟稳住脚步，顾不得岱箫和翁里，迅速扫视，发现不远处垂着一根藤蔓，两步过去，抓住藤蔓，噌噌噌往上爬。但那灰褂梯玛身手敏捷，哪里追得上。

那灰褂梯玛眼见就要攀上崖顶，不料崖顶上仅剩的护祭人听到动静，跳过来，猛踹灰褂梯玛的手臂和脑袋。灰褂梯玛左右躲闪；护祭人抽出砍刀，一边继续踹，一边砍软梯。软梯一边被砍断，另一边也只剩下一股藤，就要断掉。谁知石巫朗达从后面扑过来，从后面擒住护祭人，猛击他的手肘。砍刀从勇士手中滑落，磕磕碰碰往下掉落。

下边，池舟正攀缘藤蔓，忽然听见唧唧吱吱的叫声，抬头一看，是小舟。"这小家伙，居然飞回来了。"小舟在一棵从石缝里扎出来的树边急速盘旋，叫声急促尖厉，似乎想要说什么。池舟瞪大眼睛看去，一把砍刀被树丫截住，摇摇晃晃，就要掉下来，锐利的刀锋寒飕飕映着月光。池舟见了，连忙蹬崖壁，抓着藤蔓荡开身体；那砍刀滑落下来，在耳边嗖嗖飞过，刀尖的钩子从左肩一划而过，划破了"披结装"。

再往下，崖壁脚下，岱箫和翁里等人迎击几个扑过来的梯玛。然而，遗憾的是，据池舟和岱箫事后回忆，并没有什么花式拳法、内力、点穴之类可写，也没有戏剧性的一对一斗舞，也没有"白苗断脉太乙杀""青苗傲天五行指""花苗阴阳魔斩""缥缈鬼行手""逍遥神隐腿"之类的招式，更没有人在出招前报名："看我降龙十八掌""吃我黯然销魂拳"。就是实实在在的贴身肉搏，我一拳打在你脸上，你一膝盖顶在我小腹上，他一把把你摆翻，你一腿把他踢倒……也分不清谁在打谁，大家一团混战，吆喝声、怒吼声、惨叫声不绝于耳。

有一个梯玛从这一团混战中爬出来，眉角一道刀疤，身着黑色短褂，踉踉跄跄站起来，朝着崖壁敛气定神，一跃而上，抓住一根藤蔓，往上爬去。岱箫见了，几脚踹倒挡在前面的人，向崖壁猛冲上去，趁着惯性，左攀右蹬。手抓灌木丛，脚踩岩石坑，稳住身子，向斜上方猛然跃出，抱住那黑褂梯玛的腰腿。

那黑褂梯玛又是肘击又是腿踹，然而被岱箫死死抱住，怎么都摆脱不掉。于是蹬崖壁，左右摆荡，狠狠撞向一旁的岩石。岱箫被猛撞上去，胳膊和手臂被划伤，大叫一声，跌落下来。眼睁睁看着他往崖顶爬去。

上方崖顶处，软梯的最后一股藤蔓也咔嚓断掉，那灰褂梯玛眼见要摔下去。上面的石巫朗达一把抓住他的手臂，死力往上拉。此时，池舟已经从右边攀了上来，一脚踩着灌木丛，一脚蹬住岩石凹处，右手抠住一块石头，左手伸出去，抓住灰褂的腿，死命扯住。那灰褂梯玛一手攀着岩石，一手抓着石巫朗达，一脚蹬着树丫，一脚被池舟扯住，动弹不得。

正胶着间，那黑褂梯玛已经从左边攀上来，猛踹池舟，趁他躲闪不及，大吼一声，朝池舟跳了过去，一把抱住池舟的背，对池舟又是头撞，又是膝顶，又是脚踹。池舟承受不住，大叫一声，松开了灰褂的腿。肩上的小舟已仓皇逃到空中。

池舟脚下的灌木丛承受不住两个人的重量冲击，被连根拔起。池舟脚下踩空，往下滑去。滑了大半个身子，慌乱之中踩住、抓住了什么东西，方才稳住了。他手脚抓踩崖壁，往后猛挺腰和臀部，试图甩下抱住后背的黑褂。空中的小舟也尖叫着，不停攻击黑褂。黑褂也不久留，瞅准时机，猛然一跃，抓住附近的藤蔓，往崖顶攀去了。

第六章　水啸

四十二

池舟爬上崖顶，就见岱箫跟在下面，忙递过手去拉他上来。后面翁里等人也陆陆续续爬了上来。

此时的崖顶，黑褂正和仅剩的军家勇士扭作一团。石巫朗达和灰褂被四位果乃包围，两人背靠背和果乃们对峙。果乃们在劝告石巫。池舟听不懂，但看石巫的神情，他自然不买账，仰天大笑，高声叫喊，有一句似乎是："执迷不悟的正是你们。"

石巫朗达本打算劫持果乃向人群喊话的，如今见池舟和岱箫等人爬上了崖顶，明白护祭勇士占了上风，劫持是不可能的了。又远远看见岸上的人撤得差不多了，即使劫持了果乃喊话，也没了听众。便决定撤离，朝空中长啸一声。

池舟和岱箫还以为这是石巫朗达在给人发信号，又在玩什么调虎离山、声东击西的诡计，警惕地察看四周。却见那头白色的山兽从远处展翅飞来，"昂昂"叫着，掠过崖顶。

石巫朗达几步冲过去，推开阻拦的果乃，一跃而出，扑上山兽的背，迅速翻身骑上。池舟拔腿冲上去，不料灰褂一腿横扫过去，将池舟重重绊倒在地。池舟一个鹞子翻身，反扑向灰褂……

又传来"昂昂"的叫声，原来石巫朗达骑着山兽折了回来，朝崖顶喊叫，显然是来接应灰褂。灰褂正和池舟纠缠，几次要脱身，总被池舟从后面扑倒或抱住。

岱箫瞅准机会，冲上去一跃而出，扑在了山兽的后部。还没等石巫朗达反应过来，已经翻身坐在石巫身后，一只铁臂牢牢钳住石巫的左臂和胸口，另一只则死死锁住石巫的喉咙。石巫动弹不得，只能啊啊呃呃地叫唤。

崖顶边缘，灰褂听见石巫的叫唤声，发现石巫被岱箫锁喉，突然爆发洪荒之力，使出浑身的解数，把池舟翻倒在地，狠踹几脚。随即冲出悬崖，扑向山兽上的岱箫，抱住岱箫的腿。池舟挺身起来，不假思索，也跟着灰褂冲出悬崖，扯住灰褂的双脚，悬在空中，东摆西荡。小舟跟着池舟，来来回回地飞。

山兽哪里承受得了四个人的重量，一点一点往下坠，池舟的腿和腰就要没入水中。

水面不远处有一条船，船上几个孩子正收集膜界做光影轮，看见山兽和石巫四人飞过来，一个比一个兴奋。池舟被拖着，啪地撞上小船，把船撞得转了向。他痛得哇哇乱叫，松开了灰褂，沉入水中。

池舟奋力扑腾出水面，大口大口吞咽空气。缓过气来，意识到月光黯淡下来了，不远处有"啪啪""轰轰"的声音在迫近。朝南边一看，就见一个巨大的浪头，高两三米，如同一堵墙，遮蔽了天水之际的月亮，正以雷电之势扑过来。

水啸来了！

空中的灰褂也意识到了，松开手，跳进水中，迅速把头探出水面，抹一把脸，仰头朝石巫大声喊叫。池舟猜这大概是叫石巫赶快逃，也朝岱箫大声喊："水啸来了，快跑！"

然而为时已晚，浪头比想象的要快得多，排山倒海压过来，吞噬了一切。

四十三

水中一片混乱，池舟睁开眼睛，扭动肢体，转动脑袋，侦察四方。不远处，山兽、岱箫和石巫也被卷入水里，没头没脑地撞作一团。

池舟见岱箫头朝下吐着气泡，知道这是呛水了，极力游过去，抓住岱箫的双肩，对准嘴，将仅剩的空气吹入岱箫口中。原来在没入水中前的一刹那，池舟本能地吸了一大口。

池舟随即捂住岱箫的嘴，拽住岱箫的胳膊，迅速蹬双腿，朝水面游去。猛然露出水面，深吸一口气。一手托住岱箫的后脑勺，让他仰面朝天，一手猛击他厚实的胸脯。岱箫"哇"的一声吐出水，一把抓住池舟的胳膊，急促地吸气。

灰褂水性也不错，也迅速赶了过来，将石巫和山兽托出水面。石巫伏在山兽背上，剧烈咳水。山兽则一边吐水，一边向上张举翅膀，抖落翅膀上的水。

池舟隐隐听见有啾啾唧唧的叫声，猛然想起小舟，小舟在哪儿？循着声音转头，发现小家伙不远处的水面上扑腾。连忙游过去，从水中托起来，放在肩上。

波涛声中，传来哭泣声和尖叫声。是孩子！有孩子落水！

四人尽力往高探出水面，寻找呼救的声音。石巫朗达坐在山兽背上，视野广，发现南边不远处，一只木船翻覆在水面上，水正透过孔洞往上涌。几个孩子正在往木船上爬，惊恐地哭着，喊着；有孩子在水面扑腾；有的已经没有气力喊叫了。

四人急忙赶过去救人。池舟挥臂游去，第一个赶到，托起一个几乎失去知觉的孩子，往翻倒的木船上推。岱箫和灰褂以一种类似"狗刨式"的姿势赶到，各从水下抓住一个孩子，拦腰抱着，托出水面。石巫朗达也骑着山兽游过来，捞起一个。

南边又响起"啪啪""轰轰"的声音，又一波水啸袭过来，水墙更高，速度更快。这一波还有一个巨大的涡旋，黝黑黝黑的，从水墙顶部一直卷到水下几米深处，像龙卷风一样，席卷一切。

赶快逃命！石巫让大家把孩子扶上山兽，前面抱一个，后面再反手搂着一个。想再带上一个，然而山兽已精疲力竭，而且翅膀沾了水，实在承受不了太多的重量。还有六个怎么办？岱箫和石巫大声商量几句，扯下身上披结装的那块长布，扔给石巫朗达，又让池舟照做。石巫朗达接过两人扔来的布，迅速结成绳子，一头系在木船上，一头捆在山兽的脖子上。

大家齐心协力往岸边逃：木船上趴着三个孩子；石巫骑着山兽载着两个，在前面拉木船；池舟、岱箫和灰褂一手拦腰搂着一个，一手在后推木船。

身后又传来尖厉的声音，大家停下来，回头一瞧，有个孩子抱着一块木板，在惊恐地呼救；天边的水墙和漩涡正以雷电之势袭来。

怎么办？怎么办！岱箫三人用当地土语大声叫喊一阵，岱箫转头对右边的池舟叫："你水性好，再带上一个。"说着，将怀中的孩子交给池舟，自己揽过左边灰褂怀中的孩子，对池舟和石巫朗达叫，"快！快！"

灰褂会意，将孩子交给岱箫，翻转身体，猛蹬木船，朝呼救的孩子游去。

木船被灰褂一蹬，猛向前一窜。池舟这才明白过来，头顶着小舟，连忙带着两个孩子跟上。

快到岸边，石巫朝岸上大喊，让人来接应。岸边的守卫们、护祭人和梯玛们也都在忙乱中。只有一人闻声，游水迎上来。石巫朗达将山兽载着的两个孩子交给他，驾着山兽，转身去接应灰褂。

四十四

池舟几人奋力游回岸边，将孩子交给人送往高处安全地带。回头望去，水墙和漩涡已经逼近水天柱。石巫骑着山兽在巨大的涡旋里搜寻灰褂和溺水的孩子，如同一叶风帆在惊涛骇浪中出没。"哄哄"的波涛声越来越近，夹杂着石巫声嘶力竭的呼喊："么簸""么簸"……池舟这才知道，原来这灰褂梯玛名为"么簸"。

山兽贴着涡旋黝黑的水面飞行，几次被涌起的水流袭击，半没入水中，又昂首奋蹄振翅，竭力冲出了水面。

石巫朗达似乎发现了什么，骑着山兽向斜上方冲过去。原来斜上方的涡旋中冒出了脑袋和挥舞的手臂。涡旋的水面像个斜坡，冒出水面的脑袋和手臂如同从斜坡中探了出来。应该是么簸！还有溺水的孩子！

石巫和山兽追了上去。山兽的右下半身没入水中，石巫侧身弯腰，伸出手臂，去够么簸和孩子。然而一股涡流袭来，挟裹着山兽一起旋转。石巫被甩出去，双手抱着山兽的脖子，身体被拖行在水面上，分分秒秒都会被涡流吞噬。

岸边，老弱和妇女们都已经撤到高处，只剩下岱箫、池舟，还有几个护祭人和梯玛们。众人望着惊涛骇浪中的石巫和山兽，心都悬到嗓子眼上。

池舟四处找光影轮，要去接应石巫。惊讶地发现，光影轮都软了，正在如同冰雪一样融化消失。后来听岱箫说："膜界就是这样，几个小时后就会消失得无影无踪。"

忽然听见众人惊呼。原来水墙经过水天柱，和水天柱碰撞，激起一个巨大浪头，浪头卷入涡旋，吞没了山兽和石巫几人。大家屏住了呼吸，震惊，焦灼，心脏好像停止了跳动。

突然间，水幕被破开，石巫骑着山兽从涡旋中冲了出来，腿上趴着一个人。众人一片欢呼！

石巫驾着山兽朝岸边飞过来。山兽早已经精疲力竭，现在驮两个人，哪里还飞得动？贴着水面，往下要没入水中时，就奋力振翅往上。如此起起伏伏，直到精疲力竭，沉入水里。

众人不顾即将扑来的水墙和涡旋，纷纷冲进水里迎上去。发现石巫朗达腿上趴着的，不是么簌，而是溺水的孩子。

石巫把孩子交给众人，吆喝山兽，要返回去救么簌。然而山兽已经瘫倒在水中，"嘶嘶"地哀鸣，动弹不得。石巫朗达转身扎向水里，只身游向水墙和涡旋。岱箫等人根本拦不住。

说时迟，那时快，水墙和涡旋排山倒海地碾压过来，吞噬了一切。众人在水中颠三倒四地碰撞着，挣扎着，如同激流中的一堆土豆。

四十五

不久，池舟从疼痛中醒来，睁开眼睛。就见天刚破晓，淡青色的天空镶嵌几颗残星，天边的太阳拨开红彤彤云霞，投射来金色的光辉。他忍痛坐起来，审视四周，发现身处卵石滩上，眼前是一望无际的水，不知是湖是海。岸边一片狼藉，到处是断裂的枝叶，木船的残骸，人们遗失的手机、鞋子、衣物、砍刀、弓箭等。

"这是在哪儿？"池舟脑子一片空白。忽觉太阳穴生疼，用大拇指揉压。眼前突然闪现出一个男子，脸贴在撞碎的车前窗玻璃上，满脸血迹。男子睁开眼睛，惊讶地看着池舟，艰难地蠕动着嘴唇，似乎想要说什么。忽然间地动山摇，把男子震飞得无影无踪……

池舟突然记起来，不久前，自己应医生柳志峰的邀请，去A省B州C县D镇支教，开车翻越野鸭子岭，车冲出悬崖，悬在半空中，那个男人重重地砸过来，满是血迹的脸贴在破碎的前窗玻璃上。

"那个男人究竟是谁？来无影去无踪的。我现在又是在哪里？发生了什么事情？……难不成，这是坠崖穿越了？魂穿？身穿？怎么不见太监、美女和仆人们？"正胡思乱想，忽觉左臂生疼，转头一看，是一只鸟儿在啄自己。鸟儿拖着长长的尾巴，绿色的背、白色的肚子、圆圆的蓝眼睛，一边啄一边歪着脑袋看自己。

可爱死了！池舟伸手去够那鸟儿，鸟儿却转身，蹦跳到斜前方，停下来，转身对着池舟啾啾叫。池舟看过去，发现鸟儿爪子下是一根木棍，十分精致。

池舟跟跟跄跄站起来，上前捡起木棍，端详起来。木棍有些扁平，长约五十厘米，上面漆着蓝色的波纹，波纹上雕着大大小小的奇怪的动物，距一端约三分之二处还箍着铜带。池舟觉得十分眼熟，努力回忆。不一会儿，眼前闪现出杂乱无章的画面：那个满脸血迹的男人，一个凝视着自己的女人，被割喉的军人等。时空凌乱，各种画面交叠错落，混乱无章。然后太阳穴一阵刺痛，脑子如翻江倒海般灼热、绞痛。

池舟"啊"的一声，丢掉木棍，捂着脑袋，咬牙切齿忍住痛，努力镇静下来。不知过了多久，脑子嗡的一声后，终于平静下来。记起来了！哪里是什么穿越！自己翻过野鸭子岭到 D 镇后，跟柳志峰会合，跟随一位名叫"岱箫"的白苗小伙子和一位名为"西兰"的土家姑娘，乘坐一艘古老的大木船，沿一条"生死河"顺流而下，经历险阻，摆脱一种名为"膜界"的东西，航行过一片水域，来到这当地人称为"山外"的世界。昨天，山外在水边举行"关山祭"，自己和岱箫等人作为"护祭人"，同前来捣乱的神使"梯玛"们大战一场。混战中，水啸袭来，自己和岱箫，还有名为"石巫朗达"和"么簇"的两个梯玛，一起救人，被水啸吞噬……然后就到这里了。

如此奇异的冒险经历，简直就是个梦。池舟迷惑不解：我是醒来了还是还在梦中？是在山内梦见了在山外的经历，还是在山外梦见了在山内的经历？

正想着，被一阵"啾啾叽叽"的鸟叫声惊醒。定睛一看，是那只鸟儿，在朝自己叫呢。爪子边是那根有些扁平的精致棍子。

"不，不是梦！"池舟捧起鸟儿，一手搂在怀里，一手捡起棍子察看。这鸟儿是山外人口中的"山鸟"，是岱箫和蕾怡送给我的，我给它取名"小舟"。这棍子是巫杖，是这山外朗达山上的珙桐木做的，是我从山外的集市上花大价钱买下的！

"但是，刚才眼前闪现的画面，那个满脸血迹的男人，凝视着自己的女人，被割喉的军人……又是怎么回事？"

四十六

池舟记起昨晚的事情，想起岱箫的水性不好，被水啸吞噬后，生死未卜。急忙将巫杖别在腰间，将小舟放在肩上，跟跄着四处奔走，四下张望，拢嘴大声叫喊："岱箫，岱箫，你在哪儿！"

人没见着，倒是远远看见一只绿色的巫杖被遗落在浅水中，下意识地想起岱箫的那根。赶紧跑过去，捡起来一看，和岱箫的挺像，也是珙桐木的，但上面雕刻的不是山兽，是"山鹿"。这才想起，参加关山祭时岱箫并没有带巫杖。

继续搜寻岱箫。遇到一处乱石堆，石头湿漉漉、滑腻腻，还带着残留的水草和苔痕，看样子，是刚被水啸冲上岸的。越过乱石堆，是一处细沙滩，散布着好些大石块，细沙滩再往岸边，仍旧是卵石滩。零星散布着一些人，或躺、或趴、或蜷缩，衣衫破碎，脸上身上布满血迹、污泥还有水草，不知死活。

池舟吃了一惊，疾步上前，逐个辨认。弯腰翻过一个趴着的健壮身躯，终于发现是岱箫。一摸颈项，是温热的，还有脉搏！忙蹲下来，一边拍脸颊，一边叫："醒醒！醒过来！"

岱箫慢慢睁开眼睛，费力一笑。池舟喜极而泣，想抱住岱箫，又怕碰到伤口，弄疼了他。

这时，一只火红色的狐狸一路闻嗅着跑过来，辨认出岱箫的气味，转身站起来，挥动两只前爪，咕咕大叫。接着，远远传来少女的声音："火球，火球，你找到了吗？在哪儿……"是蕾怡！池舟一下子就听出来了，忙拢嘴大喊："在这儿！在这儿。"肩上的小舟也放声"呖呖"大叫，展翅飞过去。

不多时，小舟又飞回来，仍旧停在池舟肩上。后面跟着蕾怡、西兰和柳志峰。三人都举着火把，西兰和柳志峰还背着背篓。蕾怡一见岱箫，扔下火把，飞奔而来，顺势跪在地上，握着岱箫的手，语无伦次地大喊大叫："吓死我了……你伤哪儿了……发生什么事了……"岱箫朝蕾怡笑道："我没事。"

西兰和柳志峰也赶了过来，把火把插在附近的石头间，急忙卸下背篓，从中拿出听诊器和急救用品。柳志峰让西兰扶岱箫坐起来，让池舟坐在石头上，迅速检查两人身体，说："没什么大事，年轻人，受了些伤，不是大碍。"说罢，招呼西兰一起处理两人的伤口。

西兰先掏出手机发信息和位置给宁当船长，方便他们也找过来，然后让蕾怡蹲着扶住岱箫，开始处理伤口。柳志峰让池舟把肩上的小舟挪到一旁的石头上，处理他的伤口。

蕾怡只知道昨晚梯玛们来捣乱，还搞不清楚到底发生了什么，一个劲地问岱箫："怎么回事？""好端端的祭祀，怎么会成这样？"池舟便接过话，把昨晚的事前前后后说了一遍，从梯玛们纵火闯关开始，一直说到自己和岱箫等人被水啸吞噬。

蕾怡说："吓死我了。找了一个晚上！我以为再也见不到你了。"又摸着脚边那只火红的狐狸，说，"幸亏火球找了过来。"原来众人分头搜寻岱箫等人，来来回回找不到，蕾怡便回学校抱来火球，给火球闻岱箫的衣物，这才找了过来。

柳志峰锁起眉头，一边处理池舟的几处伤口，一边思索，又举目四望，自言自语道："奇怪！这个细沙滩，我们搜寻过不止一次，根本没见到人影，怎么突然出现了这些人？"问池舟和岱箫，"你们被水啸吞没，应该是午夜过后不久，现在已经是黎明，之间的几个钟头，你们都去哪儿了？有印象吗？不可能一直都在水里吧？"

池舟和岱箫面面相觑，都摇头道："没有什么印象。"池舟努力想了想，对着岱箫说道："我记得，被卷进水里后，看到了一些奇怪的画面，然后就眼前一黑，感觉很快就醒过来了。"岱箫点头称："是。"

几人正疑惑不解，忽听见蕾怡吵嚷"我来，我来"。原来西兰在给岱箫缠绷带，蕾怡非要自己上。西兰笑一笑，给岱箫一个眼神，把纱布递给蕾怡。

池舟在一旁，无奈地看着，又想起自己的身世，轻声叹道："有人真是没人疼的。"柳志峰一面给池舟处理伤口，一面将几个年轻人的言行尽收眼底，听池舟如此感叹，拿棉签戳一下他的胳膊，又开始说教："年轻人，将来的日子长着呢，什么事遇不到，什么人遇不着？更何况，世事难料，人心不定……"

细沙滩和卵石滩上还零零星星躺着、趴着、蜷缩着二十来号人。柳志峰和西兰处理完岱箫和池舟，留下蕾怡照看，马不停蹄去救助别人。岱箫坚持说"我没事"，让蕾怡和池舟去帮忙，自己也挣扎着站起来，加入大伙儿。

不多时，宁当船长也率人火速赶来，投入救助。阿里安和翁里等人接到宁当船长的消息，也驾着"山鹿"车赶了过来，车上是早已装载好的担架、药品和水等急救用品。卵石滩和细沙滩上没路，车进不来，阿里安便指挥翁里等人将急救用品转移到山鹿背上，牵着山鹿来到水边。

陆陆续续有人赶过来，多是来支援救人的，也有不少来寻找失散的亲友的。大家都沉默不语，气氛凝重。

情况比想象得糟糕，有几个人奄奄一息，柳志峰和西兰顾此失彼，还发现了两个老人和一个十几岁孩子的遗体。宁当派人用担架抬到山鹿车上，准备送往山外医院。有人认出了遗体，扑上去放声大哭。

四十七

一个角落传来嗷嗷的叫声，是水兽的叫声，有些凄厉，十有八九是受了伤。蕾怡拿了些碘酒纱布，循着声音的方向找去，回头喊："有两只，被缠在水里了。"

池舟听了，忙问人借了把砍刀，赶了过去。发现是"小池"和"小岱"，身子被水草和绳子缠在水中，探出脖子和脑袋呼救。池舟把小舟放到岩石上，手持砍刀跳下水去。蕾怡惊呼："你要干吗？"池舟踩水，转身，一把抹掉脸上的水，喊道："砍断水草和绳子。"蕾怡道："你有伤呢。"池舟叫道："没事，放心吧。"说着，屏气扎进水里，游到"小池"和"小岱"附近，斩断羁绊的水草，解开缠绕的绳子。

接着，浮出水面，游回岸边，招呼"小池"和"小岱"爬上岸，和蕾怡一起清洗、处理伤口。处理完，又将两只水兽送回水中，目送他俩远去。池舟问蕾怡："你说他们会游到哪儿去？"又审视四周，说道，"怎么就他俩？别的水兽呢？都躲哪儿去了？"蕾怡正朝远去"小池"和"小岱"挥手告别，瞟了池舟一眼，漫不经心地说道："我还想知道呢！"

忽然听见沙哑的叫喊，"么簸""么簸"……是石巫朗达！池舟带上小舟，跟着蕾怡循声找过去，只见么簸躺在细沙滩上，被涌起的浪头拍打着，脸色惨白。石巫朗达跪在么簸身边，用战栗的双手捧着么簸的脸，呼叫不止。

岱箫、柳志峰和西兰也随即赶到。柳志峰蹲下来，摸一摸么簸的颈动脉，又拨开眼皮，检查瞳孔，叹了口气，朝石巫和众人摇头。石巫仰天大喊，撕心裂肺。

西兰蹲下来抓住石巫的一只手臂，轻声劝慰，不料被石巫朗达一把推倒在地。岱箫见了，急忙上前，扶起西兰，不听西兰阻拦，和石巫理论。不料被石巫反手肘击，打在小腹上，一个趔趄，坐倒在地。石巫站起来，转身指着地上的岱箫，用沙哑的声音训斥。责骂岱箫背叛了祖先，背叛了梯玛，要为昨晚的悲剧负责，要为么簸等人的死亡负责。池舟忙上去察看岱箫，扶他起来开。

蕾怡上前和石巫理论："是你惹出来的祸，人家好意相劝，你还打人。"池舟见了，怕蕾怡吃亏，起身上前，挡在蕾怡和石巫中间，连连说，"大家冷静！冷静！"石巫用血红的眼睛瞪着池舟，用他那比池舟还标准的普通话，咬牙切齿，一字一顿道："你是什么东西？一个山内人，轮不到你插嘴！"

接着，几个长发梯玛围了过来，为首的那个身形和石巫相似，但比石巫精瘦，右眉的眉角一道刀疤，斜着往后，一直延伸到太阳穴。池舟认出来，这人正是昨晚与岱箫和自己交过手的黑褂梯玛，身手不凡。而且昨晚并非第一次和这黑褂遭遇，池舟记起来：当初登场来山外时，有放逐人劫持蕾怡，有个瘦高个和放逐人对峙，右眉的眉角和太阳穴上就有这样一道刀疤；那天在古老广场遭遇，瞥见一个梯玛也是这样的身形，这样的伤疤。后来得知，这黑褂梯玛名为"耶久"，真真是"不打不相识"。

翁里也带领人赶过来，和耶久一伙怒目对峙。空气中充满火药味，一点就炸。柳志峰早已吓得腿软，结结巴巴道："有话好说，不要打架，不要打架，暴力不能解决问题。"

幸而宁当船长率人赶了过来，将双方隔开。吩咐两人拦住石巫，派人用担架抬了么簸的遗体，送往山外医院的太平间。

四十八

岱箫等人折腾了一整夜，体力不支，饥渴难耐，乘坐阿里安“山鹿”车回学校休整。路上，柳志峰禁不住问：“亲密伙伴死了，自然非常伤心，但这石巫为何如此悲痛欲绝？”这才得知，么簸远不止是石巫的伙伴、朋友和“兄弟”，是他的“khub”。

当地土话中，khub是“一对”或者兄弟的意思，这里翻译成“猎友”吧。“猎友”有点类似山外的“闺蜜”“结义兄弟”或者“金石之交”，但是有着更深的利益捆绑，是山外抵御风险的二人共同体。

几百年前，山外人以及山内族人大多以打猎为生（此处都是崇山峻岭，并不适合农耕，也没法像历史上漠北民族一样游牧），打猎至少需要两个人，才足以应对毒虫猛兽以及各种意外。只身独闯深山老林，跟一个人攀登珠穆朗玛一样，无异于自杀。所以，猎人们通常两两结成一对，在狩猎时同衣同袍，同行同止，同生同死。在狩猎期间的一切所得，都是两人平分；一方在狩猎中死亡，另一方需要负责抚养其妻子儿女，将死亡一方的儿女正式过继为自己的儿女，另一方如果未婚，且死亡一方的妻子有意，通常要娶其为妻。狩猎之外，各自有各自的独立生活，但仍负有帮扶义务：一方病、残、死亡或有婚丧等事时，另一方必须施以援手。

对游猎部落中的男子，这“猎友”异常重要，从某种程度上比婚姻还重要，婚姻是事关你是否有子嗣，“猎友”是事关你能否生存下去，你只有先生存下去，才能考虑子嗣问题。

听到“猎友”中的一方在狩猎中死亡，另一方要娶他的妻子，柳志峰想起了古代匈奴的“收继婚”制度，司马迁在《史记·匈奴列传》中记载，依据匈奴人的习俗，“父死，妻其后母；兄弟死，皆取其妻妻之”，骂匈奴人“没有伦理纲常，不知廉耻”。暗中感叹“果然是野蛮人啊”。原来二十世纪五六十年代以前，山外人及其山内族人还被称为“苗子”“苗蛮”“土蛮”等。但转念一想，存在即合理：在古代，山外人和山内族人没有山内的宗族和大家庭制度，更没有现代福利制度，这就是他们抵御风险的保障机制。

然而人都是自私的、贪婪的，"猎友"也会如此。山外人闲谈时，经常谈起很多负面例子：有人在打猎遇到危险时，躲在后面，甚而抛下受重伤的"猎友"自顾逃命；有人私藏狩猎时获得的财物，多吃多占；甚而有人为了独吞狩猎中发现的金块，谋害了"猎友"的性命；狩猎之外，也有不少人在"猎友"遇到困难时不管不顾，甚而落井下石，恩将仇报。人性如此，夫妻、父子、兄弟之间也是如此。山外如此，山内也是这样。或者说，山内如今是金钱至上，更加如此。

正因如此，男人们在选择"猎友"时会慎之又慎，既要强壮、勇敢，又要彼此合拍，最重要的，要对彼此诚实、忠诚。男人有了妻子，在选择"猎友"时，还会征求妻子的意见；有了"猎友"，在选择妻子的时候，也会征求"猎友"的意见，正如山内非族人在择偶时会征求父母的意见。同样地，女人在选择丈夫的时候，会考察对方的"猎友"，若丈夫或者未婚夫尚且没有"猎友"，会积极帮他物色和选择。也有兄弟、堂兄弟、表兄弟之间成为"猎友"的，然而，更多的时候，两个"猎友"之间并无血缘关系，是通过长期的相处和生死考验之后的选择。

如今，山内族人已经没有人靠打猎为生，又被纳入现代社会福利保障体系，逐渐抛弃了"猎友"习俗。山外如今也很少有人靠打猎为生，但仍和山内世界相对隔绝，或多或少保留了"猎友"习俗。

四十九

大家乘坐"山鹿"车，回到学校"古老楼"的教工宿舍。都已疲惫之极，匆匆吃点东西，便回房间，倒在床上，沉睡过去。

池舟黑甜一觉，不知过了多久，被"啪啪""咚咚"的敲门声惊醒。蒙眬中翻了个身，只觉浑身酸痛，喃喃道："我再睡会儿。"就听见蕾怡的喊声："都晚上了，该起床了！"立马清醒过来，跳下床去洗漱。

下楼来到起居室。里面聚集了不少人，以老人和小孩居多，很多都带着伤。蕾怡等三人一字排开，给人查验处理伤口。通向中心城堡的连廊不断有人来来往往。原来，这次关山祭所遇到的地震和水啸不比寻常，据上了岁数的人说，堪比二十多年前的那次，受伤的人不少。医院里住满了伤员，轻伤的就被安排到山外学校，"古老楼"的起居室成了临时医务室。还有人房子受损，无家可归，也被临时安置在了学校。

池舟排到队尾等着看伤口。很快就轮到了，故意让后面的一位先上去，好让蕾怡处理自己。蕾怡检查完，说："愈合得不错。"去掉纱布绷带，只消了消毒。递给池舟一瓶碘酒和一包棉签，说，"下次自己处理就行。"池舟接过来，"嗯"了一声。想搭话，问道："怎么不见西兰和柳志峰？"蕾怡说："在医院里，忙得不可开交。"然后用当地土语叫，"下一位，请上前。"

池舟只得悻悻离开，加入岱箫和翁里等人，维持秩序、引导众人，搀扶老人，安抚孩子，又协助阿里安准备众人的晚餐，为在学校留宿的人员分配寝室、准备床铺和被褥……由此和几个山外青年热络起来：青苗姑娘欧妮（Ebnil），民家小伙儿"文墨言"，军家小伙朱明帆，黑苗姑娘云妮，土家兄妹巴洛雨（Pa Loji）和巴洛雪（Pa Loxi）。

山外的老人和小孩说当地土语或晦涩难懂的汉语方言，难以沟通，而这些年轻人都已经按照山外的习俗，满16岁后去山内求学、打工两三年，能说带着口音但十分流利的普通话。几人中，文墨言、朱明帆和池舟、岱箫年龄相仿，曾云妮和巴家兄妹则是十七八岁，也小不了池舟几岁。大家正当青葱年华，尚未被名利权色腐蚀，都是满腔热血，挺合得来。

一直忙到深夜。池舟、岱箫、蕾怡和翁里几人早已饥肠辘辘，却又等到西兰和柳志峰骑着"山鹿"从医院回来，才坐下来吃晚饭。西兰和蕾怡帮阿里安上菜。池舟连连嚷嚷"好饿"，等不及上完就大吃大嚼起来，连蕾怡皱眉嫌弃的眼神都顾不上了。

期间聊起昨天的祭祀，为死去的同胞感到悲痛，对因救人而牺牲的么簇充满了惋惜和敬意，同情石巫朗达失去了亲密"猎友"。说到石巫朗达，西兰面露忧色，说："也没见他来医院处理伤口，不知道怎么样了。"

岱箫若有所思："昨晚他到底要干什么？"池舟道："不甘心被边缘化，要搅黄祭祀。"柳志峰微锁眉头，想一会儿，说："我看他心比天高，志比海深，不至于如此肤浅，如此短视。应该有不为人所知的图谋。"岱箫道："你的意思，他声东击西、调虎离山，用尽了诡计，冲上祭台挟持果乃，朝大家喊话，就只是个幌子？"池舟听岱箫说出如此文绉绉的话，真是有点惊讶于他的汉语和普通话水平。

蕾怡没听明白，问岱箫："什么是'图谋'？什么是'幌子'？"岱箫用当地土话给她解释。蕾怡听了，一拍手，说道："我知道了！昨天晚上，好多梯玛们拿着巫杖冲到水里，收集膜界球，应该是为了这个。"岱箫说："膜界球就是个玩意儿，而且很快会消失，值得付出如此大的代价？使用巫杖又是为什么？"

池舟想起今早在水边捡到的巫杖，说："你们等着。"噔噔噔上楼，拿下来，说明来历，递给大家，说："应该是梯玛们遗落的，不知道有什么猫腻。"大家传看，巫杖是珙桐木制成的、漆成绿色，上面雕刻着"山鹿"图样，巫鞘的鞘口附近箍着银带。传了一圈，没人看出什么异样。

传回池舟手中。池舟举到眼前，对着灯光仔细研究，也没看出什么来。忽听蕾怡叫道："把剑拔出来！如果有秘密，只能在里面了。"

池舟听了，把巫剑从鞘里拔出来，发现剑似乎被什么东西粘连在了鞘上。无影无形的，像橡皮筋一样有弹性，被长时间用力拉扯，又会产生塑性变形，跟橡皮泥一样。然而池舟将其对准灯光仔细察看，还是什么都看不见。

岱箫伸手捏了捏，说："膜界！你们等着……"说着，去厨房拿了一碗水和一瓶洗洁精回来。将洗洁精兑到水中，搅和出泡沫，然后用手指沾上水，涂抹膜界。洗洁精是表面活性剂，使得水在膜界表面形成薄膜，产生薄膜干涉，折射出五彩缤纷的颜色，让人目不暇接。

"太漂亮了！我来，我来。"蕾怡叫起来，从池舟手中接过剑和鞘玩起来。像拉面条一样拉出长长的细丝，又用剑甩动细丝，在空中勾勒出让人眼花缭乱的色彩。然后递给岱箫，说："你试试！"

岱箫接过来，用巫剑将蕾怡拉出来的细丝卷绕在一起，然后将巫剑插入鞘中，把膜界又塞回到了鞘中。然后又拔出巫剑，再次拉出细长的膜界丝。

池舟见了，拿手在胸前猛地一划，说道："难怪石巫朗达说，要用朗达山上的珙桐木……"岱箫接过话："因为它能保存膜界！"

柳志峰不解，问起这珙桐木和朗达山。原来朗达山是这山外北面群山中的一座山峰，山峰中间洞开，像一道门户，让人联想起传说中族人开始迁徙时跨过的"生死门槛"，故而称之为"生死门"。"生死门"高一百来米，宽五十来米，深六十来米。底面是一个平台，用来举行山外另一项重要祭祀，"朗达祭"。"朗达祭"从前由梯玛们把持。大梯玛们，也就是大祭司们，住在朗达山附近守护着"生死门"，自称"朗达"家族，族中男丁的名字都在末尾带"朗达"（Laund）这个音节。

柳志峰心中升起无限疑问，抛出诸多问题；"这朗达山到底有什么奇异之处？""山上的珙桐木又有什么特别？""'生死门'到底有什么蹊跷？"……岱箫和西兰连连摇头，说"没人知道"，"只有些传说"。

夜已深了，阿里安催促早点休息，大家这才回房间洗漱睡觉。池舟躺在床上玩弄那根"山鹿"巫杖还有自己的水兽巫杖，直到蒙昽睡去。

五十

池舟几乎一夜没睡。第二天，天还没亮，便跳下床，飞速穿戴，拿上两根巫杖，到隔壁敲岱箫的门。岱箫打开门，还没有穿衣服呢，揉着眼睛，一脸恼怒。

池舟叫道："这巫杖肯定有蹊跷！我想了一夜。"说着，拨开岱箫，走到床尾，捡起岱箫脱在椅子上的衣物，转身塞到岱箫怀中，让他"快穿上"。岱箫接过衣物，犹在发怔中，问："干吗？你要干吗？"

91

池舟说："咱们出去比画，这里转不开。"

岱箫匆忙穿上衣裳，连头帕也没顾上缠，拿上巫杖就往门外走。池舟一把拉住，说："费那事干吗。"说着，把巫杖别在腰间，走到窗前，打开窗户，跳上窗台，一跃而出，扑向窗外的大树，迅速蹿了下去。岱箫只得跟着，拿了石巫朗达给自己的那根山兽巫杖，走到窗前，见窗台上搁着昨晚剩下的兑了洗洁精的一小瓶水，便拧上盖子，揣进兜里，也从窗户跳向大树，顺着树干滑下去。

皓月当空，两人向月光下银灰色的山峦进发。爬上一块巨大的岩石，拿出巫杖，开始研究比画。池舟举起那根"山鹿"巫杖，端量一会儿，拔出剑，拉出细丝。岱箫掏出兜里的瓶子，用掺了洗洁精的水涂抹膜界，让其折射月光。池舟挥动巫剑，迅速地来回划，像画素描排线一般。就见两两相邻的"排线"慢慢融合，到最后，一排一排的细丝变成了一个曲面，状若月光下起伏的水面，影影绰绰映射着一轮银盘。

岱箫见了，拿出自己的山兽巫杖，拔出巫剑，将池舟做出的膜界曲面卷在剑上，插回鞘中。然后照猫画虎，拉出膜界丝，迅速来回画排线，让其融合成平面或者曲面。岱箫反复尝试，发现不必拉丝画排线这么麻烦，两手配合，通过微妙的手腕动作，调整角度和力度，能够用剑的边缘直接引出膜界面。原来这巫杖不仅能保存膜界，还能任意调整膜界的弹性和可塑性。

两人兴奋不已，不断地拉出膜界丝，引出膜界面，对其进行各种弯曲、扭转、组合、融合、撕裂、拆分、捏合、卷绕……像是在作画，像是在雕刻，又像是在捏泥人。池舟引出一条长带，把长带弯折成一个圈，让两端对接融合，做成了一个小型光影轮；岱箫则做出了一个西瓜大小的球，像是肥皂泡，但是不像肥皂泡那样光滑，是个歪歪扭扭、坑坑洼洼的椭球。又尝试做四面体、正方体、金字塔等，以及看似花草树木、飞禽走兽等的各种形状。

膜界本身没有质量，不受重力影响。这些形状因而悬浮在空中，在月光下，像是全息投影出来的银白色影像。两人一手持鞘，一手拿剑，如同舞剑一般，全方位转动身体，大幅度挥动臂膀，再加以细微的手腕动作，在四周变出了一个银色的奇幻世界。

两人玩得忘记了时间，不知不觉中，天已破晓。朝阳投来金色的光辉，照得两人四周绚烂辉煌，美轮美奂。像是彩霞卷绕，呈现出成千上万种形状；又像烟花环抱，在迸射出各种花样时凝滞了。

忽然听见蕾怡的声音："好啊！你们两个，躲在这里，让人找了半天。"原来学校里众人起床吃早餐，不见池舟和岱箫二人，蕾怡带着狐狸"火球"四处寻找，最后让"火球"嗅着气味，自己循着声音找了过来。就见两人在比画巫杖，将膜界变幻出各种形状。惊讶不已，连连嚷嚷："这么好玩，也不带上我？快让我试试！"

两人知道蕾怡跟小孩子一样难纠缠，就用巫剑收起膜界，插回巫鞘中，给蕾怡示范如何拉出膜界丝、引出膜界面，又如何操控丝和面制造出各种形状。

蕾怡等不及，夺过岱箫手中的巫杖，学起样子来。弄出几个细长的椭圆，将椭圆的一端拼接在一起，然后又从拼接处牵出几根膜界丝，得意地问："好看吗？"岱箫问："这做的是什么？"蕾怡道："花啊！这都看不出来？"池舟说："很好看。真花哪有这么多颜色！"

蕾怡对岱箫说："太好玩了，这巫杖在哪儿弄的？我也要一根。"池舟忙说："我知道在哪儿能找到。回头给你弄一根。你喜欢什么颜色的？"蕾怡指着手中岱箫的巫杖说："就是绿色。"池舟说："好吧，绿色。那么，要雕什么花纹的？"蕾怡问："都有什么？"池舟说："我记得，有山兽、水兽、狐狸、山鹿、山鸟、青蛙、画眉……"蕾怡问岱箫："你说什么好？"岱箫看了看池舟，转头对蕾怡说："女孩子，花儿鸟儿的就很好。"蕾怡"哼"了一声，悻悻道："那就山鸟。"

五十一

三人回学校"古老楼"，和西兰、柳志峰会合，一起吃早饭。蕾怡抑制不住兴奋，叽叽喳喳，告诉西兰和柳志峰，巫杖和膜界是多么神奇，又让岱箫和池舟现场演示。岱箫和池舟只得拿出巫杖，变出各种形状，引得不少人前来围观。

演示完，柳志峰问："很神奇，很魔幻。但到底只是个玩意儿，石巫朗达他们不会就是为了这个吧？"西兰说："对呀，如果只是为这个，完全可以商量，没必要付出伤亡的代价。"岱箫和池舟都点头说"有理"，四目相视，又察看手中的巫杖。

池舟寻思：巫杖里藏着武功秘籍、藏宝图？或者它是通往秘境的钥匙？是获得美女、财富、权力、内力、法力、魔法的信物？是装着各种宝物的百宝袋？是贮藏记忆和灵魂的魂器？是开启穿越的开关？还是和某个系统的连接点？又或者它是几件宝物中的一件，集齐了这几件宝物，就可以召唤或者消灭大魔王？转念一想，怎么可能？真是这样，石巫就不会把那根山兽巫杖给了岱箫，自己也不会轻易得到这根水兽巫杖。

忽听蕾怡叫道："直接去问石巫这个家伙！"西兰说："这两天总也联系不上，也不知道他怎么样了。"

吃完早饭，池舟把柳志峰叫到僻静无人处，问他借钱。柳志峰早猜出七八分，故意问："干吗用？"池舟说："你管呢！"正说着，岱箫过来找池舟，说："青苗二果乃来电话，让我们马上赶过去，说是有重要事情。"

五十二

于是，两人骑上"山鹿"，火速赶往水边，来到一处崖洞口。发现不仅青苗二果乃在，花苗二果乃也在，还有宁当船长带着几个手下，朱明帆和巴家兄妹也在其列。都是挎着刀负着弓箭，全副武装。

一下山鹿，就见洞口的水边躺着两具水兽的尸体，身上有不少伤口，有些部位被撕裂开，血肉模糊，有些地方布满了看似咬痕的小眼。两人想起小池和小岱，心中一惊，紧跑几步上前察看，发现并不是小池和小岱。

四下里还有些奇怪的生物，长七八米，跟虎鲸一样大小，身体扁平，上面有不少小眼。乍一看，像是大型的蝠鲼，俗称魔鬼鱼的远古鱼类。走近细看，并不是蝠鲼。倒是像蝠鲼一样有翼状胸鳍，腹鳍也是翼状的，但是比胸鳍小。也就是说，每侧都有两个翅膀，一共是两对也就是四个翅膀。尾鳍短而尖锐。背鳍像刀锋一样锋利。

头是大白鲨和锤头鲨的综合体：有着大白鲨的尖牙利齿，头顶像锤头鲨一样突出两个大铁锤，铁锤上是血红的眼睛。看样子，和温顺的蝠鲼不同，是相当凶残的水中怪兽。

池舟已经见识过了水兽、山兽，对这样的水中怪兽，也深以为异。问岱箫才知道，因其像蝙蝠又像鲨鱼，所以名为"蝠鲨"。没人说得清它们来自何方，源自何处。据说在山外和山内族人的叙事长诗都提到过，是"长着牙齿、铁锤和翅膀的鱼，凶猛无比"。岱箫说："这比山兽、老虎和豹子还稀有，只听老一辈的人说起过，从没见过，今天一下子看见这么多。"

池舟好奇，用手去摸一头蝠鲨头上的锤子。突然浑身一颤，就觉一阵剧痛，胳膊像火烧一般，"啊"地仰天大叫，脖子上青筋绽露。岱箫迅即抱住池舟，往后拉扯，倒在地上，压在一具尸首上，上面被池舟压着。

众人赶忙上前扶起二人。宁当船长说："相传这蝠鲨的头上带电，果然如此。"原来这蝠鲨头上的锤子跟电鳗一样能够储电、放电，这锤子还能感知生物在水中传出的细微电流，方便锤头鲨追踪猎物。

大家进到洞中。只见除蝠鲨外，又横七竖八陈着死尸，血肉横飞，又有枪支弹药散乱一地。池舟见了，想起刚才水兽和蝠鲨身上的小眼，断定是枪眼。失口道："果然是枪声。"花苗二果乃忙问怎么回事。池舟和岱箫说起关山祭那天晚上听到的"噼噼啪啪"的声音，又说，来山外之前，在山内 D 镇看到警方追捕毒贩和军火贩子——两人那天撑竹筏顺酉水而下前往生死河，和这伙人有过正面交锋。

宁当船长说："这就对了，应该就是这伙人，混进山外，躲在洞里，不想遭遇了水啸、地震和蝠鲨。"原来这些尸首中，大家只辨别出两个，是山外的"放逐人"。所谓"放逐人"，本是山外人，因作奸犯科被驱逐，永远不能进入山外。其余的尸首没有人认得，大家听了池舟和岱箫一番话，推测为山内混进来的毒贩和军火贩子。

青苗二果乃看着花苗二果乃等人，问道："问题是，他们是怎么混进来的？"见大家面面相觑，说，"进来要验指纹的，只能是有内奸。"花苗二果乃说："有可能，要报告给果乃们，严查不贷！"

池舟想了想，不合时宜地说："现在山内有一种伪造指纹的技术，把指纹激光打印在透明胶带上……"岱箫接过话茬："那也得有人提供指纹信息，要内应。"

青苗二果乃凌厉地看着大家，说："不能掉以轻心。我怀疑这和即将到来的劫难有关。"花苗二果乃说："即使有人混进来，能有多少人？还死了这些，能掀起什么大浪？"青苗二果乃说："这些人可能只是前哨，探子，将来不知道有多少大部队！"

于是两位二果乃和宁当给年轻人讲起了三百多年的事情。据说三百多年前，山内正值改朝换代，明亡清兴，明兵四处烧杀，清兵到处屠戮，饥民遍地，盗匪蜂起，一片末世景象，祸及山内族人，又有不少兵匪饥民涌进山外，带来莫大的灾祸。

最后，两位二果乃嘱咐："毒贩的事，先不要走漏风声，他们十有八九还有同党，不要打草惊蛇。"

听完嘱咐，池舟和岱箫骑着山鹿回学校。池舟扶着山鹿的两只大犄角，转头问岱箫："这三百年一次的劫难，我都要忘了，到底怎么回事？"岱箫说："没人确切知道是什么。"池舟说："就没有记载？"岱箫说："听说山内族人在清末改土归流，留下权力真空，乱了好些年，波及山外，损毁了好多古书，侥幸遗留下来的，又没人看得懂。"又说，"过两天开山外大会，要讨论这事。"

提起山外大会，岱箫说："文墨言，还记得吧。你昨天和他说过话，他会联系你，一起给大会作技术支持。原来山外的习俗，在关山祭后召开全体大会，商议山外的大事。最近与时俱进，尝试利用电子设备和网络辅助大会，提高效率。"

文墨言人如其名，是个文绉绉、白净净的小伙子，非常聪明，对山内的各种新技术很感兴趣，也比较了解，因而果乃们让他负责这个。文墨言昨天和池舟聊天，听说池舟是学计算机的，而且有工作经验，就同果乃和岱箫商量，让池舟协助他。

第七章　大会

五十三

俗话说，有人的地方，就有是非，就有江湖。当地土话说得好，"世上凡有两个人，就会有争吵；有三个人，就会有政治；有四个人，就会有战争。"柳志峰从池舟处听说了山外大会，对山外的政治、军事等权力组织制度十分感兴趣。通过了解，发现其非常独特，也比较复杂。概言之，在山外，大的事情由山外大会决定；日常由果乃团管理；重大争议，交由审判团处理。

山外大会决定山外的大事，由全体已成年的山外人组成，每年关山祭后召开会议。

当年祖先们摆脱土司的追兵，来到山外，待山门关闭，便召开全体大会，立规矩，定罚约，以期人守其分，大家安居乐业。从此成了传统，保持至今。

果乃团掌管山外的日常事务。由七名果乃和七名二果乃组成，分别由军、民、土、黑苗、青苗、白苗、花苗七家产生，除军家外都是选举产生，然后由山外大会确认。军家的果乃由仍然在世的前几任果乃指定，但是军家人不满意的话，可以罢免。在日常管理中，果乃们分头负责，集体决议。果乃团设置一名大果乃，由果乃团推举，山外大会确认。大果乃负责召集果乃会议，主持关山祭和山外大会，并在果乃们对某事意见僵持不下时，做最终决定。在任的大果乃是白苗果乃，也就是蕾怡的阿妈。

审判团负责审议重大争议。相当于山内的法院，但是人员和人数都不固定，都是根据需要临时成立，由果乃团或者山外大会指定三至十七人组成。

此外，果乃团会指派一名"船长"，此处的"船长"不仅是一船之长，是战时指挥作战的军事首领，是平时维持治安的警察总长。之所以这样称呼，是因为当初是由这样一位"船长"带领族人反抗土司，造船顺生死河来到这山外。

一百多年前，梯玛们的势力也不小，堪比中世纪欧洲的教会或者当今某些国家的"精神领袖"，后因其腐败堕落，借助于巫法实施精神控制，作威作福，大肆搜刮、压迫和奴役，被山外人推翻、清除。

这山外的制度源自山内族人，是由祖上的游猎生活方式所决定的：狩猎对个人的勇气、经验、意志力和主观能动性有极大的要求，奴役、强迫、欺骗、洗脑这些行不通，因而不可避免地要求人人平等，在此基础上演化出了这些制度。

人本性自私而贪婪，绝大多数人对权力这种毒品没有什么抵抗力，基督教将这种本性称为"原罪"。若干年前，山内族人中有人坐大成为豪强，称王称霸，然后被中原政权教训、征服和收编，立为世袭的土司，祖上的制度在山内也就日渐式微。山外的这种制度也是差点亡于这种"原罪"：曾有功勋卓著的果乃或者"船长"野心膨胀，攫取了可以和山内的土司相比的权力，幸而崇尚自由的山外人醒悟过来，罢黜、审判和放逐了这些野心家。

五十四

两天后，山外大会在镇中心的议事堂举行。议事堂大厅聚集了几百人，包括果乃团和"船长"，都是正装打扮。议事堂外和古老广场上竖立大屏幕电视，供上千人聚集观看直播。更多的人则在家中、酒吧、餐馆等处看网络直播。

跟学校的礼堂一样，议事堂大厅中心是火坑。火坑三面环绕着长条凳子，也是阶梯布置，后排比前排高，第四面是舞台，舞台中央设置讲坛和投影幕布，两边摆放着椅凳。一盏巨大的吊灯，从高高的屋顶悬在火坑上。

虽然众人都是山外正装，池舟和柳志峰却被特意告知穿成山内非族人模样，因而都是西装革履：灰白色衬衫，黑色克什米尔绒套装，配黑色磨砂面牛津鞋，浅蓝色细格子花纹领带，柳志峰还配了件灰色翻领净面马甲。池舟的西装是向柳志峰借的，略微显小，倒是愈发勾勒出他坚实的肌肉和健硕的体魄。池舟和文墨言在角落里值守，盯着各种设备。柳志峰和岱箫等人就座于火坑边最前排的长条凳。

柳志峰周游世界，还是第一次见到如此的会议，细细察看、打量和思忖。

舞台中央，现任大果乃，也就是白苗果乃，手持权杖，对着麦克风，以"古老"的名义宣布大会开始。舞台一侧，朱明帆和曾云妮两人盛装打扮，从年轻帅气的白苗二果乃手中接过火把，共同举着，走到火坑边，点燃火坑中的柴堆。一缕青烟升起在柴堆上方，猛地蹿起火焰。众人一片欢呼。这叫"升火议事"，山内族人也曾有此习俗，承继自游猎的祖先。祖先们白天赶路、打猎；晚上燃起火堆，围坐了，共同商议和决策打猎的事：去哪儿，打什么，怎么打等。

大果乃宣布：为在关山祭中不幸死去的人哀悼。柳志峰就见八只山鹿从四面八方缓缓走到火坑边，拱卫着跳动的火焰。接着，从四面的门窗飞进来十多只鸟雀，以山鸟居多，也有斑鸠、野鸭子、白鹤等。鸟雀们嘴里衔着枝叶、纸片、彩带等物件，飞到火坑上方，将物件抛进火焰中，然后返身飞向山鹿，停靠在山鹿的大犄角上。

接着，又跑进来大大小小的走兽，除狐狸、猎狗、獾、猴子、飞蜥、麂子这些山内也能见到的外，还有不少奇形怪状的神奇物种。走兽们嘴里也都衔着枝叶等物件，将其抛进火中。之后，狐狸、猴子等小型走兽爬上或者跳上山鹿的背；麂子这类大型的，就跳上旁边的长条凳。

柳志峰被跳上身旁凳子的一只奇异动物吓了一跳。其形状如马，有着一条红色的尾巴，身上的斑纹犹如虎斑，头上长着单只角，跟犀牛或者传说中的独角兽一样。柳志峰偷偷拿出手机拍照，上网进行图片搜索。跳出来两类图片，一类是非洲真实存在的动物霍加狓，一类是《山海经》中提到的鹿蜀。但眼前这只神奇动物既不是霍加狓，也不是鹿蜀。柳志峰想一想，决定叫它鹿狓。

问一旁的西兰，才知道这些鸟兽们是各处的人们送过来致以哀悼的，扔进火焰中的物件写有大家的悼词。接着，这些个鸟兽开始鸣叫。声音高低错落、长短相接，恰似一曲悲婉而凄怆的交响哀歌。柳志峰身边的鹿狓"嗷嗷"叫着，声音低沉而洪亮，吵得柳志峰下意识地捂起一只耳朵。

哀悼完毕，鸟兽们散去。大果乃介绍新产生的果乃和二果乃，交由山外大会一一进行表决。今年民、土两家都新选举了果乃和二果乃，军家由在世的前任果乃们指定了新果乃和二果乃，一共六位。几天前，这六位新的果乃和二果乃代替前任出现在了关山祭的仪式中，山外人已经讨论他们好几天了。

表决是通过现代手机和传统纸质方式同时进行：每个人通过手机 App 投票（没有手机的老人，安排年轻人帮忙），再填一张纸质票，交由山鸟衔了送给相关人员，以供查验，防止出现差错或者有人作弊。手机表决过程和结果都显示在舞台上的大屏幕上，大屏幕上的柱状统计图实时显示赞成票和不赞成票。大果乃每宣布一次结果，技术支持文墨言就依照传统，放飞一群山鸟，让其衔着写有被表决人姓名的绿色的枝叶（意为通过）或者灰白色的石头（意为不通过），飞赴各处报信。因为接连表决了六位，文墨言等人手忙脚乱地送出了六拨山鸟。

六位新的果乃和二果乃都顺利通过。接下来，十四位果乃、二果乃退到舞台后的房间，秘密商议，大概十分钟后回到舞台。现任大果乃宣布，新的果乃团正式推举花苗果乃为新一任大果乃，交由大会表决。早在几天前的关山祭上，山外人就发现是由花苗果乃而非现任大果乃主持祭祀，已经知道他是新的大果乃人选，议论了好几天，并没有太多的反对意见。因而表决很快就表决通过。

接下来，新任的大果乃和六位果乃、二果乃面对全体山外人发"血誓"。各自刺破手指，在脸上涂上各家的誓纹，左手持弓，右手剑指指天，对着火坑中跳动的火焰，以"古老"的名义起誓，"忠于职守，不惜以生命为代价维护山外每一个人的自由和福祉……"

五十五

接下来，新任大果乃从前任手中接过权杖，继续主持大会。权杖是一根刻有"古老"图案和符号的黑色巫杖，意为代表"古老"守卫山外人的自由和福祉。

第一项议程是废除"不得私自与山内非族人接触"这项习惯法。这项提议是由花苗二果乃发起。柳志峰从岱箫等人口中得知，这花苗二果乃有个非常山内的名字，"晁骐"，据说是新任大果乃"耶晓"和山内非族人女子的私生子，在山内出生并长到八岁才被父亲带回山外，因而非常亲山内。

花苗二果乃"晁骐"起身走到讲坛，阐述废除该项习惯法的理由。据他介绍，这项习惯还是从山内族人那里继承来的。当时山内族人还在土司们的统治之下，土司们禁止族人和非族人私自接触。一方面，这是在面对外部强势政权和文化时，统治者们做出的本能性自卫反应，正如一百多年前，晚清、日本江户幕府和李氏朝鲜在面对洋人入侵时，不约而同地选择闭关锁国。另一方面，土司们要借此垄断族人和非族人之间的盐、铁贸易，以此获得高额利润。而族人面对非族人，不是奸商就是劫掠的兵匪，也不愿意接触。

晁骐说："山内一百多年前就废除了土司。山内族人和非族人之间的接触日趋频繁，到如今，已经到了分不清谁是谁的地步。再坚持这项习惯已经不可能，也没有意义。"

接下来，由持保留意见的一方陈述意见。青苗二果乃走到讲坛，用当地土话发言。柳志峰和池舟通过岱箫和文墨言的翻译，也明白了个大概。青苗二果乃通报了两天前在水边的崖洞里发现枪支弹药和毒品军火贩子尸体的事，在投影幕布上显示当时拍摄的照片和视频，又让人展示收缴的一部分枪支弹药，借此警告大家："和非族人自由来往，可能会毁了山外这个宁静的世界，招来灾祸。"又说起山外正面临的三百年一遇的劫难，说，"这劫难很可能就源于山内，跟三百多年前山内改朝换代给山外带来莫大的灾祸一样。"

听到此话，晁骐上前想反驳，却被大果乃拦住。

于是交由大会进行表决，微弱多数通过。大果乃宣布结果，然后训话："废除了这一条，大家可以自由和山内非族人接触。我在此提醒大家，在山内，不要被名、利、权、色诱惑，成为欲望的奴隶。我们的祖先，就是反抗土司和强权，追寻自由，历经艰难险阻，九死一生来到这山外。自由不仅是针对土司和强权的奴役、压迫，也是针对金钱和权势的诱惑。"又说，"之所以强调这个，不是因为我们比山内人更经得起诱惑。恰恰相反，我们山外人，尤其是年轻人，生活在山外这个相对简单的世界，思想相对单纯，更容易被腐蚀。名、利、权、色这些东西，就跟毒品一样，给你短暂的快乐，留下的却是长久的痛苦。但是，你却很难戒掉。"

柳志峰暗暗感叹：倒别小瞧了这些山外人，讲起大道理来，一套一套的！又觉得这番说教挺熟悉，类似禁欲主义的调调，心中不以为然："话是这么说。然而，除了满足欲望和躲避痛苦后被奖励的那点多巴胺，人还剩什么呢？自由？所谓自由，说白了，不过是让你能够选择去做愿意做的事，也就是满足欲望；能够不去做不愿意做的事，也就是躲避痛苦，另一种形式的欲望满足。说到底，人的本性就是欲望，人不过是微不足道的棋子，是大自然通过欲望这只无形的手操控的棋子……"

五十六

接下来，是本次大会最重要的一项议程：讨论传说中的三百多年一遇的浩劫，它到底是什么，来自何方，又该怎么应对。

晁骐上台发言，反驳劫难将来自山内的传言，说："三百多年前，山内改朝换代给山外带来灾祸，留下了惨痛的记忆，我理解很多人对山内的警惕。但是，短短一百年来，山内已经改朝换代过了两次，如今大乱转成大治，在可预见的未来都不会有动乱。所以，真有劫难的话，不大可能来自山内，更有可能还是源自山外，这次关山祭发生的大水啸就是警醒。"

为佐证自己，晁骐让岱箫把柳志峰和池舟带上一旁的证人席，对众人说："为此，我们特地从山内请来了两位非族人协助调查。"

池舟跟着岱箫上台，悄声问岱箫："你说的让我们帮助应对劫难，就是这事？"岱箫点头，低声说："被问到什么，实话实说就行。青苗二果乃有敌意，说话不会客气，你也别放在心上。"池舟听了，失落不已，又觉得自己可笑之极："还真拿自己当'天选之人'了？拯救世界，拯救苍生，然后抱得美人归，这种好事，轮得到你吗？"

池舟和柳志峰在证人席的高脚凳上坐定，迎接众人的目光。柳志峰留意观察众人，发现上了年纪的人都会在池舟身上驻留目光，或多或少流露出诧异表情，尤其是大果乃和青苗果乃，似乎在极力隐藏和掩饰什么，惊讶？愤怒？痛楚？疑惧？柳志峰也看不透。

晁骐上前，先让两人自我介绍，然后补充："柳志峰医生有博士学位，救过不少人的命，这次还是他为山外搞到不少珍贵的医药物资。关山祭发生意外，也多亏柳医生救人。"又介绍池舟的事迹，冒着生命危险协助"古老七号"摆脱膜界，守卫关山祭，从水啸中救孩子等。言下之意，这两人虽是山内非族人，但是值得信赖。

接着，两人依照惯例发血誓，刺破手指，在脸上涂上白苗誓纹，左手持弓，右手剑指指天，以"古老"的名义起誓，"只说真话，不说假话"。

两人发完誓，晁骐就山内的情况问询两人。两人证实了山内正是太平盛世，看不出有动荡的迹象。柳志峰主动说："山内没有几个非族人知道这山外的世界，你们的族人也只当这是个传说。这些天在山外的经历，我即使告诉山内人，也没人会信，只会觉得我是骗子、疯子。"言下之意，即使山内有什么突发灾难，估计也没人会想到打这山外的主意。

轮到另一方发言。青苗二果乃起身，拦住要回座位的晁骐，质问道："你说劫难将来自山外？那么，它到底是什么？山外藏着什么危险？"

晁骐道："这个，没人能够确定，可能是地震、火山、洪水、瘟疫、饥荒……正因为不确定，才需要大家开大会讨论。"巧的是，此时大地震动，火坑上方的吊灯猛然晃动几下，仿佛有人在故意击打。火焰也像得了魔力，随着吊灯左摇右摆，忽然又猛然上蹿。震动持续了几秒钟，紧接着，从远方传来隆隆的声音。众人先是慌乱，接着是惊讶，然后七嘴八舌议论开了。

青苗二果乃起身走到讲坛，发话让大家镇静。然后走向证人席，让人在投影幕布上显示世界地图，指着地图，质问池舟和柳志峰："你们说的太平盛世只是中国这一块地方。在山内各地，一直有各种冲突和战争，别的地区更是恐怖主义盛行。是不是？"柳志峰听了，心中吃惊："还真不能低估了这个山外人。"说，"是，但是……"

青苗二果乃不容柳志峰往下说，指着柳志峰二人说："山内有坦克、导弹等各种强力武器，更有足以毁灭全人类的生物武器，能够毁灭山内多次的核武器。对不对？"两人无奈地点头。青苗二果乃接着说："只要有一小撮坏人，一个疯子掌握了这些武器，就是毁灭性灾难。到时候，会像三百多年一样，给山外带来劫难。"柳志峰和池舟道："小概率事件，不大可能发生。"

青苗二果乃道："正因为是小概率事件，才会三百多年一遇；正因为是小概率事件，让人掉以轻心，毫无防备，才会造成意想不到的灾难。"

又转向舞台两侧就座的果乃们，大声说："更何况，制造劫难，还不需要一小撮坏人、一个疯子。"几千年来，山内古今中外，教训还不够吗？

柳志峰二人想起澳洲土著、美洲印第安人和非洲黑人等的遭遇。实际上，整个山内史，就是一部战争史和劫掠史。两人无奈地说："是。但是……"想争辩说：不能把中外混为一谈，而且时过境迁，古今不同。

然而青苗二果乃哪容这两个山内异族人"胡说八道"，猛拍证人席的桌子，大声呵斥："我只让你们回答是不是！"然后转向众人，高声演说，"山内人一旦发现我们山外，没有人能阻止他们的贪婪和疯狂，没人能阻止他们带来劫难。我们的祖先定下规矩，禁止山内人进入山外，禁止向山内透露山外的事，就是为了隐蔽山外，最大限度地防止这种劫难。如今，居然有山内的军火和毒品贩子混了进来，可见山外已经暴露……"对于这种强烈的偏见，池舟和柳志峰二人几次要插话进行澄清和辩驳，都被青苗二果乃粗暴阻止。

接着，晁骐一派上台进行反驳，然后青苗二果乃一派上台反驳晁骐一派。双方大战几个回合，争执不下，谁也说服不了谁。议事堂内外的山外人也议论纷纷，莫衷一是。投影幕布上滚动着年轻人发来的弹幕。也是分成两派激烈争辩；支持晁骐的多发蓝色字体，支持青苗二果乃的多发绿色字体。还有少数人使用黑色字体质疑到底有没有劫难。

这也不是投票能解决的问题，果乃团只得退席合议。许久之后出来，大果乃宣布："仍然无法确切知道这劫难到底是什么，也不知道它源自何故，来自何方。既可能来自山内，也有可能源自山外，或者二者兼而有之。只能做两手准备，两种可能性都要防备。"

五十七

接下来讨论如何应对，更是众说纷纭。议事堂里的人纷纷举手，抢着发言；议事堂外的，则争着发弹幕到投影幕布上。

青苗二果乃一派提出，要巡查山外，揪出混进山外的人；到明年开山时节，加强检查，杜绝再有人混入山外，必要时切断和山内的来往；研究膜界，必要时提前乃至永久封闭膜界等。

晁骐等人则说，要密切巡视、监测山外各处，一有灾祸苗头马上预警；预备合适的避难场所；储备抗灾物资；必要时要将全体山外人转移到山内避难。

有人发弹幕说，应对劫难，关键还是要获得"古老"的庇佑和指引，就如当年的祖先，蒙"古老"庇佑抗击土司，又受"古老"指引来到这山外。有人附和，说既然是大劫难，而且是三百多年一遇，那么就不是人力可强，只有祈求神的怜悯。有人煞有其事地说，这次关山祭搞砸了，"古老"始祖不高兴，接下来，献给"古老"的飞伞大赛和朗达祭一定要用心，须得加倍虔诚。

这里，池舟和柳志峰从证人席退下，回到火坑边长条凳坐下。池舟也举手要发言。柳志峰连忙拦住，低声说："你就别添乱了。没看出来吗？不少人已经很不爽咱们俩了，别再连累了岱箫他们。"池舟一想有理，只得作罢。一边解勒脖子的西装领带，一边侧头对柳志峰耳语："这真跟想象中的不一样。"柳志峰转头微笑道："你想象中是什么样子？"池舟道："龟甲占卜、先知显灵、水晶球预言、塔罗牌通灵、冥想盆读取记忆……至少得来一个吧！"

众人讨论来讨论去，没有结果。果乃团退席合议，也没有确切结论。大果乃说："只能做两手打算。"让晁骐、青苗二果乃分头采取行动，宁当协助和配合。

为配合应对劫难，果乃团决定临时增加两项议案。第一项是"授权果乃团派人进入魂阁"。魂阁在议事堂对面，历史上由梯玛们把持，是梯玛们的秘密基地，据传经常举行招魂之类的仪式。山外推翻梯玛统治后将其封存，防止有人用来兴风作浪。魂阁里有一些远古流传下来的字卷、篆刻、石碑等，没准记载了和历次劫难有关的信息；派人研究一下，或许能帮助应对劫难。

第二项是"授权果乃团带领山外人长期留在山内避难"。原来按规矩，除十六到二十二岁之间能在山内生活两到三年之外，山外人只能在开山的两个多月去山内进行买卖，不能长期滞留山内；违反者，会被放逐，永远不能回到山外。

五十八

果乃团商议完，回到大会，宣布商议结果，并将两项议案提交表决。大门外忽然传来激烈的争执和吵嚷声。宁当船长叫人进来，问"怎么回事"。那人回道："石巫朗达带着一帮人，要硬闯进来。"宁当听了，一脸怒气，说："正要找他算账，他自己送上门来了。"吩咐手下"把他拿下"。自己去向果乃们通报情况。

大果乃听了，和众果乃们商量几句，对宁当说："只是禁止他们靠近祭台，从没禁止过人参加大会。看样子，劫难的事，石巫没准知道些什么。你让他们进来。"

宁当听了，命人拦住其他人，单把石巫朗达领了进来。石巫朗达长发长袍，脸上似怒似悲，走上舞台来到中央。靠着讲坛，对着火坑、面向直播镜头，向全体山外人打招呼。然后转向舞台一侧的果乃们，缓缓道："时间有限，我就不客套了。只说一件事：如何应对劫难，你们商议了半天，还提出两个议案，却忘记了最重要的事情。"大果乃起身回道："你有什么建议，正好提出来，大家都听听。"石巫朗达说道："山外人都明白的事，大果乃怎么可能不知道？"

石巫朗达葫芦里卖的什么药，大果乃心中大概有数，但是见石巫用"山外人人"来压人，也要压压他的气焰，不动声色地说道："谁都有疏漏的时候。更何况，什么是'最重要'的，难免各人有各人的看法。"

石巫朗达冷笑一声，一字一顿道："最重要的，是获得'古老'始祖的指引和庇佑，而你们，偏偏背叛了古老始祖。"此话一出，议事堂内外一片哗然，接着是一片寂静，大家都等着看果乃们怎么回应。

晁骐起身，和大果乃对了对眼色，走到石巫朗达侧边，问道："背叛了古老始祖？你指什么？"石巫朗达也不正眼看他，说道："还用得着我说吗？"晁骐道："你是恼怒没能够主持关山祭？"石巫朗达微微一笑，说道："我算老几？为什么要恼怒？我不服的是，这关山祭，自始以来，就是梯玛主持的，只有神使才能和古老始祖沟通。应对劫难，还得依靠梯玛，这次的水啸灾难，就是警示。"

晁骐冷笑一声，正要驳斥，却被大果乃上前拦住。原来，大果乃本以为晁骐足以应付石巫朗达，却见这石巫朗达年纪不大，其稳重机变，竟比晁骐更胜一筹，像是故意牵着晁骐的鼻子，要把晁骐激怒。怕晁骐中计，便上前拦住他，对着众人，反驳石巫朗达："所有山外人，还有山内族人，都是'古老'始祖的子孙，始祖待大家都是一样的。你有什么证据，显示古老始祖偏好某些人，只跟某些人沟通。"

石巫朗达自然不能宣称"古老"更偏爱梯玛，思忖片刻，说道："不错，大家都是始祖的子孙。但人不是全能的，有的人沉默寡言，有人能言善辩，和'古老'沟通，也是需要天分的。"

大果乃一惊：这个石巫，不简单。旋即收起惊讶之色，问道："那么，为什么偏偏是梯玛们有这种天分？历史证明，这些人并没有什么天分和古老沟通，更没有什么巫术、神法，不过是些坑蒙拐骗的江湖术士。"说罢，盯着石巫朗达，看他怎么反应。

石巫朗达压住愤怒，瞪着大果乃，说道："这次关山祭，如果不是梯玛们干涉，让大家提早撤离，还不知道会死多少人！这就是古老在冥冥之中给出了启示。"

大果乃说："干涉？你把暴力搞破坏称作干涉？古老早就告诉你会有水啸？那么，你为什么不提早通知大家？"这个问题，让石巫朗达在众人面前陷入两难的境地，无法回答。

众人早已交头接耳，议论纷纷；投影幕布上弹幕滚滚。很多人支持晁骐和大果乃，也有为石巫朗达叫屈的。有年轻人甚至说："'古老'始祖跟山内的盘古、女娲一样，不过是个传说。大难临头了，居然还在拿这个说事。"原来，自二十世纪五六十年代以来，山内族人受非族人影响，慢慢接受了无神论、进化论、宇宙大爆炸这些世界观。山外年轻人因需在山内生活两三年，不少人受到山内族人的影响，也接受了这些观点。山外人崇尚自由，在思想上也不例外。

大果乃见石巫朗达掩饰不住激愤，却又吞吞吐吐、欲言又止，更加确信他知道些什么，便要激他一激，思忖片刻，说道："实际上，今年山门关得早、关得猛烈，我们早已经叮嘱护祭人，特别留意水那边，有情况就组织撤离。若不是你领人来砸场子，让大家分了心，没准发现得更早。你这一闹，不但枉送了几条性命，你还白白死了khub 么簸。"

石巫朗达听到"么簸"二字，悲凄万分，哀伤从眼睛里满溢而出，但仍不肯吐露真情，咬着牙关，腮帮子上的肌肉隆起，一动一动的。大果乃见了，决定再添一把火："听说山内族人如今都认为'古老'就是个传说，把你们这些借'古老'装神弄鬼的，骂作'神棍'……"

"住口！"石巫朗达忍无可忍，高声怒吼，"你在狡辩，你才是罪魁祸首。么簸救人牺牲，反被你无故羞辱！"石巫朗达眼睛血红，血脉偾张，额头上青筋暴起，突然从长袍下拿出巫杖，拔出剑来，声嘶力竭地高喊："我要替么簸讨回公道。"一边喊，一边朝大果乃刺去。

说时迟，那时快，晁骐见了，大叫"闪开"，一个箭步上前，挡在中间。只听噗的一声，一阵剧痛，右下胸口被巫剑刺入，扑倒在石巫朗达身上。

议事堂内外一片惊呼，一片混乱。火坑中，火焰也猛然蹿高，噼噼啪啪直蹦火星，几乎要吞噬高悬着的吊灯。

宁当和手下迅即冲上去，制伏石巫朗达。池舟和岱箫见了，忙冲过去，翻身上舞台，几步上前，抱住晃骐。柳志峰震惊不已，好一会儿才反应过来，跑过去，一边拨开众人，一边喊"让让，让让，我是医生"。

众人让开，柳志峰到晃骐跟前。让人拉过来一把有靠背的椅子，让池舟和岱箫把晃骐放在椅子上，察看伤口。就见晃骐右下胸一条肋骨断裂，上插着巫剑，鲜血往外冒。连忙用手压住，又让岱箫把头帕解下来，绕巫剑裹在伤口周围，暂用来止血。

西兰早打手机让人从医院抬来担架和急救物品。柳志峰拿开被浸成血红的头帕，拿纱布压在伤口周围，让池舟和岱箫把晃骐慢慢抬到担架上，扶他仰面躺下。然后让池舟和岱箫一前一后抬着担架，自己则在一旁，一手扶着插在胸口上的巫剑，一手压迫伤口处的纱布。在众人的簇拥下，赶往医院。

第八章　魂阁

五十九

众人把晃骐抬到医院，送进急救室，柳志峰让大家回家等消息。几人回到学校"古老楼"，一直等到深夜，才等来柳志峰和西兰一起吃晚饭。

谈起晃骐的情况，柳志峰说："暂时脱离危险，接下来几天是关键。"又说，"这个晁骐，很特别，心脏长在右边，和绝大多数人正好相反，被扎着了。"大家听了，不免心忧。柳志峰宽慰道："幸而是他被扎了，同样的伤，上了岁数的，有可能当场一命呜呼，任凭你好精神、好身板，都不中用；年轻人，可能第二天就能下地走路。"

大家听了，心中稍安；又聊起大会上那惊险的一幕。柳志峰和岱箫近乎自言自语地说："这石巫朗达到底知道些什么？""为什么死都不肯说？"见池舟和蕾怡一脸的疑惑，解释说，石巫朗达可能知道一些事，和劫难有关，但就是瞒着不说；大果乃对石巫朗达说那些重话，一半是为了杀杀他的气焰，一半是为了激他说出来。蕾怡听了，叫道："哈！就知道他不是省油的灯！"

池舟顾不得吃饭，拿出那根"山鹿"巫杖和自己的水兽巫杖，察看、琢磨，说："没准劫难跟这巫杖有关系。"众人思前想后，觉得是这样，但又想不出到底有什么关系。这巫杖能够唤醒被封印的大魔王或者黑暗力量？或者藏有玄机，能够用来杀死大魔王或者击退黑暗力量？众人讨论来讨论去，越讨论越没有头绪。恰好西兰和柳志峰要去山外的监狱给犯人看病；石巫朗达因刺伤晁骐，也被羁押在那里候审；池舟和岱箫决定跟着去，当面问石巫朗达；蕾怡听了，也吵嚷着要跟去。

六十

山外监狱位于南边水域中的一座小岛上，名为狱门岛（Nkuaj Kob）。位于水天柱西边五六十公里处。山外七座山脉最西南的黑苗岭从西向东沿水边延伸，狱门岛距黑苗岭最近的地方不到一公里。

第二天天还没亮，岱箫五人便骑着山鹿，赶往水天柱之间的码头。搭乘三天一次的船渡赶往狱门岛。恰赶上日出时分，几人在甲板上靠着栏杆，一边聊，一边看日出。

只见东边偏南，水天极处，一片橙红色，一会儿变幻成橘红色，一会又暗下去，暗成浅灰色。就在这片浅灰色里，放射出红色光芒，光芒下面，一轮鲜红的圆球从水中浮起来。

大家沐浴在金色的光辉中，脸上映照得红彤彤，心中满溢着一种说不出的感觉：淡淡的喜悦，微微的醉意，宁静，慵懒，恬适。

蕾怡忽然指着北边的水面，兴奋地叫道："看那！"众人转头看去，原来岸边崖壁下，两只水兽正在飞速冲过来。水兽越来越近，池舟和岱箫认了出来，惊讶地叫道："小池！小岱！"

两只水兽也认出了池舟二人，朝他俩嗷嗷叫。然而，这叫声充满了慌张和恐惧。原来两只水兽身后不远处，一个庞然大物在如影随形地追击。池舟和岱箫直捏一把汗，嘴中念叨着："快！快！"又疑惑那庞然大物是什么，就见它猛然跃出水面：黑色的背，白色的腹部，翅膀一样的胸鳍和腹鳍，刀锋一样的背鳍，尖牙利齿，头顶两个大铁锤，铁锤上血红的眼睛。

"蝠鲨！"池舟和岱箫惊呼。蕾怡也跟着惊叫，又问岱箫："这就是传说中的蝠鲨？"岱箫顾不上蕾怡，把手拢在嘴边，朝小池和小岱喊："分开，分开跑！"两只水兽似乎听懂了，果然分开朝相反的方向逃跑。一开始，蝠鲨一会儿朝东，一会儿朝西，顾此失彼。但很快就反应过来，放弃小岱，朝小池紧追过去。谁知小岱没有自顾自逃命，见蝠鲨追小池去了，回头游过去，要吸引蝠鲨的注意，见蝠鲨不上当，便朝小池追了过去。恰好小池为摆脱蝠鲨，猛然转弯回头。两只水兽再次会合，一起逃命。

小池和小岱在前面拼命逃，时而分开，时而会合，又频频拐弯，变换路径，却怎么也摆脱不掉蝠鲨。那蝠鲨瞅准了小池追击，几次冲刺跃出水面，眼见就要追上。

此时，早已有挎刀负弓箭的水手赶过来。一位水手从背后取过弓，拿过箭，弯弓一箭射去，远远击中蝠鲨的背。然而蝠鲨身披鳞甲，箭没扎进去，弹进了水里。接着又是几箭，都扎不进去。那蝠鲨起初还慢下来，看看是怎么回事，后来根本不理会，加快速度追赶水兽。

一位水手叫大家让开，抢起砍刀，用尽全力朝蝠鲨抛去，正砸中头顶的一个铁锤。这激怒了蝠鲨，蝠鲨放弃了水兽，改变方向，朝渡船奔袭过来。还没等人们反应过来，已经撞上了渡船。蝠鲨长七八米，重几吨，跟一条大型杀人鲸差不多，几乎赶上渡船的三分之一，把渡船撞直摇晃。接着是持续不断的撞击，一次更比一次猛烈，把船撞得颠来倒去，东倾西覆。船上众人东倒西歪，惊慌失措。

一片混乱中，船长赶到。高声指挥，让水手和年轻人协助老弱者躲进舱里。有一个女人抱着孩子，孩子被吓得哇哇大哭，一位围着高高的头巾的汉子护着母子俩，往船舱门口去了。池舟和岱箫要送西兰、柳志峰和蕾怡三人进舱中。蕾怡说："我来，你们不用管了。"说着，在摇摇晃晃、跌跌撞撞中，拉上西兰和柳志峰往舱口去了。

又一阵猛烈地撞击。有一处栏杆被撞坏，一位水手滑到栏杆外，双手抓住栏杆根部，身体悬在空中。水手腿部受伤见红，蝠鲨闻到了血腥味道，从水中向上跃起，张开大嘴去撕咬。水手扭动身躯，极力躲闪。池舟、岱箫等人忙上前去拉扯水手；有人则朝蝠鲨射箭、扔砍刀，吸引蝠鲨的注意力。

一阵忙乱，终于把人拉上来。谁知还没喘过气来，那蝠鲨游到远处，转身猛冲过来，从水中凌空而出，跃上船尾。在船上像搁浅的鱼一样，猛烈蹦跶，张开嘴冲人咬，头上的两个大锤头之间噼里啪啦放着电，发出耀眼白光。周围弥漫着一股说不出的腥味。

大家急忙往四周撤。有人腿被蝠鲨压住，几人拉住往后扯，趁蝠鲨蹦跶时把腿抽出来。众人拔出弓箭乱射，拿起砍刀乱扔。很快，箭射完了，砍刀扔完了，却没有伤蝠鲨一分半毫。大家面面相觑，不知道如何是好。

池舟见了，急中生智，从腰间系着的水兽巫杖中拔出巫剑，大吼一声，朝蝠鲨大锤头上的眼睛刺去。蝠鲨弱点在于眼睛，被刺得生痛，把头猛然一甩，随着船体一倾，滑回水中。紧接着，蝠鲨滑下去的这一侧猛然蹿高，船体猛往另一侧倾斜，几乎要翻倒过来。

池舟被蝠鲨猛甩的大锤头电了一下，被撞飞出去，正好被岱箫接住。岱箫抱住池舟，往后一倒，随着倾倒的甲板往船外滑。滑过倒下的栏杆，就要被甩出船外。池舟眼疾手快，一把抓住栏杆底部的翻沿，岱箫则紧紧抱住池舟的腰。两人的身体悬在船外晃悠，蝠鲨从水中跃出，张着大嘴往上咬。两人忙不迭往上蜷腿躲闪。

众人忙上前把二人拉上去。池舟站起来，还要去找他的宝贝巫剑，哪里找得着？接着，船又被猛烈撞击，东倾西倒。原来这蝠鲨肉没吃着，还被伤了眼睛，在暴怒中撞船泄愤。

混乱中，忽然听见蕾怡清脆的声音："快！快！"转身一看，蕾怡和几人抬着两大竹筐的腊肉，匆忙跑过来。腊肉上堆着些剪刀、手术刀之类。蕾怡放下竹筐，拿起一块腊肉和一把剪刀，把腊肉指向蝠鲨，大声对众人说："沾上血，扔给它。"

原来，船舱中众人议论蝠鲨。有一位老人说，很多年前，也是在这附近遭遇过蝠鲨，当时脱身的方法是给它们扔沾血的腊肉。蕾怡听了，跑到货舱，找到装着腊肉的竹筐，又翻出一些剪刀之类，叫上几个人，抬了上来。

大家割手指，将血涂抹在腊肉上，扔给蝠鲨。池舟和岱箫都不用割了，胳膊上腿上本就有伤。船长又指挥大家往远处扔，把蝠鲨引走。于是众人抢开膀子，拉开架势，比谁扔得远。池舟练过标枪、铁饼等，技高一筹，扔得最远。岱箫等人见了，都暗中学他的姿势。

六十一

引开蝠鲨，船长命人修好柴油机，全速开往狱门岛。就在船要启动时，池舟发现水面上漂浮着自己的巫剑，大声喊"等等"，翻过栏杆，要跳下水去打捞。岱箫一把拉住，指着池舟的伤，说："不要命了！"这是怕血腥味又把蝠鲨给引回来。池舟拍拍系在腰间的巫鞘，煞有介事地说："没准得靠它应对劫难，不能把剑给丢了。"岱箫会意，笑了笑，说道："你等着。"说完，回船舱找了根竹竿，一端绑上绳网，把巫剑给捞上来。

蕾怡已经听说池舟拿巫剑扎蝠鲨的事，抢着从绳网中拿起剑，掏出帕子擦上面的血迹，说："真是个好东西。"问池舟，"我的呢？你说过给我也弄一根的。"池舟忙说："我在想办法，这两天就有。"原来池舟跟柳志峰借了钱，抽空去山外集市，找到上次买水兽巫杖的摊点，却被告知山外是每三天一个集日，摆巫杖摊的两天后才来出摊。

蕾怡"哦"了一声，转向水面，喃喃自语道："也不知道'小池'

和'小岱'怎么样了。"池舟听了，也看向水面，搜寻水兽们的踪迹，对蕾怡说："放心吧，他们俩没事的。"蕾怡道："你怎么知道？""我就是知道。"池舟绞尽脑汁想理由，"他们的名字还是我给起的呢。""要是有事呢？""我搭上命去救。"蕾怡"哼"了一声："说得比唱得还好听，你怎么知道，你都不知道他们在哪儿。"

正说着，岱箫已经把竹竿和绳网还了回去，叫上池舟和蕾怡回到舱里，让柳志峰和西兰处理伤口。大家聊起蝠鲨，柳志峰问道："这个庞然大物，来自哪里？得多大的生态系统才能支撑如此巨大的生物？山外这片水域到底有多大？"岱箫说："没人知道呢。曾有人往东、往西航行了两个多月，还不到头。"又说，"蝠鲨就跟山内的华南虎一样，感觉都已经灭绝了，年轻人还以为就是个传说。不知道为什么，今年突然就蹦出来了，这两天就遇到好几只。"池舟若有所思，说道："都说动物比人更能感应天灾，难道真是晁骐说的，这三百多年一遇的劫难，其实源自山外？"

六十二

渡船全速前进，很快就到了狱门岛。池舟等人随众人出舱，来到甲板上，准备登岛。就见一面悬崖高耸入云天，悬崖顶上一座巍峨的城堡，仿佛耸立在头顶上。池舟和柳志峰见了，感叹："难怪把牢房修在这里！""小岛，悬崖，还有神出鬼没的蝠鲨，这地方插翅难逃！"

崖壁上凿出陡峭的石梯，几个"之"字回还，迂回往上。石梯的起始处是一块突出的岩石，被凿平了当码头，高出水面三四米，正好和渡船的甲板平齐。码头挺小，只能勉强容纳五六个人，大家只能一批一批地上。

池舟五人一起上到码头，然后一个跟着一个攀缘石梯。石梯很窄，勉强能容两人侧身错开。一边是凿开的崖壁，一边是木制的栏杆扶手，栏杆外就是茫茫的云天和水面。

柳志峰见栏杆和扶手黑漆漆的，摇摇晃晃，估计很有些年头了，不敢去扶，生怕倒了。然而就是在这样的崖壁上，也顽强地生长着青苔、小草和藤蔓，绿油油地拥抱着阳光。西兰提醒大家小心脚下，别被绊倒、滑倒。

"之"字回折后，就见渡船已经挪到一旁，有人从上面的城堡悬下来几根绳子，水手们把装着食品、医药等物资的竹筐系在绳子端部，有节奏地拉动几下，示意上边的人借助滑轮拉上去。和岱箫聊起来，方知果乃团们已经将狱门岛作为避难所应对劫难，正派人运送和储备避难物资。池舟眼力好，发现有些竹筐里装着枪支弹药，小声指给岱箫看，岱箫睁大眼睛看了好一会儿，说："应该是上次在崖洞里发现的。看来果乃们相当重视。"

到了悬崖顶，发现城堡也是吊脚楼样式，一楼悬空，堆放了不少粮油物资和弓箭武器。城堡很大，监狱只是其中靠悬崖的一角；其余的建筑大多空置着，据说从前山外动荡时，曾被用作避难所和军事要塞。

大家随着三三两两的人群来到监狱的接待大厅，找到一个窗口，说明来意。得知有人捷足先登，已经在探监室和石巫朗达交谈。只得在长条凳上坐下等候。

约莫半个钟头后，从探监室方向出来一个精瘦的高个和一个抱着婴儿的女人。高个子把头巾围得高高的，遮住盘在头上的长发，头巾在右边露出一截，遮住了太阳穴，但仍然可见一道刀疤从右眉的眉角斜着往后延伸。池舟认出来，这人正是多次遇到的"耶久"。

池舟很好奇抱孩子的女人是什么人，问岱箫。岱箫把池舟拉到一旁，小声说："是石巫死去的 khub 么簸的妻女。"池舟听了，问道："那么，按照山外的规矩，这孩子要过继给石巫，石巫要娶这个女人？"岱箫忙做出嘘声，瞄一眼一旁的西兰，对池舟耳语："石巫是个重情义的，看女方的意思。"池舟虽愚钝，见岱箫如此，也明白过来了，自悔失言。

六十三

大家又等了一会儿，然后被挎刀负弓箭的警卫带进探监室。探监室空空如也，只有一张长条桌子和几把椅子。石巫朗达已在桌子那侧等着了。

　　大家上前见过石巫朗达，都不知该如何打招呼。石巫朗达站起来，扫视众人一眼，一言不发。西兰和石巫悄然对个眼色，招呼大家坐下。岱箫正坐在石巫对面，打破尴尬气氛，对着石巫用土语说了一通，翻译过来，大意是："石巫兄长，刚才在大厅遇到了耶久和么簸的妻女。么簸救人牺牲，果乃们会好好安排她们母女俩，也请你节哀顺变……"石巫朗达打断岱箫："万分感谢。不过场面话就不必了。"转向顶右边的柳志峰，用标准普通话问道，"请问，晁骐，他怎么样了？"

　　柳志峰侧头看了岱箫和池舟一眼，对石巫说道："暂且脱离了危险，未来几天是关键。"石巫朗达追问："您觉得情况怎样？"柳志峰说："谨慎乐观。"

　　石巫朗达似乎松了一口气，转向岱箫，说："你们找我，不只是为了致哀吧。"岱箫说："那我就不绕圈子了。"从腰间取出山兽巫杖，放在桌子上，问："关于劫难和巫杖，兄长到底知道些什么？"石巫朗达看着巫杖，不说话。

　　岱箫踢右手边的池舟。池舟会意，拿出所捡到的山鹿巫杖，递到石巫眼前，问："认识这根吗？"石巫朗达似乎有些惊讶，随即又露出悲戚之色，说："么簸的，你们哪里找到的？"伸手去拿巫杖。池舟缩回手，说"等等"，站起来，抽出巫剑，引出膜界，让岱箫抹上些许洗洁精，挥舞手臂，旋转手腕，变幻出五颜六色的形状。

　　池舟展示完毕，将膜界收回鞘中。岱箫从池舟手中拿过巫杖，递给石巫。石巫接过来，凝视良久，对岱箫说："画巫，你现在知道了，咱们的祖先，不是江湖术士，更不是骗子，真有巫法，货真价实的巫法！画巫，你是朗达家族的人，记住你的使命。"

　　岱箫想一想，点头道："记下了。但是，都有哪些法术，怎么施法，我一点都不知道。"一旁的池舟插嘴："这巫法和劫难又有什么关系……"一旁的柳志峰忙掐池舟的胳膊，轻声叫他"别多嘴"。

　　石巫不答言。岱箫左手边的蕾怡嚷嚷："问你话呢，拿什么架子？"一旁的西兰忙拉蕾怡的衣袖，示意她别添乱。岱箫说道："石巫兄长，如果这巫法真和劫难有关，那就关系山外的生死存亡。么簸为救人都献出了生命，我们还有什么好保留的呢？有什么能比拯救山外的兄弟姐妹们更能洗刷祖上背的污名？"

石巫似有所动，看了看池舟和柳志峰。岱箫说："池舟救过我的命，不止一次。柳志峰大夫也救过不少人的命。"石巫听了，只得作罢，又提了个条件："需要你们进入魂阁寻找线索，发现任何东西，都要毫无保留地告诉我。"岱箫郑重地答应了。

石巫问岱箫："你有多久没回家了？"这里的家，指的是岱箫在朗达山生死门附近山头的房子。岱箫想一想，说，"快两年了。"

石巫缓缓道："难怪你什么不知道。一年多以前，朗达山地震。一头传说中的山兽出现在生死门附近，受了伤，奄奄一息。那天我恰好路过，救下了他。我知道，这神兽是祖先的启示，要我们担当起使命，拯救山外。我和么簸、耶久他们搜寻朗达山，寻找线索。找了几个月，终于发现一处暴露的石棺。棺盖已经残缺不全，上面镌刻着文字，勉强能辨认，记载着一位大梯玛的功绩：施法从劫难中拯救山外；修复魂阁，招收弟子，传授法术，保子孙后代平安。石棺中一具白骨，手上握着一根巫杖，珙桐木的，早已腐朽不堪，但是拔出巫剑，发现残存有膜界，无影无形、像橡皮筋又像橡皮泥。膜界大家都玩过，没什么稀奇，但这巫杖里的膜界，三百年了，居然没有完全消融。惊讶之余，为搞清楚原因，我们做了各种猜想、无数实验，最后确定，珙桐木的巫杖能够保存膜界。"

石巫说着说着就停下来。蕾怡催促："然后呢？"石巫说："后来的事，你们都知道了。"池舟和岱箫道："就这些？"石巫道："就这些。所以，需要你们去魂阁找线索。里里外外仔细寻找，仔细研究，尤其是那些石碑。"

听石巫提起"那些石碑"，柳志峰就对池舟耳语几句，池舟又对岱箫耳语，岱箫点头，问石巫："你们已经有人偷偷去过魂阁了，是吧？"石巫倒是老实承认说："开山外大会时，乘人不备，派人进去寻找线索。但是匆匆忙忙，什么都没找着。"

池舟等人还要追问石巫，然而时间已到，警卫们已经领着下一位羁押人员在门外等候，有人推门进来，催促众人离开。西兰起身，见岱箫等人都转身去了，石巫也起身要走，轻声问石巫："等一等……你一定要这样吗？"石巫愣了一下，旋即说道："我不得不担起责任，担起使命！"

六十四

回到接待大厅。柳志峰感叹："这个石巫朗达，真是不能小看。年纪尚轻，城府、心机了得！你看他，在山外大会上闹，没人想到他是在掩护同伙偷闯魂阁；上次在古老广场，骑山兽在议事堂和魂阁上方盘旋，大家还以为他在炫耀，再想不到他这是在进行侦察。他每一招棋，无不一石二鸟；每一句话，无不深思熟虑。"大家都点头称是。岱箫明白，这是在委婉提醒他，石巫朗达的话不能不信，但不能全信。柳志峰又感叹："只是太过自尊，不免自大自负，一意孤行；又有些自卑自惭，未免苛己责人，敏感多疑。很容易孤标傲世，自恋自怜。"

这一连串的成语，听得蕾怡如坠云雾，连池舟、岱箫和西兰也不能完全明白。蕾怡对柳志峰叫道："说人话不行吗？"又向岱箫笑道："他是什么意思，你给说说嘛！"于是岱箫一面问柳志峰，一面用普通话夹杂土语向蕾怡解释。蕾怡听了，点头道："石巫就是这样的家伙。仗着有点本事，傲到天上去了！"

聊到石巫朗达，西兰和岱箫说，石巫真是苦孩子长大。于是谈起石巫的不幸遭际。出生时母亲因难产而死，故而遭到亲友的嫌弃。父亲是个梯玛，众人眼中的江湖术士，天生的孤僻高傲，本事不大，脾气不小。石巫朗达十岁那年，父亲替一户人家做法驱魔，因实际效果和报酬，和人起冲突，失手致人死亡，被收押在山外监狱中，自尽身亡。石巫朗达自此饥一顿饱一顿，居无定所，敏感脆弱，却又孤僻高傲。

十六岁到十九岁这三年间，石巫依照山外的传统，去山内体验花花世界。建筑工、搬运工、酒店服务员、夜总会小弟，各种工作试了个遍；睡过桥洞，捡过垃圾，扒过火车，打过群架。遇到一个坐台女，在石巫生病发烧期间照料了两三天。石巫遇到一点爱，就认定了坐台女，决心留在山内，玩命挣钱要娶她。但是在山内的婚姻体系中，石巫无房、无车、无学历、无户口、无家世，处于婚姻鄙视链的最底端，只能黯然回到山内，更加敏感脆弱，加倍孤僻高傲。

柳志峰听了，唏嘘不已，摇头长叹："人世间的炎凉恶态，莫甚于此！"池舟气愤不已："人说'戏子无情，婊子无义'。何必把这种人放在心上，这么想不开。"西兰叹道："他就是这种一棵树上吊死的性格，天生的犟脾气。"

随后，大家来到监狱的医务室，柳志峰和西兰给工作人员和犯人看病、检查身体，池舟三人打下手。不必详述。

结束后，依旧乘渡船回学校。来的时候，攀缘崖壁上的石梯上到城堡，下城堡却不走石梯，而是坐"升降竹筐"。原来在悬崖边上，固定着一对滑轮，一根粗绳的两端绕滑轮垂下，一端连着配重石块，一端系着竹筐。人站进竹筐里，借助重量，垂直降下去。

几人依次乘坐竹筐，下降到渡船的甲板上。乘坐船渡，沐着夕照，返回码头；又骑上山鹿，伴着晚霞，回到学校。

六十五

当晚，岱箫便手机联系果乃们，取得了进入魂阁的许可。第二天吃过早饭，五人乘坐山鹿一起前往。岱箫带了锤子、铁锹等工具备用。因天空乌云密布，恐怕途中下雨，西兰还带上了雨披、雨伞。池舟没来得及喂飞蜥"小蓝"，便带在肩上，一路喂食、逗弄。蕾怡则抱着狐狸"火球"。

来至魂阁。也是吊楼结构，一楼架空，二至四楼支撑在八个巨大的石墩上。石墩被雕刻成山外鸟兽的形状：有山兽、水兽、山鹿、鹿狓、山鸟、飞蜥。还有一种兽类，因其状似山内传说中的貔貅，又像是麒麟，得名"貔麟"，有着黄鼠狼一样长长的躯干和尾巴，背上是两对蜻蜓一样的透明膜翅。还有一种"蝶豹兽"，有着猎豹一样矫健的躯干和四肢，却长着蝴蝶一样的鳞翅，鹰一样的喙，蜥蜴一样的尾巴。

五人从山鹿上下来，上石梯到二楼。就见两扇巨大的石门，一扇上面雕刻着"古老"造天地的情形；另一扇上面刻着"神使"骑山兽传达"古老"旨意，向人类传授生火、狩猎、织布等生存技能的情形。

五人放下手中的东西，上前推门。然而石门极其沉重，推了半天，才开了一个缝。池舟退几步，上下左右侦察，把手在胸前一劈，叫道："怎么这么蠢！非得走大门？"

于是大家跟着池舟，顺着环廊来到一扇窗户前。窗棂破朽不堪，早已被人捣出了一个大洞。池舟指着洞口，转头对肩上的"小蓝"发令："飞进去侦察！"小家伙果然伸开前肢，抓握住翼膜，蹬腿往前一蹦，滑翔起来，穿过窗棂的洞，飞到里面，打个转回来，落在窗台上，用后肢站立起来，朝池舟招手。蕾怡怀中的"火球"见了，也跳上窗台，蹿进去，转过身，伸前爪去抓小蓝，吓得小蓝往上一蹦，抓住窗框，噌噌噌往上逃。蕾怡忙喝止："火球，不可以这样！"

侦察完毕，池舟和岱箫商量几句，撑着窗台，翻身上去，随即一跃而下，背贴着墙蹲着，仰头叫："好了。"岱箫在外面对着窗台蹲下。蕾怡三人一个接一个，踩着岱箫的肩爬上窗台，然后踏着池舟肩和膝盖，下到里面去。岱箫起身，见三人都进去了，翻身爬上窗台，跳了下去。池舟在里面接应，正好扶住岱箫的胳膊。

就见一个大厅，散乱着腐朽的木头、破败的石头，乃至动物的尸骸等。地面堆满了灰尘，角落结满了蜘蛛网，窗前青苔和杂草蔓生。中间一个大火坑，里面堆满尘土和灰烬。火坑上方挑空，有七八米高。

岱箫让大家分头搜寻，并且"拍照，拍视频"，说："有些地方，乍一看看不出什么，回头细看，就会发现蹊跷。"柳志峰胆小谨慎，问道："让大家分开？不会出事吧。"蕾怡要跟着岱箫，附和道："就是！山内的恐怖片里，一分开就出事。"池舟附和蕾怡："对对对，分头行动就是作死的节奏。"岱箫看着蕾怡和池舟，笑道："好吧，一起行动，不要离开彼此的视线。"

于是五人结队，绕着火坑巡察。室内挺暗，不得不打开手机电筒照亮。池舟仔细察看墙面，不住地敲敲打打，又踮脚试探地面。

柳志峰和蕾怡问他："跟个傻子一样，干吗呢？"池舟答："这儿不是巫师们集会、做法的地方吗？按套路，应该有致命的机关、陷阱，想不到的暗门、密室、地下通道，或者有幽灵、骷髅人、僵尸、恶龙、三头犬、巨怪，守护着圣书、能量球、复活石、至尊权杖这类玩意儿。"

然而巡察几圈，并没有发现什么能和劫难以及巫法联系起来的东西。倒是找着一些新鲜脚印，应该是石巫朗达的人几天前留下来的。

于是上楼梯去三楼。楼梯是木头的，已经残破不堪。池舟一不小心，一只脚踩出一个窟窿，卡在里面，半天才拔出来。三楼被火坑上方挑空的空间断成两半，东边似乎是一个图书馆，西边似乎是教室、活动室之类，南边是连接东西两半的走廊，北边是通往二楼和四楼的楼梯。

到了图书馆，发现一面的石墙上镌刻了一些文字。由于岁月的剥蚀，很多都被磨灭了，剩下的也是模糊不清。柳志峰凑上前，仔细辨认，发现这些文字大致分为三类：一类是繁体汉字，山外历史上一直有军、民两家人进入，有汉字不奇怪；一类是拉丁字母，后来得知，明清时代，先后有几批西洋传教士来到 A 省 B 州向山内族人传教，有的还进入了山外定居，这些人为当地土语创制了拉丁字母文字；还有一类是无人认识的奇怪符号，这类占据了大部分，像是古玛雅文字，又像是埃及圣书体文字，再一看，又像是甲骨文。

众人问柳志峰上面记载了什么。柳志峰说，大部分都模糊不清，难以辨认。能辨识的，大部分都是些奇怪符号，一点都不认识。虽认得拉丁字母，但能肯定不是英语或者其他欧洲语言，不知什么意思。只剩下的一小部分汉字，是文言文。又说："我的文言文还是中学的底子，如今赶鸭子上架，就懂几句，大概是说这'魂阁'始建于元朝大德年间，之后经多次损毁和修复。"

大家虽急于想知道上面的记载是否和劫难以及巫法相关，听柳志峰如此说，也只能先拍下来，回去慢慢研究。于是都拿起手机，上下左右一通乱拍。拍完，经过南边的走廊，来到西边的教室和活动室。探查一回，并没有发现什么线索。

六十六

　　上至四楼。四楼似乎是办公室和休息室，木制地板已经腐朽不堪，一踩上去就吱吱呀呀地颤动。到处都是石巫朗达的人留下的脚印；有几处还被踩出破洞，透过洞孔可见三楼的图书室和二楼的火坑。

　　来到中央的大房间。房间一面靠窗，窗外阴沉沉的，大雨将至。窗边的角落里堆放着两块扁平的石头。岱箫说："这应该就是石巫朗达口中的'石碑'了。"领着众人小心翼翼上前察看。只见石碑上面镌刻着令人费解的图案，无数长长短短、粗粗细细的线条分岔会合，错乱交织，像是一团乱麻，又像是杂乱的集成电路布线图。大家一边拍照一边议论，这个说是某种咒符或者咒语，那个说是藏宝图，又有人说是迷宫图，指引到某处神秘力量……

　　忽然一阵大风从窗口灌进来，夹带着尘土和雨滴，阴凉阴凉的，让人想起古代志怪小说中的阴风。池舟正对着窗户，忽觉觉得鼻中隐隐有味，类似烟叶的味道，不禁打了个喷嚏。接着，窗外接连几个刺眼的闪电，然后传来一阵一阵的雷鸣，更添神秘和惊悚和气氛。吓得蕾怡惊叫着往岱箫身上靠。

　　给石碑拍完照，继续探察。发现窗户对面的石墙上雕刻着山峰，山峰中间洞开，其形状正是朗达山上的"生死门"。蕾怡见了，嚷嚷道："传说梯玛们用'生死门'招魂，原来是在这里！"柳志峰也心生好奇，又要显摆他年长有见识，说道："听说过塔罗牌、水晶球通灵，有请碟仙、半夜照镜子的，有祖宗托梦的，在亚马逊和东南亚的丛林，我还亲眼见过当地人召唤神灵和鬼魂……还从来没有听说过用石墙的。"心里想着"都是些蒙人的把戏"，因当着岱箫等人的面，没说出口。

　　池舟上前，先是从腰间拿起巫杖，在墙上敲敲打打，然后小心翼翼地去摸那"生死门"，再用胳膊去挤，又后退两步撞上去，然而并没有发现什么蹊跷。于是后退几步，拉开弓步，一手举在胸前，一手将巫杖指着"生死门"，口中念念有词。柳志峰和蕾怡问："干吗呢？"池舟一本正经地说道："念咒语，打开生和死之间的门户，方便亡灵们过来聊天说话。"说完，大声念，"芝麻，开门；芝麻，开门；芝麻快开门。"接着是"南无·喝啰怛那·哆啰夜耶；南无·阿唎耶；婆卢羯帝·烁钵啰耶……"，然后是"门户洞开，门户洞开"，然后是"Alohomora，Alohomara……"肩上的飞蜥小蓝，也对着墙上的门，一起跟着吱吱叫。柳志峰听了，打趣道："加油！但千万别把大魔王给引来了。"随即见池舟一边念，一边拿余光去瞄一旁的蕾怡，立马明白过来，心中感叹。

池舟不理会柳志峰，继续念咒语。念着念着，就觉脑袋发晕，然后一阵刺痛。眼前又浮现出满脸血迹的男人，被割喉的军人……似乎比前两次更真切。念到"Alohomora，Alohomara……"时，发现墙上的"生死门"开始漾动，跟投入了石块的水面一样。接着，一股洪流从"门"中喷涌而出，还没等大家反应过来，已经吞噬了一切。众人在水中颠三倒四地碰撞着，挣扎着，如同激流中的一堆土豆。

池舟陷入漩涡，被激流袭裹着，像陀螺一样旋转，直至晕晕忽忽，分不清东西南北、上下左右。挣扎一段时间后，耗尽所有力气，开始慌乱、呛水，虚弱而徒劳地舞动四肢，渐渐缺氧、窒息。就在绝望之际，突然被人从后面拦腰抱住。那人抱住池舟，蹬着双腿，冲出激流，朝水面游去。不知过了多久，池舟感觉头猛然露出水面，急剧咳出几口水，大口大口吞咽空气。转头看是谁救了自己，恍恍惚惚中，发现居然是背负弓箭的岱箫！

六十七

池舟恍恍惚惚，忽然听见蕾怡等人叫喊，又被人一阵摇晃。睁开眼睛，发现自己半躺在二楼的火坑边，背靠在岱箫的怀中，身上满是灰土，小蓝在肩上吱吱叫唤，柳志峰、蕾怡和西兰蹲在边上围着。柳志峰正拿捏池舟的胳膊腿，检查有没有脱臼、骨折，见池舟睁开了眼睛，笑道："终于醒了！"狐狸"火球"不知从哪儿叼来池舟的水兽巫杖，跑到蕾怡身边。蕾怡从"火球"嘴中拿过巫杖，递过池舟。

池舟接过巫杖，一脸疑惑，问怎么回事，大家七嘴八舌地说了起来。原来几人上到四楼，发现一面墙上雕刻着"生死门"。池舟拿出巫杖，指着"生死门"念咒语。突然间晕晕忽忽，行动怪异，冷不防栽倒在地，把本已腐朽的木地板稀里哗啦砸出一个大洞，跌下洞口，直往下坠。一旁的岱箫眼疾手快，握住池舟的手腕，往上拉扯。谁知脚下的木板也哗哗碎裂，一个趔趄，跟池舟一起坠入二楼的火坑里。柳志峰三人慌忙下楼，见岱箫没事，池舟却不省人事，合力把池舟抬到火坑边上。

池舟听了，惊诧万分，说："我刚才就是从四楼掉了下来？"众人问："你什么都不记得？"池舟点头，然后又摇头，说："我记得一些事情，还很清楚，但完全不是从四楼掉下来这回事。"于是告诉大家自己所记得的奇异事情：眼前如何浮现出满脸血迹的男人等画面，如何被"生死门"中涌出的洪流吞没，又被岱箫救了。说完，问柳志峰这个医学博士："怎么回事？我怎么会突然晕晕忽忽，栽倒在地？以前从来没有这样过！"

柳志峰说："刚才在四楼，在窗台外面发现了一些蘑菇，不知名，血红血红的，应该有毒，可能有致幻作用。你大概是吸入了它们的孢子，产生了幻觉。"池舟摇头，大声说："不可能！都是幻觉？那么逼真！不可能！"柳志峰说："这些蘑菇的毒素，刺激大脑皮层的神经，唤起真实记忆，又由此展开想象。刺激强度足够大的话，让人感觉比真的还真。"

池舟说："那个满脸血迹的男人呢？我以前不止一次梦到。"柳志峰："像谁？"池舟："像是一个战友……好吧！"柳志峰向众人说道："我知道招魂的秘密了：用'生死门'做道具，让人吸入致幻蘑菇的孢子，激化出潜意识中的记忆，尤其是死去的亲友，再加以诱导，添上想象，真真假假，说成是召唤出了灵魂。其实跟催眠一个原理，都有科学解释。"

池舟听了，将信将疑，总觉得刚才的经历，跟幻觉和梦不同。岱箫三人都点头说有理。西兰说："倒像是故弄玄虚的心理医生。"柳志峰笑道："自古巫医不分。我穿越到古代，也是个法力强大的巫师：做心脑外科手术，开脑壳，换心脏，起死回生。"

大家蹲得双腿发麻，纷纷站起来，活动活动。蕾怡突然拉住岱箫，指着火坑说："你看，那是什么？"众人看去，原来火坑四面围砌着长方体石头，本来被厚厚的灰土掩盖，刚才池舟和岱箫从四楼坠进火坑，撞开了里面的灰土，露出一块石头，石头上面似乎镌刻着某种图案。

岱箫跳窗去外面取来铁锹，和池舟一块儿刨去灰土，露出底部和围砌的石头，总共五块，上面都镌刻着图案。大家忙拿手机拍照，议论图案是什么。池舟研究了半日，忽然拿手在胸前一劈，说"我知道了！"几人围上来，见池舟将几幅图案旋转拼合，得到一幅地图：有山水，有道路，有些像是洞穴之类，还有些不知是什么。然而这地图画的显然不是山外。几人议论一会儿，也不是山内某地。都不知道是什么，也不知道和山外的劫难有什么干系。

天色已晚，窗外下起雨来，西兰催促大家回学校。临走前，柳志峰又让池舟和岱箫回到四楼，从窗台采集了些致幻蘑菇，拿回去研究。开玩笑道："我柳半仙，柳大巫师，要研制'招魂丸'。将来出一本巫医专著，《招魂及相关巫药研究》，奠定我柳半仙在招魂术以及巫药研究领域的开山鼻祖地位。将来拿诺贝尔巫医奖、巫药奖，也不是不可能。"说得大家都笑个不停。池舟心想，这个胆小、爱吹牛的大叔，居然也能幽默一把，藏得挺深哈。从此，"柳大巫师""柳半仙""柳巫医""巫药人""招魂药研制人"这些绰号就叫开了。

六十八

从魂阁回学校后，池舟不停地琢磨在"幻觉"中所看到的事情。心想："柳博士也说了，所谓的幻觉，多多少少都有激发出来的记忆成分。"努力回忆在"幻觉"中的所见所闻：满脸血迹的男人，被割喉的军人，长着翅膀的人，貔麟、蝶豹兽……试图分辨究竟哪些是想象，哪些是真实记忆。

又惦记着在魂阁中的发现：图书馆墙上镌刻的奇怪文字，"招魂室"中两块石碑上刻的神秘图案，以及大厅里围砌火坑的石头上的未知地图。跟柳志峰说："大博士，赶快把这些东西破译了。里面一定藏着秘密。"

在魂阁发现的文字、图案和地图，柳志峰倒也挺感兴趣，但此时并没有时间和心思进行破译：每天忙于在山外医院治病救人，又把空余时间全部投入了"招魂及相关药物研究"。柳志峰分析了在魂阁采集的致幻蘑菇，初步断定是山内从未发现过的新物种，已经将其命名为"柳氏招魂菇"。准备趁适当时机获得果乃们的许可，带一些蘑菇回山内，继续深入研究，发几篇《Nature》，再发几篇《Science》。用来申请母校 T 大或者 Y 大的教职，拿炸药奖，走向人生巅峰。后来回想起这一段，柳志峰感叹："这世上的人，利来利往，营营逐逐，哪个能跳出名利圈子？"

第九章　舞会

六十九

很快就是朗达祭。朗达祭源自山内族人，祭祀古老始祖，感念始祖创造了世界和各种人类，又指引族人先祖迁徙和寻找安居之地。朗达祭前夕，会举办种种庆祝活动，包括各种歌会、舞会和体育赛事。青年男女借此机会相互结识，寻觅意中人。很多新人选择在此期间举行婚礼，一则借一借热闹气，二则方便亲友们抽空前来。

庆祝活动的序幕是山外的狂欢节："古老"舞会。舞会是露天的，从"月上山冈"开始，持续一整夜。有多个会场：山外学校运动场的西边有一大片草地，那里是主会场。山外有军、民、土、黑苗、白苗、青苗、花苗七座山岭，从中心小镇向远方延伸，各山岭中又在山谷、溪流这些开阔平地处设有"坪"，"坪"上建有集市、广场、议事堂等公共设施和建筑，各"坪"的广场草地是舞会的分会场。主会场和七个分会场之外，很多婚礼也在这天举行，每个婚礼现场就是一个舞场。有人因故去不了主、分会场，也赶不上婚礼，就三三两两聚在一起歌舞。

舞会那天，所有人都精心装扮，脱下简易方便的山内现代服饰，换上祖传的舞会着装。中老年穿黑、灰等暗色，年轻人穿各种亮色。姑娘们穿左襟短袖或者无袖上衣，多是红、黄等颜色，修身剪裁，尽显婀娜身姿，配上颜色稍深的百褶短裙。小伙们则是对襟上衣，白、青等颜色，柔顺贴身，显出结实的肌肉，搭配深色绣边马甲，硬直平整，衬托挺拔的身形，下面则是黑色、灰色长裤。

大概是受山内现代审美的影响，山外男女衣着都比较简洁，没有过多的色彩，没有什么图案纹样，给人一种后现代设计感。女性也几乎不戴任何首饰，只有两坠耳环和一个篦子。篦子多是银制的，恰似弯月的形状，泛着月亮的光泽，用来拢住挽起的头发。这颠覆了柳志峰和池舟对苗族服饰的印象，两人从影视纪录片中看到，苗族女性盛装时全身挂满银饰。后来得知，山外和山内族人祖上多以游猎为生，又要躲避频繁的劫掠和战争，因而经常需要"跑路"，所以都把值钱的东西换成当时的钱币，也就是银子，打成首饰，方便"跑路"时穿戴在身上。后来生活安定下来，银子也不再能当钱用了，就抛弃了这个习俗。

待婚年轻人是舞会的主角，还会穿上特别的装束，标识自己的未婚身份。姑娘们会在腰间垂上一圈花带。每条花带宽七八厘米，长短不一，在六十至九十厘米之间。十几条花带，一端连起来，围在腰间，另一端下垂，或到膝盖，或到脚踝，像套在百褶短裙上的长裙，旋转起来，一条条张开、升起，如同盛开的花瓣。花带都是姑娘们亲手缝制，有丝的、棉的、麻的等，上面绣着、染着、画着各式各样的图案：花鸟虫鱼，颜色块，几何图案，卡通图案，名画……

小伙子们则会束上腰带。不是系裤子的普通皮带，比皮带宽得多，跟花带一样，也是各种材质，绣着、染着各式图案。而且样式百出：有的就是简简单单的一条长带，有两三条带子交织而成的，有的坠着穗子、吊坠等装饰物，又打成各种结。多是姐妹或者要好的姑娘送的。

待婚年轻人的头饰也是一大风景。传统的头帕被变换出无数的样式、色彩和图案。更有人舍弃了布制的头帕，采集藤蔓、柳条、竹篾、蒲葵叶、棕榈叶或者芭蕉叶等，编成头环或者帽子，戴在头上。在这头帕、头环或帽子上，又插上翎毛、兽角、鲜花、枝叶等做点缀。尽显每个人的个性。

七十

舞会开始前，还有露天聚餐，各家各户都拿出自家珍藏的好酒、拿手的好菜分享。舞会这天，西兰去参加一个表兄的婚礼，蕾怡回家去了，五人组就剩下池舟、岱箫和柳志峰三人在学校。三人吃过午饭，就在"古老楼"公共起居室的厨房忙开了。池舟和岱箫都不大会做饭，给柳志峰打下手。柳志峰因地制宜，利用当地食材，弄了一个腊肉炒黄鳝，一个枞菌炖野鸡，还做了一个蛋糕，烤了一篮子羊角面包，分装在三个木盒子里。三人然后装扮一番，一人拎一个木盒子，赶往舞会。

主会场的草地上，已经聚集了不少人。仍陆续有人赶过来，有骑着山鹿、麂子、鹿狨等的，有套着这些动物拉着车的。草地中央搭了一个舞台；四周摆放了一圈椅、凳、小几案，供人休憩；西边支起了两面大投影幕布；北边靠近山脚处摆了几张溜桌子，从草地一直延伸到山谷中。桌上已摆了不少吃的，竹筒米饭、焖马铃薯、烤麂子肉、Fababa、腊肉、腊肠、野菜等，还有酒水、饮料、水果。每份吃的一旁都贴着纸条，上写着某某人奉献。池舟三人将吃的放上桌子，也领了三张纸条，写上三人的名字，贴在一旁。

太阳快落山时，人已经来得差不多了。大家拿了竹制的餐具自行取用，三五成群，或坐或站，聊天说笑，议哪家带来的酒菜好吃，谁家在办婚事，讨论这山外的三百多年一遇的劫难……年轻的朋友在一起，比什么都快乐，讨论即将到来的飞伞大赛，品评彼此的花带、腰带和头饰，拍照发到论坛上让所有人欣赏。

此时，岱箫头戴蕾怡送给他的头帕，青白二色蜡染的山鸟图案，插着一条一米来长的红、蓝两色雉尾；腰间束着西兰送给他的腰带，黑、白、金三色几何图案做底，上绣着一头飞翔中的山兽，在左边腰间打成一个结；别着山兽巫杖。池舟穿着岱箫送给他的衣裤，正合身；头戴白底、青竹图案的头帕，是前一天特地跑去山外集市上买来的；插着黄绿相间的雉尾，岱箫送的；束着水兽图案的腰带，也是集市上买的，右边垂下一条带子，吊着一块晶莹剔透的石头；左腰间别着自己的水兽巫杖，右腰间别着山鸟巫杖，正要找机会送给蕾怡。柳志峰也入乡随俗，换上了山外传统中年服饰。

池舟一边吃，一边将果蔬掰碎了喂肩上的飞蜥"小蓝"。吃完一盘，回去补充，发现一坛米酒，一旁的纸条上写着"Lief Vip"；知道是蕾怡带来的，四下里张望，寻找蕾怡的踪迹。望见蕾怡在不远处的人群中四处张望，应该是在寻找岱箫。兴奋地挥手，穿过人群疾步走过去。

到跟前打招呼。就见蕾怡头戴蒲葵和芭蕉叶编的帽子，俏皮的短檐帽，帽檐上缀着紫红色的刺蓟和洁白的野百合，散发出淡淡的青草和树叶味道，还有一缕一缕若有若无的花香。斜挎一个红绿织锦袋子。上穿左襟短袖，淡雅的玫瑰色，但不是单调的大块色彩，像泼在水中的颜料，浸染出深深浅浅各种层次，恰似此时天边的晚霞。腰间吊着一圈花带，一边的短，只垂到膝盖，一边的长，垂到脚踝，如同燕尾裙；底色是青灰色，如同此时天边山峦的颜色；上面一抹晚霞螺旋环绕，颜色渐变，在腰间是玫瑰色，正接上上衣的颜色，绕到膝盖，变成橙色，然后是金黄，到了脚踝处，则成了浅黄色。脚边是那只火红色的狐狸"火球"。

蕾怡上下打量池舟，又伸手捻一捻池舟的袖子，说："咦，这不是画巫的衣服吗？"池舟看得有些发呆，半天才反应过来，笑道："他送给我了。"蕾怡问："画巫呢？他没和你在一起？"池舟侧身指着后面说："跟柳大巫师在那边。看见了吗？"

蕾怡远远望去，间岱箫在酒菜桌前跟人说话，抱起"火球"就要跑过去。池舟忙拦下，说："等等。"从腰间取下山鸟巫杖，递给蕾怡。蕾怡放下"火球"，接过巫杖，把玩一会儿，说："谢谢啦。"

想一想，从腰间的织锦袋子中取出一条腰带，递给池舟。腰带是蓝色的底色，上面染着黑白两色的水兽。池舟见了，几乎不敢相信，喃喃问一句："这是给我的？"蕾怡很不高兴地说："本来是要送给某人的，他穿了别人的。"池舟喜得忙接过来。

低头正要解下腰间的腰带，换上蕾怡送的，忽听得岱箫和柳志峰那边传来一阵骚动。抬头望去，岱箫和几人扭打在一起，撞翻了一张一张酒菜桌子，坛子、碗碟噼里啪啦碎了一地。

池舟和蕾怡忙拨开人群跑过去。赶到时，扭打的两人已挣脱岱箫，往北逃入山中，青苗二果乃和宁当正指挥人去追。一旁的柳志峰仍然没缓过气来，一脸的惊讶。此时天色已经暗淡下来，蕾怡拉过岱箫，对着晚霞送来的金色光辉，察看岱箫伤势。岱箫连说"没事，没事"。

原来岱箫拿竹筒斟酒时，注意到有两人在一旁狼吞虎咽，身着山外传统服饰，但样式古老而奇特，而且在这种场合腰挎砍刀，十分不合宜。上前询问，两人神色紧张，操山外土语，但口音浓重，不像是山外人说话。岱箫觉得十分可疑，不声不响退到一旁，给正在便衣巡逻的宁当船长悄声说了，又指给船长。因工作缘故，宁当船长人缘极广，和大半山外人照过面，并没见过这两人，压低声音说"肯定是山内坏分子冒充山外人"，让岱箫回去稳住两人，疏散旁边的小孩和老人，自己则去找帮手。岱箫回去，和附近的孩子和老人一一说悄悄话，让他们避开。谁知那两人察觉到情势不对，慌忙拿塑料袋装了一堆吃的，转身要跑。岱箫见状，扑了上去，和两人扭打起来。

蕾怡上上下下察看岱箫，发现除了眼眶有些青紫，并无大碍。见岱箫的腰带沾了大片油渍，说："这腰带不能穿了。我正好带了一条，给你换上。"说着，张开手伸向一旁的池舟，又转头向池舟使眼色。池舟无奈，只能递上手中的腰带，然而蕾怡接过腰带时，他又死死抓住不放。蕾怡转身瞪着池舟，说："这个本来就是要送给画巫的。他送了你这么一身衣裳，你这么小气！"见蕾怡怒气冲冲，池舟只得悻悻地松开手。

恰好青苗二果乃在一旁经过，见此情形，把池舟拉到一旁，操着口音极重的普通话，厉声道："山内异族人，老实交代，你的同伙都藏在什么地方。"听这话，池舟心下明白，二果乃应该是没追上刚才逃跑的两人，在拿他池舟撒气。猛摇头说："我和他们真没什么关系。"青苗二果乃道："你们不可能得逞，山外一定会平安渡过劫难，"又转头看一眼蕾怡，回头压低了声音呵斥，"不要打山外姑娘的主意，否则……"说着，攥住池舟的胳膊，一膝盖顶在池舟小腹上。痛得池舟捂住小腹往后直趔趄。

池舟肩上的飞蜥"小蓝"通身蓝得发紫，支起黄得发绿的翼膜，朝二果乃龇牙裂齿，张牙舞爪，吱吱大叫，表示愤怒和抗议。二果乃听见了，瞪眼怒视"小蓝"，吓得"小蓝"一溜烟钻进池舟的怀里。

七十一

夜幕降临，四面八方传来各种小虫子的鸣叫，一阵一阵的晚风拨动树叶，一对一对的光亮从山谷里飘来，蓝色的，紫色的，银白色的……那是成双成对的荧光蝴蝶在翩跹。天边，黑黢黢的山峦上，月亮悄悄探出头。

舞台前燃起了篝火。西边的两面大投影幕布，一面分成八个画面，播放主会场和七个分会场的实况；另一面也分成八个画面，各自轮流播放十来场婚礼的场景；两面幕布下方都滚动着几行弹幕，播送人们发送来的评论和祝福。

各分会场和婚礼现场也都燃起了篝火。很多婚礼现场请了马戏和杂耍的助兴：有两人抛接十来个绣球的，有让山鸟在新人头顶上盘旋和抛接花篮的，有让鹿狨和麂子等爬梯子、蹬独轮车、钻火圈的……岱箫和池舟在一个婚礼现场上发现了西兰的身影；还看见翁里和他的 khub——另一个筋壮小伙在表演双人技巧，两人彼此支撑托举，做出各种高难度动作，展示雄性的力量和美。

从舞台传来的音乐，原来是山外的乐团开始演奏了。借着月光和火光，就见舞台上，四五十位盛装的姑娘小伙团坐，手持十多种不同乐器，文墨言站在前面，挥舞手臂指挥演奏。演奏的是《夜曲》，轻柔又缥缈，安谧而恬静。

舞台下，众人纷纷拿竹筒斟了米酒，三两结伴，走到草地边，找椅、凳坐下，围着小几案，一边喝米酒，一边听乐团演奏。池舟四人坐的地方离舞台很近。柳志峰留心观察姑娘小伙手中的乐器。有牛角、芦笙、夜箫、竹笛、芒筒、铜鼓、月琴、"格哈"（瓢琴）这些当地乐器，也有唢呐、锣和架子鼓这些山内常见乐器。还有五把大提琴，和芒筒一起作为乐团的低音部。一两百年前，西洋传教士给山外带来了大提琴；民家二果乃家有一把祖传的，据说有两百多年的历史了，是个宝贝。柳志峰后来了解到，乐团这种形式也是西洋传教士们带来的，起初是为了演奏教会音乐，后来教会没站住脚，这西洋乐团倒保留了下来，成了风俗。

池舟睁大眼睛，在乐团里寻找熟悉的面孔。除指挥文墨言外，还看见朱明帆在打架子鼓，欧妮在吹夜箫，曾云妮在弹月琴，巴洛雨在吹唢呐，巴洛雪在吹竹笛，民家二果乃的妹子卡琳娜在拉大提琴。

《夜曲》之后，演奏《古老史诗》。柳志峰留心听去，是主题宏大的交响曲，分为多个乐章。有时恢宏磅礴，摄人心魄；有时雄浑慷慨，让人激越；有时凄婉悲凉，令人落泪；有时又悠扬婉转，动人心弦。讲述山外和山内族人的历史和传说：古老造天地山川、飞禽走兽和各种人类；族人遭受鸟兽和其他人类的欺负、奴役和捕食，不得不迁徙；途中遭遇种种磨难，和各种妖魔鬼怪进行生死搏斗；最终来到山外这片安居之地。

一曲既终，余音袅袅。隐隐袭来栀子花和夜来香的味道。远处的山谷，弥散着青白色的雾霭；天边的山峦，月亮已经露出大半个脸，泛着银白色的光芒；一条青紫色的星河，从山峦涌出，横亘在半空。大家静悄悄地，被米酒醉了，被这夜色醉了。

"听，你们听！"池舟拢着耳朵，兴奋地对大家说。岱箫几人侧耳倾听，从朗达山生死门方向隐隐传来"嗷呜，嗷呜"的声音，此起彼伏。柳志峰听了，惊奇地看着岱箫。岱箫和蕾怡道："狼嚎。你们从山内的大城市来，听着稀奇。"池舟道："这不是普通的狼，是狼人！从生死门走出来的狼人！"岱箫问："狼人？"池舟说："是，狼人。山外的劫难，青苗二果乃老说是山内坏分子搞破坏。

可是那几个人能怎么样？岱第一个人赤手空拳就打倒了两个。我认为，还是晁骐说得对，必须注意山外的异动。月圆之夜，狼人们变身，成群结队地来洗劫……"柳志峰笑道："你是米酒喝多了，这编得也特俗了点。"蕾怡最近看了不少山内的奇幻电影，笑道："你怎么不说吸血鬼和丧尸？"听蕾怡似有嘲讽之意，池舟急了，假借酒劲说道："对，还有吸血鬼和丧尸！还有僵尸，你们在山内的族人，不是擅长赶尸吗？这些东西会咬人；人被它们咬了，也变成狼人、吸血鬼和丧尸。你想想，整个山外的人都变成了……"

话没说完，从舞台上传来话筒的声音，众人齐齐望向舞台。原来，十四位果乃们在议事堂开完会，一起来到舞场，晁骐也坐着轮椅来了。麦克风前是一位身手矫健的壮实男子，是军家二果乃，名为曾翼。曾翼抖一抖披风，代表果乃们讲话："山外的兄弟姐妹们。刚才果乃们接到船长和仡晓的报告，有山内的坏分子混进了舞会。果乃们商议后，决定舞会照常举行。山外人的血液里，流淌着自由和勇气，即使是在最危险的境地，也会有笑声，在最黑暗的时候，也能有快乐。"又提醒众人，"随时注意，有情况，马上用'靠谱使者'App通知船长。没有手机的，找身边的年轻人。"曾翼口中的"仡晓"指的是青苗二果乃，苗家人往上追溯几百年，根本没姓，类似日本人，如今倒是姓氏不少，然而名字还就是那几个，什么耶晓，仡晓，么簸等，类似西方的"汤姆""杰克""凯文""哈利"之类。

这里，柳志峰心生好奇：不过是一场舞会，怎么搞得如此隆重，如此正式，就连迫近的巨大危险也不能阻止？想一想，大概明白：这不仅仅是一场简单的舞会，它事关山外的繁衍生息。这地球上所有的族群，无不重视婚姻、家庭，鼓励年轻人到了年龄寻找伴侣，走进婚姻，生育后代，但是一切都必须在可控的范围中，而山外舞会，以及古老节期间的各种集体活动，正为年轻人提供了相互接触相互了解的机会，又将其置之于长辈的监督和指导下。这就像维多利亚时期的英国，严禁未婚男女私下里接触，又不兴"媒妁之言，父母之命"，因而举办各种舞会，让年轻人在长辈的眼皮子下接触异性，选择配偶。

　　不知不觉中，天边的月亮已经完全露出了脸，大得出奇，亮得出奇。果乃们依次上前，诵读一两句祝福的话。最后，大果乃耶晓宣布舞会开始，诵读祈祷词：

　　　　兄弟姐妹们，古老的子孙！
　　　　让火焰蹿起来，
　　　　让歌儿唱起来，
　　　　让舞儿跳起来。
　　　　让欢乐的人儿排成排，
　　　　让有情的人儿对成对。
　　　　古老始祖，我们的守护者！
　　　　让自由，像风一样恣意；
　　　　让智慧，像云一样高远；
　　　　让勇气，像雷霆一样骁猛；
　　　　让友爱，像雨露一样滋润；
　　　　让公义，像霞光一样明耀。
　　　　让幸福和快乐，
　　　　像阳光一样灿烂，
　　　　像月色一样醉人。
　　　　让子子孙孙，
　　　　像山峦一样绵延不断，
　　　　像流水一样流淌不尽。

七十二

　　耶晓念完祈祷词，众果乃们退场。不久，美丽的民家二果乃卡琪娜和帅气的白苗二果乃乔尹脱下长披风，换上短披肩，携手走至麦克风前，示意乐团奏起舞曲，献上《酒歌》。先是卡琪娜主唱，乔尹做和声：

　　　　号角响起来，
　　　　芦笙吹起来。
　　　　我穿上百褶裙，

系上花带。
走出吊楼外，
踩着青苔，
穿过花海，
来到歌舞台。
东边是月亮，
月光下，
凤尾竹在摇摆。
西边是星河，
星光下，
夜来香在盛开。
有情的人儿对成对，
欢乐的人儿排成排。
为什么，只有你，
还在树下徘徊？
亲爱的人儿啊，
是什么让你忧愁，
是什么让你叹唉？
远远望着你，
我的心是多么无奈。
快，快，快，
来，来，来。
不必纠结过往，
不用期待未来。
不要伤怀，
不能等待。
一起唱起来，
一起跳起来。
青春易逝，
容颜易改，

光阴不我待。

……

一起跳起来，

一起唱起来。

青春易逝，

容颜易改，

光阴不我待。

舞曲欢快热烈，有些像山内的《瑶族舞曲》，但律动性更强，有一种抵抗不住的魔力，让人禁不住"手之舞之，足之蹈之"，心跳与节拍共鸣，欢声和笑语齐发。身着各式花带的少女们早已欢呼着，从草地四周汇聚到篝火前，踏着音乐的节奏，跟着火焰的跳动，舞了起来。时而排成几排，时而围成几圈。不时跳跃、旋转，众多花带一起飘旋、盛开，聚聚散散，起起伏伏，犹如涌动的花海。

接下来，换成乔尹主唱，卡琪娜做和声。就听见浑厚而磁性的声音唱道：

芒筒响起来

夜箫吹起来，

我插上雉尾，

束上腰带。

来到歌舞台，

尽情欢腾，

一起摇摆，

……

疯狂趁现在。

耳边是笙歌，

笙歌里，

心儿在沉醉。

眼前是笑靥，

笑靥下，

烦恼全走开。

有情的人儿对成对，
欢乐的人儿排成排。
为什么，只有你，
还在月下徘徊？
亲爱的人儿啊，
是什么让你烦忧？
是什么让你叹唉？
远远望着你，
我的心是多么无奈。
来，来，来，
快，快，快。
不必纠结过往，
不用期待未来。
不要伤怀，
不能等待。
一起唱起来。
一起跳起来，
人生如梦，
世事如烟，
切莫空伤哀。
……
一起跳起来，
一起唱起来。
人生如梦，
世事如烟，
切莫空伤哀。

　　小伙们手捧芦笙上场了，一边舞蹈，一边吹芦笙。有时候自成队列，有时候又穿插在姑娘们的队列中。时而蹲下，时而跃起；头戴的翎毛摇曳摆荡，来来回回、起起伏伏，如同风过林梢，雁儿钻进了芦苇荡。

很多人头戴花草，引来众多荧光蝴蝶和萤火虫。在银色的月光下，在红色的火光里，一点点，一团团，上上下下，来来往往，流溢着光彩，幻动着形影。

岱箫和蕾怡也在舞蹈者中。舞到高潮，众人将两人围在中间。蕾怡举起双臂转圈，岱箫摘下头戴的翎毛，一手持芦笙，一手持翎毛，张开双臂，一边自转，一边绕着蕾怡转。两人越转越快，越转越欢，引得众人一片欢呼。

一曲《酒歌》跳完，姑娘小伙们已经满额头是汗，退下场去。舞台上，卡琪娜和乔伊送上对新人的祝福，转身示意乐团奏《婚礼进行曲》，然后把目光投向西边的投影幕布。两面幕布都在轮流直播婚礼，只见各个婚礼现场，一对对新人手牵着手，被众人簇拥着，缓缓起舞。有时肩并肩，左顾右盼；有时面对面，彼此凝视。越跳越快，越跳越甜蜜，越跳越欢畅。

不久，舞台上一声锣响。草地边的男女老幼欢呼着，涌进舞场，一齐跳了起来。时而男女两人成对，时而四人、八人成组，摆手踏脚，晃身摇头。不住地变换队形，交换舞伴，又时不时挽着舞伴的胳膊，和舞伴击掌。

一曲终了，大家回草地边，歇歇脚，补充水分，喝点酒，吃点东西，说说话，聊聊天。几分钟后，下一曲响起，回去接着跳。一曲接着一曲，实在撑不住，就歇一两曲后再上阵。

蕾怡跟着岱箫，岱箫上去跳，她就上去；池舟则跟着蕾怡，蕾怡上去跳，他就跟上去。三人总在一起。池舟是第一次跳这种集体舞，不免生疏，不是踩了舞伴的脚，就是撞了一旁的人，连连说"不好意思""Thov Txim"。好在运动天分不错，很快就掌握了要领，跟上了节奏，跳得有些生硬，但反应迅速，动作敏捷。一面望着蕾怡和岱箫，一面在人群中穿梭往复，倒是如鱼得水。柳志峰也被这欢快、热烈的气氛感染，观摩了几曲之后，在池舟三人的拉拽下，半推半就上场，跳了好几曲。其中有一种"甩脚舞"，又有一种"摆手舞"，很适合在半醉半醒的状态下，懒懒洋洋地随着众人漾来漾去。

七十三

　　舞会从月上山冈时开始，要到天快亮时才结束。两三个钟头后，上了年纪的人大多经不住，回家休息去了。再过一两个钟头，很多人，尤其是孩子，也是又困又累。有的回家去了，有的去学校宿舍暂歇一晚。乐团也分成两组，轮流休息和演奏。但仍有很多人，包括大部分年轻人，选择坚持到最后。

　　且说柳志峰不比年轻人，十分疲乏，精神有些恍惚。池舟三人见了，问他要不要先回学校休息。柳志峰说："不用。难得今天高兴，想起年轻的时候，熬通宵看日出，看流星雨……"三人见他情绪激动外露，大不同以往，而且走路趔趄，脸色发红，说话有些结巴，都说是醉了，坚持要扶他回学校。然而柳志峰不肯，口中嚷嚷："不，不回去。我要坚持到最后！还没老呢，脑外科手术，短则三四个钟头，长则十多个钟头……"

　　池舟三人从未见过柳志峰如此执拗，很是惊讶，只能先找个安静的地方让他小憩。于是把人扶到山脚的一棵树下。树下有一把藤制的靠椅和一张竹制的小圆桌，三人扶柳志峰坐了，让他趴在桌子上睡会儿。不一会儿，柳志峰果然安静下来，蒙眬睡去，不一会儿，又喃喃梦呓起来，不知道说些什么。狐狸"火球"和飞蜥"小蓝"也是困得不行，各自找个树根，趴着打盹。安顿好了大叔、"火球"和"小蓝"，三人回舞场继续跳。

　　到凌晨三四点，月亮坠入山峦；东边的山峦开始泛红，天快亮了。一声长长的号角响起，篝火被熄灭，舞会结束了。大家拖着疲惫的身体，恋恋不舍地散去。家近的回家去；不近的，就去亲友家，或者去学校暂歇半天。有人不停歇地跳了一整晚，此时两腿酸痛，双脚肿胀，实在走不动，就找岩石边，大树下，拂去草叶上的露水，躺下先休整一下——横竖天不冷也不热，空气还带着一丝甜味。

　　池舟三人返回树下，发现柳志峰坐在藤椅中啜泣。吓了一跳，忙问"怎么了"。柳志峰反号啕大哭起来，一边抹眼泪，一边语无伦次道："好多事情……好像就在昨天……好多人……仿佛还在身边……"三人听柳志峰如此说，只当他是醉酒勾起了伤心往事，到附近餐桌上找来餐巾纸，递给他擦眼泪。三人年纪轻，没见过长辈在面前如此流露真情，不知如何劝慰，只翻来覆去地问："什么事？这么伤心……"

良久，柳志峰才止住哭，望着池舟三人，细细道出缘由。原来柳志峰此番"失态"，并非因为醉酒了，而是服用了"招魂丸"。前些日子，柳志峰跟着大家去"魂阁"探险，带回一些致幻蘑菇进行研究，萃取有效成分，掺在淀粉里制成招魂丸药。宝贝得不得了，一直带在身上。昨天参加舞会，十分高兴，突然记起童年和年轻时的许多人、许多事，十分怀念。想打起精神来，记起更多，看得更真切。知道这招魂丸能够刺激神经、唤醒潜意识中的记忆，便拿米酒服下了一丸。柳志峰自嘲："一直想测验药效，拿自己当小白鼠了。这招魂丸，的确有效。"

谁知这招魂丸过于有效；让人仿佛又重过了一辈子，不仅唤醒了许多美好的记忆，也揭开了很多内心深处的痛，包括压抑心底的，最不敢面对的生死劫难。五年前，柳志峰一家五口，母亲、妻子、八岁的女儿和两岁的儿子，柴米油盐，亲亲爱爱，吵吵闹闹，日子过得平淡而幸福。不料天降无妄之灾：一场突如其来的大火带走了女儿；母亲因悲伤过度，很快也走了；妻子承受不住，带着儿子远走异国，至今毫无音讯。一夜之间，柳志峰从天堂跌进了地狱，孤身一人，生无可恋，心意沉沉。为逃避过去，为麻痹自己，辞去工作，加入"无国界医生"，远赴驻东南亚和拉美援助医疗，两年后，又来到这山外。

柳志峰再次以泪洗面，哽咽道："不是吹，当年被称为'外科一把刀'，脑外科、心外科，全国、全世界，比我强的没几个。不少被判了死刑的病人，在我手下起死回生。却救不了我最爱的人，救不了最爱我的人……"柳志峰泣不成声。池舟三人明白，对如此丧女、丧母之痛，任何劝慰的言辞都不免失于苍白和肤浅，只默默无语，陪着伤凄。岱箫在柳志峰面前蹲下，握住他的双手，池舟和蕾怡也在一旁蹲下，把手搭上去。

据柳志峰后来说，自己一直试图把痛苦埋进心底，期待时间来治愈。现在明白，这种生离死别的痛，一辈子都忘不了，甚至都无法稍稍淡去，再长的时间，也无法治愈，除非死亡。它始终盘踞在你的心底，盘踞在你的潜意识里，不断地发酵。你自欺欺人，竭力去遗忘，竭力不去想它，它却不动声色地控制了你的一切，让你始终在痛苦的阴影里走不出去；你以为你在遗忘，以为时间会治愈，其实是坐在火山口上，不知道什么时候就会爆发，一次又一次，一次比一次更猛烈，直至把你完全吞噬。

柳志峰十分庆幸来到了山外，说走遍了天涯海角，直到来到山外，才找到了真正的治愈：山外给了自己智慧，让自己多多少少看透了人世，从而能够放下荣辱得失的束缚，放下怨念的压迫，让身心获得了自由；身心得了自由，才能够盛放和积聚勇气，直面人生的苦难和伤痛，让友爱来治愈——真正的治愈，而不是自欺欺人地试图埋葬，徒劳无益地试图忘记。此是后话，暂且不表。

第十章　战狼

七十四

且说池舟三人蹲在柳志峰旁，忽然听见操场方向传来轰轰隆隆的声音，接着是一片"嗷嗷""昂昂""汪汪"的叫声。忙起身望去，就见一群山鹿、鹿㹧和麂子等动物，惊慌失措地狂奔而来。原来操场东边的草地被栏杆围着，圈养着学校的十来匹山鹿，附近还停驻着一些山鹿、鹿㹧或者麂子等，是昨晚人们赶来参加舞会时用来拉车或者骑坐的，此时不知何故，纷纷冲出栏杆、挣脱缰绳，往举办舞会的草地方向奔逃。

大家正疑惑，池舟指着远处叫道："狼！狼！"岱箫三人顺着池舟所指的方向看去，也都大吃一惊：东边山脚下，一群森林灰狼，少说也有二十来匹，正从山坡俯冲而下，追猎山鹿等动物，已经扑倒几头没来得及挣脱缰绳逃跑的动物。

说时迟，那时快：动物们蜂拥奔踏而来，就要撞倒池舟四人。池舟和岱箫急忙把柳志峰和蕾怡拉到树后，这才躲了过去。池舟二人顾不得喘气，迅即转身察看情况，就见动物们已经把树前的藤椅和竹桌踩得稀烂，争先恐后疾驰而过，扬起尘土漫天。

不一会儿，跑在最前面的动物已经冲进了草地，却忽然急刹车收住脚步，跑在后面的猝不及防，撞了上去，堆成一团。原来，有几匹狼从侧面包抄到了前面。接着，又有几匹跟上去，包抄了两侧。狼群把动物们四面包围了。

池舟和岱箫想到草地和舞台上还有人没有撤走，大声嘱咐蕾怡带着柳志峰、"火球"还有"小蓝"往远处撤，然后转身疾跑过去，察看情况。就见森林狼们三两结成搭档，警惕地盯着包围圈中的动物们，龇着牙，咧着嘴，竖着耳朵，警惕地转动方向。翘着尾巴，有时突然晃动一下，似乎在给同伙发信号。眼睛各种颜色，绿色、蓝色、黄色、灰色等，在微亮的晨曦中闪闪发光。被包围的动物们，在一匹领头的山鹿的指挥下，围成了圈，头朝外，用犄角对着前方的狼。

领头的山鹿则带领几只最为强壮的鹿，瞅准时机，向前方的狼发起进攻：上前一两步，喷鼻嘶吼，用后肢后蹄站起来，像座小山一样悬在狼的头顶，然后前半身猛地向下，用两只巨大的前蹄刨砸狼头狼身，砸得狼左躲右闪、嗷嗷叫唤。这些勇敢的山鹿是在试图突破狼群的包围。

然而狼群一次又一次击退了动物们的突围。有一只公狼是狼群的头狼，金色的眼睛，身躯庞大，不比池舟和岱箫小多少，神态坚定，耳朵直立向前，尾巴抬得最高，微微向上卷曲。头狼机警地观察着周围的情况，一旦发现有狼受到山鹿攻击，就晃动尾巴嚎叫，指挥一旁的狼去支援。这些狼得了头狼的命令，会从侧面腾空扑上鹿身、鹿背撕咬，迫使上前攻击的山鹿缩回去。

如是几次，头狼见动物们越来越疲惫、焦躁和慌张，忽然甩动尾巴，低沉而急促地嚎叫，发出号令。众狼接到号令，群起发动进攻。包围圈中的动物们顿时乱作一团，前奔后突，左倾右倒，彼此冲撞、践踏。几只体型较小的麂子和鹿狓暴露在群体外，几匹狼见机扑了上去，猛咬住脖子，绝不松口。震耳欲聋的惨叫声响起，几股鲜红的血喷射而出，有的直冲晓空，高达几米，空气中顿时充满血腥味。

且说一旁的池舟和岱箫，眼见动物们被狼群围攻，急得不行。然而池舟之前仅在动物园里见过狼，都被驯化得相当温顺。这是第一次面对凶残的森林狼群，不知如何应对，想到岱箫祖上是打猎的，便低声问他："怎么办？"谁知岱箫摇头道："我也不知道啊！"原来，族人的祖上虽是游猎部落，大多以打猎为生，但自清末改土归流以来，尤其是二十世纪五六十年代以来，已纷纷改行。到如今，山内族人已经没有人靠打猎为生，山外也很少有人经常打猎。故而岱箫等人也只是偶尔见过闯入民居的孤狼，从未见过如此大规模的狼群，也没有应对经验。

七十五

听岱箫说他也不知道该怎么办，池舟着实意外。转念一想：这次再不能像以往一样跟在岱箫后面，要反客为主，带着他去战斗。想到这里，心中不免有些兴奋和快意——到底是逞强好胜的年轻人。

池舟一边警惕地盯着狼群，一边飞速回忆在山内网络、影视中接触过的有关狼和狼群的知识。"首先，不能跑，两条腿的跑不过四条腿的；也不能东张西望，否则狼群以为有埋伏，会直接扑上来来个鱼死网破……这些都是保命的策略，现在要想办法赶走狼群，救下动物们……狼怕火，但是此时哪里来得及点火……对了，不知哪里看到过：狼群都有头狼，如果有机会的话一定要先解决它，解决了它，其他的狼就会胆怯，甚至一哄而散。"

池舟特别留心观察金色眼睛的头狼，果然发现它在号令众狼，而众狼时刻待命，时不时微微转头看一眼头狼。池舟寻思着，趁头狼正全神贯注地盯着包围圈中的动物，攻其不备，猛扑过去伤其咽喉，即使杀不死它，也能让它负伤，迫使它带着狼群逃走。但此时并未负弓箭挎砍刀，拿什么去攻击它？

池舟想来想去，从腰间的巫杖抽出巫剑，握在右手中，抬至胸前。转头和岱箫对眼神，又小心翼翼拿左手指了指巫剑，又指了指头狼所在的方向，意思是，我打算去攻击头狼，你在后面盯着点。岱箫明白池舟的意图，忙摇头摆手。岱箫小时候见过健壮小伙儿与独狼搏斗，即使手持锋利砍刀，也被抓咬得浑身是伤，差点送了性命。池舟手持的巫剑，说是"剑"，却并不锋利，不过是一根剑形的棍子，拿这个扑向狼群和头狼搏斗，简直是去送死。

池舟见岱箫着急的样子，也明白岱箫的意思。知道岱箫心细，好处是行事周到缜密，坏处是关键时候犹豫不决，容易贻误战机。又迅速侦察一下情况，决定不顾岱箫的反对，看准时机，冲上去拿巫剑刺头狼。于是向岱箫使眼色，打嘴型说："不怕，我从后面偷袭。"

此时，狼群已经对动物发动了一波攻击，咬死了几只麂子和鹿彼；但也有不少的狼被动物们的蹄子踩踏或犄角顶撞，不同程度地受了伤。狼群的战斗力也大大受损，故而暂停进攻，后撤几步，依旧从四面围着动物们，伺机再次进攻。动物们也逐渐从混乱中恢复秩序，依旧围成圈，头朝外，用犄角和狼对峙；只是这次，山鹿们再不敢贸然发动突围。

头狼指挥四个方向的狼群依次上前骚扰动物们，对着动物们龇牙咧嘴，狂嗥不止，迫使动物们在惊慌中一刻不停地挪动，一会儿朝东、一会儿朝西……这是在消耗动物们的体力，摧毁它们的抵抗意志。来来回回十几次之后，头狼又一次急促地甩动尾巴，发出低沉的嚎叫，号令众狼再次发起进攻。这次，它们的目标不只是体型较小的麂子和鹿彼；最凶恶的几匹狼分成两拨，分别骚扰两头山鹿和旁边的动物，意图把这两头山鹿孤立出来，伺机扑倒。

池舟见了，知道再不采取行动，山鹿们不知要死伤多少；而且狼群被动物们牵制，头狼忙于指挥，无暇他顾，此时正是偷袭的好时机。于是大吼一声，拔脚向头狼冲去。

谁知几乎就在同时，一旁蹿出一只身躯庞大的公狼，朝池舟前方几米处冲过去，算好了几秒后正好撞上奔跑中的池舟。就要撞上池舟时，那狼猛然跃起，张开嘴，露出尖牙利齿，朝池舟的脖子咬去。

后面的岱箫高声惊呼："左边！左边！"池舟听见岱箫的叫喊，注意到了腾空扑过来的狼，迅即刹住疾驰的脚步，往后右边一倒，躲过了狼嘴，动作过猛，将头戴的头帕嗖嗖甩了出去。那狼扑了空，落地后又被惯性带了几步，才刹住脚。迅即转身，要扑向池舟。被赶来的岱箫拿巫剑指着，只得止住脚步，瞪着岱箫，黄色的眼睛透着凶光。

池舟挺身起来，拾起脚下的巫剑，向岱箫靠拢，去支援他。就见那黄眼狼仰头嗥几声。远处的头狼听见，转身看一看，疾奔过来，盯住池舟。原来头狼早已察觉到一旁的池舟和岱箫这两头人类雄性，派黄眼狼盯着两人。黄眼狼隐蔽在暗处盯梢，发现池舟偷袭头狼，蹿出来扑咬池舟，让池舟躲了过去，被赶上前的岱箫牵制住。现在见池舟回来支援岱箫，恐怕自己一匹狼敌不过两个壮实的人类雄性，便发声通知头狼，让头狼派狼来支援；头狼得了消息，不敢小看人类，亲自过来支援。事后，池舟对柳志峰等人说起这段故事，感叹"真是小瞧了狼的智商"——此是后话了。

且说两个人类雄性和两匹狼对峙，双方都异常紧张，生怕对方突然发起攻击。人类雄性是第一次和狼交手，不清楚对方底细，不知道会发生什么，因而更为紧张。人类雄性发现，这两匹公狼体型相似，估计年岁也相仿，灰黑色的背，白色的腹，毛色光亮，肌肉结实，而且两狼十分默契地交换眼神和肢体语言，估计是一对经年的猎友。

突然间，背后远远传来女孩的尖叫，池舟和岱箫两人大惊失色，侧头对眼神。池舟当过兵，和亡命之徒肉搏过，使眼色让岱箫沉着，不要轻举妄动。相比之下，岱箫缺乏你死我活的战斗经验，又听到好几声尖叫，情急之下，转身去察看。几乎就在岱箫转身的同时，黄眼狼一跃而起，将岱箫扑倒在地，张嘴就朝岱箫的脖子咬去。

千钧一发之际，池舟猛扑过去，拦腰抱住黄眼狼，扑倒在地，死死压住。黄眼狼被池舟从侧面抱住腰，压在地上，挣脱不了。回头去咬池舟的头，但是够不着，后肢被池舟的腿夹住、压住，动弹不得，只能一边用前爪抓池舟的肩背，一边嚎叫呼救。一旁的头狼听见黄眼狼呼救，扑到池舟背上，低头去咬池舟的脖子。

又是千钧一发，岱箫挺身起来，猛扑向头狼，抱住头狼从池舟背上翻倒在地。一人一狼抱在一起，几番挣扎和搏斗，来来回回打了好几个滚。头狼占了上风，将岱箫压在地上，低头去咬岱箫的脖子。而岱箫则用双手掐住狼的脖子，死死撑住，不让狼嘴靠近自己。

池舟和岱箫已经在舞会上疯狂了一晚，此时和两匹狼搏斗、僵持，感觉体力到了极限，就要支撑不下去，头狼的尖牙离岱箫的喉咙越来越近，黄眼狼似乎就要挣脱池舟。

七十六

幸好救兵到了：蕾怡、欧妮、巴洛雪、曾云妮等几个女孩子举着火把一路跑过来。原来蕾怡带着柳志峰撤到安全地方后，想到野兽大都怕火，便跑去舞台前的篝火处寻找柴火；谁知到了篝火前发现，火已经完全熄灭，柴火也已燃尽，只剩下灰烬和零零星星烧焦的木块。恰好欧妮、巴洛雪、曾云妮等几个乐队的女孩子还在舞台上收拾椅凳等，听到东北面轰轰隆隆的动静，又见蕾怡慌慌张张跑过来，从蕾怡口中得知狼群袭击动物们的事。幸而欧妮还带着点篝火的打火机，大家一起拿劈柴刀拆椅子，取下头帕撕了，绑在木头端部，千方百计点着了，一人举一把，跑去支援岱箫二人。中途见动物们被狼群围攻、撕咬，鲜血四溅，惨叫不断，又见岱箫和池舟二人和两匹巨狼对峙，不由得惊声尖叫。

女孩子们赶到，拿火把吓狼，口中叫嚷："滚，滚开！"蕾怡一手举着火把，一手握着劈柴刀，见头狼将岱箫压在地上，尖牙利齿就要够着岱箫的喉咙，岱箫"啊啊"低吼，双手竭力撑住狼脖子，急得不得了，上前晃动火把，拿劈柴刀对着头狼。又不敢砍下去，怕误伤了岱箫，只高声喊："放开！放开他！"头狼稍稍抬起头，看见火把和劈柴刀，有些吃惊，旋即收起怯色，龇牙咧嘴恐吓蕾怡。

这边，池舟抱着黄眼狼不敢松手，怕一松开，黄眼狼转头咬自己的脑袋，或者起身过去咬岱箫的脖子。抬头见蕾怡在吓唬头狼，怕她误事，更怕她遭遇不测，大喊："走开！危险！"

远远听得锣鼓声。原来阿里安爷爷正带人清理垃圾、收储乐器、投影幕布等设备，察觉狼群来犯，记得豺狼虎豹害怕金属撞击等非自然声响，便让文墨言、巴洛雨、朱明帆等拿了锣、钹、唢呐、号角，立即吹打起来，飞跑过去驱赶狼群。

这锣、钹、唢呐、号角之声越来越大，清脆高频，震慑了狼群，越来越强烈。众狼们一匹接一匹停止了进攻，转向声音传来的方向，疑惧不已，动物们趁机撒开蹄子逃跑。头狼望向声音传来的方向，就见五六个人类雄性正敲敲打打赶过来。又转动眼珠侦察一下四周，四面八方都有人类手持武器奔来：原来有人用手机通知了船长和众人，附近的青壮年男女得了消息，纷纷抄起砍刀等家伙赶过来。后来柳志峰感叹："山内人遇到这类危险，除非己有莫大的好处，哪里会上去救援？！早躲得远远的，都指着别人出头，等险情过去了，就跑去看热闹，还指指点点。"

且说头狼见此情形，知道该撤了。放开岱箫，扑向池舟。池舟见了，迅即松开黄眼狼，滚到一边。头狼扑了个空，不去追池舟，**转身跑向狼群**，嗥叫发令，让众狼携战利品撤退。黄眼狼翻身起来，跟在头狼后面。众狼们得了号令，三两成组，叼着十多头血淋淋的麂子、鹿狓，往北边山峦逃去。有一头山鹿也被扑倒咬死，但山鹿太大太沉，叼不动，众狼就疯狂撕咬，把山鹿尸体卸成几块，一一叼走，只剩下鹿角和鹿头。

岱箫和池舟挺身起来，就见狼群往北边山峦撤，留下的一地血腥，几只动物受了重伤，躺在血泊中呻吟。不断有人跑过来，察看岱箫二人，察看受伤的动物们。

七十七

"看那！"有人突然惊叫，指着北边的山峦。众人看去，就见晨曦中，一只怪兽从山冈上俯冲下来，只比马匹略小，有着长长的躯干和尾巴，像巨型黄鼠狼。池舟已见过水兽、山鹿、山兽、鹿狓等，对山外出现怪兽已经有了免疫力，只是惊讶这一只居然会凭空飞翔，心想："是得道成仙，修到了元婴这一级了，还是练成了绝世轻功？"问岱箫，岱箫指着空中说："你仔细看！"池舟定睛看去，发现那怪兽扇动着两对透明的翅膀，那翅膀状似蜻蜓的膜翅，折射着晨曦，透出淡淡的金色。

"貔麟，是貔麟！"有人高声叫。众人跟着叫起来。不少人掏出手机拍摄。

那貔麟拐个弯，冲向撤退中的狼群，挥动前爪，抓住狼群叼着的一只麂子，猛烈扇动翅膀，要加速飞走。然而众狼纷纷咬住麂子不松口，拖住貔麟。貔麟上上下下试了几次，怎么也飞不起来。只能松开麂子，飞到上空盘旋，瞅准机会，再次俯冲下去，抓住麂子。狼群仍然咬住麂子不松口，貔麟只能再次松开，飞到上空。

貔麟第三次俯冲下去，又一次抓住麂子。谁知一匹狼冷不防腾空跃起，扑住貔麟的一条后腿，狠狠地咬下去。貔麟痛得"昂昂"大叫，松开麂子要逃，却被那狼咬住不放。接着，又有一只狼腾空而起，咬住貔麟的一条前腿。貔麟疼得惨叫不止。极力蹬腿，却怎么也甩不掉。奋力振动翅膀往上，然而受了伤，腿上又吊着两匹狼，飞不了多远就往下掉。起起落落几次，眼见就要筋疲力尽，落入众狼口中。

这边，蕾怡听貔麟叫得凄惨，见它就要落入狼群之口，不顾众人劝阻，举起火把，跑过去搭救。池舟和岱箫没拦住，只能夺过旁人的火把，跟了上去。护在蕾怡两侧，一面跑，一面挥舞火把，呵退两旁的狼。

来到貔麟前。此时貔麟已经痛苦地倒在地上，咬住它的两匹狼仍然不松口。蕾怡壮起胆子，拿火把对着其中一匹晃动，高声叫道："放开，放开它。"池舟二人则在蕾怡身后，背对着背，左右来回挥动火把，警告一旁的狼不要靠近。

两匹狼瞥见火把，松开貔麟，转身对着蕾怡三人，警惕地望着三人手中的火把。眼睛亮闪闪的，透着寒光。池舟二人发现，两狼正是刚才与之交手的头狼和黄眼狼。头狼来回盯着三人看，从侧面认出池舟和岱箫是刚才与之交手的两个人类雄性，知道不能小看，见三人后面还有不少人类正手持火把赶过来，又听见远处的锣、钹、唢呐、号角等声音越来越近，明白不能恋战，竖起尾巴嗥叫，号令狼群迅速撤往山中。等众狼跑远了，露出尖牙利齿，嗥叫着，作势扑向蕾怡。吓得蕾怡啊啊尖叫，连连后退，一个趔趄，往后倒下。说时迟，那时快：池舟二人听见蕾怡尖叫，急忙转身，见蕾怡要仰面跌倒在地，迅即上前托住。那头狼则猛刹住脚步，转头招呼黄眼狼，趁机一起逃掉。

池舟二人扶起蕾怡。三人见狼群逃远了，前去察看貔麟。那貔麟正回头舔腿上的伤口，瞥见三人上前，猛转过头，惊恐地看着三人。突然张开翅膀，将头转向前方，一瘸一拐助跑几步，跌跌撞撞地起飞，晃晃悠悠地朝山峦飞去。三人看着，直捏一把汗：貔麟飞得相当艰难，左倾右倒，上下颠簸，还差点撞上山冈。直到望见它消失在山峦中，才放下心来。

七十八

池舟三人找到柳志峰，带上"火球"和"小蓝"，一起回学校。池舟一个劲地问柳志峰："我和岱箫都被狼伤了，会不会变成狼人？有没有解药？"柳志峰说："你是真相信这些，还是故意胡说，好博得某个人的关注和欢笑？"又说，"我倒是担心你们俩有没有染上狂犬病。"于是柳志峰先不回学校，骑山鹿去医院，找出狂犬病疫苗，回到学校，马上给池舟和岱箫注射。

接下来的几天，狼群和貔麟成了山外网上、线下讨论的焦点。相关的照片和视频传遍了整个山外。

关于狼群，有人推测，它们在舞会还在进行时就已经埋伏在山里了，等舞会结束，篝火熄灭，人散得差不多了，才发起进攻，感叹"可见狼的智商有多高！"有人问狼群来自何方，是不是从朗达山穿过生死门而来。有人问："多少年不见这种规模的，怎么今年突然出现？是不是和山外的劫难有关系？有什么关系？"有上了年纪的说，这些狼和从前的不一样，从前的都是灰色眼睛，这些狼，金色的，黄色的，绿色的、蓝色的……唯独灰色的少见，而且体型更大，耳朵更尖,尾巴也更长。

关于貔麟,其实山外人也是第一次见到,之前只听山外口传的长诗提到过,说是"古老"创造出的一种飞兽。有人说:"看来长诗也不完全是传说。"问众人:还有什么是真实存在的?翼人?犄角人?兽头人?妖龙?库茨(Khutchi)……有人说,那头貔麟一定是饿坏了,敢从狼群口中抢吃的,可惜没抢到,反受了重伤,也不知道怎么样了。有人问:"貔麟从哪里来?怎么今年这么多稀奇事,先前是山兽、蝠鲨,现在又是狼群和貔麟。"

柳志峰听池舟等人说起貔麟的事,看了照片和视频,惊讶不已,问:"这么庞大的身躯,就凭那蜻蜓似的翅膀,是怎么飞起来的?这不科学!"池舟说:"这世上,你没见过的,多了去了!"这是柳志峰用来教训过人的话,池舟拿来反讽。

柳志峰对貔麟非常好奇。不断地询问目击者,反复研究照片和视频。心中琢磨:"看样子,是脊椎动物。但不知胎生还是卵生,十有八九是胎生,属于脊索动物门下的哺乳动物纲。虽然会飞,但和蝙蝠这些翼手目动物不同,并非前肢长出了翼膜,而是背部另外长着蜻蜓一样的膜翅,暂且将这类动物归类为飞兽亚纲下面的膜翅兽目吧,山兽则属于飞兽亚纲下面的羽兽目。如果蝶豹兽也真实存在的,那就属于鳞翅兽目。会不会还有鞘翅兽?翼膜兽?都是怎么进化出这些翅膀的……"

柳志峰越琢磨越好奇,恨不得马上进山搜寻貔麟,立即进行研究。只可惜当前有紧迫一万倍的事情要处理:救助被狼群残害的动物们。柳志峰不是兽医,只能依照治疗人类的经验,按照动物的体型大小和新陈代谢速率,酌情增减用药剂量、调整手术方案。

刚救助完动物们,山外医院又发生了紧急情况:有孕妇参加朋友的婚礼,回家路上意外跌倒,诱发了早产,而且是难产,必须剖宫产。柳志峰专攻心、脑科手术,没有产科手术的经验;西兰也只是接过生,并没有手术经验。然而情况紧急,只能硬着头皮上。柳志峰从带来山外的笔记本里找出相关资料,现学现用,对比着资料,指导西兰和欧妮等人进行手术。幸而手术顺利,母子平安。

西兰想起石巫朗达，近乎自言自语地叹道："以前要是能动这种手术就好了，石巫的阿妈就不会死掉，石巫也不会变成现在这个样子。"柳志峰问起石巫朗达的情况，西兰说："还关在狱门岛，已经成立了审判团，等待审判。不知道会是什么结果，其实他很善良，是真的善良，至少曾经是……"

第十一章　山路

七十九

十多天后，将在朗达山生死门举行飞伞大赛和朗达祭，这又是山外全民参与的盛会。柳志峰了解到，山外的习惯是：大家赶在九月份山门关闭前收完大部分庄稼，连同积攒了一年的山货、竹子、木材、手工艺品等，运往山外卖掉，换回电器、书本等山外货物，在镇上开大集进行交易。大家趁此机会集中来镇上采购物资，顺便参加关山祭、山外大会和舞会。然后各自回到山里，进行婚嫁等大事，收掉剩下庄稼留作口粮。把一切都打理妥当，就赶往朗达山看飞伞大赛和朗达祭。在此期间，孩子们先是回家帮忙，然后跟随家长去看飞伞大赛和朗达祭，故而学校要等十月份朗达祭过后才开学。

所谓的飞伞大赛，是军、民、土、苗各家年轻小伙组队驾驶"飞伞"进行的一系列对抗赛。所谓的"飞伞"，池舟来到山外的第二天就体验过了：是一张大伞下面吊着一块木板，木板上可以载物，人驾驶着从高处乘风滑翔，有点类似山内的滑翔伞运动。飞伞大赛在生死门举行。生死门是朗达山的一座山峰，中间门户洞开，底面是一个平台；两侧各有一座陡峭的山峰。每场比赛由两队对抗，每队十二名队员，分别占据一侧山峰的山顶，驾驶飞伞飞向生死门，降落在底面的平台上；一队的队员可以以任何方式阻截对方的队员；队员的身体触碰到本队的山顶和底面平台之外的任何物体（包括地面、山体、树木等），就算出局；出局后需要重新爬上山顶才能继续出击；在规定的时间内，哪队成功降落的人次多，哪队赢。

自从那天玩过飞伞，又听说了飞伞大赛的事，池舟一有机会就求岱箫让他加入白苗队参赛，岱箫一直没答应。

在飞伞大赛和朗达祭之前，岱箫和西兰要分别赶回家中打理事情。池舟自然要去岱箫家帮忙。柳志峰也跟去，体验山里人家的生活。蕾怡尚未离家独立生活，阿爸已经去世，几个哥哥姐姐已经成家，家里只有自己和阿妈两人，阿妈作为白苗果乃，每天忙到不着家，因而家中并没有太多事情。蕾怡向阿妈提出"去画巫家帮忙"，阿妈对岱箫印象不错，很是放心，不假思索就答应了。

八十

这天天还没亮，池舟、岱箫、柳志峰、蕾怡四人就匆匆吃了早饭，把行李和物资装载到五匹山鹿背上，带上三人的山鸟，还有狐狸"火球"、飞蜥"小蓝"和"小灰"，分乘四匹山鹿，向北边的山峦进发。物资里有岱箫个人的，还有为白苗、军家和土家的"坪"捎去的医药物资，以及为飞伞大赛准备的急救药品。为防路上遭遇野兽等不测，池舟、岱箫和蕾怡除在腰间佩戴巫杖，还都挎砍刀负弓箭。到岱箫家有两天的路程，需要露营一晚。

就见群山起起伏伏、层层叠叠，一望无际。进到山中，山路狭窄而崎岖，曲曲拐拐，弯弯折折。地面杂草丛生，时常绊住山鹿的蹄子。不断有树木灌木的枝叶和钩刺挡在前面，或者被前面的人和山鹿拨开后弹在后面的身上。路边时不时有大树伸出枝叶，横在半空，挡住去路，山鹿会转动大犄角，使其往后往下，然后低头通过，山鹿背上的人则低身伏下。若枝叶实在是太低，就只好拿砍刀砍掉。途中小憩时，柳志峰对池舟说："难怪山外人骑山鹿而不是骑马，马这种草原上的动物，在这里寸步难行。"实际上，大多数山外人都没有见过真实的马。马这个概念，对山外人很陌生，正如山内人不知道山鹿。

四个人，九匹山鹿，翻过一山又一山。在太阳落山前，来到一条小溪边，找片还算开阔的草地，停驻过夜。从山鹿背上卸下行李和物资，让山鹿们自由自在地吃草、饮水、休息。四人则简单洗漱一下，马上扎营、做饭。三个男人找背风的地方搭帐篷：一个单人帐篷，一个大帐篷，都是傻瓜拆卸式的，远没有预想得费时间。蕾怡做饭。如今都是从山内网购的野炊套装，炉子、燃料、火种、锅碗瓢盆一应俱全，方便得很。

搭好帐篷，岱箫又带着池舟找来一堆干的树枝，在空地上生起了一堆熊熊的篝火。柳志峰找了几块石头，架了一个炉子，提了水来，从行李中翻出一罐咖啡，用带来的水壶煮了起来。香味弥漫四处。

饭好了，大家席地围着篝火，一边聊一边吃饭。吃完饭，趁天黑透之前，蕾怡去小溪上游找了个避人处洗漱；池舟和岱箫则结伴去下游。柳志峰不比年轻人，在山鹿背上颠簸了一天，来到营地后又忙了半天，已经疲乏不堪，都走不动路了，故而先留下来休息，看着篝火、行李和山鹿们。

柳志峰把"小灰"带在肩上，拿了一杯咖啡，找了棵油桐树，靠坐着树干，欣赏夏末山中夜色。暮色已经降临，树木、溪流、草地……都模糊起来，只剩下轮廓，远方的山峦和山坳更是一片苍苍茫茫，混混沌沌。只有不远处的篝火在跳跃着，散发着红色的光芒。但是不久，溪水上萤火点亮了，一闪一闪，飘飘忽忽，照亮了夜空。接着，从溪水对面飘来荧光蝴蝶，红色、绿色、紫色……一团一团，上上下下，迎风翩跹。

山里白天安静得出奇，只有嘶嘶的蝉鸣；入夜一凉快，反倒热闹起来。溪水叮咚叮咚。晚风吹过树叶，哗哗啦啦地作响。山鹿们在嚼青草，发出细细微微的"嘶嘶嗞嗞"声。从四面八方传来各种不知名的虫子的鸣叫声，唧唧吱吱，此起彼伏，中间夹杂着"咕咕呱呱"的蛙鸣声。远远传来夜莺的歌声，一阵一阵啾啾叽叽的声音，清脆婉转，音调高低起伏，节奏富于变化。

手中咖啡的味道渐渐淡去，传来青草和泥土的芬芳。飘来一缕淡淡的，但却沁人心脾的香味，那是远处的栀子花绽开了。从灌木丛、草丛中袭来各种酸酸甜甜的味道，那是覆盆子、蓝莓、红醋栗这些小浆果熟透了的味道。

这山中夜色，有一种奇特的魔力，轻轻叩击着心灵，让人忘却俗世的烦恼，抚平心中的伤痕。柳志峰沉浸其中，心中弥漫开一种说不出的感动。

八十一

柳志峰正陶醉于夜色，忽见池舟拉了岱箫来至跟前，指着自己的眼睛说："快给看看。"柳志峰忙起身问："伤着了？"池舟说："进了水，觉着不对劲。"柳志峰问怎么不对劲。池舟和岱箫说："感觉看得比以往更远、更清楚似的。连耳朵也觉得更灵敏了。"

柳志峰一手撑开池舟的眼皮，一手拿手机，打开手电筒功能，往他眼睛里照；察看一会儿，又察看岱箫的。说："我不是眼科医生，不敢百分之百保证。但初步检查，没有发现什么问题，就是有点发黄光……""发黄光？什么意思？""嗯……我也不十分清楚，照理说，高等灵长目动物不会这样。""什么意思？"

于是柳志峰开始科普："夜行动物眼球底部有照膜，能将穿过视网膜的光线再次反射回来，看起来像是眼睛在发光，让视网膜通过二次感光，形成良好的夜视能力。这在大多数猫科、犬科和食草动物中很平常，但人眼不是这样。"想一想，又说，"也不一定。人和人不一样：有人有夜盲症，有少数人的眼睛也有照膜，夜视能力好。这就像有人是色盲，有人却有四种感光细胞，能看见紫外线！可能你和岱箫就属于那些少数人……"

没等柳志峰说完，池舟就叫道："不对，以前不这样——耳朵也更灵了。而且岱箫也是这样，哪有这么巧的事？一定是感染了狼人病毒。今晚是月圆之夜，要变身了……"柳志峰捶了捶池舟的胸膛，捏了捏他的胳膊，又掰开他嘴看了看，笑道："我倒是很好奇，狼人是怎么变身的。"忽然想起什么，"慢着！月圆之夜？今晚怎么可能是月圆之夜？我记得舞会那天是满月，这才刚过四天……"

池舟转身指着北边，说："你自己看。"柳志峰顺着池舟手指的方向看去，遥远的天边，竟然真的悬着一轮满月，只是显得邈远而娇小。柳志峰惊讶不已，几乎是自言自语地说："怎么可能？怎么可能！我记错了？今天初几？"

八十二

三人正说着，池舟和岱箫突然转身，箭一般地朝小溪上游跑去。柳志峰不明所以，也跟着跑过去。转过一块巨石和几棵大树，借着朦胧的月光，就见蕾怡披着头发，指着溪水对岸叫"在那儿，在那儿"。一旁，狐狸"火球"用后肢立了起来，竖着耳朵，也对着溪水对岸"吱吱"叫唤，溪水中，池舟和岱箫正蹚水朝对岸追去，对岸，一个长发、长袍加黑色短袖披风的背影正消失在树林中。原来蕾怡正在水边洗头发，一抬头，只见一个身影在不远处的水边注视着她，不由得一声惊叫，池舟和岱箫远远听见，赶了过来。

过一会儿，池舟和岱箫无功而返，对满脸疑惑的蕾怡和柳志峰说："追到树林里，突然就消失了。"柳志峰问："突然消失了？什么意思？"岱箫说："就是突然看不见了……"池舟说："像是施展了隐身术。"柳志峰道："隐身术？是什么人？会这种东西。"

池舟和岱箫都摇摇头；两人只看见那人的背影，而且月光暗淡，背影也看不真切。蕾怡说："长头发，长袍子，短披肩，应该是'梯玛'那伙人的。看身形和背影，有点像石巫，稍微瘦了点——他坐了这些天的牢，一定瘦了不少。"池舟忙点头道："你这么一说，还真像他。"岱箫也点点头，疑惑道："石巫被关着呢，不可能是他……"

岱箫话没说完，就听柳志峰"啊"地惊叫。柳志峰拿起手机给大家看。手机里，"靠谱使者"App通知：今天早些时候，石巫朗达越狱了。山外所有人都要严加防范，有石巫朗达的任何迹象，立即通知宁当船长或者伉晓和晁骐两位二果乃。惊讶之余，柳志峰很奇怪：一路上都没有信号，手机是怎么接收到消息的。后来得知，文墨言特地在人们常扎营的地方安装了信号中转站，方便人们遇险时求救（以前只能利用山鸟传信）；中转设备是山内淘汰掉当废铜烂铁卖的二手货。

岱箫三人相当震惊，忙跑回营地，找出手机，举在手中，找信号好的地方，上网看消息。山外网上已经炸开锅了。有人放上了石巫朗达逃跑时的视频，视频里，山兽张舞着巨大的翅膀，背上载着石巫朗达，从狱门岛的悬崖上空，晃晃悠悠、颠颠簸簸地往远方飞去，显然，山兽和人都受了伤。大家都奇怪，石巫是怎么打开监狱重重的铁门的。有人说，这是监狱警卫中出了内鬼。有"消息灵通人士"说，有警卫参加舞会，喝醉了，玩累了，有人乘机偷拿了钥匙，用胶泥印下模子，配了钥匙，趁探监时偷偷递给石巫朗达。又议论石巫逃向了哪里，多数人认为，他一定是逃往了朗达山，一则他家在那里，二则要在那里举办飞伞大赛和朗达祭，他一定又要去搞破坏。

蕾怡问："这家伙，为什么要越狱，这不是罪上加罪吗？"网上也是议论纷纷，有人说："这人本来就心高气傲，害怕受到羞辱。"岱箫看了，说："不对，他一定有迫不得已的理由。"柳志峰皱眉道："这个石巫朗达，每一招棋，无不深思熟虑。这次又是打的什么算盘。"池舟叫道："一定和山外的劫难有什么关系。"

网上有人说：石巫一定知道些什么和劫难有关的。有人问：这劫难到底是什么？来自何方，是山内还是山外？有人说："最讨厌这种说不清道不明的东西，跟山内传说中的克苏鲁邪神似的。"还有少数人怀疑论者质问到底有没有劫难，说："很可能就是某些人的阴谋，制造危机和劫难假象，借以攫取资源和权力。历史上，山外和山内族人的教训还不够多吗！"

大家讨论一会儿，点起火把，继续搜寻石巫朗达，一定要把他绳之以法。然而找到半夜，并没有发现半点踪影。困乏得几乎睁不开眼睛，只能算了，各自钻进帐篷里睡觉。

八十三

第二天，天刚亮，大家在唧唧啾啾的鸟叫中醒来。清晨的空气出奇地清新、凉爽。雾气尚未散尽，一丝一丝在树的枝叶间来回穿梭。路边的野草和野花，被露珠压弯了头。蕾怡已经准备好了早餐：

面包、煮鸡蛋和咖啡。大家拿了，一面吃，一面聊石巫朗达的事情：他为什么要越狱，昨晚他跑到哪里去了，他有什么阴谋，还有什么事瞒着人等。吃完，池舟、岱箫和柳志峰三人拔营准备出发。

蕾怡则来到溪边打理头发。一抬头，看见一对血红色的蜻蜓，大如手掌，首尾相连，在水面上上下下，点出一圈一圈的波纹。觉得十分有趣，便想捉了来玩。把头发拧干，用银箆子拢在脑后，蹚着溪水，蹑手蹑脚去扑。然而蜻蜓是飞行高手，一停一飞，忽升忽降，时来时往。蕾怡几次伸手去抓，都扑了空。

捕蜻蜓是山外孩子常玩的游戏，都是用竹篾做一个圈，绑在一根竹竿的顶端，粘上蜘蛛网，手握竹竿，挥动蜘蛛网粘蜻蜓。然而此时哪里去找竹竿和蜘蛛网？蕾怡不禁有些丧气。忽然瞥见腰间别着的巫杖，灵机一动，拿起巫杖，拔出巫剑，从巫鞘中引出膜界，趁那一双蜻蜓悬停，静悄悄地画一个圆球，大如西瓜，圈住了那一对蜻蜓。蕾怡已经往巫鞘中注入了洗洁精溶液，浸染了膜界，故而画出的圆球折射出五彩颜色，跟肥皂泡一样。这五彩的膜界球悬在空中，随着微风荡漾，里面一对血色蜻蜓上下左右飞个不停，十分魔幻。蕾怡见了，跟小孩子一样开心，转身对大家喊："快来看啊！"

岱箫三人已经拔完营，听见蕾怡叫喊，来至溪边，看见膜界球和里面的蜻蜓，也都说"有意思"。池舟尤其兴奋，脱了鞋子，挽起裤脚，蹚进溪水中。来到膜界球前，拿手摸了摸。然后也从腰间拿起巫杖，拔出巫剑，引出膜界，画一个更大的球，将蕾怡画的球套在里面。

谁知就在池舟画完球的那一刹那，蜻蜓和膜界球瞬间消失了。蕾怡大叫："不见了！不见了！"池舟大吃一惊，以为眼睛又出了问题，使劲揉了揉，瞪大了，上下左右看，还是不见蜻蜓和膜界球。肩上的飞蜥"小蓝"立起来，吱吱地叫个不停。

池舟把巫杖放回腰间，拿手在空中摸，触碰到一个有弹性的球，却仍不见球和蜻蜓，连声说"奇怪"。蕾怡见了，也举手去摸，转头对岱箫叫道："画巫，你过来看，怎么回事，太奇怪了。"

岱箫和柳志峰早已蹚水过来，也伸手触碰到了膜界球，说"奇怪"。

正说着，膜界球被大家捏破，那两只血色蜻蜓又突然出现大家眼前；让四人目瞪口呆，然后面面相觑。

岱箫仔细看了看，拿手在胸前一指，说："我明白了！"从腰间拿起巫杖，拔出巫剑，把外面被捏破的膜界球收回巫鞘中，然后又引出膜界，重新画了一个球，再次把里面蕾怡画的球套起来。就在岱箫画完球的那一刹那，蜻蜓和膜界球又消失得无影无踪。

池舟见了，右手持剑在空中一劈，大叫"我知道了"。说着，用巫剑戳向膜界球所在的位置，戳破套在外面的球。一刹那间，就见里面的球和那对血色蜻蜓又出现了。池舟把被戳破的膜界球收敛在巫剑上，然后再画一个球，把里面的球套起来，就见蜻蜓和膜界球又消失了。蕾怡见了，一边嚷嚷，一边学岱箫和池舟，也让蜻蜓和膜界球神奇地出现然后又消失。

这下，四人都明白了：如果让两层膜界密闭某个空间，则膜界和这个空间中的所有东西都会消失不见；一旦戳破膜界，一切就又恢复正常。池舟叫道："这就是传说中的隐身术、隐形术！"又记起柳志峰说过，隐身术之类都是幻觉，便对柳志峰说，"博士，这是怎么回事？你不是说只是幻觉吗？"

柳志峰顾不得池舟的嘲讽，一把夺过池舟手中的巫剑和巫鞘，研究膜界，喃喃道："到底是怎么回事。"又记起之前乘坐"古老七号"沿着生死河顺流而下时，第一次听说了膜界，据岱箫和蕾怡说：是膜界把山外和山内的世界隔绝开，让山外从这个世界上消失。恍然大悟道："山外也一定是被两层或者更多层膜界包围，所以从山内的世界消失了！所谓的山门关闭，就是第二层膜界闭合。"

大家听了，都点头说"有理"，"肯定是这样"。又纷纷问博士：膜界到底是什么，怎么就能让里面的东西消失……柳志峰说："我也疑惑。我有同学学物理的，回头问问他，一定有个科学解释。"蕾怡和岱箫说："不行，不能让山内人知道山外的事。"

八十四

正说着，忽然从营地传来山鹿"哗哗"的慌乱叫声。接着，就见池舟的山鸟"小舟"、岱箫的"树叶"（Nplooj）和蕾怡的"波浪"（Yoj）从树木上方噗噗地往这边飞。三人忙回到岸边，往营地跑去；途中又见狐狸"火球"跑过来，跳进蕾怡的怀中。

来到营地，惊讶地发现，石巫朗达站在行李和物资旁。石巫拿砍刀对着四人，大声叫："不要过来。"长发长袍，却没有披肩，脸上、身上都是暗红色的污渍，分不清是血渍还是泥土——当地的泥土是红壤，有着血一样的颜色。身后伏着山兽，浑身上下也满是污渍和血迹。山鹿们已经逃到一旁，惊慌失措地簇拥在一起，瞪向石巫。

蕾怡叫道："石巫，果然是你。你要干什么？"石巫不理蕾怡，问岱箫："西兰呢？我要和她说话。"岱箫忙说："她回家去了，不和我们在一起——你要跟她说什么？"石巫不答，迅速四下张望，确认四周没有埋伏其他人。问三人："药装在哪里了？"原来石巫知道，每年舞会之后、朗达祭之前，岱箫和西兰都会给白苗、军家和土家"坪"以及飞伞大赛捎去医药物资，算准了一行人会在此扎营过夜，故而来此截获疗伤的药品。

岱箫指了指行李堆中的一个帆布袋子。石巫几步上前，拿砍刀割断袋口的绳子，打开袋子，果然看见一盒一盒的药品。石巫翻找了一会儿，转身拿刀指着柳志峰，命令道："你！过来，找救伤药。"柳志峰虽然有些惶恐，也只得上前，从袋子里找出过氧化氢、碘酒、消炎药、棉签、纱布等。转身，壮起胆子对石巫说："你身上这些伤，有些时候了，已经感染了，你让我处理，再恶化下去，成了败血症，轻则截肢，重则丧命。"

石巫朗达迟疑片刻，指着身后的山兽，说："先给么簇看看。"原来石巫为纪念牺牲的么簇，用他的名字命名了山兽。

柳志峰走到山兽前，只见几处伤口，有被刀砍的，有被箭刺的，还有的像是被尖利的石头划伤的，都已经红肿。转头对岱箫三人说："你们去取点水来。要流动的溪水，不要死水。"池舟听了，上前两步，拿起营地的一个小水桶。石巫朗达厉声喝止："你站住！"然后指着蕾怡，命令池舟，"把桶给她，让她去。"又警告蕾怡，"不要耍花招！你那点小聪明，也就能骗骗被你迷住的后生伢子。"

蕾怡狠狠地瞪了石巫一眼，放下怀中的"火球"，从池舟手中接过水桶，跑去溪中取来大半桶水。按照石巫的吩咐，放在他前面几步远，然后退回去。

石巫朗达揪住柳志峰的衣领，拿刀逼着柳志峰上前几步，拎起水桶，回到山兽跟前，给山兽清洗伤口，然后消毒、敷药、包上纱布。给伤口涂抹碘酒时，山兽痛得仰脖子"昂昂"直叫，石巫抚摸山兽的头，轻声安慰："不怕，么簸，不怕。马上就过去了，一会儿就不痛了。"

轮到石巫。石巫除掉长袍和里面的上衣；露出钢铸铁造般的肌肉，比池舟和岱箫的更胜一筹，真如古希腊雕塑。柳志峰给不少顶级运动员动过手术，也没见过如此粗犷而完美的，忍不住赞叹了一声。

柳志峰察看伤口。别处还好，左肩上被扎进一箭，露在外面箭杆被砍掉了，箭头还留在肉里头，伤口已经开始化脓。便说："要动个小手术。"说着，转身打开一个帆布包，找出手术刀、镊子、注射器等，又打开几个包翻找。石巫见柳志峰找个不停，问他"怎么回事？"柳志峰说："麻醉药。我记得是带了几盒的，不知道放哪儿了。"石巫说："不用了。"柳志峰惊讶地望着石巫，说："这不是挑个刺、扎个针，是要割进肉里头。"石巫说："我说，不用了。"

于是开始手术。柳志峰让石巫躺下，或者至少坐下。石巫不肯，坚持站着。一边拿刀对着柳志峰；一边还盯紧池舟三人，不时警告"不要乱动"。柳志峰还是第一次给站着的患者做手术，而且没有麻醉，不免紧张，手有些发抖，割开伤口、用镊子夹箭头时动作幅度有点大，痛得石巫仰头大叫，脖子上青筋毕露，红得发烫，惨烈的叫声回荡在山谷。

因为剧痛，石巫右手剧烈地颤动了一阵，刀锋差点割到柳志峰的胳膊。池舟三人不免捏一把汗。蕾怡叫道："石巫，你把刀放下，哪有你这样看医生的。"石巫咬牙忍住痛，说："闭嘴。"蕾怡自然不肯乖乖闭嘴，反而开始规劝石巫："你回去自首。晁骐说了，他不计较了。我让我阿妈，还有你救的那些孩子，替死去的么簸，在审判团面前说说情，最多把你关到明年开山，赶出山外。你正好去山内找……"

"死去的么簇""赶出山外"这些话，正戳中了石巫朗达。石巫朗达嘴角抽搐着，厉声叫道："闭嘴！丫头片子，你懂什么，你什么都不知道！仗着阿妈是果乃，不知道天有多高，地有多厚！"

蕾怡被人当着画巫奚落，十分恼怒，指着石巫，怒气冲冲叫道："你非要一条道走到黑，是吧？那么，我必须把你抓回牢里去！"说着，一则是初生牛犊不怕虎，二则是仗着有岱箫和池舟撑腰，抄起地上的一把砍刀，真个上前去抓。池舟和岱箫见了，忙上前去拦。

石巫朗达见状，以为三人要趁自己最无助的时候实施抓捕；不顾疼痛，不等伤口处理完，把柳志峰揪到跟前，左臂钳住他的胸口，右手拿刀抵住他的脖子。对三人叫道："站住，你们都给我站住。"

池舟和岱箫拉住蕾怡。蕾怡冲石巫朗达喊："石巫，你要干什么？柳大巫师刚刚救了你的命，你就是这样对人家的？"石巫朗达冷笑道："你们别以为我不敢把他怎么样，为了拯救山外，我什么事都干得出来！"说着，拿刀在柳志峰的脖子上一割，就见一股鲜血从刀锋下冒出来，顺着脖子往下淌。柳志峰早已吓得魂飞魄散，浑身哆嗦如筛糠。口中"啊啊呀呀"地叫唤，原是想说"有话好好说，有话好好说"，却恐惧得语不成声。

蕾怡道："你要怎么样？"岱箫说："大家都要救山外，你这么干是什么意思？先把人放了。"石巫朗达拿刀指着三人，说："你们照我说的做，我自然放人。"

在石巫朗达的命令下，池舟三人从行李堆中找出两个袋子，装满吃的，又找出两套衣服，一套岱箫的，一套池舟的，装在里面，远远地扔给石巫。石巫又命柳志峰把疗伤需要的药塞进袋子里，用绳子把两个袋子捆在一起，装上山兽的背，一边一个。柳志峰两腿发软，试了好几次才装了上去。

盯着柳志峰装载完袋子，石巫挟持着柳志峰，对着池舟三人，说："你们给我待着，不许动。"然后在柳志峰耳后小声说了一句"感谢柳博士的救命之恩"，猛然将他向前。柳志峰向前趔趄几步，扑倒在地，凄声叫唤。石巫迅即转身，翻身上山兽，用手、腿轻叩山兽的脖子和腹部，口说："么簇，我们撤。"

八十五

见石巫骑着山兽转身逃走，岱箫冲上前去察看柳志峰。池舟跟着蕾怡去追石巫。两人没跑多远，就被绊倒在地，摔了个嘴啃泥。抬头望去，就见前方山兽张开翅膀，努力跃起，踏过山坡上连绵的树冠，晃晃悠悠、颠颠簸簸地飞向空中，越来越远，直至隐没在苍翠的群山中。

池舟起身，一边扶蕾怡，一边跟她一起咒骂：这个石巫，以为自己是个什么东西，傲什么傲，哪天死了都不知道怎么回事……骂了半天，稍稍消气。察看刚才是被什么绊倒了，前后后左右找个遍，什么也没发现，连说"奇怪""见鬼了"。

池舟往营地方向走，感觉有绳子拦住了小腿，低头见裤腿上勒出一道痕。俯身蹲下，摸着一根无影无形的绳子。"膜界！"池舟失声叫出来。想让膜界显出形来，但身上没带洗涤剂溶液，想了一想，从地上抓一把泥土，抹上去，就见一条小指粗细的绳子横在两棵树之间。池舟非常好奇：石巫是怎么把膜界做成如此结实的绳子的。

身后忽然传来蕾怡的惊叫声。池舟急忙转头，就见蕾怡被凭空倒吊在路边的一棵大树下。池舟迅即蹦起来，冲过去。谁知没跑两步，就觉脚踝处被绳子勒住往上吊。还没来得及反应过来，已经被倒吊在半空。飞蜥"小蓝"被甩下池舟的肩，伸展翼膜，滑翔到树干上。

池舟和蕾怡的手机都从裤兜里掉到了地上。蕾怡脑后拢头发的银篦子也掉了，一头乌黑发亮的长发如同瀑布一样倾斜而下。狐狸"火球"跑了过来，叼起蕾怡的手机和银篦子，仰头望着蕾怡。山鸟"小舟"和"波浪"听闻主人的惊叫声，飞了过来，停在上方的树枝上。蕾怡不停地用当地土语愤怒地叫喊，池舟听出其中的"石巫"和"朗达"几个音节，知道是骂石巫，就大声跟着骂：忘恩负义的东西，不得好死……

岱箫闻声赶过来，池舟高声提醒他"小心脚下"。岱箫见此情形，又见脚下被泥土显出形的膜界绳子；明白两人是中了石巫布下的陷阱：先是被绳子绊倒，然后又踩进套索里，被吊了起来。在山外和山内族人当中，套索是猎人们捕捉野兽常用的陷阱：把绳索的一端打个套结，放在野兽出没的地方；另一端绕过树杈，捆在数根被压弯的竹子或者树枝上；又牵出一根细绳当作触发机关。野兽踩进套结，拉动细绳，细绳被压弯的竹子或者树枝弹回，就把野兽吊在树杈下。这石巫用无影无形的膜界绳代替看得见的普通绳索，又让这陷阱更加隐蔽，更加有效。

池舟翻身上去，顺着膜界绳爬上树杈。蕾怡也学池舟要翻身上去，但到底是女孩子，腰力、臂力都不够，试了几次都不行。池舟解开脚踝上的套结，让岱箫扔一把砍刀给他，叼在口中，爬到吊蕾怡的树杈上，割吊着蕾怡的膜界绳。然而这膜界绳不比普通绳子，怎么割怎么砍都弄不断。无奈之下，只能砍树杈，一点一点把蕾怡放下去，岱箫在下面接应。

三人研究膜界绳。拿起巫杖，拔出巫剑，从各个方位、各个角度，以各种力度和持续时间，尝试各种手臂和手腕动作，对膜界绳进行弯曲、扭转、卷绕，终于将一部分膜界绳软化，收进巫鞘中。兴奋之余，又开始尝试怎么做膜界绳。然而试了半日，从巫鞘里拔出的绳子，要么僵直缺乏柔韧性，像钢筋一样；要么弹性和塑性有余而强度和韧性不够，跟橡皮筋和塑料一样。三人嘀咕："石巫是怎么做到的？"

不多时，柳志峰处理好脖子上的伤口，走了过来，肩上立着"小灰"。柳志峰从池舟三人得知了陷阱的事，感叹道："这个石巫朗达，真不简单，伤成那样，换成别人，早乱了章法，他还是如此缜密：蛰伏了一夜，趁我们都离开了营地才开始行动，行动前还不忘安排退路。"又拿起一截膜界绳研究一番，疑惑道，"到底是什么材料？堪称记忆合金和碳纤维的合体，还能软化、变形和重塑，还能收进狭小的空间内。"

返回营地，大家掏出手机，要给宁当、仡晓和晁骐汇报逃犯石巫朗达的行踪，却发现手机没电了，找来两个充电宝，发现也没电了。

八十六

继续赶路。一路上，大家都在讨论今天早上的发现。池舟三人骑在山鹿背上，拿飞蜥"小蓝""小灰"和路边的野花、头顶的树枝等等来试验隐形术，再三证实：不管什么东西，只要被两层膜界密闭起来，就会凭空消失。

池舟突然想起什么，拿起巫杖，拔出巫剑，比画起来，巫剑几次碰着山鹿的犄角，引得山鹿嗷嗷叫。众人早已习惯了池舟一惊一乍的，却还从来没见过他如此奇怪的举动，都高声问他"怎么了""发什么癫"。池舟兴奋地说："隐形术，隐形术！"见众人一脸疑惑，说道，"两层膜界能让各种东西消失，用在人身上，不就是隐形术？！"

于是大家找个阴凉的水边歇脚，迫不及待地尝试隐身术。蕾怡跳着叫着说："我先来！我先来！"池舟和岱箫忙说："还不知道有没有危险，先拿我俩做实验。"蕾怡说："我不怕！"池舟和岱箫拗不过她，只能让她先来。

蕾怡拿起巫杖，拔出巫剑，从巫鞘拉出膜界丝，引出膜界面，试图在自己四周画一个椭球。因蕾怡在巫鞘中添加了洗洁精溶液；故而引出的膜界五彩斑斓，煞是好看。尝试了多次，终于悟出了些道道：

先画头顶和前面的部分。接着，一面转身，一面画左侧、右侧和身后——熟练后，可以不必转身，只要甩动膜界丝和膜界面，使其扫过两侧和身后。然后，像跳绳一样跳起来，甩动膜界丝和膜界面，让其像跳绳的绳子一样从脚下扫过；与此同时，迅速颤动手腕，引起一阵波动，传导到膜界丝和膜界面，使其硬化、塑化成橡胶质地，这样，膜界被脚踩上去也不会破。最后，将巫剑迅速往上一挑，牵引膜界闭合。整个过程，像玩体操和杂技一样，需要四肢密切配合，每个动作都要做得恰到好处。要学会，需要一定的运动天赋；要熟练，需要长时间的刻苦练习。

蕾怡不厌其烦，尝试了二三十次，终于成功地画出一个彩色的椭球把自己罩在里面。池舟上前，要再画一个椭球，把蕾怡的彩色椭球套起来。蕾怡忙说："让画巫来，让画巫来！"于是岱箫上前画：拿巫剑引出膜界，从上画到下，叫蕾怡"跳起来"，引膜界穿过蕾怡脚下，再从下画到上，封闭椭球。

岱箫试了几次才成功。就在岱箫成功封闭椭球时，蕾怡连同她的彩色椭球瞬间消失。池舟上前，和岱箫伸手去摸，摸到弹性的膜界，像巨大的瑜伽球一样，只是无影无踪。两人对着前方问："你觉得怎样？看见什么了吗？"就听见蕾怡的声音："就感觉膜界微微震动了一下，其他没什么，你们真的看不见我了？"池舟二人忙说："看不见了，什么都看不见了。"一会儿，就见蕾怡拿巫剑捅破两层膜界，探出脑袋来。蕾怡一边大口喘气，一边说："里面不能待久，闷得慌。"柳志峰一直在一旁惊讶地看着，听蕾怡如此说，上前摸一摸膜界，笑道："空气被密闭了，人在里头待久了会缺氧。你们要小心。"

接着，岱箫进行实验，自己先画一个椭球把自己罩在里面；然后让池舟再画一个套球套在外面。上次蕾怡画的球是彩色的，故而再画套球时，能够看着彩色椭球，有的放矢；而这次，岱箫画得无影无形，池舟画套球时，什么也看不见，只能凭记忆估摸着画，几次捅破里面的球，只能从头再来。试了好多次，终于成功让岱箫隐身。

然后轮到池舟，池舟说："我自己画两层，你们不要帮忙。"说着，拿巫剑先画外面的套球，然后在套球里面再画一个。试了多次之后，也成功隐身。

三人如同孩子发现了童话世界的入口一般；兴奋得不得了。蕾怡突发奇想："你们说，要是罩上三层膜界，会怎么样？"池舟附和道："是，我也在想这个问题。咱们试一试！"蕾怡叫道："我先来，我先来！"岱箫断然说道："这次不行！"蕾怡道："为什么？隐身就是我第一个试的！"岱箫说："那是先拿蜻蜓、小蓝、小灰色做的实验。"

于是三人采来一支百合。蕾怡画一个五彩球罩住百合。岱箫画第二个球，套在外面；里面的五彩球和百合都消失不见。池舟画第三个球，套住第一个和第二个。然而池舟画完，似乎什么也没发生。池舟说："不会是没有闭合吧。"便要收回膜界，重新再画一次。谁知挥动巫剑去收膜界，却扑了个空，空中什么也没有。池舟"咦"了一声，收起剑，拿手上上下下、左左右右抓握；找了半日，什么也没有。岱箫和蕾怡见状，知道池舟找不着膜界和百合了，也拿手

165

去抓握，也都找不到。那支百合连同三层膜界消失了，不是看不见了，而是从这个世界彻彻底底地消失了！蕾怡吐了吐舌头，心中后怕。

三人几乎不敢相信，找来树枝、石块等进行验证。没错，只要让三层膜界密闭某个空间，就会让其从这个世界彻底消失！三人惊讶不已，也疑惑不已，不停地惊叫："不可能""怎么可能""跑到哪里去了"……

八十七

见三个年轻人玩得如此高兴，柳志峰也按捺不住了，叫池舟和岱箫也让他体验体验隐身的感觉。成功隐身之后，笑道："巫杖我也有一根，回头找出来。"

池舟故意问柳志峰"这是怎么回事，有什么科学解释吗？"柳志峰皱起眉头想了想，硬着头皮说道："这膜界应该是不同空间之间的交界，空间和物质被两层膜界封闭，就会进入另一个空间，或者进入高维空间。"池舟仍不放过柳志峰，追问："那么，问题来了：这'另一个空间'或者'高维空间'在哪里？怎么会突然蹦进膜界里？"柳志峰绞尽脑汁想了半天，无奈地说道：道："答案就在山外的传说里。"岱箫和蕾怡听了，"哦"了一声，惊奇地望着前面的柳志峰。

柳志峰回头看了看岱箫和蕾怡，说道："你们山外和山内族人的传说：古老用'空间'造出天地人，可见这天、地、人，宇宙的万事万物，本质上都是空。佛家的'色即是空，空即是色'，也是这个意思（关于这一句佛经，完全是柳志峰胡说八道）。当代最前沿的物理学认为，空间至少有十个维度，我们所能感触到的，是长、宽、高和时间四个维度，剩下的六个维度蜷缩起来，构成基本粒子，组成宇宙中的万事万物。这膜界，就是各个空间之间的交界，它能够激发出蜷缩的那六个维度的一个或者多个。"

这一通似是而非的"民科"解释，让池舟三人听得云里雾里，也让柳志峰自己汗颜，心想："这一通说八道，还不如装神弄鬼的巫师、巫婆。"于是给自己解围，"我要是能把这些弄明白了，还不得拿一堆炸药奖？这个，简直就是巫术！所谓的巫术、魔法，不就是人们对神奇事物的一种解释和叙事吗？"说着，掏出手机，说道："我要是拿这个穿越到古代，说自己有万能储物袋，有千里眼、顺风耳，肯定有不少人膜拜。"自此，柳大巫师基本放弃了用山内的科学来解释山外的巫法。

说起手机，柳志峰突然想起来了："你们继续施展隐身术，我拍下来，将来带回山内，让山内人见识见识：别说马里亚纳海沟、黑洞这些地方，就是你们眼皮子底下，有多少神奇的东西你们没见识过！"一边说，一边试着开手机，然而怎么都打不开，这才想起来，早没电了，只得悻悻地说："回头再拍！"

岱箫和蕾怡说："不行，不能让山内人知道山外的事！"柳志峰听了，忙说："是，把这个给忘了！"想了想，又说道，"有了！我写一部奇幻小说，或者找个写手写，既把这山外的神奇记载下来，告诉世人，又让他们以为都是杜撰的……小说就题为《生死门》，这是山外最神秘的地方。"

柳志峰拿起矿泉水瓶，喝了一口，近乎自言自语地说："第一部就叫《巫法的起源》！不只是为了记载巫法，更是为了记载山外的生活方式，这种崇尚自由、追溯本心的生活方式。只愿人们在为生活东奔西走之际，为名利营营逐逐之时，随便翻一翻，看一看，暂且抛开生活的烦恼、挣脱现实的桎梏，到奇幻世界中做一番逍遥游。有心的，会分辨分辨，哪些是真实的，哪些是虚妄的，再思考思考，人这一辈子，短短三万来天，到底图什么，自己到底想要什么，真正需要什么，不再去谋虚逐妄……比起假大空的鸡汤格言、励志成功学、道德说教、宗教教条，还有各种爽文，多多少少要强点，你们说呢？"说着，定睛一看，自己这一番痴话，三个年轻人不耐烦听，早已舞起巫剑练习隐身。

八十八

一行人继续赶路。午后到达一个小小的河谷，河谷中设有白苗的"坪"，"坪"类似于山外的镇子，只是规模小得多。大家把捎带的医药物资留下，又找了家小馆子吃个午饭，然后继续前行。

　　成功尝试隐身术之后，池舟三人又开始琢磨制作膜界绳。骑在山鹿背上，拿巫杖不断地切磋、实验。无数次之后，终于找到了诀窍：拿巫剑从巫鞘中引出膜界，动作要迅速，幅度要大，同时要以一种微妙的方式转动和抖动手腕。动作得当，就能抽出结实的膜界绳，抽出想要的长度后，再猛地一挥一抖，让绳子的末端断掉。蕾怡抽出的绳子五颜六色；岱箫和池舟抽出的则无影无形。大家开心得不得了，笑声响彻山谷，直冲云霄，惊起树林中的不少鸟雀。

　　更让人惊奇的是，三人发现，和普通绳子相比，膜界绳有着意想不到的神奇之处：抽膜界绳时，不同的动作、不同的速度、不同的幅度等，会让绳子在所需的部分具有期望的形状、强度、硬度、韧性和重量，这让膜界绳有了无限可能。

　　三人不断地琢磨和尝试，发掘出膜界绳的各种样式、各种用途。每当前方有枝叶挡住去路，就拿巫剑甩出膜界绳，缠住树枝，将其拉开。实在拉不开，就将其拉低了，拿砍刀砍掉。

　　一路上，遇见各种野生动物在山坡上吃草，山鹿、鹿狨、麂子、梅花鹿等。每逢此时，三人就会抽出膜界绳，把一端做成套索，拿在头上转动，甩过去套动物，套住犄角、头颈或者腿，就像美国西部片中牛仔们套牛一样。当然，并不是为了狩猎，纯粹玩耍，套住动物后，又拿巫剑将膜界绳软化，收回巫鞘中。

　　山外人祖上是游猎部落，拿套索套猎物是猎人们的必备技能，传说有的厉害猎人能够甩套索套住快速飞行中的麻雀。如今绝大多数人已不再以打猎为生，但这种技能却作为运动和游戏保留了下来。岱箫和蕾怡小时候经常玩套索游戏，动作熟练，岱箫套中了好几次，蕾怡也套中了一次。唯有池舟，一次也没套中，觉得丢了脸，很不服气。

　　说起来，绳子是进山打猎必备的三件宝贝之一：既可以拿它做套索套猎物，又可以布置陷阱捕捉野兽，还能用来攀缘悬崖峭壁。另外两件是弓箭和砍刀。弓箭自不必说，射杀猎物少不了它。砍刀的用处就更大了：能够拿它砍树、砍竹子制作弓箭绳索，还可以拿来和猛兽搏斗，开路时拿它斩除荆棘、砍断藤蔓，野炊时用来切菜、割肉——相比之下，剑这种东西，其实并没有什么用，就连用作兵器，也比不上砍刀的杀伤力，也就是山内的影视剧拿来塑造角色的形象。

三人突发奇想：既然这膜界能做出结实的绳子来，自然也能做出弓箭和砍刀。于是开始实验。发现做出弓箭和砍刀形状的东西倒是不难，难就难在，怎么把弓和弦做出所需要的弹性，怎么把刀体做坚硬，怎么把箭头和刀刃做锋利。

三人尝试无数次，总不成功，不免气恼。柳志峰笑道："不着急，回去慢慢研究。干将莫邪铸了一辈子剑。山内科技如此发达，光研究工业刀具的材料，就投入了多少人力物力，发了多少博士论文。你们捣鼓两下就弄出来了，那可真就是开了金手指，得了魔法、巫术。"

第十二章　山居

八十九

一行人也不知道翻过了多少座山，终于在傍晚时分到达岱箫家。岱箫家建于半山腰，黑瓦白墙，是一座 L 形布局的木质宅子。东西一溜几间屋子建在山石上，屋檐下是石砌的檐廊，从檐廊下两步台阶，便是一个石砌的坪子，用来晒庄稼；西边两间屋子突出悬吊在山坡上，外面绕着环廊，底下撑着几根柱子。

池舟和岱箫四下张望，整个山坡上就岱箫一家，再见不到其他的房子。这跟想象中的寨子不同，就是荒山野岭中一座孤零零的猎人小屋。原来在山外和山内族人中，茫茫大山里，都是一两户人家一个山头。男孩子长成人，就会继承一个山头，家里没有多余的山头，就去大山深处找一座；没有房子的，家长会帮孩子打好地基，孩子自己和 khub 猎友齐心协力伐木造房子。岱箫的这座山头和房子是从祖父那里继承来的。

　　大家卸下行李，把山鹿和山鸟们安顿在吊楼下面，上台阶来至"火坑房"。"火坑房"相当于山内的客厅兼厨房，木制的地板，中间用石头围砌着火坑；火坑上方，从屋梁上悬下来两根竹筒，套在一起，可以伸缩；上面设有烘架，挂着腊肉，下面挂着一个钩子，用来挂鼎罐。

　　天已经黑透了，屋子里更是一片漆黑。没有电，岱箫找出两盏煤油灯点上了。这煤油灯可不是影视中罩着玻璃罩子的马灯，就是一个铁质的简易烛台。借着昏暗的煤油灯，岱箫和蕾怡在火坑里生起火。大家拿矮凳围着火坐了，烤土豆、红薯和腊肉。蕾怡找来一个鼎罐，挂在竹筒下，煮了一锅饭，然后又在火堆上架一个三角铁架，放上锅，炖了一锅玉米、萝卜和鸡肉。大家就着火光吃饭。

　　吃完饭，拿着煤油灯去洗漱睡觉。池舟和柳志峰惊讶地发现，这房子里居然有浴室，浴室里居然有自来水、马桶和热水器。从岱箫二人口中得知，自来水是接的山上的泉水。近年来，山里人家都建造了化粪池取代旱厕，还建了沼气池，用沼气烧水、做饭、取暖。

　　岱箫和蕾怡已在四间小屋子里铺好了床。大家旅途劳顿，各自回房，沉沉睡去。柳志峰一觉醒来，便觉前所未有的神清气爽，疲乏彻底散去，只剩下肌肉淡淡的酸痛。见床前亮堂堂的，以为天亮了，下床到窗前，却见一轮弯月，大得出奇，仿佛就在悬在屋顶。

　　柳志峰悄声出门，来到环绕吊楼的围廊。月光下，就见屋檐下倒扣着一溜蜂桶；蜂桶下的墙壁上，挂着背篓、簸箕、撮箕、蓑衣、鱼篓、锄头、砍刀等，还有玉米、蒜、辣椒、豇豆等风干的果蔬。

　　转头望去，山林美得出奇。每一片树叶都染上银色的光辉；大大小小的岩石迎着月光，舒展着各样的嶙峋姿态；深可没膝的草上缀着露珠，映着月光。极目望去，山岭嵯峨逶迤，暗影层叠起伏。侧耳听去，溪水潺潺，风声隐隐。有猫头鹰在林梢低鸣，还有若断若续的几阵蛙鸣。此情此景，让柳志峰想起苏东坡的一句词：

　　　清夜无尘，月色如银。
　　　酒斟时、须满十分。
　　　浮名浮利，虚苦劳神。

叹隙中驹，石中火，梦中身。

······

柳志峰一边沉吟，一边绕着环廊踱步。转过角，不经意抬头，发现一轮下弦月远远地挂在天际。柳志峰愣了一下，回头去看，一轮弯月挂在头顶。柳志峰万分惊讶，来来回回地看。没错！两个月亮！头顶的弯月，天际远处的下弦月！

柳志峰错愕了半日，去池舟房中，把睡梦中的池舟叫醒，拉到环廊上。池舟本迷迷糊糊的，一肚子火，见到两个月亮，立刻醒了。来回指着，惊奇地大叫："怎么回事？！怎么回事？！"岱箫和蕾怡被吵醒了，也来到环廊。两人丝毫不感到奇怪，说："一直都是这样啊。""一直都是这样？"池舟和柳志峰更为惊讶，"什么叫一直都是这样？"

岱箫和蕾怡说："就是这样，生死门上面还有一个月亮。"语气平淡，仿佛这就跟天空有日月星辰一样，理所当然。池舟和柳志峰听了，睁大眼睛，仔细望去。那轮下弦月下，影影绰绰一座山峰，山峰中间洞开，正如一道门户。再扫视天空，这边横亘着一条青紫色的星河，而生死门那边，还有一条。两条星河！

池舟和柳志峰叽里呱啦说开了，两人有无限问题。"生死门外是什么？""另外一个世界？""明天早上，会不会见到两个太阳？"······然而答案让人失望：只有两个月亮、两条星河，没有两个太阳。这"生死门"，让人联想起传说中祖先开始迁徙时跨过的"生死门槛"，所以名为"生死门"，据以前的梯玛们说，这是和"古老"和神使们沟通的地方，然而并没有人发现神迹，也没有发现另外的世界。

九十

接下来的几天，四人一起打理岱箫家的事情。首先是对房子进行修葺、升级。四人把房子里里外外打扫干净。蕾怡和柳志峰给房子刷漆，内墙刷成浅黄色，外墙刷成白色。岱箫和池舟二人则安装这次带回来的光伏电板，给房子通电，二人爬上屋顶，一边研究说明书，一边摸索着装，弄了整整两天。

然后收蜂蜜，收竹笋，收竹子，编竹制品，卖给上门收购的贩子，或者贮存起来，到明年开山时节再拿去山内贩卖。岱箫被委任为山外学校的负责人，然而这份工作收入有限，需要其他路子挣钱。蜂蜜、竹子和竹制品是他的重要收入。

蜂蜜一年收两次，春夏之交一次，夏末初秋一次。装在罐子里，用蜡封了，能保持很长时间。岱箫放养了二十多桶蜜蜂，收了大半天。蜂蜜黄澄澄，金灿灿，甜而不腻，池舟和柳志峰大饱口福。竹笋也分春秋两季，此时是收秋笋。笋子保存不了多久，不能多采。除自家吃的，有贩子上门，收多少，就采多少。接下来，把竹子收了，用竹篾机破成篾，然后清洗、晾干、除去毛刺，编制成各种器具。池舟和柳志峰饶有兴致地跟着岱箫和蕾怡学习，编织篮子、凳子和灯具等，说："山内宜家里面卖的，原来是这么来的！"

说起来，山外和山内族人的居住地都是山地，贫瘠的红壤，既不适合农耕，也不适合游牧，祖上都是游猎部落，从清代中期引进马铃薯、红薯、玉米、烟草等旱地作物，才渐渐转变为半游猎、半农耕部落——这或多或少笼住了自由不羁的山民，尤其是"生苗"部落，为清末"改土归流"打下了基础。近些年来，又兴起去山内打工：种地只能混个温饱，要挣钱，还得去打工。岱箫因学校的工作，既没法种地，又没有多少时间打工。只有养蜂、种竹子不怎么需要打理，因而将其作为副业，补充收入。

如此日出而作，日落而息，一边干活，一边欣赏大自然的美景，晚上围着火坑聊天、做饭、吃饭，闲下来就研究巫杖和膜界，颇有点世外田园生活的感觉。柳志峰又唱起了苏轼的词：

> 莫听穿林打叶声，
> 何妨吟啸且徐行。
> 竹杖芒鞋轻胜马，
> 谁怕，一蓑烟雨任平生。
> 料峭春风吹酒醒，
> 微冷，山头斜照却相迎。

回首向来萧瑟处，

归去，也无风雨也无晴。

虽是"一蓑烟雨任平生，也无风雨也无晴"，然而时间一长，日复一日，就未免觉得有些闭塞和枯燥。幸而几天后，光伏板装好了，有了电，终于又能玩手机和笔记本，能够和外界联系了。打开手机，第一件事就是把几天前遭遇石巫朗达的事情报告给宁当船长——当时手机没电，直到现在才有机会。从网上得知，还有不少人遭遇过石巫和他的同伙，大家猜测他应该是出没于生死门附近。纷纷议论：不知道这家伙又在玩什么阴谋，是否和山外的劫难有干系。果乃们和宁当船长已经派人前往朗达山进行搜寻，加强警备。

然而很快，大家就不在意石巫和劫难了，都在议论即将到来的飞伞大赛：七支队伍谁最强；各队都有什么战术，有什么优势和弱点；白苗能否保住冠军；谁会发起最强有力的挑战；会不会出现黑马……船长和果乃们发现有些人偷偷摸摸地打起了赌，发出严厉警告：不允许赌博，一经查出，严惩不贷，严重的，交由审判团表决，逐出山外。

这一番热闹气象，让池舟想起了山内的世界杯和奥运会。池舟看着历届飞伞大赛的照片和视频，心中痒痒得不行，整天缠着岱箫，要求加入。岱箫被烦得没办法，只得和队友、大赛负责人和果乃们商量。大家在线商议几回，考虑到今年有几名队员因故滞留在山内，需要补缺，又考虑到池舟数次在危难之时挺身而出，获得了众人的好感和信任，而且身手不错，最终同意他加入白苗队参赛。

九十一

这天下午，池舟和岱箫去收竹子，顺便放牧山鹿。二人带着"小舟"和"树叶"，引领九匹山鹿的队伍，走不多远，来到一处幽深的峡谷。

峡谷深处是奔腾的河流，翻滚着白色的浪花。两侧峡壁上布满藤蔓和树木，葱葱郁郁的绿色，又有数条溪流泻入峡谷，如同银色的丝带。一条木制悬索桥横跨峡谷，斑驳的黑色和褐色，晃晃悠悠的，很有些年头了。桥面挺窄，刚够两人擦肩而过。悬索桥那边，隐约

173

可见朗达山和生死门。

山鹿们在坡上吃草。池舟二人扎进竹林里，挑比矿泉水瓶粗的竹子砍，去掉枝叶，每二十来根捆成一束，堆放在悬索桥边。池舟虽身强力壮，但从小没干过山里的活计，不到半天，就觉腿脚发酸，腰弯不下去，勉强弯下去了，再也直不起来。到午饭时分，几乎是一瘸一拐走到树荫下。

到傍晚时分，收工回家。岱箫吹柳笛，将山鹿们召唤到悬索桥边；两人协力，把一捆一捆的竹子往山鹿背上装载。天边，红彤彤的太阳即将落山，橙色的晚霞缀在山巅。

两人正忙着，隐隐听见从峡谷那边传来"嗷嗷"的叫声。声音时断时续，但越来越明显。接着，又听见嗷鸣、嗷鸣的声音。"狼群！"岱箫叫道。两人放下手中的活，转身朝峡谷对岸望去。左右扫视，发现悬索桥边上有一片草地，草地不远处是一片树林，树林中一阵异动。随即，从茂密的枝叶和草丛中，钻出一头野兽，一瘸一拐地往峡谷跑。

池舟二人定睛看去，那野兽马匹大小，长长的躯干和尾巴；背上闪着淡淡的金光，原来是两对透明的翅膀，折射着夕阳的光芒。"貔麟！是貔麟！"池舟二人叫道。

接着，从树林中冲出几匹饿狼，朝貔麟追过去。貔麟一边跑，一边竭力扇动翅膀，又往上跳跃，想要飞起来。然而浑身是伤，虚弱得很，起起落落几次，始终没能腾空飞起来。一路扑腾、跌撞，到了峡谷边上。发现前方是悬崖，转身回来，却发现已经没有了退路：前方，三匹饿狼正虎视眈眈，缓缓逼近。貔麟张开大嘴，朝狼大声嚎叫，又作势向前扑。吓得狼们后退了几步。貔麟趁机转身，朝一侧的悬索桥逃去。然而没跑多远，就见几匹狼从侧面迎过来，挡住去路，只得慌乱地刹住脚步。

貔麟在惊恐中左右察看，发现已经被狼群三面包抄。竭力镇静下来，颤动着翅膀，左奔右突，竭力嘶吼，想吓退狼群。然而狼群不为所动，慢慢缩小包围；众狼们龇牙咧嘴，一步一步逼近。貔麟的声音越来越虚弱，越来越绝望。

这边，池舟大吼"放了他"，抢起砍刀，朝峡谷对岸的狼群扔过去，扔了自己的那把还不够，又夺过岱箫的那把，也扔了过去。一把砍刀没有飞到对岸，击中了峡壁上的树；另一把飞进对岸的狼群中，被一匹狼闪过，砸在石头上，蹦向一边。众狼们吃了一惊，朝峡谷对岸望去，只见两个人类正朝这边挥拳咆哮，气急败坏地。众狼转向一匹身躯庞大的公狼：显然，这匹公狼是头狼。众狼们在等头狼的调遣。头狼迅速侦察一番，知道隔着峡谷，两头人类一时间不能把它们怎么样，便号令众狼仍然转向貔麟；自己带着几匹狼奔向悬索桥，见机行事。

这边，池舟急了，不顾岱箫的阻拦，拔腿冲上了悬索桥，要跑过桥去救貔麟。那悬索桥本就晃晃悠悠，池舟又跑得急，只觉脚底左右摆动，如同荡秋千一样。刚过桥中央，忽然感觉一阵剧烈的晃动，还没反应过来，脚底一滑，一个趔趄，被甩出桥外。说时迟，那时快：池舟伸出臂膀，奋力往回扑，死死抓住桥的绳索，晃荡身体，翻回到桥面上。极力站起来，稳住身子。就见悬索桥的那头，几匹狼咬住桥身和绳索，使劲摇晃。

据池舟后来回忆，这一群狼，正是十多天前在山外舞会遭遇的那一群。狼群应该是认出了池舟和岱箫，知道这两个人类不好对付，见一个人类上了桥，要杀过来，另一头也跟了上来，有了上次的教训，又害怕两人后面还埋伏有其他人类，也要跟着杀过来，便摇晃悬索桥，一定要把人类晃下去。

然而无论桥怎么摇晃，池舟都抓住绳索，稳在桥上，还一步一步往前挪。过一会儿，桥不那么晃了。池舟感觉有点不对劲，定睛朝前看去，就见两头狼正走在桥面上，缓缓朝自己迎过来。原来狼群发现，四下里只有池舟和岱箫，并没有其他人类，又见这两个人类浑身都是筋肉，便改变了主意，决定上前将两头人类扑倒、撕碎，享用一顿大餐。众狼们义愤填膺：我们狼族的祖上，一直被人类猎杀，人类真是这世上最凶残的恶魔。现在，是时候反杀一回了。

那两头狼，一前一后，一左一右，彼此照应着，瞪着发亮的眼睛，龇着森森尖牙，缓缓逼过来。两狼体型相似，都是灰黑色的背，白色的腹，毛色光亮，肌肉结实；但一头的眼睛是金色的，另一头的是黄色的。池舟认出来，这正是头狼和他的伙计黄眼狼，上次差点要了自己和岱箫的命。

真真是"冤家路窄"！池舟意识到了危险：此时正是左右无路，进退两难。心中慌了：若只是头狼和黄眼狼，自己没准还能对付，但眼前这一群饿狼，自己身上又没有任何武器……又听见身后吱吱作响：这是岱箫的脚步声，岱箫正在向自己靠拢。想起岱箫，又不免自责：一时冲动，将岱箫和自己置于如此死地；救不了貔麟，反而要葬送性命；自己死了倒也罢了，连累岱箫……

想着想着，听见身后岱箫叫"池舟"，心中一激，大骂自己："居然胆怯了？还有时间胡思乱想！"旋即转动眼珠子，四下里侦察，心中计算：冲上去是送死；后退更加危险，哪怕只是退一步，狼群就会冲上来，把自己和岱箫撕个粉碎；现在唯一办法就是跳下去，这峡谷深不可测，下面的水又那么急，跳下去也是九死一生，但毕竟还有一线生路。又想道：岱箫水性不好，须得我抱着他跳下去，到水里把他托起来……

池舟打定了主意，正要高声告知身后的岱箫，听见岱箫大喊："听见没有？闪开！"池舟不明就里，回头看去，就见岱箫在几步之外，一手握着巫鞘，一手拿着巫剑，一面朝池舟使眼色，一面高喊"闪开，快闪开！"又把巫剑朝一边挥动。池舟似乎明白了什么，急忙闪到一边。

紧接着，就听见啪的一声，只见黄眼狼身上迸射出一道红色的闪光。原来是岱箫拿巫剑抽出了膜界绳，像鞭子一样挥动，抽打黄眼狼，那膜绳猛然受力，便闪出红色、金色的光芒。岱箫挥剑，一鞭接着一鞭地抽去。那膜界绳无影无形，无法躲闪。黄眼狼连连挨鞭子，嗷嗷嚎叫不止，夹起尾巴，转头逃跑。

池舟见了，又见头狼在黄眼狼后面蠢蠢欲动，也拿起别在腰间的巫杖，抽出膜界鞭，抽打头狼。那头狼见黄眼狼惊恐地往回逃，又见人类挥动巫剑，自己就远远地挨鞭子，不知所以，心生恐惧，也连连后退。

九十二

忽然传来貔麟的惨叫，就见那边悬崖边上，狼群已经将貔麟扑倒。池舟二人心中着急，忙挥鞭把头狼等逼出桥外几米远，趁机下桥，赶了过去，对着撕咬貔麟的众狼一顿乱抽。众狼猝不及防，一片嚎叫，一阵慌乱，最终丢下貔麟，逃到鞭长莫及的地方，转身惊恐地盯着。

此时天色已经暗了下来，两轮明月悬在半空。月光下，貔麟躺在地上，有气无力地呻吟着，浑身是血，那血在月光下呈现出瘆人的暗褐色。但此时，腾不出手来察看貔麟。池舟二人背对着背，拿巫剑对着不远处的众狼，瞪大眼睛盯着。有狼上前试探，就挥剑鞭打，将其逼退；膜界鞭抽打在石头上、草地上、狼身上，啪啪作响，闪出道道红光。

对峙了一会儿，从峡谷对岸传来山鹿们的叫声，声音惊恐万分。池舟转头看去，就见几匹狼过了桥，正在攻击桥那边的山鹿。原来众狼盯上了峡谷那边的山鹿，因而在这边牵制住池舟二人。池舟急了，对岱箫说："你在这儿看着，我过去。"说着，不等岱箫回应，挥鞭驱赶前方的狼们，拔腿往桥那边跑。

然而池舟和岱箫一分开，就被狼群分开包围。众狼分别围住两头落单的人类，瞅准机会发起进攻，从前方骚扰，从背后偷袭。两人各自孤军作战，疲于应对，顾前则失后，防左则失右，渐有不支。池舟知道自己又一次中计，又是后悔，又是羞愧。转身回去，一面挥鞭驱赶狼群，一面朝岱箫靠拢。期间，几次被偷袭，多亏了岱箫大吼着提醒"后面""左边""右边"，才及时躲闪过。

猛然传来一阵"昂昂"惨叫，叫声撕心裂肺。原来是一匹山鹿被扑倒，几匹饿狼扑上去撕咬。池舟转头见了，心中滴血，恨得直咬牙。忽然听见峡谷对面远远有人喊："滚开！滚开！"是蕾怡和柳大巫医的声音！转头望去，就见月光下，山坡上，远远一只山鸟，正展翅往这边飞，山鸟后面跟着两匹山鹿，山鹿背上骑着蕾怡和柳志峰，高举着火把。原来岱箫早已拿手机通知了蕾怡和柳志峰，又吹柳笛，派他的山鸟"树叶（Nplooj）"回去带路。蕾怡二人闻讯，急忙携了弓箭、砍刀、药品还有火把等，骑了山鹿，跟着"树叶"赶了过来。

蕾怡二人来到峡谷边上，蕾怡翻身跳下山鹿，柳志峰则爬了下来。两人晃动火把，驱赶围攻山鹿的那几匹狼。蕾怡又将草地上的几捆竹子浇上特地带来的煤油，拿火把点燃了。那竹子还没晒干，烧起来浓烟滚滚。那几匹狼害怕大火，又不知人类还有多少救兵，不免慌张，嚎叫一阵，决定撤退，把已经扑倒的山鹿撕成几块，血淋淋地叼在嘴中，过桥回去和那边的狼们会合。

蕾怡见狼们逃跑，扔下火把，从背后取下弓箭就射，一箭接着一箭。桥面摇摇晃晃，一匹狼中箭，从桥面滑下去，绝望地嗥叫着，掉进深渊里。

蕾怡见那几匹狼撤回了桥那边，依旧捡起火把，跑过桥去支援岱箫和池舟。到了桥那头，见岱箫二人拿巫剑对着狼群挥动，每挥动一次，前方就闪出一道红光，发出啪的声响。惊奇一会儿，明白过来：这是膜界鞭。想一想，将火把放在桥头的石墩上，也从腰间拿起巫杖，抽出膜界鞭，挥舞起来。抽出的鞭子发出五色光芒，在空中舞动变幻。

蕾怡看看舞动的膜界鞭，又看看石墩上的火把，心想："狼怕这两样武器，为什么不结合在一起？"眼珠一转，计上心来，收住膜界鞭，拿捏鞭子的末端，让其粘住火把，然后挥鞭舞动火把。

蕾怡十分得意，大声叫"画巫"，朝岱箫小跑过去。有几匹狼挡路，便停下来，挥舞巫剑，朝狼猛泼扔袭火把。很快便赶开了狼，和岱箫会合。

池舟和岱箫见蕾怡挥舞膜界鞭甩火把，吓退了不少狼，也在草地上找枯枝，粘在自己的膜界鞭末端，借蕾怡的火把点燃了，挥动起来。一时间，空中三团火焰飞舞，忽上忽下，忽左忽右，神秘莫测。

众狼们见了，更加疑惧，刚才又损失了一位成员，无心恋战，只等头狼一声号令，便叼着那几块山鹿肉，朝山峦深处逃去。

九十三

池舟三人见狼群逃远了，收起鞭子，转身察看貔麟。貔麟已经奄奄一息，浑身上下，体无完肤，背上的翅膀也被撕裂了，好几处破洞。蕾怡连说可怜，朝峡谷那边的柳志峰喊："柳大巫医，你快来看看！"

柳志峰早已挎着医药箱，举着火把，到了桥边。然而见那木桥摇摇晃晃，又想起刚才从桥上摔了下去的狼，心中害怕，几次都跨出了腿，又缩了回来。急得池舟和蕾怡大叫："怎么回事？磨蹭什么呢！"岱箫看出了端倪，跑过去，一手举着火把，一手扶着柳志峰，一步一步过桥。

柳志峰战战兢兢过了桥，赶了过去。在蕾怡和池舟的连连催促下，仔细察看貔麟，说："还有救。"让池舟回到峡谷对岸，拿桶取了些泉水来，给貔麟清洗伤口。然后用碘酒消毒，准备缝合伤口。

谁知碘酒引起刺痛，貔麟痛醒了过来，痛苦而恐惧地号叫着，挣扎着颤抖身体。柳志峰找出针筒抽了一剂麻醉药，排掉空气，要上前给貔麟注射。谁知貔麟此时已是惊弓之鸟，转头看见了，以为针筒是什么武器，惊恐万分，拼命扇动残破的翅膀，高声嘶吼，不允许任何人靠近。大家再三安抚，始终不行。池舟问柳志峰："有没有带麻醉枪？"柳志峰摇头："谁会带那种东西？"

大家着急，却又束手无策。蕾怡眼珠一转，叫道："我有办法了。"说着，从柳志峰手中夺过针筒，咬在嘴里，然后拿起巫杖，拔出巫剑，挥舞起来，在大家眼前消失掉。不一会儿，就见一个针头从空中一点一点探出来。大家明白，蕾怡这是要隐身接近貔麟，然后伸出针筒给貔麟注射。然而很快，针头捅破了膜界，蕾怡又现身出来。蕾怡收起沮丧，又试了几次，然而每次伸出针筒，就会捅破膜界现身出来。

池舟拿手在胸前猛地一划，大叫："有了。"对着蕾怡伸出手，说："把针筒给我。"蕾怡偏不给，哼了一声，说："你这个冒失鬼，肯定不行。"岱箫对蕾怡说："你让他试试，他运动细胞发达，没准能行。"蕾怡这才噘着嘴，不情愿地把针筒递给池舟。

池舟接过针筒，让岱箫拿着火把在貔麟前方晃动，吸引他的注意力，然后把针筒咬在嘴中，拿巫杖隐身。蕾怡三人盯着池舟消失的地方，想看看他能否伸出针筒而不现身。蕾怡等着看笑话，说："我看你逞能！"

不一会儿，猛然听见貔麟大声惨叫。大家转眼看去，却见池舟已经现身在貔麟的右后侧，把针筒扎在貔麟的右臀，正摁活塞注射麻醉剂。貔麟痛得转头去咬池舟，池舟一欠身，躲开了。貔麟又抖动残破的翅膀，试图站起来逃跑。几番挣扎后，终于安静下来，耷拉着脑袋，睡去了。

原来池舟就没打算伸出针筒而不现身，隐身之后，踏着膜界球悄悄靠近貔麟，拿针筒迅速扎向貔麟。虽然扎破了膜界现了身，但是没等貔麟反应过来，已经把针筒扎了进去。大家明白过来，都笑了。蕾怡直跺脚，指着池舟说："你这是作弊，不算！"

大家协助柳志峰救治貔麟。池舟和岱箫两人四只手，举着四部手机，打开电筒功能，照向伤口。蕾怡充当手术护士，递针线。柳志峰把十多处伤口一一处理好，缝合上，然后处理肋骨和右前肢的骨折，复位固定，绑上夹板。忙完已经天亮。

四人轮流看守貔麟，送水送食物。貔麟受到悉心照料，和人混熟了，不再抗拒人类。两天后，见貔麟伤势转好，便带回岱箫家，安顿在吊楼下。

柳志峰终于有机会好好地研究貔麟了。他惊讶地发现，貔麟的膜翅有两层，两层膜翅之间形成一个个气囊，跟飞伞的伞布一样；貔麟的皮肤下也有无数的小气囊；背部有一个气袋，类似鱼类背部的鱼鳔，里面储藏高压氢气，飞翔时，就会将气袋里的氢气输送给翅膀和皮下的气囊。柳志峰恍然大悟：难怪如此庞然大物能够飞起来，一部分是借助了氢气的浮力。

进一步的研究发现，貔麟的血液中有一种细胞，能够携带和运输氢气，就像红细胞能携带和运输氧气一样，柳志峰将其命名为"储氢细胞"；貔麟的肠胃中有一种厌氧微生物，能够通过厌氧发酵产生氢气。更让人惊奇的是，貔麟的膜翅跟人类的头发和指甲一样，是能够再生的；根部在不断地生长，旧的和破损的部分不断地脱落，一段时间后，翅膀就是全新的了。

第十三章　朗达山

九十四

柳志峰医术高超，四人精心照料，貔麟日渐康复。貔麟两次被四人从狼群口中救下，又和四人朝夕相处了一段时间，对他们日渐信任，产生了跨物种的依恋。四人也对貔麟日久生情，渐渐把他视作自己当中的一员：给他取名"山岗"(Toj)；让他进入火坑房，伏在火坑边一起吃饭；晚上容他睡在床边；外出干活归来，常常发现貔麟在路口翘首期待……

打理完岱箫家的事情，四人赶往朗达山参加飞伞大赛和朗达祭。池舟跟着蕾怡吵嚷，要带上貔麟一起去，无奈貔麟还没有完全痊愈，只能作罢。临走前，给这头飞兽准备了足够的水、果蔬、腊肉等食物，还在吊楼下装了远程摄像头，方便通过手机实时监测。

让池舟兴奋的是，这次去朗达山，携带的东西不多，因而不骑山鹿，而是驾驶飞伞。四人驾驶三顶飞伞：岱箫带着柳志峰；池舟带着行李；飞伞本是男人的专属，蕾怡认为她不输男人，坚持自己驾驶一顶。

四人吃过午饭，闲聊一阵，见山谷起风了，便带上山鸟、飞蜥和"火球"，扛上飞伞和行李出发了。爬上山顶，御风滑翔，飞过曾遭遇过狼群和貔麟的那条峡谷，落在半山腰。然后再攀上高处，滑向下一座山，再攀上高处……话说柳志峰是第一次乘坐飞伞。见伞布在空中迎风张开，往上拉拽吊着的木板，有点像山内的滑翔伞，却比滑翔伞要简陋得多。想起网上说过有富二代玩滑翔伞摔死了，十分害怕，哆嗦得不敢踏上飞伞。岱箫用绳子把自己和柳志峰绑在一起，又一手搂着柳志峰的腰，这才稍稍打消他的顾虑。

蕾怡玩飞伞不久，还挺生疏，一路上险况频出，不是挂在了树上，就是落到离目标地点很远的地方。池舟接触飞伞比蕾怡还晚，也不是很熟练，两次在落地时撞上了岱箫和柳志峰，吓得柳志峰闭上眼睛哀声号叫。故而路上耽误了不少时间。虽然岱箫家离朗达山不远，四人却到太阳西坠时，才到达朗达山。

池舟降落时，遭遇一股突如其来的气流。飞伞失去控制，在狂乱中掠过一片树林，撞上一块大石头，坠入一片水潭。池舟两脚朝天栽进水里；山鸟"小舟"受到惊吓，叽叽尖叫着，从池舟肩上飞上天空；飞蜥"小蓝"迅速爬到池舟腿上。还好所栽倒的地方水刚齐腰，池舟扑腾着站起来，浑身水草和淤泥。不料蕾怡这次运气好，和岱箫早早地在一旁平稳着陆，非常得意，见池舟的狼狈样，大笑不止，招呼岱箫和柳志峰来水边围观，掏出手机拍照。池舟窘得满脸通红，讪笑一会儿，又扎进水中，潜水游到那块大石头后面，清洗干净。这边，三人将行李打捞上岸，岱箫找出干衣裳，过去递给池舟。

放眼望去，朗达山不愧是过去的"圣山"，美得如同童话世界。山坡时缓时陡，覆盖着连绵起伏的翠绿。这翠绿当中，缀着大大小小的水潭，水潭漾动着斑斓，幽绿中透着蓝，蓝中泛着橙，橙中映着赤、蕴着黄；鹳、鹤、鹭、鸭等水鸟，三五成群，或在水中踱步，或在水面追逐；又有芦苇苍苍，在水一方，浮萍青青，随波徜徉。几条溪流如同银白色的带子，穿插在这翠绿当中，时隐时现，串起大大小小的水潭，泻下陡坡时，又挂起一帘一帘的小瀑布。

高高的山顶上，笔架般地耸立着三座山峰，中间一座最高，门户洞开，应该就是传说中的生死门了。天已入秋，山峰纬度高，覆盖在山峰上的树木和藤蔓染上了红、橙、黄等色。远远望去，像绿色火把上开始苏醒的火苗。

已经有不少人赶来了，男女老幼都有。有一家一家的，有几个朋友凑在一起的。不少人在寻找合适的水边扎营。有人来得早，已扎好了营，在燃篝火做饭。还有人从四面八方陆续赶来，青壮年男子驾驶飞伞，更多的是骑着山鹿、麂子、鹿狨等。

太阳在西沉，四人赶紧找地方扎营做饭。听见山坡上传来"看哪、看哪"的惊呼声，就见不少人拿着手机对着天空。四人朝空中看去，就见貔麟"山岗"正在山坡上空盘旋。原来"山岗"一觉醒来，发现岱箫家人去楼空，四处张望，远远望见池舟四人正驾驶飞伞飞往朗达山，便展翅飞翔，追了过来。

四人又是吃惊又是兴奋，挥手朝"山岗"大喊："这儿，在这儿。""山岗"发现了四人，踏着蹄子朝着四人落下去。蕾怡还没等"山岗"站稳，就冲了过去，抱住"山岗"嚷嚷："你怎么找来了？你居然找来了。"池舟三人围着"山岗"，这儿拍拍、那儿摸摸。"山岗"也不住地把头往池舟和岱箫怀里钻，如同久别重逢一般。

人们从四面八方赶来围观，议论，拍照。不断有人不顾蕾怡和池舟的警告，挤上前和"山岗"合影。"山岗"很快成了网红。论坛上，大家纷纷问：哪儿能搞到貔麟？能骑着他飞上天吗？他吃什么……

两轮明月升上夜空，中间隔着两条星河。月色下，星光下，朗达山如梦如幻。

九十五

四人在一个碧水潭边扎营安顿下来。第二天早上，吃过早饭，便出发前往生死门。一则是因为，将在生死门前举行飞伞大赛抽签分组仪式，岱箫要赶去参加；二则是池舟和柳志峰对生死门充满好奇，早就想一睹为快。

山路曲折蜿蜒，四人时而踏过草地，时而穿行树林，时而绕行水潭。草地上、树林中、水潭边，人们三两结伴，带着山鸟、猎犬、狐狸、鹿狨等，优哉游哉地聊天、聚餐、赏景。人群聚集处，有商贩兜售吃喝玩乐的东西和扎营做饭的设备。

更有一群一群的孩子，身着山外版的运动装做游戏、打比赛：攀岩、爬树、踢毽子、射箭、摔跤、游泳、打飞棒、训练山鸟、进行山鸟花篮对抗赛……

最吸引池舟和柳志峰的，是一拨一拨十几岁的男孩女孩们，在为即将到来的"荡飞藤"比赛进行训练。"荡飞藤"跟"打飞棒"一样，源自山内族人。比赛规则是这样的：两拨孩子分别占据两棵相邻的大树，从树上悬下几根藤蔓或者绳子；双方的孩子们都抓住藤蔓来回荡；一则是往对方的地盘荡，找机会落在对方的地盘上；二则是阻止对方的孩子落在自己的地盘上；在说好的时间内，哪队落在对方地盘上的次数多，哪队赢。据说当年山外的年轻人正是在这"荡飞藤"的启发下，发起了飞伞大赛。

临近中午时分，四人来到一扇石壁前。石壁中凿出了台阶，顺着台阶而上，便来到一个平台，名为"生死台"。生死台约有两三个篮球场那么大；台中央，一座陡峭的主峰拔地耸立，如笔架一般；中间门户洞开，这便是传说中的生死门了，高一百来米，宽五十来米，深六十来米。生死门西南和东南两个方向，也就是生死台的左、右侧前方，各有一座山峰与主峰相望；每座山峰都距离生死台边缘数十米；都比主峰要矮，和生死门差不多高；在生死台之上一百来米。两座山峰都有着平坦的顶部，故而被命名为左峰台和右峰台。

池舟正要前往生死门一探究竟，忽然想起什么，问岱箫和蕾怡："这里是不是你们的圣地？是不是禁止外人私闯？"岱箫二人笑道："那是很久以前的事了。现在没有这么一说，谁都能去。"原来很久以前，山外的梯玛（祭司）们把朗达山和生死门列为禁地，说这是和"古老"以及神使们沟通的地方，只允许一部分梯玛靠近。山外推翻梯玛统治后，向所有人开放了朗达山和生死门，就是要让人知道，这山和这门没有什么神奇的，所谓的和古老沟通，不过是梯玛门故弄玄虚愚弄民众。即便有些还不知道的神秘之处，人人平等，你梯玛能来，别人也能来。

池舟听了，高兴之余，不免有些失落：按套路，这应该是禁地，私闯禁地者必死。而自己，作为天选之人，冒死闯入，揭开惊天大秘密，获得至高法宝或者能量，拯救山外，拯救人类。想到这里，心中实在不甘。

四人来到生死门的洞口。池舟在洞口处摸来摸去，又上蹿下跳，左奔右跑。然而并没有发现通往异世界的入口，也没有找到隔开生的世界和死亡彼岸的帷幔，好像也没有感知到天地精华、日月灵气什么的。倒是浑身上下觉得轻盈了不少。

穿过生死门，走到生死台的北面的边缘。居高临下，极目望去，就见层峦叠嶂，无边无际，云缭雾绕，如诗如画。让人心头涌起一种说不出的辽阔和旷达的感动。

池舟踏上一块石头，迎风而立，拢着嘴，向远处大叫："啊……嗬……啊……嗬……"转身对大家说，"是不是有一种踏上世界之巅，把整个世界踩在脚下的感觉？"柳志峰笑道："更是一种来到世界之外，遗世而独立的感觉。"

池舟发现，不远处的山谷似乎有一个大洞，深不见底。问岱箫和蕾怡，据说是一个巨大的喀斯特溶洞，因为有九个"天窗"和外界相通，故而名为"九天洞"。洞中石笋、石柱林立，石帘、石幔遍布。据说有好几层，已经发现有三条阴河、十二条瀑布、五座自生桥、六处千丘田、三个自然湖。池舟和柳志峰听了，连说"有时间一定要去去瞧瞧"。

九十六

参加飞伞大赛的各队队员陆续赶来，等待举行分组抽签仪式；生死台上聚集了上百号年轻人。年轻的朋友们，几天不见，就开始彼此想念；一旦相逢，亲密异常。嬉笑打闹声此起彼伏。

池舟也兴奋地和朋友们打招呼：有白苗队的翁里、化抓（意为"攀崖"）、洞哈，青苗队的乌基、竖岩，花苗队的引勾、波晓，军家队的朱明帆，土家队的巴洛雨、庹雷、庹板，等等。文墨言不是参赛队员，是本次大赛的技术支持，也赶来了。

依照惯例，抽签仪式在正午由青苗和花苗二果乃主持——据说飞伞赛是由青苗和花苗的年轻人发起的。其他果乃忙于别的事，到最后才赶来出席决赛。决赛一完，十四位果乃齐聚，主持朗达祭。

然而过了正午，两位二果乃并没有赶过来。大家等了又等，正不耐烦，岱箫接到宁当船长的电话，宁当让岱箫尽快带柳志峰大夫赶到山谷入口的营帐救人。岱箫问怎么回事，船长说具体情况还不清楚，应该是两位二果乃在赶来朗达山的途中被石巫朗达带人拦截，石巫试图绑架二人，不料反被制伏。船长说："有人受了重伤，需要立即救治。"

岱箫四人立即出发，疾步回到半山腰的营地，找出那三顶飞伞，然后驾驶飞伞飞到山谷的营帐。这营帐是为飞伞大赛临时搭建起来的，用于办公和急救。营帐外已经聚集了不少人，还有几匹浑身血迹、呻吟不止的山鹿。宁当船长拨开众人，把柳志峰四人引入营帐中。

进入营帐中，就见青苗二果乃仡晓、花苗二果乃晁骐等几个伤员躺在临时搭建的行军床上。四人忙上前察看，翁里等三人伤势严重。仡晓和晁骐也挂了彩，但并无大碍；只是发着低烧，昏昏沉沉的，柳志峰说："应该是脑部受重击，虽没有什么外伤，但可能有颅内出血；有点像脑震荡的症状，可能会伴随暂时性失忆。"

营帐的一角突然传来声音。池舟和岱箫转过身去；原来是被扔在角落里的石巫朗达醒过来了，挣扎着坐了起来。石巫被反绑着双臂，身上的长袍和里面的衣裳多处撕裂，沾满了血迹、污渍，隆起的肌肉上伤痕累累。石巫用一种急迫的目光望着岱箫，似乎想说什么，然而嘴像是被什么东西给封住了，只能发出支支吾吾的声音。

石巫跟跄着站起来，急切走向岱箫。有人冷不防闪过来，押住石巫的右肩和右臂，说："Tsis txhob txav mus（别动）……"几乎就在同时，又有一人冲上前，押住石巫的右肩和右臂。石巫扭过头去，愤怒地盯着那人，眼中似乎要喷出火来，嘴中虽说不出话来，喉咙里发出嘶哑的吼声。

池舟几人惊讶地发现，让石巫狂怒的，竟然是耶久。耶久身着梯玛的长袍，肩披黑色披肩，脸上多处血污，一道伤疤从右眉的眉角延伸到太阳穴。石巫像发了狂的野兽一般，极力挣脱束缚，手臂被反绑了，就用脚踢，用膝盖顶，用头撞，对耶久发起攻击。耶久没想料到石巫受了伤被反绑着，还这么具有攻击性，连连后退，稀里哗啦撞到一旁搁满物资的货架，绊倒在地，被石巫猛踢。宁当船长听到动静，和几个小伙上前，好一番打斗，才制伏了石巫，将其死死压住，又拿绳子把他绑在一根柱子上。这一番骚乱，让柳志峰和蕾怡没法救人，两人慌乱地挡在危重病人床前，喊叫着："这里有伤员，这里有伤员！"

耶久起身，抄起一根木棍，对着石巫的脑袋的就是一棍，把石巫打晕了过去。此时，西兰和欧妮等几个女孩子，作为山外医院的医护人员，接到消息后火速赶过来，恰好看到这一幕，惊呼不止。西兰上急忙上前，拿手指压石巫的颈动脉，发现还有脉搏，似乎重重地松了一口气。然后用手捂着石巫脑袋上流血不止的地方，叫欧妮"快拿止血带"。柳志峰也上前察看石巫，和西兰一起处理伤口，完了说："年轻壮小伙，问题不大。"

几个医护人员顾不得喘气，又返身救治行军床上的伤员。指挥池舟等人搭了个临时手术台，开始给伤员一个一个手术。池舟三人打杂，跟着忙里忙外。翁里失血过多，生命垂危，需要输血。然而急救血包都冷藏在千山万岭之外的医院里，远水救不了近火。情况紧急，柳志峰当机立断，采取非常措施：现采"万能输血者"的O型血，直接输血。恰好池舟和岱箫都是O型血。救治完人类伤员，又把受伤的山鹿一一牵进营帐进行处理。

从下午一直忙到半夜才完，一出营帐，两轮明月照着山峦。几人累得几乎瘫倒，回营地休息。西兰等几个女孩子因要准备飞伞大赛的开幕舞蹈，在一起扎营。岱箫几人将她们送回去，才返回自己营地。

一路上，池舟疑惑不解："当初登船来山外时就见过这耶久，来山外后，几次遇见石巫，他都跟在石巫身边，还和石巫一起战斗。他绝对是石巫的人，可以说是心腹，怎么……"问岱箫和蕾怡，两人一摊手，也是一脸的不解；说："他们也是新近才知道这个耶久，也不熟。前不久还有传言，说他要成为石巫的新 khub；谁知道今天就成仇人了。"

打开手机，网络上已经是议论纷纷，不断流出所谓的"内幕消息"。有人声称，据耶久和两位二果乃说，石巫朗达又一次上演声东击西的把戏：故意在朗达山暴露踪迹，引宁当船长把主力调过去，实际却埋伏在两位二果乃来朗达山的路上，出其不意地劫持。不料耶久醒悟了，不再跟着石巫朗达"胡闹"，阻止了石巫，救下了两位二果乃。看了这个消息，四人点头："难怪石巫恨不得吃了耶久，原来是被耶久出卖了。"蕾怡道："这个石巫，真是山内说的，'聪明反被聪明误'。"柳志峰叹道："他的城府、心机了得！最是老谋深算的。只可惜自卑自惭导致极度的自尊，有人找到他的痛处一击，他就发狂了。英雄都有阿喀琉斯之踵啊……"

说着说着，远远看见貔麟"山岗"迎来。跟着"山岗"回到营地，都没有力气洗漱，钻进帐篷，倒地就睡。

九十七

第二天中午，大家围着篝火吃饭时，岱箫接到电话，说是果乃们决定飞伞大赛和朗达祭照常举行，今天补上分组抽签仪式。考虑到仡晓和晁骐还在养伤，仪式将在营帐附近举行。于是池舟和岱箫急匆匆扒了几口饭，便驾驶飞伞赶往营帐附近的一处草地。

池舟还是第一次参加这种仪式，留心看去。军、民、土、黑苗、白苗、青苗、花苗，七支队伍的领队聚拢，将刻着自家名号的一小截竹子交给晁骐。晁骐一一验证了，放入一个簸箕里，让人端到空地处，大叫一声，抛向空中。与此同时，仡晓放飞一只山鸟，山鸟飞过去，衔住一截竹子。如此操作六次，将七支队伍分出个次序来，然后按照祖传的规则进行分组、编纂比赛日程。

抽签结果：第一组，军家对青苗，黑苗对花苗，胜出的两支队伍进行半决赛；第二组，白苗、民家和土家，白苗队是上届冠军，故而第一轮轮空，民家和土家比赛，胜出者和白苗进行半决赛。

抽签完毕，各队开始紧锣密鼓地赛前集中训练。为防对手刺探军情，都是各自找隐蔽的地方进行训练；到了赛前，才去生死门热身，熟悉赛场。

接下来的三天，白苗队的小伙子们一大早便集合，驾驶飞伞结队飞到一处山谷进行训练。身体素质、技术和战术训练之外，还分成两组，利用两处相望的山崖，进行实战对抗练习。训练主要集中在两点：一是飞伞驾驶技术，也就是如何驾驶飞伞躲开对方队员的围追阻截，降落在目标地点，还有如何追击、阻截对方的队员；二是格斗技术，在阻截对手或者被对手阻截时，不免会发生肢体冲突，这就需要在空中进行战斗，可以使用拳击、柔道、散打、摔跤等一切可用的方式，拼尽全力稳住自己，把对方弄下飞伞，有时候，一人会被对方多人阻截，或者会派出多人阻截对方一人，所以还得练习一对多或者多对一的技术。

这样的比赛非常适合血脉偾张的年轻人发泄，大家玩得非常投入，非常忘我。岱箫惊喜地发现，池舟的飞伞驾驶技术还有待提高，但他的格斗技术无与伦比：在空中遭遇对手时，无论是正面迎击，还是背面偷袭，他挥拳扫腿、肘击膝顶，无不迅猛、精准，三下五除二便把对手撂下飞伞，经常能一个敌两三个。

柳志峰和蕾怡也没闲着。这几天，朗达山各处都有文体活动和赛事，柳志峰在救死扶伤之外，还参加了踢毽子比赛、拔河比赛等活动。又听了一场歌会：黄昏时，在一条小溪边，在山外乐团的伴奏下，众人自告奋勇地站出来接龙歌唱。柳志峰虽听不懂唱的是什么，但那优美的旋律和现场的气氛，很让人陶醉。蕾怡参加了射箭和攀缘比赛，还呼吁男女平等，开展女子飞伞赛事，拿了请愿书到处找人签名。

九十八

时不时可以见到宁当船长或者耶久带人四处巡逻，挎砍刀负弓箭，据说是仡晓和晁骐两位二果乃的部署，为的是防止石巫朗达的党羽伺机报复，也是为了维持秩序，打击聚赌等不法行为。

这一天，蕾怡参加一个攀岩比赛，正爬在崖壁上，扭头看见耶久带着几个人押着一个壮汉路过，那壮汉的嘴也被什么封住了，啊啊呀呀说不出话来；路旁有不少人在围观，议论纷纷。蕾怡跳下崖壁，跑了过去，问围观的人，得知这是抓了个带头开赌局的。蕾怡想一想，转身跑到一棵树下，从放在树下的包中找出请愿书和笔，又急忙跑回去，上前拦住耶久几人，要求签字，给他们解释："时代不同了，男女都一样，女人也要举行飞伞赛。"耶久几人不耐烦，赶蕾怡走，和她争论起来，然而不久就认输，说："怎么能和女人和小孩讲道理。"签字打发蕾怡，匆匆离开。

蕾怡虽然达到了目的，但总觉得有什么地方不对劲。一面看着耶久等人走远，一面回想：原来几人中有不少陌生面孔，这些陌生面孔说当地土话，但口音比较奇怪。定睛眼前，又发现远去的几人中，有两人的穿着似乎和背影有点眼熟，仔细回忆，想起了前不久舞会聚餐时，有两个可疑分子和岱箫打斗后逃走，其穿着打扮和背影恰似眼前这两人的——对任何和岱箫有关的事，小姑娘总是很上心。

当晚，蕾怡对岱箫三人说了白天的遭遇和自己的疑惑，说："总觉得有什么地方不对劲。"岱箫听了，记起在舞会聚餐时遇到的那两个可疑人物，也不禁心生疑惑。蕾怡说："一定是山内混进来的坏分子。"岱箫说："不对，如果是这样，伉晓和晁骐不可能没有察觉。"池舟给蕾怡打圆场："谁会在脑门上写着'我是混进来的坏分子'？而且他们俩受了伤，脑震荡，可能真没察觉到。"

柳志峰不禁问道："他们都是什么人？到底要干什么？"池舟想起关山祭水啸之后，在水边的一处崖洞里发现了枪支弹药和死人，便说道："很可能是山内的毒贩和军火贩子，他们在山内被围剿，逃到山外，躲避风头。"于是说了说当时的情形：自己和岱箫如何接到伉晓和晁骐的通知，赶往一处水边的崖洞，如何发现遍地的死蝙鲨和枪支弹药，还有几具尸首。

蕾怡问："他们怎么混进来的？"岱箫说："这个，当时两位二果乃也很奇怪，怀疑山外出了内奸。"蕾怡眼珠一转，叫道："一定是石巫！"然后故意停了下来，等着大家都投来不解的目光，才接着说下去，"你们想一想，石巫为什么要劫持伉晓和晁骐？他是个让人讨厌的傲娇家伙，但不是疯子……"说着，又停了下来。池舟忙接话："为了什么？"蕾怡得意道："一定是伉晓和晁骐发现石巫就是那个内奸，石巫知道了，就狗急跳墙，要绑架他们。"

大家听了，感觉似乎有道理，又觉得哪里不对。柳志峰问："石巫非常憎恶山内和山内人，怎么跟这些人混在一起？"岱箫和池舟说："他可能只是控制和利用这些人，而且据蕾怡说，今天遇到的耶久那一伙，说着口音奇怪的土话，应该是山内族人；对山内族人，石巫的偏见还没有那么深。"柳志峰问："山内族人有那么多毒品和军火贩子？"岱箫愣了一下，说："谁知道呢？口音那么奇怪，可能不是 A 省 B 州的族人，是外地的。"池舟几年前在边境缉毒，忙说道："对！没准是云南那边的，那边靠近金三角，毒品枪支泛滥。我们配合公安部门，破获过不少枪毒合流大案。很多都是从东南亚流窜过来的。"

柳志峰想起来，这苗族同胞还真是分布广泛，东南亚就有不少。当年跟随无国界医生组织在柬埔寨支援医疗，观看当地人举办的鸣谢晚会，有一支舞蹈让他觉得眼熟，感觉像国内苗族同胞的，私下里一问，果然是苗族。他们自称为"Hmongb"，明确地跟柳志峰说，他们的祖先是从中国迁移过去的，他们在当地受歧视，不能拥有土地，打工、经商、进入政府部门等也受到诸多限制，大多数人只能居住在深山里，以砍竹子编竹器为生。美国也有不少"Hmongb"，而且以白苗居多。在柬埔寨期间，柳志峰还遇到过一个从美国来的亚裔教师，说是来东南亚寻根问祖的，据他说，当年他父母是越南的"Hmongb"，在美国和越南战争期间，站在了美国一边，美国战败，没有别的选择，跟着美军撤离到了美国。

岱箫突然想起一个问题："为什么耶久和这些人混在一起？"蕾怡道："这不明摆着吗？耶久以前是石巫的人，是他的心腹；石巫和这些枪支毒品贩子勾结，耶久必然跟着。"岱箫道："那么，耶久为什么又要出卖石巫，真的是'醒悟'过来了，从山外的大局出发？"蕾怡道："耶久也是个傲娇分子，受不了石巫了。山内俗话说得好，这叫恶人自有恶人磨。"

接下来，大家的问题一个接着一个："那些人为什么又要跟着耶久？""仡晓和晁骐为什么那么信任耶久？""石巫控制这些枪支毒品贩子，到底有什么目的？""石巫到底有什么阴谋，有什么野心？"……四人越说疑惑越多，越说越不解，尤其是关于石巫试图绑架两位二果乃却被耶久出卖这件事。心中难免不安，隐隐觉得事情非同小可，似乎有什么大事在酝酿，没准跟山外的劫难有关。

决定第二天去问石巫本人，都说："这家伙，一定有很多事瞒着我们。"蕾怡恨道："这个石巫，什么坏事都有他！"

九十九

第二天下午，池舟和岱箫提前离开训练场，驾驶飞伞赶到山谷入口的营帐，和柳志峰、西兰、蕾怡碰头，以柳志峰大夫的助手身份进入营帐。然而进入营帐后，并不见石巫的踪影，石巫曾经躺过的行军床上已经换了别人，倒是耶久，藏在角落里，盯着来往的人员。

趁着柳志峰和西兰给两位二果乃换药的机会，岱箫装作不经意地问起："石巫为什么要绑架你们？"两位二果乃还没有完全康复，目光无神，说话闪烁其词："正在审问他。"蕾怡上前说："石巫在哪儿？我们要会会他，当面问清楚。"

一旁的耶久上前，操着浓重的口音说："关押在安全的地方。"蕾怡追问："在哪儿？"耶久说："目前不方便公开相关消息，防止他的党羽找上来闹事，或者又来一次劫狱。"柳志峰和西兰知道耶久不会透露石巫的任何消息，便直接对晁骐和仡晓说："石巫的伤口需要复查和换药。"意思是他俩作为医生，必须见到石巫。晁骐看了看耶久，对柳志峰几人说道："他很好，恢复得不错，有专人照看。"蕾怡还要追问晁骐。耶久上前，对着晁骐耳语几句，晁骐对着仡晓耳语几句，仡晓点点头，和晁骐起身，说"有急事需要处理"，便匆匆离开。

五人心下奇怪，处理完伤员后，出营帐，到僻静处，小声议论。都觉得两位二果乃和耶久在试图隐藏什么，又想起两天前在营帐里，石巫似乎被什么封住了嘴，想说却说不出来。都说事情有蹊跷，似乎有什么密谋在酝酿、在进行似的。蕾怡说："宁当呢？我们去问他。"然而到处都找不到宁当船长。

岱箫拨通宁当船长的手机，打开外放功能。大家对宁当说了说这几天可疑的事，问宁当"石巫在哪儿"，这才知道宁当已经被派往各家的"坪"驻扎巡逻，他也不知道石巫的下落。

蕾怡便要给她的阿妈，也就是白苗果乃打电话，"问问到底是什么情况"。岱箫和西兰拦住蕾怡，说："这一切，都只是我们的猜测，没有任何凭据，这么冒冒失失吵上去，只会让人觉得我们幼稚，无中生有。"然后又警告，"不要把这些捅到网上去。"蕾怡说："这些事我们要报告给果乃们，"岱箫想了想，说："已经告诉了船长，他自然会通告果乃们，我们并不比果乃们知道得多，他们没准比我们知道得更多。"

一百

第二天傍晚，是飞伞赛的开幕式。两轮月亮爬上夜空，一大一小，一远一近。生死台上，山外乐团奏响了《古老史诗》。生死台前，男女老幼黑压压聚集在山坡上、左右峰台上。有的自己带来小板凳；有的坐在倒扣的背篓上；有的就地坐在石头上、草地上；有人实在找不着好地方，就攀爬在树上。不少人拿着望远镜。

不知何时，四面响起"轰轰隆隆"低沉的闷响，大地的深处传来躁动，生死台在晃动。众人都说"时机已到"。接着，一只一只的山鸟从四面八方飞来，在上空盘旋。人群开始兴奋，开始欢呼，欢呼声越来越大。

仡晓和晁骐两位二果乃登上台去，示意大家安静。带着满脸的疲态，用一种憔悴而沧桑的声音，"以古老的名义"宣布："开赛了！献给古老的赛事，开始了！"

接着，各家轮番上演舞蹈。军家演出《剑舞》：身手矫健的年轻人，踏着激昂的鼓点，一面嘶喊，一面挥舞、抛接亮闪闪的长剑，真如惊鸿游龙、驰风掣电，又有红色的剑穗如同只只蝴蝶翩跹，正是琴心剑胆、侠风傲骨。黑苗上演了一出现代风格的《红》：姑娘小伙身着红色的裙裤，肩负绿色、黄色的山鸟，在极富节奏感的音乐中，排列、变换出各种队形，每个人都大幅度地弓身、弯腰、踢腿、跳跃，山鸟就在舞者的肢体间飞舞、穿梭。白苗上演了原始的《猎舞》：浑身上下只披着稻草、遮着蒲葵叶，露出健壮的身躯，带着狐狸、猎犬、鹿狨等狩猎伙伴，借助弓箭和砍刀，做出各种模仿狩猎的舞姿。民家演出了中亚风格的《鹰舞》，用的音乐比较诡异，充满异域风情，确切地说，是西域风情，像是山内的民乐《丝绸之路》……每个舞者都轻盈无比，轻轻松松跳到半腰高，似乎能对抗重力。

柳志峰不由得审视起这山外的舞蹈，将其和山内各国舞蹈做一番比较：日本的舞蹈，是蜷曲的、静止的，内敛的；西洋芭蕾，是绷直的，跳跃的，奔放的；山内的，介于这二者之间，能屈能伸；而这山外的舞蹈，是野性，是自由，是逍遥，没什么模式章法，既有徐步慢舞，静若止水的时候，又有突然爆发，动若脱兔的时候，有时柔情似水，有时又如电闪雷鸣，山崩地裂。这大概和山外祖上的狩猎生活有关：狩猎时，既要耐心埋伏，敛声屏气，一动不动，遇到猎物，又要猛烈爆发，势如破竹。

西兰和巴洛雨领着一队姑娘蹁跹而出。衣裙飘飘，舞姿袅袅；琴声渺渺，鼓点隐隐。姑娘们一面舞，一面唱：

> 桂花香了，
>
> 木槿开了。
>
> 银杏黄了，
>
> 枫叶红了。
>
> 天地都醉了，
>
> 你我相遇了。
>
> 你我相遇了，
>
> 天地都醉了。
>
> 枫叶红了，
>
> 银杏黄了。
>
> 木槿开了，
>
> 桂花香了。

西兰领舞，目光投向虚无缥缈的远方，透着忧伤，带着缱绻。柳志峰看一看身旁岱箫，好奇他"此时在想什么"，又不禁想道："那一个人若是看见了，又做何感想。"真是：

> 痴心从来易断肠，
>
> 多情自古空余恨。

一百零一

大家正看得出神。蕾怡忽然叫醒岱箫，示意他跟她走；见岱箫不知何意，又在他身边耳语。池舟见了，忙问怎么回事。蕾怡忙打手势"嘘"一声，指着背离生死台和观众的暗处。池舟和岱箫仔细看去，似乎是仡晓和晁骐两位二果乃；两人悄然离开众人，不知去往何处。

三人悄悄尾随，绕过一片水潭，走进一片树林。躲在树后，远远见仡晓二人跟几个挎砍刀负弓箭的人会合，似乎在小声议论什么。茂密的枝叶遮住了月光，又有树干遮挡，也看不清那几人是谁。

三人想上前看个清楚、听个真切，又怕打草惊蛇。蕾怡对岱箫做口型："有了！"拿起挂扣在腰间的巫杖，挥舞巫剑隐身。池舟和岱箫见了，也都拿起巫杖隐了身。不一会儿，池舟又现身出来，拿巫剑四下里乱戳，捅破蕾怡和岱箫的膜界球，也让他俩现身。蕾怡愤怒地瞪着池舟。池舟忙靠近她耳语："这样谁也看不见谁，会乱了套。"然后又朝岱箫耳语。岱箫听了，朝池舟和蕾怡做口型："那怎么办？"

池舟做口型道："我有办法。"让岱箫和蕾怡一左一右靠着自己，然后挥舞巫剑，试图画大膜界球，将三人一起罩住隐身。这需要三个人协调配合，试了几次才成功。

三个人踏着双层膜界球，绕过树木，靠近仡晓一伙。膜界球在草地上滚动，发出窸窸窣窣的声音。三人不敢靠得太近，停在了十来米远处的一棵树旁。

仔细听去，那伙人的谈话已经接近尾声。一个苍老的声音说道："你确定？"又一个声音说："确定。那边山鸟带来了消息……到时候果乃们都在，机不可失……"又有声音说："事关大家的生死存亡，必须这样。"又有人问道："到时候会有人过来？"有人回道："这次不会错了……到时候，生死门会……"

声音断断续续，听不清楚。蕾怡便踏膜界球，想再靠近一些。不承想脚下的树根凸出地面挺高，蕾怡脚底一绊，扑倒在地，把池舟和岱箫带倒。三人倒在地上，尴尬地挤做一团。

　　仡晓一伙听见了动静，警觉地朝三人这边张望。有人吆喝："什么人？"有几人手持砍刀走了过来。其中一人头披长发，身着长袍，眉角一道刀疤。"耶久！"蕾怡差点没叫出声来。

　　三人屏住呼吸，看那几人四下里搜索，心像是要蹦出嗓门。耶久一度就在跟前，拿刀乱砍，差点就要砍到膜界球。月光透过树缝，照在他眉角的刀疤上。那几人搜索一番，只发现几只受惊的兔子从草丛里窜出来，逃向森林深处，也就罢了。

　　膜界球内空气密闭，三人待久了，憋得慌。好不容易等仡晓一伙走远了，才收起膜界现身，大口大口地吸气。

　　三人走出树林，已经没有心情回去看开幕式，找了个偏僻的水潭，坐在石头上议论。"仡晓、晁骐和耶久他们，到底在隐瞒什么，在密谋什么？""你听他们说'山鸟带来了消息'，到底是什么消息？""'机不可失'，到底指什么机会？""'事关大家的生死存亡'？到底是什么事？是山外的劫难吗？""到时候，会有什么人过来。""生死门到底会怎么样？"……三人一而再地问这些问题，试图给出各种解释，然而始终得不到满意的答案。

　　晚上回到营地，跟柳志峰讲了所有的事情，想听听这位大博士的高见。然而柳志峰也理不出头绪来：几天前还觉得，可能是石巫一伙勾结山内坏分子，要控制山外，么晓、晁骐是要制止石巫一伙。然而这几天来，仡晓、晁骐和耶久的可疑行径，似乎又表明事情另有蹊跷。

　　池舟脑洞大开，把手在胸前一劈，说："或者，仡晓和晁骐才是勾结山内坏分子的人，而石巫是要制止他们，所以他们才捉拿了石巫，诬陷他绑架……"蕾怡和池舟忙说："不可能。仡晓和晁骐为什么要勾结外人控制山外？而且，他们俩一向是对头，怎么会搅在一起？"柳志峰一想，觉得这种说法太荒谬：正是仡晓坚称，山内会给山外带来劫难，到头来，是他勾结山内祸害山外……这个仡晓，真不像是城府深到如此的人。

　　大家越说越糊涂，蕾怡再也忍不住，拨手机给阿妈，也就是白苗果乃。大家给讲了这些天所有可疑的事情。白苗果乃听了，说："怎么怀疑起两位二果乃来了？仡晓是我看着长大的，晁骐是大果乃的儿子。绝对可以信任……"最后叮嘱大家，"不要胡思乱想，更不要到处乱说……"

第十四章　飞伞赛

一百零二

　　第二天下午四点是大赛的第一场，军家对青苗。午后，各队便前来生死台热身：熟悉赛场，适应两个峰台的高度以及到生死台的距离。

　　池舟踏上生死台，只觉身轻如燕，跳一跳，比平常高不少。又惊又喜，又想起昨晚开幕式里轻盈无比的舞者，心中生奇，问岱箫："你有没有感觉失重了不少？"岱箫笑道："这个时节，生死门就是这样。所以才在这里、在这个时候比赛。这不算什么，过几天朗达祭，更加神奇。"

　　此时，柳志峰跟随蕾怡来到台上来看热闹，凑在岱箫身旁。柳志峰早已觉出身体轻了不少，还只当是错觉，此时听了岱箫的一番话，方知并非错觉，的确是重力减少了。想追问到底是怎么回事，却见岱箫作为白苗队的队长，已经被队员们包围，又一想："他们习以为常了，问也问不出什么来。"

　　台下，早已陆续有观众前来占位。到开赛前，山坡上已经聚集满了人。大家身着各式奇装异服，有身着山外和山内族人的传统服饰的，有穿着山内汉服的，有打扮成梯玛的，还有人打扮成山内影视里的魔法师、印第安人、小丑、吸血鬼、狼人等。很多人用涂料在脸上涂上了军家或青苗的誓纹。在这奇装异服的海洋中，柳志峰的灰色休闲西装反而显得相当另类。

有商贩穿梭在人群中，售卖吃的喝的、望远镜、涂料、往年比赛的视频集锦、纪念册等，还有充气棒、小旗子等助威用的玩意儿。

台上，生死门的门顶悬着一面巨大的旗帜，上画"赤橙黄绿青蓝紫"七色。原来军、民、土、黑苗、白苗、青苗、花苗，共七支队伍，各从七色中选一色作为自己的队色，故而这旗帜象征着七支队伍，名为"七色旗"。

生死门左右两侧的柱子上，各支起了一块巨大的液晶显示屏。显示屏上，用灰色显示两队的誓纹作为底纹，在底纹之上，分别用两队的队色显示得分——此时都是0。生死台前树荫下的一块石头上，放置了一些音响设备，文墨言在调制试音。有人拿着摄像机在四处拍摄；有人将小型摄像机绑在山鸟腿上，吹柳笛指挥山鸟，让其飞到空中拍摄。

台下，因观摩的需要，运动员被安置在视野最好的地方：山坡上一块凸起的巨大岩石，上面树荫遮蔽。柳志峰作为救过不少命的贵客，也被允许上了岩石。雷怡也吵闹着上来了，带着狐狸"火球"。她的到来让很多队员心中不怂：因为这个女孩子，大家行动说话都拘谨了很多。

柳志峰是第一次观看飞伞赛。就见两队的小伙子们结队，从两侧登台。都穿着运动披结装：头箍额绳；一条白色长布从左肩披下来，斜过前胸和后背，在右腰侧打结；腰间系着带子；穿着宽松短裤；绳编凉鞋。短裤的颜色是两队各自的队色：青苗家的青色，军家的红色。

接着，小伙子们暂时褪下肩上的长布，拿自家队色的染料，彼此在前胸和后背上涂上各自的号码，从1到12号，队长是1号。这次比赛，也是年轻人寻找意中人的大好机会，大家都在刻意展示身材：一个个如钢铸铁锻、刀刻石雕一般。

之后，两家各有12位姑娘在欧妮和朱明娟的带领下上场，都是盛装打扮。和队员们两两结对，拿手指沾上染料，给队员的脸涂上誓纹。

接下来，进行"山鸟衔签"仪式，决定两队谁上左峰台，谁上右峰台。阿里安Diadia上台，拿砍刀把一截竹子劈成两瓣，分别涂上左、右两个字。然后示意两队的队长各放飞一只山鸟，让其在空中盘旋对峙。阿里安"呕吼"一声，把两片竹瓣抛向空中。两只山鸟飞扑上去，各衔一瓣。军家的衔回"左"字竹瓣，青苗的衔回"右"字。

于是，两队队员扛起飞伞，去各自的峰台就位；飞伞的伞布上早已用各自的队色涂上了各家的誓纹，木板也涂上了队色。有藤编的软梯从左右峰台顶上垂下来，又有竹桥从峰台脚下连向生死台。大家目送队员们走过晃晃悠悠的竹桥，顺着软梯攀上各自的峰台。

台上，欧妮和朱明娟走到中央，担当裁判。一人拎着一面大锣，一人拿着一根大锤子。分头朝左右峰台喊："都准备好了吗？"听峰台上的小伙子们大声回应"准备好了"。于是朝台下观众大喊："比赛开始了"，重重地敲响了锣。

山坡上，观众早已等不及，欢呼声摇山振岳。大地也轰轰隆隆躁动起来。

一百零三

众人一面仰头观看比赛，一面侧耳听文墨言的解说：

"左峰台上，军家先出招了，3号贺力恩直扑生死台左边，贺力恩身手矫捷，飞行技术是有名的，擅长躲避阻截——青苗派出5号乌基出发进行阻截，军家3号改变方向，晃来晃去，上下不定。青苗队又派出7号，7号翁宝拦住军家3号贺力恩，力恩一腿踢过去，两人打了起来——青苗队的5五号乌基避开翁宝和贺力恩，冲向生死台。

"军家派出4号和8号去阻截，青苗队派出2号和10号上前反阻截，四顶飞伞撞在一起，一场混战。

"青苗队的5五号乌基靠近生死台，军家3号急了，一个转身飞腿，把青苗7号踢下飞板。青苗7号在空中翻一个跟斗，抓住了板子，好险，再差一点就要掉下去了。军家3号弃伞，一个纵身，扑向青苗5号，抱住了5号的腰。青苗5号拳打脚踢，就是摆脱不掉——啊，青苗 7 号弃掉板子，返身扑向军家 3 号，抱住军家 3 号的腿和脚不放。三个人一起掉在了树上，出局！

"这边，军家 4 号、8 号和青苗 2 号、10 号还在混战——青苗的队长，1 号化岩出马了，弯弯拐拐奔向生死台。化岩是万人迷，多少姑娘青睐他，多少后生嫉妒他排挤他，希望不会有人借此机会打击报复……"

"文墨言！"突然插入阿里安严厉斥责的声音。

"对不起，不应该八卦。"文墨言道歉。观众一片哄笑。然而网上八卦得更厉害了。有人不忿："他是什么'万人迷'？他要是，就没人不是了！"有人说："这就是文墨言在借机打击报复。"还有人在煞有其事地讨论他俩在争抢哪位姑娘。

众人听文墨言接着解说："1 号化岩是个厉害角色，操控飞伞的本事，他自称第二，没人敢称第一。军家 1 号，队长朱明矾出发阻截，等等，还有 9 号章洞之，军家同时派出两名队员去阻截青苗队长，两人从两个方向包抄青苗队长。

"军家 4 号、8 号和青苗 2 号、10 号的混战看来是接近了尾声，伞绳纠缠在一起，伞布都折了，四个人一起往下坠——等等，在下坠过程中，军家 4 号，还有青苗 10 号，都试图往台上跳；军家 4 号被青苗 2 号抱住腿，没跳出去；青苗 10 号扑向生死台，抓住了生死台的边缘，他正努力翻身，只要把腿踏上生死台，就为青苗赢得 1 分——军家 8 号扑向青苗 10 号，可惜扑了个空，掉了下去，看来青苗 10 要踏上生死台了——等等，军家 9 号从天而降，抱住青苗 10 号的腿，真是意想不到，军家 9 号，章洞之，放弃包抄青苗队长，跳下了板子——青苗 10 号还在挣扎，双手抓住台子边缘不放，军家 9 号往上翻腿，猛踢青苗 10 号，青苗 10 号胳膊上挨了一脚，终于承受不住，松开了一只手，又松开了一只，掉了下去。

"青苗 1 号队长冲向生死台，军家 1 号队长弃板扑向青苗 1 号，青苗 1 号猛烈变向，然而没躲过军家 1 号，两名队长抱在一起，在空中摔跤。

"军家派出 2 号、11 号、6 号，青苗派出 4 号、12 号、3 号——

军家 11 号出现失误，掉了下去，军家又派出 5 号 12 号前去支援，青苗也派出 6 号和 9 号——大家扭打在一起，分不清谁是谁。

"风，起风了，两名队长被吹到了台中央，靠近生死门，青苗队长要往下跳，被军家队长缠住不放——军家队长突然猛烈撞击，把青苗队长撞了出去，撞上了生死门。青苗队长出局了（只能再次爬上峰台，再次出击）——军家队长跳下伞板，漂亮地落在生死台上，两位裁判意见一致，判军家得 1 分，敲响了锣。军家队长很得意，朝欢呼的观众致意（又匆忙赶往峰台，爬上顶去，再次出击）……"

一百零四

山坡上，观众分成两个阵营，分别为军家和青苗队呐喊助威，掌声、欢呼声、叫喊声就没断过。为看清细节，不少人用上了望远镜，或者用手机看山鸟们在空中近距离拍摄的特写画面。可以看见队员们隆起的肌肉、暴起的青筋、流淌的汗水、兴奋的表情……可以听见呼呼的风声、拳脚声、嘶喊声……

柳志峰向来对体育赛事不感兴趣，仅在大学期间为融入集体做过"伪球迷"，然而此时也被彻底吸引住了：这比赛，有令人眼花缭乱的飞伞飞翔；又有让人血脉偾张的贴身肉搏，上演着拳击、柔道、散打、摔跤等对抗性格斗；更有战略战术上的博弈斗智。意外是一个接着一个，高潮也是一个接着一个，紧张得让人的心一直吊在嗓子眼上。岱箫和池舟则一面观看，一面分析两队的战术特点、主力队员的长处和弱点等，为将来遭遇两支队伍中的一支做好准备。

更多的人没能来到现场，通过网络观看直播。网上的讨论十分热烈，有讨论赛况、两队打法、队员的身体素质和技术等的，也有各种八卦：某个队员的 khub（猎友）是谁，某个女孩子喜欢上了哪个队员，某个队员有没有女朋友，要不要给某某介绍个女孩子，他喜欢什么类型的……

忽然听见蕾怡大骂："怎么有人这么八卦？真不要脸！"池舟三人朝蕾怡的手机看去；原来网上某个论坛里，对青苗队长化岩的八卦愈演愈烈，有人说欧妮和某某等几个姑娘在抢化岩，有人说是化岩和文墨言在抢欧妮……

柳志峰笑道："体育明星嘛，公众人物，难免的。"池舟附和："山内更厉害。各种小报、自媒体、公众号，一堆人靠八卦吃饭呢。"蕾怡噘噘嘴，一面说："你们往下看！"一面用红色粗体写道，"是谁在嚼舌根子？给我站出来！"

大家往下看，只见有人说："你们说的都不对，他们抢的是另外一个小姑娘，都争着要当果乃女婿；然而，这个小姑娘其实喜另外一个队长，而这个队长，却……"

柳志峰会心一笑，故意打趣蕾怡："你怎么知道说的是你？"蕾怡脸一红，瞪着柳志峰说："我说过是说谁吗？说谁也不对！我最讨厌婆婆妈妈的人，尤其是后生家的。"池舟说："就是。"岱箫说："犯不着生气。不理他们就完了……"

四人的谈话被一浪高过一浪的欢呼声盖住了。原来青苗队长化岩逆着大风，摆脱好几个人的追击阻截，连着几个迂回，摔下三人，为青苗拿下一分。动作之快，出手之狠，连在一旁拍摄的两只山鸟都没来得及躲避，被撞飞很远，"吱咕咕咕"大叫。

柳志峰一面跟着大家欢呼，一面看着身边的年轻人。心中涌起一种简单的快乐和纯粹的激动，那种久违了的简单和纯粹；伴随着一种说不出的感动和陶醉，那种属于蔚蓝的天空，属于无边无际的大山的感动和陶醉。不禁感叹："青春真美，自由真好，美好得就像一场梦！"

不知不觉，就比足了两个钟头。双方势均力敌，比分咬得很紧。青苗一路追赶，从 0∶1，到 2∶4，5∶5，8∶9，11∶12，最后逆转局势，连得两分，以 13∶12 赢得比赛。

散场时，有人身上挂着广告牌子，推销一款名为《飞伞大搏斗》的网游。游戏模拟飞伞赛，二十块"山外币"一个账号，无限制玩一年。回到营地，吃完饭闲聊时，池舟下载了试玩版玩了玩。发现这个游戏比飞伞赛更复杂：不局限于两支队伍对抗，可以是三支或者更多个队伍混战，其中，队伍之间又可以结成联盟，对抗其他的队伍。池舟觉得有意思，推荐给了蕾怡和岱箫，两人玩了玩，也说有趣。

岱箫还把游戏推荐给了白苗队的其他队员们，说"有助于磨炼战略战术思维"。

一百零五

第二天下午，黑苗对花苗，花苗胜出。第三天，民家对土家，土家胜出。第四天青苗战花苗，花苗胜出。这四天来，全山外都在为飞伞赛疯狂。阿里安等老人一再重申：不许赌赛，一经查出，严惩不贷；严重的，交由审判团表决，赶出山外。

飞伞大赛外，也有不少人关注孩子们的"荡飞藤"比赛。这"荡飞藤"游戏，是两拨孩子荡着藤蔓往对方的地盘上闯；据说是飞伞大赛的前身和雏形。孩子们把"荡飞藤"比赛看作少儿版的飞伞大赛，因而比赛分组和日程都跟着飞伞大赛，只是每场比赛都比飞伞赛早三个钟头。已经比了四场：军家胜青苗；黑苗胜花苗；土家胜民家；军家胜黑苗。

这天晚上，四人看完青苗战花苗，回到水潭边的营地。在潭水中洗去一天的疲惫，做好饭，围着篝火吃起来。

两轮月亮靠得很近，但被乌云遮住了，只是偶尔露出一角；四周一片幽暗，只有潭水映着红色的篝火。飞蜥"小蓝"和"小灰"赖在池舟和柳志峰肩上，吱吱叫着要吃的；"火球"依偎在蕾怡脚边；貔麟"山岗"伏在一旁；山鸟"小舟""树叶"和"波浪"早已被喂饱，飞到一棵树的树杈上，依偎在一起，把脑袋伸进翅膀里打盹。

大家一边吃，一边聊。聊到明天白苗对土家比赛，池舟尤其兴奋：等了这么多天，终于要上场了。打开手机，网上也在热烈讨论，各种分析预测。有人在讨论两队的新手，提到了池舟，说起池舟来山外后的种种事迹，说他看起来"挺猛"的，没准是匹黑马。池舟长这么大，还是第一次受到公众关注，有些激动，有些得意，又不免惶恐，生怕明天在比赛中搞砸，让人看轻。

突然响起手机铃声，大家纷纷查看手机，发现是岱箫的。岱箫点开手机一看，是西兰打来的。西兰寒暄两句，便问大家有没有石巫的消息。四人交换一下眼神，都说没有。西兰"哦"了一声，便匆匆挂了电话。

提起石巫，大家不免议论：这家伙到底打的什么主意，现在又被关在哪里。蕾怡说："我问问亿晓他们。"还没等大家反应过来，已经拨了亿晓的电话，然而没人接。又打给晁骐，也没人接。问大家耶久的联系方式，都说"我怎么会知道"。

大家说起这些天来亿晓、晁骐和耶久等人的可疑行为。岱箫和柳志峰说，这些天在观摩比赛之余，也在留意他们的行踪，然而没有看见这伙人。池舟问："没准他们自己躲起来了，派出小喽啰。有没有注意到可疑人物？"柳志峰笑道："大家都穿着奇装异服，哪里分得出来？"

蕾怡又要给阿妈去电话。岱箫拦住蕾怡，说："果乃不是不让我们胡思乱想吗？"蕾怡说："你这样，才是想得太多。"柳志峰想一想，说："听果乃的那天口气，应该有所警觉了，没准都有所行动了。让我们不要乱想，不要乱说，可能是怕大家年轻，沉不住气，打草惊蛇。"对蕾怡说，"现在，我们并没有发现更多的情况，先别惊扰她。"

蕾怡还想说什么，岱箫的电话又响了。这次是白苗的队员们打来视频群聊，商量第二天和土家的比赛。大家的注意力又回到了飞伞赛上。

一百零六

这天下午，白苗对土家。天气阴沉沉的，似乎要下雨。双方队员来到生死台，都身着运动披结装，上披白色的长布，下穿各自队色的短裤：白苗的蓝，土家的紫。大家两两结对，彼此在前胸和后背用队色涂上号码。池舟给岱箫涂上1号，岱箫给池舟涂上了12号。

接下来，两队各自排成一列。两家的姑娘们拎着涂料上场，给队员们的脸上涂誓纹。西兰和蕾怡都在其列。池舟的眼睛一直跟随着蕾怡，然而蕾怡从池舟面前经过，兴高采烈地奔岱箫去了。一位名叫"榜衣"的姑娘，拿手指沾上蓝色的染料，给池舟的脸画白苗誓纹：额头正中一道短横杠；眉毛上方两道八字斜杠；双眼下方一道横杠贯穿；脸颊上两道八字横杠；下巴上两道倒八字横杠；最后一道竖杠，从额头往下，贯穿鼻梁，嘴唇，直到下巴。

池舟不时拿余光去瞄蕾怡。蕾怡哼着歌，兴高采烈地给岱箫涂，岱箫则看着斜对面的西兰。西兰在给10号庹雷画土家的誓纹：额头上一个圆圈，代表太阳；两颊两个新月图案，彼此背对着，代表两轮月亮；一道横杠跨越鼻尖，代表高山；下巴上一道波浪，代表流水；最后一道竖杠从额头往下，贯穿鼻梁，嘴唇，直到下巴，串起日月山川。

进行"山鸟衔签"仪式。白苗的山鸟衔回"左"字竹瓣，土苗的衔回"右"字。西兰和蕾怡担任这场比赛的裁判，两人捶响那面大锣，宣布开始比赛。

此时，生死门上已是乌云密布。还刮起了风，这风似乎得了精神狂躁症，时大时小，方向不定。这大大增加了比赛的难度：很难控制飞伞的方向，飞伞很容易因伞布折叠而失速坠落。故而开赛很久了，比分还是0：0。

池舟第一次出击是阻截土家的10号庹雷。庹雷敏捷似猴子，健壮如虎豹；虽然跟池舟一样，也是新人，但已经在民家对土家的比赛中崭露头角，表现出过人的格斗技术，有人评论，他是土家队里格斗技术最高的。因而白苗队针尖对麦芒：让同样擅长格斗的池舟盯着庹雷。

峰台顶上有一条一百来米的"跑道"，正对着生死台的方向；池舟在"跑道"的起点给伞布迎风充气，让风将伞布拉到空中。因风向偏离跑道方向，故而有人在一旁吹柳笛，指挥"小舟""树叶"和"波浪"等山鸟叼住伞布的边角，协助伞布张开。

池舟跳上伞板冲出峰台，奔着10号庹雷飞去。突然袭来一阵紊流，忽上忽下，时左时右。在以往的训练中，池舟还从未遭遇过这样的紊流，缺乏应对经验，因而东颠西倒，几乎摔下伞板。在慌乱中踩脚蹬，拉扯伞绳，尝试改变伞布的形状和取向，试了又试，才稍稍稳住。

池舟发现10号庹雷离自己三四米，正在乱风中调整飞伞，扑向白苗3号。庹雷是和土家2号墨巴尔去截击白苗3号夸策和5号化抓，掩护土家1号，也就是队长巴洛雨向生死台进攻。

池舟本想驾飞伞撞向庾雷，然而飞伞跟树叶一样晃荡不定，距离庾雷时远时近。池舟略微判断了一下形势，便弃掉飞伞，一个纵身，扑向庾雷。

谁知庾雷早已觉察出池舟的意图，见池舟纵身扑过来，便猛烈晃动伞板，如同荡秋千一样把伞板荡向一边，让池舟扑了个空。

池舟眼见庾雷荡向一旁，还伸手去抓，哪里抓得住？径直往下坠，耳边是呼呼的风声，还有文墨言声嘶力竭的解说："白苗12号出局。"

池舟本已绝望，忽然感觉左臂被人一把抓住，扭头一看，是岱箫。原来岱箫正在下方和土家7号、11号纠缠对峙，见池舟往下坠，从身边经过，便欠身抓住了他的手臂。岱箫的飞伞突然间多承受了一个人的重量，猛往下沉。

岱箫一面拉池舟，一面竭力稳住飞伞。土家的7号和11号操纵飞伞靠过来，连连飞腿，要将二人踢下伞板。岱箫迟疑一会儿，终于明白：此时已经无力回天，不仅救不了池舟，反而要搭上自己。于是朝池舟喊："你先摔下去。"便松开了手。

池舟明白岱箫的意思，反手抓住岱箫的手腕，大喊："再坚持一会儿。"转身面对伞板，右手摸到伞板的边缘，牢牢抓住；然后松开抓住岱箫的左手，迅速抓住伞板的一角。就在这一刹那，池舟身体下坠，吊在伞板下。伞板剧烈往下沉一段距离，晃动不已。池舟大喊："稳住！"岱箫一面躲闪土家7号和11号的飞腿，一面拉扯伞绳，极力稳住飞伞。

池舟像荡秋千一样大幅度晃荡身体，突然松开双手，两腿朝前飞向土家7号，夹住土家7号的伞板，倒挂在伞板下。

土家7号还在飞腿踢岱箫，没料到池舟来这一招，慢了半拍才反应过来，丢下岱箫去对付池舟。岱箫见了，连忙晃荡伞板，撞向土家7号，连连飞腿踢他。

池舟在岱箫的掩护下，翻身上伞板，和土家7号厮打一起，在乱风中，土家7号的飞伞失去控制，上下左右乱窜一起，伞布折叠，直往下坠。

飞伞下坠，经过土家11号。池舟一面控制住土家7号，一面用胳膊缠住土家11号飞伞的伞绳，任凭11号怎么殴打都不松开。

土家11号的伞布也折了，伞绳跟7号的缠在一起。两顶飞伞打着转往下坠。一旁拍摄的山鸟扇动翅膀躲避不迭。

见这情势，土家11号丢下飞伞，纵身扑向岱箫，企图夺过岱箫的飞伞，让岱箫摔下去出局——至少和岱箫"同归于尽"。却被岱箫驾飞伞躲过，坠落在一棵树上。

这里，截击岱箫的土家7号和11号都出局了，岱箫没人阻拦，调整飞伞方向，朝生死台飞去。土家队一直在集中主力掩护1号巴洛雨队长的进攻，这些主力队员发现白苗队长如入无人之境，直奔生死台，便试图调转方向去阻截，却被白苗队员死死缠住不放。右峰台上，土家一连派出三名队员出发阻截，白苗也派出三个队员反阻截。

岱箫飞到生死台边缘，便弃掉飞伞，纵身一跃，跳到台上，翻个跟头站起来。观众一片欢呼。裁判蕾怡拿锤子把锣敲得震天响，然后丢下锤子，一面呼着，一面扑上去抱住岱箫。狐狸"火球"也躲过众人的堵截，从山坡蹿上生死台，跑向蕾怡，跳上她的肩膀。

生死门左边的柱子上，显示屏内放起了五彩烟花，烟花中现出白苗此时的得分：1。文墨言激动地喊："白苗对土家，1：0。白苗1号队长夺得第1分！太精彩了！太精彩了！这个12号，是山内非族人，两个月前才接触飞伞，真是想不到……"

一百零七

比分咬得很紧，从1：0，1：1，1：2，2：2……一直到8：8。

风越来越大，越来越诡异。而且不止一股，而是多股在出没。来无影去无踪：凭空而起，时大时小，忽东忽西，陡上陡下，时常无缘无故消失，又莫名其妙卷土重来。更有一种旋风，或从天而降，或从远方袭来，夹杂着树枝、草叶、雨点、砂石，乃至大块的石头，在空中狂舞。

关于这风，文墨言这么说："我活了二十来年，还从未见过这种诡异的事情。真是群风乱舞，跟癫子一样。但是，这种癫子一样的风，反而让比赛比以往任何一次都要精彩：你永远不知道下一秒钟会发生什么。而且，各队都没有应对经验，这把大家的水平拉到了伯仲之间，让比赛咬得很紧……喀，喀，喀……不好意思，刚咽了一口风，夹着灰尘和雨点，噎住了。这癫子风，刚才还在说你的好话，你就是这么回报的？'古老'在上，你不得好报……"文墨言一面说，大家一面笑。

"哎呀！"文墨言的语气突然激昂起来："又有几股癫子风作乱。土家3号、9号被一股旋风卷起来，然后又卷了下去，白苗7号和8号被吹了回去，撞在峰台上——那头更厉害，土家11号、4号，白苗5号、9号，四人被卷成一团，一起往下摔……"

短短几分钟内，双方都出局了八九个队员。"Duang……Duang……Duang……"台上，裁判西兰和蕾怡敲响了锣，分别向左右峰台大喊："还剩最后十五分钟！"

此时比分还是8∶8。双方发起最后的进攻，意图拿到最后一分，赢得比赛。土家这边由2号、6号掩护1号队长冲击生死台；白苗则由4号翁里和6号洞哈掩护岱箫。六人一场混战，谁也没占上风，谁也摆脱不了谁。

池舟出局不久，才刚背着飞伞爬上左峰台。此时峰台上已经没有别人：1号岱箫、4号翁里和6号洞哈正在生死台上空和土家混战，其余的，刚出局不久，还在赶回峰台——3号夸策还受了伤，他还想着返回峰台继续比赛；阿里安拦住了他，叫来柳志峰察看伤势。

池舟顾不得喘息，驾起飞伞，顶着乱风，颠颠簸簸奔混战中的六人飞去——池舟本想直接奔生死台去，吸引纠缠岱箫的土家2号、6号前来阻截，但之前几个回合证明，这个策略太过直接，意图太过明显，土家早已有了无数种战术应对，因而决定还是硬碰硬，直奔土家2号、6号，施展自己擅长的格斗技术，和他们硬碰硬贴身肉搏，替岱箫解围。

不出意料，土家派出10号庾雷对付池舟。庾雷驾飞伞的技术比池舟高一筹，很快就飞过来，挡在池舟前面。池舟操纵飞伞急转弯，想绕过庹雷。不料庹雷弃伞，纵身扑向池舟，从后面一把抱住，想把池舟拽下伞板，一起出局。

池舟双手死死抓伞绳，用脚踢身后的庹雷。庹雷则用双臂死死抱住池舟，用膝盖顶池舟的腰和臀。池舟咬牙挺住，腾出一只手往后抓，想抓住庹雷的臂膀，来个"过肩摔"（学名叫作"单手背负投"），把庹雷从背后朝前摔出去。庹雷自然明白池舟的意图，一面躲闪，一面使出"里勾腿"，用一只腿勾绊池舟的，意图让池舟后仰摔倒……

一百零八

就在池舟和庹雷两人缠斗之时，一袭旋风从天而降，卷得伞布折叠。两人感觉顿时往下坠，都明白也不用纠缠了，大家都得摔下去出局。因而丢下对方，察看四周，看看附近有没有其他的飞伞，好趁机扑过去。

谁知这旋风与之前的不同，十分强劲，顷刻之间，已经把两人卷了进去。

池舟颠三倒四地打转，像碰碰车一样不住地撞着什么东西：尘土、树枝、山鸟、庹雷，还有岱箫和巴洛雨。忽然感觉撞上了毛茸茸的东西，听见"嗷""嗷"的嗥叫，转头一看，居然是狼，一只饿狼。那狼张开血盆大嘴咬过来，池舟忙躲避不跌……

却说那边，文墨言见一股旋风从天而降，迅猛强劲，非之前的可比，又是吃惊又是不解。大声解说道："大旋风！不，龙卷风！这就是传说中的龙卷风？！这种只在'古老'的传说里的东西，只听说山内某些地方有过的东西，居然出现在山外！

"飞伞在龙卷风手中，简直就是个玩意儿。伞布打折，卷成一团。短短的一分钟之内，土家的6号，白苗的3号、6号，都摔了下去，出局！

"近距离视频颠三倒四的——拍视频的山鸟也被卷了进去。啊呀，连人也卷了进去，土家10号和白苗12被卷了进去，连连打转——还有人在打转，我看看，有一个是……巴洛雨，土家1号巴洛雨——这一个头朝下的是……白苗1号队长……还有一个……

"慢着，那是什么东西？不是人，也不是山鸟。眼睛发光，牙齿锋利……啊呀！ 是狼！不知道有多少头——这，这，这狼是哪里来的？"

即使遇到这样的突发事件，文墨言仍然坚守岗位，继续解说："龙卷风奔生死台去了。拖着尾巴在台上扫来扫去，两位裁判躲来躲去，哐当一声，锣掉在地上……

"啊呀，龙卷风突然撞向生死门，迎面撞在门柱上，柱子上的显示屏火花四射。有人撞上门柱摔了下来，好像是庞雷，土家 10 号，连同几只山鸟——又有一个，不，是两个，巴洛雨，还有墨巴尔，希望不要伤得太重……

"快跑！一批狼摔了下来，快跑——有人上前救援，拿刀砍。又有人摔了下来，白苗的岱箫和池舟——天啦！狼逃下台去，闯进了人群——小心……"

接着，阿里安抢过了话筒："大家不要惊慌，这些狼瘦得只剩骨头，还满身是伤。大家保护好孩子，抄家伙对着……什么家伙都行……"

有七八匹狼闯入了台下人群。人群一片混乱，女人的尖叫声、孩子的哭喊声、男人的吼叫声杂成一片。有人抄起木棍就打，有人拿着背篓对着狼，有人拿石块砸……几个年轻人赶过来，有的弯弓射箭，有的举起砍刀追赶。众狼龇牙裂齿，左奔右突，前冲后撞，冲出人群，扑进一个水潭，游上岸，逃向密林深处。有几匹狼大概是饿极了，就在这种逃命的时候，还抢了鸡腿、腊肉之类，叼在嘴里。

不少人赶去生死台上救援，一面躲避龙卷风，一面驱赶众狼，奔向摔下来的队员们。好在那龙卷风来得快，去得也快，不久之后便往上升，消失在生死门上空。事后，人们都说队员们"幸亏撞上门柱摔了下来，不然还不知道会被卷到哪里去"。

在这一片慌乱中，裁判蕾怡冷不防撞着了人。稳住脚步，转头一看，是个身材颀长的高个，看身形像是"大坏蛋"耶久，只是不是梯玛打扮，头围高高的头帕，右边露出一截，遮住眉角。那人匆匆跑开，四处察看摔在地上的山鸟。蕾怡还想跑过去，揪住他问个究竟。裁判西兰拎着锣找过来，说："时间就要到了！"蕾怡掏出手机一看，计时器显示还剩不到半分钟。这才发现手中敲锣的锤子不见了，急忙四下里找。混乱之中，哪里找得着？最后时刻急中生智，捡起一块石头，重重地砸向那锣。听见"Duang"的一声巨响，吓得捂上了耳朵。

接着，大家就听见文墨言大声解说："时间到！两队最终 8：8 战平。看来，要么进行加时赛，要么进行'一对一'。看看两队怎么决定。等等，出了这样的事，还要继续分出胜负吗？"原来，按照飞伞大赛的规矩，两队战平时，要么继续比 15 分钟，要么两队同时从左右峰台上派出一名队员，一对一阻截对方，冲击生死台，一次不行，就来第二次，第三次……具体采取哪种形式，由双方的队员商议表决。

不一会儿，却听见文墨言疑惑的声音："怎么回事，两队好像在争吵什么……"就见他拿着话筒，走上前去，察看情况。过一会儿，又听见他惊讶的喊声，"意想不到，真是意想不到。白苗队声称 12 号池舟没有撞到门柱。双方调出近景视频察看。视频很乱……调了好几段……白苗队坚称 12 号没有撞上门，而是撞在了 1 号队长岱箫的身上，然后摔在了台上。"原来，被龙卷风卷向生死门时，岱箫眼疾手快，抱住一旁的池舟，当肉垫挡在了门柱和池舟中间。

双方和两位裁判争执一会儿，最终确认：池舟的确没有撞到生死门。两名裁判敲响了锣，宣布"白苗得一分，**赢得了比赛**"。文墨言大叫："白苗队出线！明天和花苗进行决赛。太神奇了，太神奇了，我活了二十来年，还是第一次遇见这种事情！今年果然是不同凡响的一年。"

一百零九

晚上回到营地，貔麟山岗迎了上来。大家一边做饭、吃饭，一边议论：比赛如何惊险，那些旋风是怎么回事，那些狼从哪里来，等等。网上更是议论纷纷。蕾怡提起耶久现身在生死台上，问："他在搞什么阴谋？那些狼没准就是他搞的鬼。"

柳志峰白天吃了不少，此时不饿，匆匆扒了几口饭，便给池舟和岱箫检查身体。发现不过是这里青一块，那里紫一块，并无大碍。即使有小伤口见血，都不用消毒包扎，早开始自愈了，并不耽搁明天的决赛。池舟刚过二十，岱箫才到二十，柳志峰端视着两具青春逼人的强健体魄，近乎自言自语地说："年轻，真好。"

又见两人眼睛泛着黄光，而且眼力了得，空中飘的极小的灰尘都能看得一清二楚，又是惊讶又是好奇。柳志峰记起，第一次发现这种苗头，还是在不久前来朗达山在途中露营的那个晚上，当时开玩笑说是因为感染了狼人病毒；心想："虽然没有变成狼人，但这眼睛……难道真是因为被狼咬了，成了狼眼？"

吃完饭，天黑透了，不见月亮，几点孤星挂在天边。大家在潭水中洗去一天的疲劳。池舟、岱箫和蕾怡累了一天，还要为第二天的决赛养精蓄锐，早早钻进帐篷睡觉。

柳志峰却还没有睡意，独自留了下来。眼前，篝火在跳动；远处，岩石和树林的黑影之上，生死门影影绰绰露出一角。柳志峰的脑中，涌起许多往事，心中泛起许多感慨。

人既有生，又为何有死？柳志峰想起多年前那场突如其来的大火，它带走了女儿和母亲，让妻子带着儿子远走异国。此后，柳志峰的人生灰暗，沉闷，没有色彩，没有阳光。柳志峰自谓看清了人性的丑陋，领略了人世的残酷，开始消沉，悲愤，颓唐，厌世。又读到一些思考人生的话，比如托尔斯泰的"生命是一场虚无，死亡是唯一的真相"，更是心如死灰，没有了活下去的意志，觉得人生没有目的，毫无意义。

在生与死的挣扎中，柳志峰辞去工作，加入"无国界医生"，远赴驻东南亚和拉美援助医疗。这或多或少转移了注意力，但仍是治标不治本。一个人的时候，往事从心底泛起，痛苦在心头发酵，孤寂开始笼罩四周，那种无可逃脱的感觉袭来：如同汪洋中的一条小船，不知漂向何方，如同大漠中的一颗沙砾，不知滚向何处。虚空和痛苦是无法摆脱的永恒，生存只是一种惯性，一种本能。

来到山外后，情况才开始有根本性的转变。心中的恼怒、嗔怪、愤恨等，从不平和委屈中滋生，让人备受啮噬，似乎开始消退了；

胸中的志向、理想、抱负等，因欲望变幻成烈火，让人饱尝煎熬，似乎开始熄灭了。多年之后，柳志峰似乎再一次感觉到了内心的平静，生命的美好。

而这几天，尤其是今天，看到池舟、岱箫等年轻人在飞伞赛中纵情飞扬，有一种重新被点燃的感觉：那种激动，似乎是生命迸射出的火花；那种狂野，像是熊熊燃烧的火焰。那种激越和澎湃！那种久违了的，属于恣意的青春，属于汹涌的海浪，属于绽放的烟花的激越和澎湃……无以言表。

有那么一些时候，柳志峰感觉自己似乎放下了，似乎超脱了：什么名利权色，什么人性的丑陋，人世的残酷，什么生命的虚无和荒诞，什么人生之没有目的、毫无意义……统统抛在脑后。似乎满足了，似乎平静了：心生一种"不虚此行，不枉此生"的感觉。

柳志峰想起夭折的女儿："你在天国还好吗？如果没有那场意外，你跟蕾怡一样，也是十六岁了，你也正在和她一样，自由自在地挥洒着青春的恣意，迸发着生命的蓬勃……"想着想着，已经是泪流满面。又想起母亲，心中更添一阵刺痛……正无可奈何间，远远处传来风在山谷中回荡的声音，还有松涛声，忽忽悠悠，呜呜咽咽，如作挽歌。悲戚不知多久，又想到妻子，心中又愧疚万分，不知面之以何颜，不知对之以何言……好多人，好多事，好多回忆，之前一直在极力压制，此时都由着它们浮了出来。

柳志峰最牵念的，还是年幼的儿子。他在手机中翻出孩子的照片，一张一张，凝视良久。又找来笔记本，为孩子写下寄语："在你成长的过程中，且不说车祸、绝症这些飞来横祸——我祈祷你这一辈子永远不会遇到——一定会遭遇很多挫折、困难乃至一度觉得过不去的坎，会遇到鄙夷、嘲笑、欺骗、背叛、伤害你的人，会碰到无可奈何的事，会有受了委屈却无人诉说，蒙了冤屈却不能辩解的时候。你可能会看清人性的丑陋，人世的残酷，感受到生命的虚无和荒诞，感触到人生没有目的，没有意义。一度变得心意沉沉，觉得生无可恋。

"对这些，我没有什么先知警句能够帮你躲过，也没有什么万能箴言能够助你应对。生命里的悲戚痛楚，没人能够幸免；人生中的兴衰际遇，没人能够掌控。我所能做的，就是和你一起承受——如果你愿意。

"我想对你说：相信我，再高耸的山，也有顶，再广阔的水，也有边，再难以忍受的痛苦，也会消散，再漫长的磨难，也会过去。当你走过去，蓦然回首，就会发现，那些挫折、困难和所谓的过不去的坎，是那么的渺小和微不足道；那些鄙夷、嘲笑、欺骗、背叛和伤害你的人，只不过是你人生中的匆匆过客；那些无可奈何的事、无人可诉的委屈、不能够辩解的冤屈，根本不足挂齿。

"正因为人性之丑陋，人世之残酷，我们才要努力寻找、要倍加珍惜那些美好的人，美好的事。正因生命之虚无和荒诞，我们才能够用自己将其填满，才能够用自己的逻辑对其进行阐释。正因为人生没有目的、毫无意义，我们才可以选择自己的目的地，才可以赋予其自己的意义。

"我期望，你能够像这些山外人一样，自由自在地生活，不做名利权色的奴隶，不被任何人（包括我），任何事，任何所谓的思想、信仰、情怀……所束缚，选择自己的路，前往自己的目的地，找到自己想要的幸福和快乐。

"亲爱的孩子，希望有一天，你能够看到这些话。当然，你现在还小，可能没法够理解。可是，将来有一天，当你面临人生的难题，读到起这些话，或者回想起这些话，没准能得到些许启发。

"现在，无论你在何处，请接受我的祝福：愿你自由自在地成长，一路收获智慧、勇气和友爱，一生与平安、健康和幸福为伴。"

写完，柳志峰看看眼前的篝火，又望望远处生死门的一角，再次感叹：人既有生，又为何有死？唏嘘嗟呀，直到很晚才回帐篷睡觉。

第十五章　劫难

一百一十

　　一共是两顶帐篷，蕾怡单独一顶；池舟三人共用一顶。柳志峰钻进帐篷，见池舟和岱箫睡得正香，想到两人明天还要参加决赛，静悄悄和衣躺下，生怕吵醒他们。

　　不多久，池舟迷迷糊糊被摇醒，在强光中睁眼一看，是岱箫正用手机电筒对着他。池舟忙用手遮住光，问"怎么了"。岱箫指着耳朵说："你听！"池舟竖起耳朵。从帐篷外传来呼呼的风声，还有"哞哞"的声音。是貔麟在叫！

　　有情况！池舟挺身起来，拉开帐篷门，就要冲出去，被岱箫一把拉住。岱箫递过衣服，说："快穿上"。池舟"哦"了一身，心中感激："幸好没在蕾怡面前出丑！"两人慌忙套上衣物。一旁的柳志峰刚入睡不久，也被吵醒，翻身用手机电筒照着两人，一脸迷惑。池舟两人这才发现衣服穿错了，上衣是对方的；因两人身形差不多，匆忙之中没有察觉。然而此时也顾不得了。

　　来到帐篷外，篝火还在惺忪地跳动着，不远处，貔麟正仰头望着空中，时不时叫两声。两人朝貔麟望着的方向看去。只见山岭嵯峨，暗影层叠；雾气霭霭，树影憧憧。"看！"岱箫指着远远的山冈上。只见一团影子正奋力飞过来，上上下下，颠颠簸簸。池舟仔细辨认一会儿，惊讶道："山兽，是山兽！"那山兽背上驮着人。

　　山兽越飞越近，跌跌撞撞落在山坡上。蕾怡和柳志峰也赶了过来。大家迎了上去，岱箫顺手从篝火里抽了根柴当火把，池舟则从地上抄起了砍刀和弓箭。从山兽背上下来两人，走了过来。远远地借着火光，大家发现前面的高个子，是石巫，又是惊讶又是奇怪。蕾怡叫道："石巫，我们正找你呢。"

大家走到跟前，更惊讶地发现，石巫后面居然是西兰！蕾怡指着西兰："你怎么和这家伙混在一起？"西兰说："有紧急情况。"

众人回到篝火边，或坐或站。柳志峰发现石巫浑身是血迹污泥，一只胳膊草草地缠着绷带。他出于职业本能，要上前察看石巫的伤势。石巫打手势制止，说："没有时间了，情况紧急……关于山外的劫难……"

听到"劫难"二字，大家心中一震：这两天，全山外都沉迷于飞伞大赛，都快忘了这档子事了。石巫借着火光，把四人逐个审视一番，接着说："大家都在议论这劫难是来自山内还是来自山外。现在看来，它既不来自山内，也不来自山外……"说着，故意停顿下来。柳志峰明白，石巫这是在试图挑起大家的好奇心和焦虑感，以强调事态的严重性，心想："这说话的功力，难怪有那么些人追随。"事后得知，"辩术"也是"梯玛"们需要研习的重要科目，厉害的"辩术家"能对人施加极大的魔力。

众人忙问："究竟来自哪里？"石巫道："说出来，你们都不敢相信……"说着，又停下来看着大家。这是激将法：让大家做好思想准备，试图去理解去相信他要说的话，或者找理由反驳，给他机会进一步说服大家。果然，蕾怡叫道："石巫，你卖什么关子！你扯谎不用编，哪个听你的？"

一百一十一

石巫又扫视大家一遍，说："我知道，几天前，大家听了耶久、亿晓和晃骐的一面之词，都认定是我劫持了他们。我告诉大家，这都是他们的谎言！是，我的确想要拦截两位二果乃，但是并不是要绑架他们。"

池舟几人你望着我，我望着你，既惊讶，又将信将疑。这在石巫的预料之中，他清了清嗓子，接着说："话还得从耶久说起。他是我一年前才认识的，那天，么簸带来一个眉角一道伤疤的汉子……"

提到么簸，石巫眼中闪过一丝痛楚，他立即收起这痛楚，接着说：
"耶久自称来自朗达山北面的深山里，也是梯玛的后代，自幼父母
双亡，由 Diadia（祖父或外祖父）、GaGa（祖母或外祖母）抚养长大，
几年前，Diadia 在一次狩猎中被野兽咬伤，不治身亡，GaGa 不久后
也走了。耶久说愿意跟随我们一起，担当起使命，拯救山外。

　　"我这辈子，上过太多人的当，尤其是在山内的时候，因而很
谨慎。这个耶久，穿着打扮、行为举止，还有口音——土语也好，
方言也好——有一种说不清道不明的怪异，我当时怀疑他是从山内
某个地方混进来的。然而么簸信任耶久，说有一次他在悬崖上遇险，
被耶久搭救，从而和他结识。耶久还带我们去过他家，在深山老林
中里，一所破旧的竹子搭的房子，我们还一起祭奠过他的 Diadia 和
GaGa。他也是孤儿，身世和我相近；而且有些……孤僻、骄傲……
和我一样。他办事果断、冷静、老练，能打会斗，又比我年长几岁，
多了不少人生经验。关键是，他对我们山外和山内族人祖上的习俗
制度，尤其是对'梯玛'，非常了解。我慢慢对他产生了信任。

　　"那天，我从狱门岛越狱出来，实在没办法，知道你们会带着
物资驾着山鹿经过那个营地，就赶去截获了一些药品和吃的。之后，
就躲藏在附近疗伤。躲了十来天，发现陆陆续续有山内的可疑分子
带着枪支弹药甚至炸药，偷偷摸摸抄小路去朗达山。接着，我遇到
了狼群，被狼咬了，被路过的耶久所救。当时还觉得怎么那么巧，
后来知道，这根本就不是凑巧。

　　"那时，我作为一个逃犯，形单影只，孤立无援，身上又有伤，
在躲躲藏藏中和耶久重逢，像是抓住了救命稻草。我把山内可疑分
子的事一五一十告诉了耶久，和他一起分析，这些人到底要干什么，
背后又是谁。耶久说事关重大，应该放下芥蒂，给果乃们通告一下。
我听信了耶久。我知道，么簸和晁骐两位二果乃正在赶往朗达山主
持飞伞大赛的分组抽签仪式，要经过这里，而且他俩负责应对山外
劫难，因而决定拦住他们，当面告知，顺便套取一下他们掌握的情报。

　　"我们埋伏在路边，等来了骑着山鹿赶路的么簸和晁骐。我冲
出去，挡在路上，谁知耶久冷不防从背后砸晕了我。耶久告诉两位

二果乃，说我要绑架他们。他把我当成见面礼交给他们，博得了他们的信任。

"等我醒过来，就发现自己被扔在营帐的角落里。我看见你们过来，我想跟你们说话。但是嘴巴像是却被锁住了，舌头像是被粘住了，怎么也开不了口。

"接下来，我被秘密关押的某个地方，似乎是一个山洞。被关了好几天，直到今天，才设法摆脱看守逃了出来。四周是荒山野岭，渺无人烟。我翻山去找人，通知即将到来的危险。一面走，一面吹口哨召唤么簌。本没抱什么希望，不想么簌突然从天而降——他这几天也在四处寻找我。我驾着么簌，趁黑来到朗达山。一路躲藏，生怕被人当作逃犯告发。思前想后，能够信任的，只有西兰和你们了。我知道这几年，西兰每年都来飞伞赛的开幕式跳舞。我去她们常驻扎的地方碰碰运气。"

说到这里，石巫又停了下来。蕾怡叫道："你说了半天，和劫难有什么关系？"

一百一十二

石巫没有回应蕾怡，接着说："我在关押期间，留意偷听。耶久几个人，既不来自山外，也不来自山内，来一个不为人所知的地方。那个地方，跟山外一样，被 Morge（膜界）和外界隔开，也是一望无际的崇山峻岭，绕着一片水域。他们把那儿叫作'德夯'，'Drongb Hav'，意思是高山（Drongb）和峡谷（Hav）。在德夯居住的人，语言、习俗等和我们山外人以及山内族人差不多；但是，在德夯，巫法盛行，掌握了巫法的梯玛们当家掌权，最高的是大梯玛，大概相当于山外的大果乃，大梯玛下面又有若干白衣梯玛、青衣梯玛和黑衣梯玛等。"

岱箫和蕾怡禁不住道："这不就是传说中的 Zais hav？"原来，山外人的祖上为躲避战乱和土司统治，陆陆续续从山内迁徙到这山外，但传说有些人走得更远，或者选了不同的路，去了不为人所知的秘密地方，Zais hav。

石巫说："一开始，我也以为是传说中的 Zais hav，但是，似乎没有那么简单。和德夯相邻的，有不少土司的辖地，还有长着翅膀的翼人的领地。如果是 Zais hav，怎么还挨着土司，怎么还有传说中的翼人？"大家听了，觉得有理，互相交换了一下眼神，又都望向石巫。

石巫继续说："本来，土司辖地与翼人领地和德夯之间隔着膜界。然而，两年前，不知什么原因，德夯膜界大开。土司率兵侵犯，图谋征服和统治德夯；翼人领地连年遭受旱灾、水灾、地震，翼人们成群结队涌入德夯进行劫掠。在高压之下，当家掌权的梯玛们又发生内讧，有人投降了土司，有的和翼人勾结。

"耶久据说巫术高强，年纪不大，就当上了白衣梯玛。他和一伙人对大梯玛和他的亲信们不满，认为他们腐败堕落，现在更是看出了他们的软弱无能，所以纠集一伙同样心怀不满的，实施所谓的'拯救行动'，企图绑架大梯玛，施加所谓的夺魂术、迷魂术、拯救德夯。然而行动因走漏风声失败了，一伙人逃到朗达山外的荒山野岭躲避——是的，德夯跟山外一样，也有一座'朗达山'。

"据说，德夯和山外也是由膜界隔开，已经隔绝了几百年。然而一年多以前，德夯和山外的朗达山一起震动，膜界打开了一个口子。机缘凑巧，耶久几个人穿过这个口子，来到山外。耶久又机缘凑巧救了么簌，通过么簌认识了我，博取了我的信任，成为我的左膀右臂。

"在山外，耶久看到了人人安居乐业，据说山外的一个普通人家，过得都比德夯那边的土司还要好。还见识了比巫法更神奇的东西：比太阳和月亮还明亮的电灯，能够留住声音和影像，能够千里传音、万里传像的手机……耶久还在八月初开山的时候，去山内见识了一番，跑得比豹子还快的'铁盒子'，飞得比大雁还高的'铁鸟'……最让他震惊的是，山内有着比巫法还强大的武器：枪支和炸药，他从影视中知道了导弹、无人机这些大杀器，还听说了能够毁灭世界的核武器。

"见过这些，耶久便打起了山外的算盘，一开始，他还只是把山内的枪支弹药和炸药经由山外弄到德夯去。后来听到什么消息，决定要占领山外，然后以山外为根据地，光复德夯……

"据他们说，当两轮月亮靠近时，德夯膜界就会震动，震动足够强烈，膜界打开口子，有可能一次比一次大。"

一百一十三

说到这里，石巫停顿下来，接受大家的问题和质疑。一开始，听石巫说他被诬陷绑架二果乃的事，池舟四人还将信将疑；后来听他说耶久来自名为"德夯"的另一个世界，阴谋占领山外，实在是不敢相信。蕾怡说："石巫，你不去写奇幻小说，真是太可惜了。"众人七嘴八舌道："这德夯在哪里？怎么去德夯？""德夯的语言、习俗和山外一样？怎么会这么巧？"

石巫等大家说够了，才说："这些问题，我现在都没有答案。但现在，最重要的，不是这些问题，是即将到来的危机：耶久和德夯那边取得了联系，预计不久，山外和德夯之间的膜界会打开，有不少追随他的梯玛会涌过来占领山外。眼下，果乃们正前来朗达山，我猜他们会趁决赛和朗达祭的时机绑架果乃团，号令山外。我们要马上通知果乃，采取措施。要立即停止飞伞赛和祭祀，撤离人群，抓捕耶久他们一伙。"

石巫停顿片刻，最后说道："我恳请大家相信我，除了你们，我没有别人值得信赖了。"石巫知道，现在他是逃犯，唯有西兰还愿意相信他；蕾怡是白苗果乃的幺姑娘，唯有通过蕾怡，才能获得和果乃们通话的机会。

池舟几人面面相觑。岱箫让石巫回避，方便大家商议。大家商议半天，又叫回石巫，七嘴八舌向他抛出诸多问题。"我们怎么知道你说的是真的。""你是不是又在玩声东击西、调虎离山这套把戏：让大家撤离，你好带人占领朗达山。""或者，这是耶久的诡计：故意给你透露错误的信息，让大家撤离，他们好占领朗达山。"

蕾怡最是刁钻古怪，说："我怀疑你就是耶久，使用变形术变成了石巫的样子。真正的石巫早死了。"说着，起身上前，在石巫脸上拿捏，要让他现出原形来。大家见石巫咬着牙齿，脖子涨得通红；怕他忍不住爆发，忙上前劝住蕾怡。

石巫思忖片刻，环视四周一番，见一旁地上放着两个柚子。石巫走过去，拿来一个，放在一旁用来充当凳子的石头上，说："你们看着。"让岱箫把腰间的巫杖给他。岱箫虽不明就里，还是取下巫杖递给石巫。

石巫抽出巫剑，引出膜界，挥舞起来。大家留心看去，石巫似乎在画什么，但并不是画膜界球，似乎是某种很复杂的形状。石巫画了半日，试了不知多少次，突然从众人眼前消失。然后，石头上的柚子凭空飘了起来，在空中停留一会儿，又回到石头凳子上。

石巫现回身来。蕾怡说："不就是隐形术吗？我们也会。"石巫嘴角微微一动，抬起手，托着两瓣柚子，在五人面前一一展示，然后交给西兰。又拿起石头凳子上的柚子，一边转动，一边给大家展示；然后剥开柚子皮。大家不知道他葫芦里卖的什么药，齐齐看向柚子，发现柚子正好缺了两瓣。西兰吃惊地看看自己手中的两瓣，又看看石巫手中缺了两瓣的柚子，把手中的两瓣凑上去，正好补齐。

大家这才醒悟过来：刚才，石巫在不破坏柚子表皮的情况下，从中取出了两瓣柚子。惊讶之余，纷纷问他怎么做到的。石巫只说："这叫穿障术，也叫穿形术，可以用来越过障碍接近物体。"又说，"我偷看耶久一伙施展，暗中琢磨出的。"

蕾怡犹不相信，说："不过表演了一个魔术，一定有什么障眼法。"

石巫瞄了蕾怡一眼，想一想，让岱箫取来五个鸡蛋。将鸡蛋交给蕾怡，让她仔细检查了，放在石头凳子上。又问大家要纸和笔，柳志峰回帐篷找来一支铅笔和一本笔记本。柳志峰接过来，在笔记本上写写画画，撕下几页，咬在嘴中，将笔和本依旧还给柳志峰。然后拿舞动巫杖，隐身一会儿，依旧现身。然后拿起鸡蛋，一一递给五人。

五人只觉鸡蛋异常地轻，敲碎蛋壳，发现里面是一张折叠的纸条；打开纸条，就见上面写着："Ntseeg Kuv 相信我。"

大家面面相觑。西兰和岱箫对个眼神，说："我知道，石巫隐瞒过很多事情，但我还从没听他说过谎。我选择相信他。"

大家又把目光投向柳志峰。柳志峰年纪最长，学识广博，来山外后又救治了很多人，已经博得了大家的信任。柳志峰见石巫施展穿障术，对德夯以及耶久要占领山外的说法信了七八分，但又对眼前的这个石巫起了疑心：怎么你那么容易就学会了人家的巫术，是不是也成了耶久的人，或者被耶久实施了迷魂术或者夺魂术，又或者正如蕾怡所言，根本就是耶久使用变形术变的。然而见西兰信任石巫，心想："这姑娘心细，没准已经通过只有她和石巫知道的暗语验证了石巫。"于是看一看岱箫，对大家说，"自来到山外，见了多少不可思议的事。石巫说的，也不是没有可能，事关重大，暂且信其有。"

一百一十四

于是大家用蕾怡的手机拨通了蕾怡阿妈的电话。得知果乃们刚赶到朗达山，正在山谷入口的营帐休整。

石巫便把对大家说过的话给蕾怡阿妈概述了一遍。完了说道："他们要趁此绑架果乃团，号令山外。"又说，"可能很快就会采取行动。"

电话那头沉默了一会儿，传来蕾怡阿妈的声音："大家怎么看。"岱箫和柳志峰说："我们讨论过了，觉得为谨慎起见，至少采取一些有限措施：推迟决赛，疏散人群，尤其是老弱病残，召集青壮年把守生死门。"

蕾怡阿妈说："事关重大。我马上通知大果乃，召开……"话还没说完，电话就断了。再拨过去，怎么都不通，手机显示没信号。石巫说："应该是耶久派人占领了手机基站，掐断了信号。"

怎么办？大家七嘴八舌商议，一致认为，必须赶到去营帐，面见果乃们。于是，岱箫写张字条："事情紧急，我们马上赶到。"署上石巫、岱箫和池舟三人的姓名，绑在山鸟"树叶"（Nplooj）的爪子上，吹响柳笛，让"树叶"先去送信。

池舟和岱箫背上弓箭，挎上砍刀，找来飞伞，准备跟着石巫出发。蕾怡、西兰和柳志峰三人也坚持要去。石巫、岱箫和池舟拗不过，又听三人说"多一个人多一份说服力，多一个帮手"，觉得有理，也就同意了。此时大家还以为，此行不过是向果乃们说明情况，一并协助布置措施，疏散人群，哪里知道即将遭遇一场恶战。

于是蕾怡和西兰也急忙找来弓箭和砍刀带上。谁知貔麟"山岗"(Toj)上前，咬住蕾怡的衣服不放。蕾怡摸了摸山岗的脑袋，向大家说："我们把山岗带上。"

石巫在前面连声催促。大家动身，石巫和西兰骑着山兽在前带路，西兰一手搂住石巫，一手持火把照亮；岱箫驾着飞伞带着柳志峰紧随其后，蕾怡驾飞伞跟着岱箫，山岗展翅跟在后面；池舟断后。一行六人，外加一头山兽，一头貔麟，飞向夜空，奔向山谷的营帐。

一百一十五

六人沿着山脊飞行。池舟、岱箫和石巫三人被狼咬过，都有"狼眼"，眼中泛着光，不久就远远望见山谷营帐处火把攒动，又听到喧嚣声；心中暗叫不好。火光越来越亮，声音越来越大。快到营帐时，就见营帐四周突然燃起一圈大火。

石巫和西兰骑山兽飞在最前面。石巫瞪大狼眼望去；发现营帐已经被人包围。料定这必是耶久发现自己逃跑了，恐怕走漏了风声，提前动手了。扭头朝大家喊："耶久，耶久一伙在围攻果乃们！"

山兽逼近营帐上空。石巫忽然朝身后的西兰喊："扔掉火把！扔掉火把！"西兰还没反应过来，就猛听见"嗖"的一声，只见一支箭从火把边闪过；她"啊呀"一声，丢下火把，抱住石巫的腰。

接着，又响起"砰！砰！砰！"的声音，然后是"咻咻"的声音。池舟飞在最后，耳力却比别人都好，听出这是子弹呼啸而过的声音，大声喊："枪！他们有枪！"原来耶久一伙包围了果乃们所在的营帐，正朝营帐开枪、放箭，有人注意到山坡上空有人朝他们扑过去，料定是果乃们的援军，一气乱射。

"不要走直线，迂回，迂回！"池舟朝大家喊。经池舟这么一提醒，岱箫和石巫驾飞伞、驭山兽，迂迂回回躲避箭和子弹。柳志峰在岱箫身旁，一手攥住伞绳，一手抓住岱箫的胳膊，浑身哆嗦。

蕾怡和貔麟"山岗"从未经历过这种阵势，都惊慌万分。"山岗"

两翅发软，哞哞乱叫，往下掉落。蕾怡被飞过的箭和子弹惊吓，又听见"山岗"惊惶的叫声，慌乱不已，对飞伞失去控制。飞伞急速打转，载着蕾怡朝着一块石崖跌过去。

池舟见了，急忙转向，冲向蕾怡，拽住伞布。在池舟的拉拽下，蕾怡的飞伞晃晃悠悠，起起伏伏，擦过石崖，挂在一棵大树上。蕾怡荡悠伞板，跳到一处树杈上，抱住树枝。

池舟则撞上一旁的树，卡在枝丫间。他顾不得胯下疼痛，拨开伞布，朝蕾怡喊："怎么样？"蕾怡大声回应："我没事，我没事！"又指着山坡下喊道，"快去支援！"

池舟转身，拨开树枝，瞪眼望去。就见山坡下，营帐被火圈包围，两伙人在营帐前对峙、厮打，其中就有岱箫、石巫。

原来，营帐背靠着崖壁，余下三面被火焰和耶久一伙人的包围。石巫带着西兰驾山兽飞到营帐上空，本想落在包围圈外面，把西兰放在安全的地方，再去营帐营救果乃们。不料一支箭击穿山兽的翅膀，山兽一惊，像失事的战斗机一样俯冲进了包围圈，重重摔在地上。石巫被惯性向前甩，腹部抵住山兽的犄角，往前翻倒在地。西兰则被石巫一挡一推，侧摔下去。石巫迅速挺身起来，拔出腰间的砍刀，对着迅速扑上来的敌人。

紧随在后的岱箫见了，顾不得惊恐万状的柳志峰，驾伞俯冲下去，啪啪着地。岱箫趔趄两步，稳住身体，拔出砍刀，对着包抄上来的人，护住石巫的后方。柳志峰则摔倒在地，缠裹着伞绳和伞布，哆哆嗦嗦爬到岱箫身后。

石巫和岱箫彼此背对，护住中间的山兽、西兰和柳志峰。山兽用翅膀护住身体，惊慌地号叫着，试图吓退敌人。西兰稍稍镇静了下来，拉起地上的柳志峰，拔出腰间的砍刀，递给他，让他拿刀自卫。自己则竭力压住恐惧，战战栗栗地搭弓射敌。柳志峰勉强站起来，接过西兰的砍刀，颤颤巍巍对着敌人，口中结结巴巴念叨："不要过来，不要过来！"

一百一十六

池舟忙驾驶飞伞飞了过去。到了上空，瞪着发亮的狼眼，躲闪呼啸而过的箭和子弹。他发现岱箫被人摁在地上掐住脖子，死命挣扎。于是瞅准了，弃掉飞伞一跃而下，扑上去，用铁臂钳住那人的胸口和脖子，扳着那人翻倒在地。岱箫随即挺身起来，去支援西兰和柳志峰。

营帐里面，除了果乃们之外，还有护卫他们前来的两三个青年，又有朱明帆、翁里、巴洛雨几人，因所扎的营很近，接到消息后马上赶了过来。营帐门口的石头旁，大家用桌椅板凳和各种物资包裹搭起了掩体，以弓箭、砍刀乃至各种棍棒为武器，抵御耶久一伙的进攻。蕾怡的阿妈等几个上了年纪的果乃也是老当益壮，弯弓射敌，身先士卒。

十多分钟前，大家突然见石巫、西兰和山兽摔进了耶久的包围圈，都吃了一惊。大果乃见了，一面命令加大火力，压制围上去的敌人，一面寻找机会把他们救回营帐。不久又见岱箫带着柳志峰俯冲过去支援石巫，和敌人厮打起来，然后又是池舟跳下来营救岱箫，知道机不可失，命令大家射箭掩护，指挥几个年轻人："冲上去，救人！"

朱明帆、翁里、巴洛雨、庹雷、化岩等人早等不及了，听到命令，纷纷冲出去。一面扑上去和敌人肉搏，一面协助石巫五人和山兽撤回营帐。柳志峰双腿发软，根本走不动路，被人架着拖了回去。化岩还顺便夺取了一杆枪。

大家躲在掩体后面；耶久一伙也纷纷躲在大树、石头和土包后面。双方你来我往，断断续续交火。果乃这边不到三十人，都是仓皇应对，并没有准备大量武器，只有随身携带的砍刀和弓箭，几个来回下来，便几乎耗尽了所有的刀和箭。

掩体后面，化岩、庹雷和巴洛雨几人把夺来的枪传来传去，都不知道怎么操作。池舟见了，要过枪来，熟练地瞄准射击，稍稍压制住了耶久一伙的火力，击倒了几个冲上前的，然而很快就打光了子弹。

营帐门口，现任大果乃耶晓走向前任大果乃，也就是蕾怡的阿

225

妈，和她商议几句，把另外五位果乃以及石巫和岱簫召集到营帐里，召开紧急会议。大家用当地土语说话，为方便起见，这里翻译过来。

耶晓说："我们的武器已经快用完了，援兵还不知道什么时候能赶来。他们要是冲进来，不知道能抵抗多久。他们要是控制了整个果乃团发号施令，山外就危险了。我和蒙竹嬷嬷商量了一下，觉得应该至少逃出去一位果乃，耶久真的控制了我们，他好统领山外。""蒙竹嬷嬷"是大家对蕾怡阿妈的尊称：蕾怡家姓"蒙竹"。

耶晓问众果乃们："觉得怎么样？"大家点头说是。耶晓又问："必须马上挑出一个。谁自告奋勇？"那五位果乃都表示自己要留下来抵抗，说耶晓和"蒙竹嬷嬷"年龄最长，一个是现任大果乃，一个是前任，最有号召力，应该让她俩突围出去。

耶晓说："我是大果乃，我最重要的职责是做出表率，誓死抵抗。我已经录好了音像：如果我有不测，或者被控制了，逃出去的就代行大果乃职责。"石巫在一旁着急，忍不住插嘴："他们有传说中的迷魂术、夺魂术这些邪术、黑魔法，能够迷惑人，像木偶一样控制。"

耶晓看了看石巫和岱簫，对果乃们说："大家不要谦让。现在没有其他办法，只能让石巫驾山兽带一位果乃飞出去，也是九死一生。"又说，"如果两人不幸身亡，画巫做替补，再送一位逃出去。"

正说着，外面传来喊话声："果乃们，你们听我说。"大家出营帐，隐蔽在掩体后面，就见晁骐和仡晓被耶久的人挟持着从树后走出来，脸色苍白，面露疑色。耶久躲在后面喊："果乃们，看在古老的份上，投降吧。我们不想伤害任何人。我们只是暂时借用一下山外……"

军家二果乃曾翼弯弓搭箭瞄准耶久，大声呵斥："住嘴！借用？什么叫借用？你敢打山外的主意，让你死无葬身之地！"大果乃耶晓站起来喊道："晁骐，我的孩子，你听我说。你和仡晓，还有很多人，都中了迷魂术，被控制了。快醒过来。"

耶久说："好，都是你们逼的，别怪我不客气。"手持巫杖挥向营帐，发令道，"上！抓住果乃，无论死活。"原来，耶久本打算活捉果乃，号令山外。现在看来是不行了，只能死活不拘。

接着，燃烧弹投了过来，营帐被点燃了，耶久一伙试图发起冲锋。

大家用能找到的最后武器压制敌人的进攻，除剩余不多的刀、箭外，还有桌椅板凳、锅碗瓢盆等一切能抄的家伙。

一百一十七

却说在这一片混乱中，柳志峰拉住西兰，让她帮忙，从狼藉的医疗物资中翻找出一瓶酒精。然后掏自己外套里面的口袋，摸出几粒小指头大小的丸子，放进酒精瓶中溶掉。西兰看着这些丸子，觉得眼熟，问道："这是……招魂丸？"柳志峰说："也叫还魂丸，看看能不能破解迷魂术。"原来，早些时候，柳志峰听石巫说起那久会夺魂术、迷魂术，出于职业本能，十分好奇它们到底是什么，不禁想起自己用致幻蘑菇研制的招魂丸，思忖这招魂丸能够刺激神经、唤醒潜意识中的记忆，没准是夺魂术、迷魂术的解药。刚才听大果乃说晁骐他们被迷魂术控制了，记起自己身上恰好带着几粒招魂丸，便想试着用其破解迷魂术。

柳志峰吩咐西兰去找棍棒，自己则找来几只口罩和一把剪刀。西兰找来一把竹椅，拿砍刀将其劈成十来根棍子。柳志峰则脱下外衣，拿剪刀剪成几块布片，将布片一一绑在竹棍的端部。之后，两人戴上口罩，柳志峰问西兰要过砍刀，拿刀背敲掉酒精瓶的瓶颈。两人拿起八根竹棍，每只手两根，将绑着布片的那端插入酒精瓶，浸润酒精。然后走到已经燃成火圈的营帐门口，就着火焰，点着布片。

两人手持八根火把，弯腰跑到掩体前。此时，大家已经射完了最后一批箭，纷纷抄起仅剩的砍刀、棍棒，准备短兵相接。

两人找到池舟和岱箫。池舟二人嗅觉也变得十分敏锐，闻到一种烧焦的烟叶的味道，记起之前在魂阁闻到的致幻蘑菇的味道；回头就见柳志峰和西兰两人，手持火把蹲在一旁，忙问怎么回事。柳志峰晃了晃火把，说："在烧还魂丸，破解迷魂术。"池舟和岱箫愣了几秒，很快明白过来，问道："管用吗？"柳志峰反问："你们有更好的办法？"又说，"快扔过去——捂上鼻子。"

于是，池舟和岱箫捂着口鼻，一根一根接过火把，从掩体上探出头，挥动胳膊，朝试图冲上前的敌人扔过去。敌人还以为是燃烧弹之类，躲避不及。不多会儿，陆陆续续有人僵住了，晕晕忽忽的样子，疑惑地看着手中的武器和眼前的情景，似乎想起了什么。

柳志峰知道，这是招魂丸唤起了潜意识中的记忆，于是高声喊道："各位，你们睡着了，睡了很长很长的一个觉，就要醒过来……"怕人听不懂，又让岱箫用当地土语翻译一遍。

还真有人慢慢醒了过来，看看四周的战场，望着熊熊燃烧的营帐和果乃等人，脸露羞愧、愤怒之色。有的往山里逃窜；有的反戈扑向耶久的死忠之徒。耶久见状，一面高喊："不要听他妖言惑众，为了拯救德夯，我们别无他法……临阵脱逃者，格杀勿论。"一面拿起巫杖，画出膜界鞭，四下里抽打，又呵斥人上前制伏那些反戈的。

"看，援兵！援兵到了。"大果乃耶晓拿着扩音器，指着远处山峦，高声叫道。大家朝耶晓所指方向望去，就见远处黑黝黝的山坡上，飞过来一队火光，应该是援兵们举着火把，驾着飞伞结队赶来。

因不少人逃跑、反戈，耶久一伙早已乱了阵势，现在又见果乃一方的援兵就要到了，更是惊慌不已。池舟见机，大喊"冲啊"，带领岱箫、朱明帆、翁里、巴洛雨等人越过掩体，冲上前去，和敌人短兵相接。大家三三两两扭打在一起，拳来脚往，棍来棒去；吼叫声、厮打声、惨叫声……还有大火噼噼啪啪燃烧的声音，杂成一片。又有狂风袭来，助长火势，四下里一片火海，映得夜空通红。

果乃门的援兵也陆陆续续赶来，加入战斗。耶久一伙哪里还有心恋战，纷纷四处逃窜；池舟等人则四下里围追堵截，死死缠住不放。

一片混乱中，忽然又从生死门方向传来轰隆轰隆的躁动声，大地又开始晃动，颠簸。众人不禁惊惧、疑惑，连有些正纠斗在一起的也慢了下来，停了下来。

一百一十八

且说石巫听大果乃安排他驾山兽带一位果乃拼死逃出包围圈，便去找到山兽"么簸"，察看他翅膀上的伤：好在只是掉了几片羽毛再加上些许皮外伤。石巫简单处理"么簸"的伤，让他原地待命，便去找大果乃，听候进一步的安排。却惊喜地发现，情势发生了逆转：

有人破了耶久的迷魂术，果乃的救兵们正在赶来，耶久一伙溃败鼠窜。

　　见池舟等人叫喊着冲出掩体和敌人肉搏，石巫也越过掩体冲上前去。他对仇人耶久十分介怀，时刻留意追踪。忽然发现石巫趁乱逃往营帐后的山坡，便丢下眼前的敌人，拔腿去追耶久。

　　谁知刚追上山坡，就见耶久舞动巫剑，不一会儿就消失了。石巫只当这是耶久的隐身术，便迅速跑上去，伸出双臂，四下里摸，然而并没有摸到膜界。他疑惑了一会儿，明白过来：这是传说中的"移形术"，耶久已经施展此术转移到了别处。

　　石巫略想一想，返身去找山兽么簸，一面跑，一面吹口哨。么簸听见口哨声，穿过混乱的人群找了过来。石巫迎过去，翻身骑上去。指挥么簸展翅腾空，飞到山坡上空盘旋，四下里察看。

　　自被狼咬后，石巫的眼睛也跟池舟和岱箫的一样，视力大涨，夜视能力尤其了得，耳朵也变得十分敏锐。他听到一处灌木丛传来声音，转头看去，就见一个人影在那里现身。石巫忙指挥么簸飞过去，发现那人影果然是耶久。紧接着，又见耶久再次拿巫杖施展移形术，很快就消失不见。

　　石巫思忖：这"移形术"并非山内传说中的"任意门"或者"幻影移形"魔法，不是想移多远就移多远，看样子，一次也就能移个两三百米。又猜测耶久这是要一步一步移形去往生死门，估计一定有什么紧要的事情要赶过去，因而指挥"么簸"沿山坡往生死门方向飞。果然，不久之后，就见耶久出现在上坡方向约两百米处。

　　石巫骑着山兽俯冲过去。耶久觉察到了俯冲而来的石巫，忙又移形走了。石巫只得再次飞向高空，寻找耶久移形现身之处，然后跟上去。如是几次，离生死门越来越近。

一百一十九

　　却说山坡下，营帐前，池舟、岱箫正和人混战，瞥见石巫骑着山兽追耶久，想起俗话说的"擒贼先擒王"，便也抽身去追。在一片混乱中，好不容易找到两顶飞伞，一面躲闪满地蔓延的火焰，一面和狂风角力。终于张开飞伞，趁着顺山坡往上升的气流，升上空中。

两人几乎是贴着山坡飞行，几次险些撞上岩石或者挂住树木，飞伞颠三倒四，差点绞缠在一起。好在越接近生死台，重力越小，飞伞因而变得越来越轻盈。池舟二人越飞越高，远远望见生死台上，石巫从"么簸"背上一跃而出，扑向耶久，死死拖住不放。

石巫和耶久拳来脚往、飞撞腾挪。然而几番缠斗，却谁也制伏不了谁。两人手持巫剑对峙。每当耶久舞动巫剑施展移形术，石巫就上前两步，拿剑捅破膜界，破了他的巫术。如此几个来回，耶久始没能移走。

天将破晓，晨曦微露。耶久忽然侧头，"啊"了一声，似乎惊讶不已。石巫也不由侧头，发现池舟和岱箫二人正驾飞伞飞过来。转头就见耶久又在舞动巫剑，脸露焦急之色。石巫思忖耶久这是害怕池舟二人赶到，对他形成围捕之势，因而急于移形脱身，于是拿起巫剑就刺过去。

谁知这是耶久卖破绽，虚晃一招。他并没有施展移形术，而是画出了膜界鞭，趁石巫拿剑刺过来时，挥鞭抽打。说时迟，那时快，随着"啪"的一声，就见石巫手臂上闪出金光。石巫钻心一痛，手中的巫剑掉落在地。还没反应过来，已经全身被膜界绳缚住，动弹不得。眼睁睁看着耶久施展移形术消失。

池舟和岱箫见了，忙驾飞伞降落过去，拿巫剑去收石巫身上的膜界绳。只等绳子一松，石巫就迅速将其扯掉，捡起地上的巫剑，依旧插回别在腰间杖套里的巫鞘中——那山鹿巫杖是已逝的么簸的遗物，他看得比自己的命还重要。

石巫迅即奔向一旁的山兽，翻身骑上去，逆风而起。升到空中，发现耶久移形到了生死门顶上，忙驾山兽飞过去。忽然又见耶久移形消失，料定他是往上去了，一面驾山兽往上飞，一面仰头朝四方察看。果然发现耶久在斜上方两三百米处现身出来，横着身体张开四肢，像是滑翔的飞蜥。石巫从腰间拿起巫杖，拔巫剑引出膜界绳，做出一个套索。在头顶甩两圈，扔向耶久。眼见就要套住耶久的脑袋，耶久又移形消失。原来耶久在空中坠落的速度不快（生死门上空重力小，而且越往上越小，耶久又横着身体让空气阻力最大化），因而有时间拿巫杖施展移形术。

耶久一次又一次移形往上方逃，石巫驾山兽在下面紧追不舍。池舟和岱箫则驾着飞伞，趁着上升气流，往上面追赶石巫和耶久。

越往上面越失重，气流也变得越来越紊乱，忽大忽小，神来鬼去。池舟二人所驾飞伞失去了重力的锚定，越来越不受控制，几乎是任凭气流摆布。然而这对山兽都不成问题：他本来就是御风的高手，如今因重力的掣肘大大减小，真是如鱼得水，如虎添翼。

石巫指挥山兽，跟耶久玩起了捉迷藏，每次见耶久现身，就飞奔而去，好几次都差点抓住了他。一次，石巫从山兽背上跃出，扑向现身的耶久，谁知被耶久猛踹一脚，在近乎失重的环境下，不停地往后飘，直到被山兽挥翅过去截住。

不知升了多高，雾气开始多了起来，一缕一缕的，被乱风吹得乱舞。不久，这一缕一缕聚成一团一团。这雾气真是助力耶久：他可以移形到雾气中，借由雾气来隐蔽自己。起初，雾气还不浓，雾团还不大，石巫还能通过辨别雾气中的黑影来追踪。后来，就完全抓瞎，很快就把耶久跟丢了。最后，自己也陷入雾团中，伸手不见五指。

一百二十

因完全失重，没了稳定上升的气流，池舟二人的飞伞早已折叠，在空中飘荡。池舟二人像太空人一样飘浮在空中，分不清上下左右、东西南北。四周远远近近飘浮着各种形状的云雾。此时天已破晓，云雾中透着影影绰绰的光芒，因折射和散射泛出七彩光晕。又有一团一团透明的东西，小的跟乒乓球、篮球一样大小，大的有一辆车那么大小，池舟小心翼翼地去摸，原来是水团，大概是云雾凝结而成，因失重而飘浮在空中。

池舟从未见过如此景象，从未有过如此体验，心想："这是到了外太空？"再一想，"不对，外太空怎么会有空气，怎么会有飘浮的水团？"

又凭空起了一股旋风，转着一团云雾，如同洪水中的水旋一样，将池舟二人卷进去。云雾里伸手不见五指，池舟被转得晕头转向，不知过了多久，才被甩出来。

睁眼一看，不见了岱箫。池舟一面连声喊，一面四下里张望，又试图转身往后看。然而失重时，人处于"飘浮"状态，跟太空人一样，又缺乏用力支点，因而很难改变身体姿态。池舟用双臂和双腿拨动空气，就像潜水一样，费力扒拉半天，才转过半个身子。

忽听见远远传来声音，似乎是岱箫在叫自己！池舟扭动身体，划动空气，颠倒头和脚，透过几个水团，就见一团云雾，云雾里，模模糊糊有影子在动。池舟跟游泳一样挥臂打腿，往后划空气和水团，借助反作用力，一点一点加速，朝那影子飘过去。一面飘一面喊："岱箫，是你吗？"

谁知冷不防一团水撞在脸上，池舟呛了一大口水。就在咳嗽不止时，被人一把拉住。那人猛拍池舟后背。池舟吐出水来，转头一看，正是岱箫，石巫骑着山兽"么簸"飘在一旁。原来"么簸"循着石巫的口哨声找到石巫，石巫骑着山兽找到岱箫，两人又找到池舟。

池舟问："怎么回事？我们在哪里？"岱箫和石巫也是一脸茫然。三人四下里张望，还想追捕耶久，然而哪里还有他的人影？

第十六章　德夯

一百二十一

三人决定尽快返回朗达山。石巫骑上山兽，一手抱住山兽的脖子，一手抓住犄角；岱箫在后抱住石巫的腰；池舟则抱住岱箫的。

正要出发，却发现一个致命的问题：四周飘着云雾和水团，分不清东西南北；在失重情况下，分不清哪是上，哪是下。于是石巫驾山兽"么簸"四处察看。忽然发现水团在往一个方向飘去；心想"按常理，这应该是往地面坠落"，便指挥"么簸"朝水团飘的方向飞去。

三人被山兽带着，在云雾中钻进钻出，又不住地躲闪漂浮的水团。只见大大小小的水团汇聚成一股飘在空中的水流，向前方飘动，越来越大，越来越快，因重力小，溅起巨大的浪花。

池舟大声说："是这个方向吗？总感觉有什么地方不对。"岱箫也说，"从来没见过这样的，也没有听人说起过。"石巫也犯嘀咕，思忖要不要停下来研究研究。正犹豫间，突然撞上了无影无形的东西。三人和山兽挤在一起，又猛地往回弹。

"是膜界！"三人万分震惊。然而还没回过神来，就听见轰轰隆隆的一声，眼前一片混乱，身体、空间、水流……一切似乎都在扭曲变形：时而拉长，时而变宽，有时似乎被压成一个平面，有时又似被切成一层一层……就在同时，巨大的水墙和漩涡排山倒海地碾压过来，三人被瞬间吞噬。又有不知哪里来的许多人，都被激流袭裹着，颠三倒四地碰撞、挣扎，如同漩涡中的一堆土豆。

在被吞噬的那一刻，池舟本能地吸了一大口气。他憋着气，划动手脚，竭力稳住身体，睁大眼睛，焦急地寻找不会水性的岱箫。一口气憋完了，就浮出漩涡表面，大吸一口气，再扎进水中。

忽见岱箫在水中虚弱地挣扎，身上衣物都不知去向，只剩下运动短裤，浑身伤痕累累。池舟急忙游过去，从岱箫背后拦腰保住他，猛蹬双腿，冲出激流，猛然露出水面。然后猛拍岱箫背部。岱箫急剧咳出几口水，大口大口吞咽空气，缓过气来，转头看见池舟，满脸的惊诧。

池舟还没来得及惊讶，又听见轰轰隆隆的声音，身体似乎被扭曲了。眼前一片杂乱无章，只觉脑子一阵晕眩，什么也看不清。

不知过了多久，就觉周围的水往下坠落，如同瀑布一般。池舟随着瀑布往下坠。一直坠，一直坠，直到突然被什么东西截住了。听得"哗哗""啪啪"的声音，身体像跷跷板一样上下晃动。定下神来，发现原来是崖壁上的一棵树。池舟抱住树干，眼见岱箫正从天往下坠落，眼疾手快，伸手抓住岱箫的胳膊，被猛地往下拽。那棵树猛然承受了两个人的冲击，吱吱呀呀晃动几下，被连根拔起，连同池舟二人一起坠向往悬崖下面。池舟感觉头被什么东西一撞，眼前一黑，便万事不知。

一百二十二

池舟被岱箫拍着脸叫醒，发现天已经大亮，自己则背靠着一棵大树坐着，衣裤还是湿的，上面都是泥。见岱箫也满身满脸都是泥巴；定睛细看，发现他眼角有一块红，不由得伸手去擦，还好只是一块泥渍。池舟望望四周，问"这是在哪里"。岱箫耸耸肩，一脸茫然。池舟活动活动胳膊腿，装作吃痛，叫了两声，又笑道："没事，哪有那么娇贵。"

于是撑着树干站起来，观望四周。发现身在一个山坡上，刚下过一场雨，地上湿漉漉的，脚边的草丛东倒西歪，头顶上的树叶还在滴水。细看四方，像是朗达山的样子，又似乎不是。远远看见有十几个人正结队而来，正要迎上去问个究竟，突然被人拉住。回头一看，是石巫。

石巫把食指竖在唇上，示意池舟二人别出声。然后让两人猫腰跟着，拐过一处岩石，来到一个岩洞。山兽"么簸"在洞口迎了上来。池舟和岱箫悄声问："我们这是在哪儿？"石巫一面抚摸"么簸"，一面压着声音说："看样子，是来到了德夯。"脸上藏不住得意之色，似乎在说，"我早说过吧，你们还不信。"

德夯？！池舟二人愣了一下，问："我们怎么过来的？"又问，"那滔天的洪水又是怎么回事？"池舟嘀咕："这一次，膜界不挡在路上，倒在天上，有没有在水里，在地下的？"石巫不答，只说："现在不是深究这些的时候。"向池舟二人招手，示意他们俩跟上，转身走到岩石边。池舟心中怀疑石巫又在隐瞒什么，然而又一想："问他也问不出什么，还不如回去问问柳博士。"便和岱箫对了一下眼色，跟着石巫来到岩石前。

三人趴在岩石上，探出头去观望。就见前方不远处，被树木和灌木丛掩映的羊肠小道上，先前所见那十几个人正结队匆匆经过。

队伍中有男有女；有青壮年，也有白发长者。

有的跟石巫一样，一身梯玛装扮，长发长袍，头箍额绳，上插枝叶和翎毛，肩披短袖无领披风，背负弓箭，腰间系着巫杖。

有的人穿着则类似山外的传统着装：头缠帕子，背负弓箭，腰挎砍刀；男子多穿青、藏青、蓝色，上面是对襟上衣，配以马褂或马甲，下面是大裤脚长裤；女子穿红、橙、黄、白、绿、紫等各色，上衣是左衽或者圆领胸前交叉，下穿百褶裙或者直筒长裤。然而又有所不同：德夯这里的男子仍是蓄发椎髻，而山外和山内族人男子早已抛弃了此风俗，都理成短发。此外，山外的着装经过了清代的满化，又经过了现代的简化，没有过多的色彩，没有什么图案纹样，给人一种后现代设计感；相比之下，德夯这里的，更加古朴。

一百二十三

石巫三人留下山兽"么簸"原地待命，远远尾随这队德夯人，沿着山路曲折往上。不久，远远望见山顶的一个平台以及耸立的三座山峰，恰似山外朗达山上的生死台、生死门和左右峰台。只是这里的"生死门"只剩下左右两根柱子，顶部坍塌，大大小小的石头散落在台上、坡上。

四面八方都有山路通往这德夯生死台，人们结队朝台上汇集。不久，便已聚集了两三百号人，黑压压站满了台上和山坡。人群中还夹杂着些神奇的动物，其中有山兽和貔麟，还有蝶豹兽。那蝶豹兽正如魂阁的石墩雕像一样，有着猎豹一样的躯干和四肢，长着蝴蝶一样的鳞翅，鹰一样的喙，蜥蜴一样的尾巴。又有一些动物，类似山内传说和游戏中的"夫诸""英招""白泽"等异兽，不及详述。

三人小声议论：他们这是要干吗？祭祀？想上前看个究竟，又怕暴露，见附近有一棵参天大树，便悄悄过去，爬到树上，躲在繁茂的枝叶里，睁大眼睛望去。就见台上，众人在传递两三部手机，还有笔记本和平板电脑，都面露惊讶之色，议论纷纷。

接着，就见一人爬上石头，站在高处，开始演讲。那人转过脸时，右眉的眉角露出一道伤疤。"耶久！"池舟三人差点叫出声来，相互交换眼神，竖起耳朵听耶久说什么。耶久说的是当地土话，池舟听不懂，只能一面听，一面观察岱箫和石巫的表情，揣测意思。

池舟突然吃惊地盯住岱箫的侧脸。岱箫转头见了，问："我的脸怎么了？"池舟指着岱箫的左耳，笑道："你的耳朵，会动！"然后又伸手去捏。岱箫愣了一下，拿手去捏自己的右耳，有意去控制动耳肌，果然发觉会动，又是疑惑又是惊奇，嘴中嘟囔："奇怪，以前不这样。"也伸出手去捏池舟的耳朵。池舟会意，凝神控制耳朵，居然也动了起来，想一想，说道："难道真是因为被狼咬了，解锁新技能……"

"嘘！"前面的石巫转头，亮了一个白眼，打手势让两人安静。两人忙止住话，转向德夯生死台，转动耳朵，继续听去。听着听着，石巫和岱箫二人小声议论起来——为照顾池舟，用的是普通话。原来，因隔得太远，二人听不太清，都只捕捉到了某些片段，因而要彼此补充和证实，又因德夯人的土语和山外的不大一样，这些听来的片段，二人也只明白了大概意思，故而要捉摸和讨论——就像山内的北方人捉摸粤语。

池舟听二人讨论，大概知道了耶久说了什么："这'山外'十分富足，他们所说的'山内'已经废除了土司，更有着我们所想象不出来的巫术和财富……为了拯救德夯，这是不得已要走的一步，否则，等待德夯的，将是屠杀和奴役……今天，就在此时，就是一个机会，必须把握住，否则，要再等两个月亮靠近，不知道会有什么变数……土司……翼人……"耶久讲完，又有人爬上高处讲话，多是附和耶久。

三人明白：耶久他们在台上集聚，马上就要穿过头顶上的德夯膜界门，占领山外。据石巫分析，昨天在山外，耶久原本计划趁德夯门打开，召唤他的同伙和手下穿过德夯门来到山外，他在山外接应，然后率众绑架果乃团，号令山外。不料石巫出逃，扰乱了他的计划，他等不及同伙和手下的到来，被迫提前行动，失败后，逃回了德夯，此时此刻，他正集聚人手，企图强行入侵山外。

池舟小声道："入侵山外？就那几百人？"岱箫道："虽然人

不多，看样子，都是经过训练的，一直在打仗。山外连打群架都很少，真打起来，不知道会怎样。而且他们会巫法，现在又有枪。他们要抓住果乃团或者女人、小孩做人质……"石巫说："所以，他们要马上动手，等山外准备好了，就没有那么容易了。"又说，"听耶久的意思，似乎有人走漏了风声，土司、翼人也盯上了山外。山外现在成了大家眼中的肥肉，他们必须先下手为强。"

池舟听见连土司和翼人都在打山外的主意，急了，一面说："那么，我们还等什么。"一面就要跳下树去。岱箫忙拉住，说："我们才三人，他们有好几百！"池舟说："我知道，但是，我们的目的不是消灭他们，只是阻挡他们去山外——能挡住多少是多少。"岱箫说："那也该好好想想。"池舟说："没有时间了，趁他们还没发现我们，出其不意，攻其不备，虚张声势，扰乱他们，尽量多地吸引人，拖到膜界门关闭。你这么犹豫，只会耽误时机……"

一百二十四

正说话间，忽然听见隐隐的叫喊声，三人转动耳朵定位声音，发现遥望生死台的一座山峰前，一群人驾着各式各色飞伞，结队朝生死台扑去。领头的几个一边飞，一面高声喊叫，耶久一伙也大声回应。池舟虽听不懂，但听语气，双方都异常愤怒，像是点燃了的火药桶。于是忙拍岱箫，问怎么回事。岱箫一面转动耳朵倾听，一面和石巫小声讨论，又抽空给池舟解释。

池舟凑过耳朵去，听岱箫压低声音，断断续续道："这是另一伙梯玛……有一个领头的，叫作什么'夸勒'……说大梯玛已经死了，死前吩咐他们务必除掉叛徒耶久……让耶久一伙束手就擒，免他们一死……耶久大骂，说'夸勒'撒弥天大谎，说他们奸诈狡猾，贪婪无度，心怀狼子野心，蒙蔽大梯玛，又勾引外敌入侵，把德夯糟蹋得不成样子，让多少人挨饿受冻，活不下去……"

池舟自幼打过不少群架，当兵时又经历过真实的战斗，此时倒比岱箫和石巫还明白双方叫骂的真实意图：这个所谓的"夸勒"的话，不是说给耶久听的，是说给耶久的同伙和手下听的，用大梯玛及其遗命震慑他们，让他们不要听耶久的蛊惑，早早投降，保全性命；而耶久叫骂，也不是为了出恶气，是为了稳住同伙和手下，告诉大家"夸勒"在撒谎，是在借大梯玛的名吓唬人，没准大梯玛的死都是他编造的，让大家不要上当，又指责"夸勒"一伙正是祸害德夯的罪魁祸首，号召大家除掉他们，拯救德夯。

不多时，"夸勒"一伙已经扑到距离耶久一箭之地处。耶久指挥人放出箭雨，然后派一部分人骑着山兽、貔麟、蝶豹兽等飞兽飞到空中拦截，自己则带着一部分人，或驾飞伞，或骑飞兽，或施展移形术，向头顶上的德夯膜界门逃去。

"夸勒"一伙也分成两拨：一拨迎击飞来拦截的人；另一拨则向上飞去，一面阻截耶久等人，一面朝膜界门飞去——看来也在打山外的主意。双方短兵相接，在空中展开肉搏：你扑过来，我飞过去，你掐我，我踢你……有的一腔热血，勇往直前；有的则是被逼无奈上前，想躲却躲不了；有人杀红了眼，四处冲撞；有人想逃，却逃不掉……一时间，飞伞和飞兽的羽翼遮天蔽日，众人的嘶吼声和惨叫声以及飞兽的嚎叫声摇山动地。也不知有多少伤亡，不断地有人还有飞兽从空中摔下来，血肉模糊。

谁知就在双方打得昏天黑地时，冷不防又有一伙人从一旁的山上飞了过去。池舟三人睁大狼眼望去，惊讶地发现，这一伙人背上长着翅膀，正是传说中的翼人。然而这翅膀并非传说中的羽毛，而是一对透明的膜翅，跟貔麟的一样；只是貔麟有两对，而翼人只有一对。更让人惊奇的是，这些翼人簇拥着一只翼龙一样的怪兽，有山内的小汽车那么大，伸着匕首一样的巨喙，顶着刀锋一样的头冠。池舟思忖，这翼龙兽大概相当于山内古代战争中的战象、战犀之类。

这伙翼人的目标不是耶久一伙，也不是"夸勒"一伙，他们径直往德夯生死门上方飞去，看来也是要穿过膜界门去占领山外。耶久一伙和"夸勒"一伙哪里会容这伙翼人抢先，飞过去拦截，三伙人混战在一起。大家争先恐后地往上飞，一面拽住身旁和前方的敌人，狠命撕打，将其往下摔，一面又躲闪身旁和后面的，防止被拽住摔下去。

一百二十五

这边大树里，池舟三人看得惊诧万分，心中暗喜："天不绝山外。"石巫见翼人们和耶久、"夸勒"两伙人混战在一起，说"是时候了"，把手指放在嘴里吹哨。不一会儿，山兽"么簸"循着哨声跑过来，展开翅膀腾空而起，飞到大树前。

石巫看准了，猛然跃出，扑到"么簸"背上，身后的树枝剧烈摇晃，池舟和岱箫猝不及防，差点被晃下树去。"么簸"猛地承受石巫的重量，往下一沉，急忙扇动翅膀稳住。石巫回头对岱箫二人说："我先走一步，你们赶快跟上。"说着，摸"么簸"的颈项，俯身对他耳语，指挥他振翅往上，扑向耶久、"夸勒"和翼人们。

池舟气得指着石巫对岱箫说："这家伙，就这么走了？"岱箫投来一个无奈的眼神。两人跳下树去，沿着山路一路狂奔。

好在越靠近这德夸生死台，重力越小，又有一股气流往上，两人跑得如同飞了起来。不多时，来到台前。就见空中，两伙人战得正酣，山谷中回响着厮杀声。山坡上摔了不少伤员，满身满脸的血，呻吟不止，有的还挣扎着，扑向一旁的敌人。又有一头蝶豹兽趴在草丛中，垂着五色翅膀，耷拉着脑袋，也不知是死是活。池舟便上前去摸那蝶豹兽；岱箫见了，大叫"小心"，上前去拦。然而为时已晚，那蝶豹兽似乎感觉危险来袭，猛然抬头，拿它钩子一样的喙去啄池舟。池舟急忙躲闪，手臂还是被勾了一下，只觉钻心一痛。然而还没反应过来，就见那蝶豹兽猛然扇动翅膀，扑来一团五颜六色的鳞粉。

岱箫见了，急忙从身后捂住池舟的眼睛和嘴巴，把他往后拖，拖了十几步，到鳞粉团之外，这才松开手。两人睁开眼睛一看，那鳞粉正慢慢落下，而蝶豹兽已经不知去向。接着，两人发现，脖子、胳膊等皮肤裸露处，起了一片一片的红肿疙瘩，十分瘙痒。"啊呀！"岱箫发现池舟右胳膊上一道流血的伤口，血上沾满了鳞粉。岱箫清清嗓子，扭头吐了几口口水，就把池舟的胳膊拿到嘴前吸起来。

池舟忍着痛，连连对岱箫说："你赶快吐出来，赶快吐出来！"正说着，忽然察觉有黑影正从头上往下坠，就要砸到脑袋。池舟连忙抱住岱箫，倒向一旁，滚出几步远。坐起来一看，是两个人，原来这两人在空中扭打，所驾驶的飞伞绞在一起，折叠往下坠，两人一起摔在坡上。池舟和岱箫对了对眼神，便跳起来，三两步跑过去，三拳两腿把那两人打趴在地，夺过飞伞。

一百二十六

池舟和岱箫七手八脚把绞在一起的飞伞分开，借着上升的气流张开伞布，又在坡上助跑几步，摇摇晃晃升了起来。

生死台上空，空战还在进行。每个人都在试图摆脱敌人的牵制，往上飞向膜界门，也都在尽力牵掣身旁的敌人。双方都有不少人摔了下去，还有些逃掉了，剩下的也有些不支，战势明显减弱。

池舟二人试图偷偷摸摸绕过这些人，飞到最上面去把守膜界门。不料还是有几人发现了他们，远远飞过来阻截。他们大多十分熟练地驾着飞伞，有一人驾着一头飞兽。那飞兽有点类似山内传说中的"英招"，长着斑马一样的躯干、狮子一样的面孔和鸟儿一样的翅膀，翅膀巨大，黑白相间，引得不长记性的池舟侧目观看。那几人见到池舟和岱箫，都有些疑惑，一面飞扑过来，一面大声议论。据岱箫后来解释，这几人感觉池舟二人的打扮十分怪异，身上的衣物也就罢了，头发居然剪得跟刺猬一样，在德夯，只有犯人才被迫削成短发，然而池舟二人脸上没有刺标识犯人的脸纹，而且脸色红润，"膘肥体壮"的，一点不像面黄肌瘦的犯人。几人最后断定，这就是刚才在"巫器"（耶久让他们传看的手机、平板和笔记本之类）里看见的山外人，发誓一定要拿下池舟二人。

池舟一心盯着那英招兽，忽然听见岱箫的叫喊声"箭！箭！"就见一支箭嗖嗖袭来，池舟忙侧身闪过。接着又是几只连连袭来，池舟上跳下伏，左躲右闪，最后不得不跳下伞板，一手抓住伞板，一手抓住伞绳，晃荡身体，躲避来箭。飞伞没了操控，七颠八倒，上下乱窜，眼见就要绞缠折叠坠落下去。

斜上空的岱箫见了，要操控飞伞扑向那架飞伞的弓箭手，然而一时哪里来得及。他想一想，从腰间拿起巫杖，引出膜界鞭，远远地挥鞭抽打。"啪！啪！啪！"就听见一连串的鞭响，只见弓箭手的伞板上、身上、手臂上还有弓箭上，连连几道金光。那弓箭手痛得大声叫唤，丢掉手中的弓箭，匆忙去稳住东颠西歪的飞伞。岱箫见了，一边收膜界，一边朝池舟大喊："快走！"

池舟翻身跳上伞板，极力稳住飞伞。谁知他没有驾飞伞往上，而是朝着飞过来的英招兽迎了上去。急得岱箫大喊："你要干吗？"池舟大喊"你等着"，驾着飞伞朝着英招兽直撞过去，英招兽背上的骑手还从来没遇到过这样的"亡命之徒"，一时不明白池舟要干什么，吓得哇哇乱叫。

英招兽也害怕了，一边竖起翅膀、调整身姿减速，一边歪脖子、甩尾巴转向，要躲开迎面撞上来的飞伞和池舟。池舟见了，哪容它逃跑，手拉伞绳，脚踩脚蹬，将飞伞转向它要逃走的方向。说时迟，那时快，就在要撞上去的那一刹那，池舟飞身一跃，扑向英招兽背上的骑手。和骑手在英招兽的背上进行实战摔跤和柔道，你一拳我一脚，你掰我的下巴，我掐你的脖子，你抱我的腰，我夹你的腿。大概因为德夯这边还比较贫穷，又连年遭灾，民众正在忍受饥饿，骑手身形消瘦，而池舟则是满身的筋肉，因而很快就占了上风，将骑手摔了下去。池舟翻身坐正，双手抓住英招兽颈项上的鬃毛，两腿夹住它的腹部，试图驾驭它。

那英招兽被飞伞的伞绳缠上，又见背上换了一个陌生人，不由得嗷嗷惊叫，扭头舞爪，狂奔乱突，上下左右一气乱飞，试图把池舟甩下去，几次撞着一旁的飞伞。然而池舟把它的鬃毛绕一个圈抓在手中，死不松开，又全力夹紧它的腹部。

英招兽调整翅膀的姿位，让身体打转，头朝下倒过来飞，又像陀螺一样旋转。池舟猝不及防，双腿被甩开，只剩下双手抓着英招兽的鬃毛。他的身体在惯性和风的作用下，像旗帜一样飘荡，时而向左，时而向右，一会儿朝上，一会儿朝下。池舟咬牙挺住，像拉伞绳改变飞伞的方向一样，尝试用不同的力度拉英招兽的鬃毛，控制它的飞行方向和姿态。几次之后，似乎找到了正确的方式，终于让英招兽转回到头朝上。池舟也乘机落下双腿，再次死死夹住它的腹部，并试着以不同的力度夹击不同的部位，试图找到驾驭它的有效方式。

斜上空的岱箫看得目瞪口呆，为池舟捏一把汗，一面看着池舟，担心他被狂乱的英招兽甩掉摔下去，一面盯着其余的敌人，防止他们趁机围攻。最后，见池舟重又骑回英招兽的背上，一手抓住缠在它的伞布，蒙住它的眼睛。

谁知那几个敌人见英招兽一阵狂乱，一则无从攻击，二则以为池舟迟早会被英招兽摔下去，便弃了池舟，驾飞伞扑向岱箫。岱箫一心在池舟那边，不提防一个德夯人扑过来，从背后抱住他。

岱箫往后肘击，用腿往后绊，又拿手往后抓，想来个"过肩摔"，然而怎么都摆脱不掉敌人。忽然听见池舟大喊"过来，快过来"，侧头就见池舟正驾着被英招兽飞过来。岱箫会意，瞅准机会，大吼一声，猛然往后仰头，撞击敌人的脑袋，同时又迅猛肘击敌人的腹，踩他的脚，趁敌人痛得松手的那一刻，猛然一跃，扑向英招兽的背。

然而敌人几乎是马上反应过来，见岱箫一跃而出，也跟着一跳，抱住岱箫的腿。岱箫都摸到了英招兽的背，却被敌人拽住腿，猛地往下坠。幸而池舟眼疾手快，迅即伸手，一把抓住岱箫的胳膊。岱箫一手抓住池舟的胳膊，一手扶住英招兽的背，竭力往上，抱住池舟的腰。

然而岱箫无论怎么蹬腿，都摆脱不了敌人；敌人抱住他的腿，试图往上攀。池舟见了，控制英招兽，让它侧着身体飞，把敌人悬吊在空中，然后又让英招兽转圈，还不住地上下颠簸。岱箫见伞布裹住着英招兽的头，伞绳缠着它的脖子，伞板则悬吊在空中，便拿右胳膊钩住池舟的腰，腾出左手，去够晃荡的伞板，抓住伞板，对准敌人的脑袋和胳膊一顿猛砸。敌人终于承受不住，松开手摔了下去。

池舟控制英招兽，让它把身体摆正。岱箫甩腿跨上英招兽的背，抱住池舟的腰。池舟大叫"抱紧了"，指挥英招兽仰头往上，甩掉扑上来的敌人，飞赴膜界门。

一百二十七

池舟二人骑着英招兽扶摇直上，越往上越失重，飞得也越快。

很快就到了云雾层。因失重，云雾不易化雨落下，积聚得挺多。两人在云雾中钻进钻出，眼前忽暗忽明。不多久，就见上方一片光亮，比之前的要亮得多，岱箫料定那是云层上的日光。

谁知就在要冲出云层时，忽见上方飞来巨大的黑影。两人一兽来不及躲避，硬生生撞了上去，弹回来，往下坠落。那黑影无意中牵住了缠绕英招兽的伞绳，扯掉了蒙住英招兽的伞布。英招兽睁眼往上一看，顿时狂乱起来，发出惊恐的叫声。池舟二人竭力稳住英招兽，抬头一看，也大吃一惊：那黑影是一头展着巨翼的翼龙兽。

那翼龙兽伸着钢钳一样的巨喙，顶着刀锋一样的头冠，身披钢铁一样的鳞甲，翼展宽达十多米，翼膜从肩一直延伸到腿部，上面隐隐可见分岔交错的蓝色血管，两条腿绷直向后伸着，勾着利爪。

池舟二人发现，翼龙兽四周跟着一些翼人。这些翼人驱使那翼龙兽作为先锋，向上进攻，应该是要穿过膜界门前往山外。翼龙兽上方，有德夯人在阻截翼龙兽，或驾飞伞，或骑飞兽，或施展移形术。有梯玛拿巫杖甩出膜界鞭、膜界绳，远远地抽打翼龙兽，或者试图用绳子捆住它；也有人冲上去挥舞砍刀砍，或者拳打脚踢。翼龙兽则上飞下冲，东突西进。身上钢铁一样的鳞甲就是它的盾牌，普通的鞭打、刀砍和拳打脚踢真是奈何不了它；而长达一两米的巨喙则是它的武器，可以像长矛一样扎，像钢钳一样夹，像剪刀一样剪，像铁锤一样捶。

翼龙兽下方，池舟操控英招兽，试图绕过翼龙兽往上。然而那英招兽已经吓得魂飞魄散，又回头发现背上是两个陌生人，狂飙起来，上下左右乱窜。急得池舟大骂："找死啊。"又委曲求全道，"求求你了。"岱箫从背后抱紧池舟，迅速扭头张望，见有人试图拿膜界绳捆缚翼龙兽，摸一摸腰间的巫杖，计上心来。他拿起巫杖，画出一个十多米套索，对池舟喊："靠近它后面。"池舟会意，大声吆喝，竭力胁迫英招兽跟上那翼龙兽。

岱箫把巫鞘依旧放回腰间，一只手抓住池舟的臂膀，稳住身体，另一只则在头上转动套索，甩向前上方，去套翼龙兽。一则因颠簸，二则因失重，手感和平常不一样，一连试了好多次，这才套上翼龙兽的一只脚踝。正要喊池舟抱住自己，已经被套索猛地拽了上去。岱箫试图抓住池舟的臂膀，然而发狂的英招兽带着池舟窜向一旁，让岱箫抓了空。

因失重，那翼龙兽虽拖着岱箫，却也没有太大的感觉，带着岱箫起起伏伏往上而去。岱箫一面大喊："快！快！"一面荡膜界绳，伸手去够池舟。池舟也竭力驾驭英招兽追赶岱箫，在狂颠乱簸中，几番靠近又远离。池舟瞅准时机，大吼一声，猛踹英招兽，纵身扑向岱箫。池舟试图抓住岱箫伸过来的手，然而都碰触到了手指，又见岱箫被翼龙兽猛然拽远。池舟迅即挥手，抓住岱箫的脚踝，攀着他的腿往上爬，抱住他的腰，把头贴在他的胸口上，听见他怦怦怦有力的心跳。

然而还没喘过气来，就见几个翼人从四面八方袭来。这些翼人有男有女，用轻质的羽毛和丝绸遮身。和瘦弱的德夯人不同，看起来块头不小，似乎比池舟和岱箫还壮实。后来才知道，他们其实挺瘦削，只是在展翅飞翔或者发怒时，胸腔、腹腔还有皮下组织会充气，从而增大体积提高浮力，或者膨胀块头吓唬敌人。

两个翼人在上方拿匕首一样的武器去割膜界绳，幸而绳子出人意料地结实，一时半会儿割不断。有翼人直扑岱箫和池舟而来，有的拳打脚踢，有的手持匕首扎和刺。大概是因为失重的缘故，这些翼人简直是飞行高手，忽上忽下、忽快忽慢，能倒退着飞，能悬停不动，还能抖动翅膀来一个一百八十度的急转弯。

池舟二人不得不腾出手脚来对付翼人。岱箫需要握住绳子，还要不停地摆荡以便躲开扑过来的翼人，因而只能时不时踢一脚、打一拳。而池舟则以岱箫的身体为"根据地"，四处出击。时而抓住岱箫的手臂或者腿胫、脚踝，甩出腿脚去踹、去扫；时而用双腿夹住他的腰，仰身或者俯身去拳打敌人。池舟上上下下，翻来覆去，简直像耍杂技，殊死搏斗的杂技。

翼人们人数占优，又能够随心所欲地飞来飞去，对付束手束脚的池舟二人，明显占上风。几个回合下来，池舟二人渐有不支，几次被匕首划伤；看样子，很快就会被摔下去或者打死。岱箫想一想，便攀着膜界绳往上爬了两三米，然后将空出来的绳子往自己身上绕一圈，把绳端塞到池舟手里。池舟会意，用双腿夹住岱箫的腰，一面和翼人们缠斗，一面将绳子绕一圈系在腰间。

池舟松开双腿，放开手脚去搏斗：有时手推或脚蹬岱箫，借助反作用力扑向敌人；有时又拉扯系在腰间的绳子，撤回岱箫处，躲开扑过来的敌人；又朝岱箫喊叫，让他晃动绳子，摆荡到有利于进攻或躲避敌人的位置。而岱箫也能腾出手来进行自卫，或者助力池舟。两人越战越勇，越战越欢。

就这样，四伙人一面彼此混战，一面起起伏伏往上：翼人们簇拥着翼龙兽往上闯；耶久和"夸勒"的两伙人飞在上方阻截翼人们，又彼此打斗；池舟和岱箫则挂吊在翼龙兽下面和翼人们缠斗。

一百二十八

越往上，越失重。一路上，不断有人摔下去。不久，远远就见空中横亘着一片若有若无的光影，苍穹一般。是膜界！透明无影的膜界，被折射、反射的日光勾勒出形影。

和翼人缠斗之余，池舟二人留意到有三三两两的人试图往一处汇集。朝那些人汇集的方向望去，就见轻雾缭绕的苍穹中，光影隐隐勾勒出一个不规则的椭圆，直径两三米，缥缥缈缈的。池舟指着椭圆，对岱箫喊："膜界门！"岱箫回喊："看见了。"

膜界门前，耶久和"夸勒"的两伙人在混战，弓箭砍刀这些武器都扔完了，在血腥肉搏，都要杀出血路，往上穿过膜界门去。因完全失重，又没有用力支点，众人都失速飘在空中，只能划拉着空气行进。若遇到敌人，便揪住猛揍一顿，然后将其往后摔，借助反作用力让自己加速。有梯玛挥舞膜界绳做的套子，套住人往后扯。场面颇有些滑稽。只有十来个骑着飞兽的，因失重反而如鱼得水，上下左右四处驰骋，阻截敌人，给自己人开路。

这边，翼人们也远远望见了膜界，彼此大声嚷嚷，驱使翼龙兽奔膜界门飞去。然而耶久和"夸勒"两伙人哪里允许，几个骑着飞兽的见了，飞迎过来，撞击往上闯的翼人，又指挥飞兽划拉着蹄子去踢翼龙兽，又有梯玛拿膜界鞭抽打。翼龙兽承受不住，惊恐地号叫着，翻转身体往下逃，翼人们怎么吆喝驱使都不能迫使它回头。

池舟和岱箫本来是用膜界绳挂吊在翼龙兽下方，那翼龙兽翻转身体往下飞，二人猝不及防，被它撞上，险些被它的利爪划伤；还没喘过气来，就被膜界绳猛然一拽，然后被牵着往下。

池舟听岱箫连连大叫"解开绳子"，忙解开系在腰间的膜界绳，又伸手抓住岱箫的胳膊，叫"解开了"。岱箫听了，一手抓住池舟，一手绕开缠在腰间的绳子。两人与翼龙兽脱了钩，却仍被惯性带着往下。试图掉头往上，然而扭动身体，划拉手脚，却仍然只是悬浮在空中，怎么也加速不起来。

正焦急间，忽然听见喊声："你们两个！"池舟二人抬头，就见石巫骑着山兽"么簸"翻飞而来。池舟二人会意，待"么簸"侧身掠过，池舟便将池舟一推，岱箫抓住石巫伸过来的手，池舟则抓住了岱箫的脚踝。两人迅速翻上"么簸"的背，岱箫抱住石巫的腰，池舟则抱住岱箫的。

翼人们已经纷纷弃了翼龙兽，试图向上冲破德夯人的阻截，飞向膜界门。石巫见了，便也要去阻止他们，向池舟二人高声叫"抓紧了"，就指挥"么簸"往上，冲向翼人和德夯人，上下左右四处出击，逼退这一个，又飞向那一个。在石巫的指挥下，"么簸"不停地翻飞、悬停；池舟二人时而被往后甩，时而又往下吊，时而又和石巫撞在一起。岱箫一摸腰间，巫杖还在；便回头喊"抓牢"，拿起巫杖画出膜界绳，系在自己、池舟和石巫三人腰间，两两中间留出两米左右，然后和池舟二人放开手和翼人们肉搏。

几个回合下来，三人摔下去了不少翼人和德夯人。膜界门方向传来隆隆的声音，石巫叫道："快合上了，门快合上了。"便指挥"么簸"掉头朝膜界门飞去，身后拖拽着池舟和岱箫。德夯人和翼人们也无心缠斗，纷纷向上朝门飞去。

一百二十九

"么簸"挥翅往上，不住地躲闪挡路的翼人、德夯人和飞兽；

石巫骑在"么簸"背上，一手抱住他的脖子，一手握着他的犄角，池舟二人则被绳子牵在石巫下方。池舟仰头朝膜界门望去，就见那不规则的椭圆明显小了不少。人们正蜂拥而上要穿过去，彼此拳脚相加，已经分不出敌我。

三人一兽很快就闯进混战的人群中。"么簸"左奔右突，又用蹄子踢，又用犄角抵；石巫三人则在后脚踢拳打。德夯人和翼人虽多，但大多瘦弱，石巫三人和"么簸"则是"膘肥体壮"，一身腱子肉，很快就打出一条路，来到门前。

有几人正蜂拥扒膜界门前往山外，如同山内挤公交地铁似的。池舟和岱箫急忙上前阻止，拽住几人往后扔去。但还是眼睁睁地看着两个翼人穿了过去飞向远方。后来得知，前前后后有几十人穿过门去了山外。

池舟连声催"快过去"。然而那膜界门已经缩小到半米直径，无论石巫怎么让"么簸"改变方位和姿态，"么簸"都穿不过去。池舟和岱箫见那门正以肉眼可见的速度缩小，又见四周的翼人和德夯人正嘶吼着扑过来，发起了最后的进攻，连连叫喊"来不及了"，"我们先过去"。说着，池舟一脚端开从一旁悄悄飞过来偷袭的翼人，扒着膜界门，纵身钻了过去；岱箫立即跟着钻了过去。二人拉扯系在腰间的绳子，扒着膜界门转身，见石巫因"么簸"而犹豫不决，便一面大喊："快！快！快！"一面拉绳子拽石巫。石巫被猛地一拽，头和腿碰上膜界，往回一弹。池舟二人七手八脚把石巫竖过来，拽住石巫的脚，才把他拖了过去。

德夯人和翼人们蜂拥而上。池舟和岱箫忙着阻止，一面扒着膜界，防止在失重的情形下被敌人端飞，一面拳打脚踢那些试图穿过膜界门的敌人。而石巫则横在一边，透过门边尚且透明的膜界，望着山兽"么簸"，激动地大叫："么簸！么簸！"又见有人对"么簸"拳打脚踢，甚至用匕首刺，便喊道，"快跑！快跑！""么簸"似乎听懂了，扇动翅膀，转身往下飞去。

"么簸！么簸！"石巫看着远去的山兽，眼中突然滚出泪水，歇斯底里地大喊，生离死别一般，"我一定会回来的！我一定会回来找你！"而"么簸"似乎也听见了，转身过来，远远地望着门那边的石巫，盘旋一阵，才掉头飞走了。

不多久，那膜界门缩得只剩直径不足二十厘米的一个洞口，连人的脑袋也钻不过去。洞口那边，翼人们见肯定过不去了，又害怕德夯人转而对付他们，便展翅逃走了。几个德夯人在那边又是叫骂，又是议论。池舟听不懂土话，便问岱箫，岱箫说他们的口音相当奇怪，他也只能听个大概，说："好像在说，等下次……一定能过去……"下次？还有下次？！池舟又是吃惊，又是忧心，问："下次是什么时候？"那几个德夯人掉头往下撤，越走越远，声音越来越小。岱箫转动耳朵仔细听去，说："好像说是两个月亮再次靠近的时候。"

德夯人走远了，膜界门也缩得只有拳头大小；池舟和岱箫这才松了口气。忽听见石巫大喊："耶久，你别想跑。"二人忙扭头，就见身后不远处，有人正悬在空中挥舞巫杖，梯玛打扮。原来膜界门尚未完全闭合，有梯玛趁池舟三人没留意，施展移形术穿了过来，现身在三人身后一百多米处，正要接着移形逃走，被石巫发现了。石巫叫嚷着，就要动身去追，发现腰间系着的膜界绳将自己和岱箫二人串在一起，又见那人已经移形消失，只能罢了。

第十七章　归来

一百三十

膜界门终于完全关闭。三人讨论如何回到朗达山，如此这般商量了一阵。商议完毕，左顾右盼，牢牢记住了日光和膜界门所在的方向——这是为防止因失重而分不清上和下。又检查系在腰间的膜界绳，确保大家串在一起，同生共死。

准备妥当，三人调整身姿，脚踩膜界，彼此对一对眼神，口中数着"三、二、一"，猛蹬脚下的膜界，朝膜界门相反的方向飞去。一边飞，一边用手臂和手掌往后划拨空气，以期抵消空气阻力，保持飞行速度——池舟本来建议三人采用山内影视中超人、钢铁侠等超级英雄的飞行姿势，例如双手握拳举在头顶等，然而岱箫说那只是为了扮酷，不能当真。事实证明岱箫是对的。

不久便感受到了往下的重力。岱箫大喊"变"，三人便将姿态从头朝下改变成身体水平，张开四肢，目的是获得最大的空气阻力，尽量减小落地时的速度——跟跳伞的水平姿势一样，只是背上没有伞包。

下坠的速度越来越快。三人瞪大狼眼望向地面，希望能找到一片水面，最好掉进水里。如果找不到水面，或者看见了但是挪不到水面上方，最好能掉到树木上。如果不幸摔在岩石上，那么即使不死，也得残废。

岱箫在三人中间，听见池舟在朝他嚷嚷什么，大声问："什么？你说什么？"池舟叫："我说，到时候，我先落地……"岱箫明白，池舟这是要拿自己当肉垫，回喊道："一起！抱在一起，侧着摔。你死了，我活下来，有什么意思？又有什么脸……"这些话，恰好戳着一旁的石巫：他以前的 khub 么簸死在他眼前，刚才，他又丢下山兽"么簸"，自己逃回山外。石巫心中一阵刺痛，扭头怒吼："都什么时候了，还说这些？！"

于是继续察看地面。但是并没有看见大片水面，只有一线一线银光在闪，那应该是山中的溪流；然而溪水很浅，往往底部就大块的硬石头——而且也不能指望有那么好的运气恰好摔在窄窄的溪水里。让人胆战的是，正下方隐隐可见向上伸着三座山峰，如笔架一般，中间围着一个平台：这不是生死门、生死台和左右峰台吗？那里可都是硬邦邦的石头！

"看来是死定了！"池舟心中哀叹。就在刚才，他还视死如归，想着用自己的命换岱箫的。然而这是他第一次真正面临自己的死亡，还是本能地心生恐惧。他禁不住想道："会死得很难看吗？会不会

脑浆崩裂？就是一秒钟的事，还是得痛很久？"不由得想起蕾怡，
"她会难过吗？"脑子里又闪过一个问题，"如果岱箫死了，按照
山外的规矩，她会不会考虑嫁给我……"继而心中沮丧，"应该不会，
我还不是岱箫的 khub，甚至都不是山外人。"转念又自责，"怎么
会有这种邪恶的想法？"

　　很久以后，池舟还记得此时心中闪过的念头，也和柳志峰说起过，
说当时真在考虑岱箫和蕾怡的事情，感叹："曾经以为自己是善良
的，是个好人，看来还真只是'以为'。"柳志峰听了，说道："人
是复杂的，多面的。那些图财害命、见色忘义的，也不都是无恶不
作的大魔王，很多恶行还有壮举，就是一念之间的事。"此是后话，
暂且不表。

　　"发什么呆？"池舟被石巫的怒吼声惊醒，愣了一秒，猛然想
起来：按计划，此时应该改变身体姿态飞向一旁，以期落地时避开
石头。他来不及羞愧，匆忙左右察看，跟着石巫和岱箫转动肢体。

　　然而三人都是头一次，不知道如何改变和保持身体姿态，更不
知道用什么样的姿态能够让身体朝期望的方向飞；尝试一阵，不得
其法，身体颠颠簸簸，来来回回，甚而彼此冲撞，打起转来。三人
只觉身体下坠的速度越来越快，耳边呼呼的风声越来越响，不由得
开始慌乱。

一百三十一

　　"画巫！画巫！"忽然听见蕾怡的清脆的叫声。接着就见貔麟"山
岗"背载蕾怡，昂着头，振翅往上飞过来。

　　三人又惊又喜。岱箫见蕾怡对着自己飞过来，一面喊："打转，
转过来。"一面打手势。果见蕾怡指挥"山岗"飞到前下方，又转
过身去。于是倾斜身体，把头朝向"山岗"，俯冲过去，抓住"山岗"
的尾巴，攀上他的背，从腰后抱住蕾怡。腰间的膜界绳吊着池舟和
石巫在两旁。

　　岱箫高声说："找水，找有水的地方！"蕾怡会意，略微想一
想，便指挥"山岗"往一个方向飞去。不久，远远望见一处粼光闪闪。

飞到粼光上方俯瞰，果见一个不小的湖。湖面漾着蓝、绿色的波光。两人便指挥"山岗"往下降。

"山岗"听令，盘旋往下。越往下重力越大，渐渐支撑不住四个人的重量，往下摔去。于是岱箫松开蕾怡，往后一倒，连带着池舟、石巫一起坠向湖面。

湖面不大，一侧是崖壁，崖壁上拔起一棵参天大树，有枝丫突出在水面上，截住了下坠的池舟。那枝丫托着池舟，吊着岱箫和石巫，前前后后、上上下下晃动。前后晃动时，岱箫险些撞上一块突出石头，幸而一脚踹开了。石巫被吊在最下面，枝丫往下时，他就浸入水中，枝丫往上，他又被拽出水面。慌乱中，呛了一肚子的水。

枝丫晃动一阵，吱吱呀呀断掉，三人坠入水中。池舟知道岱箫不怎么会水，一个猛子扎到他身旁，一手托着他，蹬腿往上，浮出水面，让他仰面浮着。又见石巫也一旁浮出水面，不住地扑腾，便把他拽上一旁的树枝。然后一边踩水，一边解开三人腰间的绳子。岱箫喘过气来，翻身朝岸边游去。池舟拽着树枝，拉着石巫跟在后面。

到浅水处，池舟和岱箫站起来，协力拖着石巫上了岸。三人瘫坐在草丛中，石巫不停地咳出水，一旁的岱箫伸手拍他的背。

岱箫想起池舟的伤口沾上了蝶豹兽的鳞粉，实在放心不下，起身走到池舟旁，拉他起来，查看他的右胳膊。只见伤口红肿，四周发黑，知道这是鳞粉的毒性发作，失声叫道："要坏死了。"

岱箫把池舟拉到水边的一处岩石旁，让他坐下；自己蹲着，捧清水清洗他的伤口。然后起身，去岸边采回来一把草，类似艾蒿，放在岩石上。又找来一块卵石，在湖水中洗净，依旧蹲下，捣那艾蒿。捣了一会儿，便拿起一团放进嘴里，嚼成糊，吐在手心上，拉过池舟的胳膊，敷在伤口上。又站起来，要从衣襟上撕下一块布，半天没撕下来。想一想，拿起腰间的巫杖，引出一块膜界面和一条膜界绳，弯腰给池舟包扎伤口。

池舟见手臂发黑，有一指多高的僵痕，心中也有些发慌，害怕手臂废掉，见岱箫嚼了草药敷在伤口上，这才放心下来。抬头就见他脸上身上到处是淤青和血迹，着急道："别光顾我，你也……"

山外

一语未了，就见蕾怡骑着貔麟"山岗"从湖那边飞过来，掠过水面，落在草地上。连忙站起来，和岱箫迎过去。

蕾怡翻身跳下"山岗"，一面喊"画巫"一面跑了过来。见岱箫满身满脸都是血渍，大叫："哎呀，怎么成这样了。"掏出手绢，去水边蘸上水，跑回来就给他清洗。岱箫连说"没事，没什么"，蕾怡哪里肯听。池舟被晾在一边，走也不是，留也不是。岱箫看着池舟，欲言又止。石巫坐在不远处，见三人如此情形，心中明白七八分，不由得嘴角冷笑。

刚过午后，太阳从云层中钻了出来。几人叫上"山岗"，挪到树荫下坐了。池舟、岱箫和石巫三人，刚才还在德夯生死血战，这时却见眼前绿树成荫，芳草如茵，野花遍缀，蜂蝶往来，又听见四下里蝉鸣不止，不时传来"豌豆八勾"布谷鸟的叫声，还有一阵一阵的微风拂面，送来泥土和花草的芬芳，心中不禁弥漫出一种恍若隔世的感觉，又如同大梦初醒。

今日何日？

此地何地？

昨夜何梦？

今晨何踪？

何日何地觅何人？

何梦何踪共何情？

蕾怡迫不及待想知道发生了什么，池舟和岱箫便一五一十说了，一旁的石巫不时插上一句。说完，四人透过树冠边缘望向天空，只见苍穹靛蓝，山峦苍翠；白云朵朵，徜徉其间。都感叹：谁知道，天那边有另外一个世界，又有谁知道，那个世界会给山外带来劫难。

蕾怡掏出手机给船长和果乃们报信，却发现没有信号。幸而身上带着柳笛，便爬上岩石高处，朝朗达山方向吹响，唤来她的山鸟"波浪"（Yoj）。没找到纸笔，便采来四朵蓝色的鸢尾花，用一根草串起来，让"波浪"衔着，飞去报平安。

等太阳偏西，天稍稍凉爽，四人便动身，带着"山岗"翻山越岭往回赶。一路采野果充饥，遇着泉水，便拿树叶卷了，捧水解渴。

沐着月光回到朗达山，被人迎进营帐，向果乃们汇报情况。

一百三十二

这边，船长和果乃们早已安排青壮年们把守朗达山，搜寻方圆二十里，前前后后共抓了几十人，其中有五六个翼人。这些俘虏大多受了伤，伤重的被送往山外医院，其余的都被送去狱门岛关押在监狱中。石巫请船长留意俘虏中有没有眉角带疤痕的瘦高个，前后问了好几次，船长都回复说没有。

这两天来所发生的种种事情，已经让山外炸开了锅。所有人都在议论、猜想，乃至臆测，大家有着太多的问题：为什么朗达山上方会有膜界门；德夯到底是个什么样的世界，为什么和山外如此相似，它是否就是传说中的 Zais hav；德夯到底发生了什么，德夯人为什么要入侵山外；这翼人又是什么样的物种，德夯之外是否还有一个翼人世界；既然传说中的翼人真实存在，那么犄角人、兽头人、妖龙、库茨呢？他们是否也在打山外的主意……人们又不由得焦心：大敌当前，怎么守卫山外，守卫自由；能不能守得住；是否需要再次迁徙逃亡……一时间传言不断，流言四起。

果乃们和船长连连召开会议进行磋商。调遣人力物力，部署各种措施：无限期推迟飞伞大赛决赛和朗达祭；密切监视朗达山及其周边；审问俘虏，摸清德夯的基本情况，搞清楚德夯人和翼人的计划和底细；研究反入侵的对策和措施……果乃们决定，尽快召开紧急山外大会，向全体山外人说明情况，将重大事情交由全体山外人讨论和表决。

众人听候果乃们的调遣，各司其职，共赴劫难。青少年们血气方刚，组织起来操练武术。他们早已听说膜界绳、隐身术、移形术等巫法，都想办法搞来巫杖，向池舟几人学习请教。

然而林子一大，什么鸟都有。有一干人利欲熏心，开始囤积居奇。有异想天开的，打算捉几个翼人或者蝶豹兽、英招兽等，等明年开山了带去山内博取名利。有人心中盘算：真要乱起来，怎么躲在后面自保；怎么趁乱捞些好处；怎么趁机报复和他不对付的人，甚至把人做掉；万一山外不保，怎么先人一步逃掉……人心叵测，哪里都少不了这样的。

一百三十三

　　且说池舟、岱箫和石巫都受了伤，住进医院治疗。柳志峰说："年轻人，筋骨壮实，小伤小病都不是事；有我的技术，连疤痕都不会留。"处理池舟时，得知他右胳膊上的伤口沾上了蝶豹兽的鳞粉，岱箫采了草药嚼了敷在上面，说："幸亏处理得及时，不然就是败血症，搞不好要截肢。"

　　由此，柳志峰对岱箫所采的草药产生了浓厚的兴趣，让西兰和蕾怡抽空去山里采来一些，研究了一番。他发现草药中含着一种未知的解毒素，把这种草命名为"山外草"，把这种解毒素命名为"岱箫解毒素"。他很好奇德夯的蝶豹兽究竟是什么，它的鳞粉含有什么样的生物毒素，这"山外草"又是如何进化出"岱箫解毒素"的……这些问题的答案，将给药学、医学和生物学开辟崭新的领域，没准会带来青蒿素一样的重大突破；柳志峰只恨不能去德夯进行实地研究。

　　"山外草"之外，翼人更是让柳志峰着迷。他利用山外医院所有可利用的设备（包括一台便携式超声仪和一台二手医用 X 光机）对六个翼人俘虏进行了研究，有了一些让人吃惊的发现。

　　翼人们的长相和人类差不多，只是更立体些：高高的鼻梁，瘦削的脸颊。他们的身量也和人类差不多，只是瘦了一圈，应该是为了减轻飞行体重。虽然"瘦削"，但是为了飞行，他们的肌肉紧致而发达，身上储存的脂肪不多，只在皮下有着均匀的薄薄的一层；这使得他们的肌肉轮廓非常明显，尤其是男子，简直个个都是肌肉健身模特（虽然这几个俘虏都有些营养不良）。在展翅飞翔或者发怒时，他们会给胸腔、腹腔、皮下组织还有连接着肺的气囊充气，从而增大体积提高浮力，或者膨胀块头吓唬敌人；这使得他们"瘦削"的身形反而显得比普通人类壮硕。

　　他们的肺部连接着两个气囊，跟鸟类一样。在呼吸的时候，吸入的空气先通过肺部，和血液进行气体交换，部分还没有来得及进行交换的空气则直接进入气囊；在呼气时，气囊中的空气会被压缩，再次通过肺部排出体外，在肺部进行二次气体交换。也就是说，他们在吸气和呼气时都能进行气体交换，这叫双重呼吸，满足了飞行时对大量氧气的需求。

他们的骨头是中空的，但却十分强韧。做飞行等剧烈运动时，他们的体温会提高到四十度左右，比平常高三度，这能够提高新陈代谢率，增强能量供给。当然，他们"激动"时，体温也会身高。他们的爱，的确"好像一把火"。

最奇妙的，是他们背上的翅膀。翅膀是透明的，展开时形似蜻蜓的翅膀，只是要宽得多：翼展可达三米，宽六七十厘米。和蜻蜓不同的是，他们可以像甲虫一样把翅膀折叠在背后，如同背着一块透明的纱。天热的时候，可以张开翅膀散热，还可以用翅膀扇风；天冷的时候，可以用来裹住身体，像是披了一件披风；睡觉的时候，可以铺开来当成褥子或者毯子。

他们的翅膀还是语言表达工具。两个翼人隔得太远，就用翅膀"说话"，如同人类的旗语和手语，柳志峰称之为"翅语"。比如，张开翅膀，表示"lan"这个"翅语"单词，也就是"飞翔"的意思；同时也可表示"l"这个前辅音（翅膀的一端微微向前），"a"这个元音（翅膀微微上扬），或者"n"这个后辅音（翅膀微微上扬）。柳志峰经过长期的研究，发现翼人的语言有30个前辅音，18个后辅音和15个元音。在他们的"翅语"中，这些音素都有相对应的翅膀姿态——此是后话，暂且不表。

在翼人的文化中，翅膀还用来表达情感，承载礼节。比如，迎着人张开翅膀，表示热烈欢迎，正如人类张开双臂欢迎客人；和人拥抱时用翅膀裹住对方的身体，是朋友、恋人以及父子、母女等之间用来表达喜欢和亲密的动作；恐惧的时候，他们会用翅膀紧紧裹住自己；而在屈膝的同时用翅膀裹住自己，则是表示投降或者臣服……

尽管有着诸多适应飞翔的生理特征，翼人们还是只能做短时间的飞行：普通翼人一次只能飞二三十分钟，然后就必须长时间补充能量，恢复体力；那些身体素质十分突出的筋壮雄性翼人，最多也只能撑一个钟头左右。当然，从高处往下滑翔，不需要振翅的时候，会更长久一些。这是因为他们的体重：虽然比人类轻，但是成年女性也有四十千克左右，成年男性可达五十到七十千克，他们的肺、肌肉和翅膀还不足以支撑如此的重量做长途飞行——那天在德夯膜界门，翼人们因失重才能够长时间飞翔。

一百三十四

却说因伤员爆满，池舟、岱箫和石巫三人共用一间病房。这天，三人正说德夯的事情，有人敲门进来。池舟转头看去，是一个年轻女子，一身素装，长挑身材，鹅蛋脸面，面有郁郁之色，眉藏戚戚之情。女人挎着一个篮子，笑盈盈地分发篮子中的Fababa，茶油粑粑等糕点。大家见过，岱箫正想约池舟出门去，就听石巫说："你们两个，先出去散散心！"

岱箫便拉着池舟出了病房。池舟觉得女人面熟，想起来曾在狱门岛探监见石巫时见过她，是石巫死去的khub么簌的遗孀，便要拉岱箫回去。岱箫会意，反把他拉到避人处，轻声说："不用去偷听，应该就是那件事了。"池舟问："什么事情？"岱箫说："仰阿莎应该是决定和石巫结婚了。"仰阿莎？池舟这才知道女人名叫仰阿莎，不禁问道："那么，石巫是要娶这个仰阿莎了？"岱箫让池舟"小声点"，说："除非他能承受整个山外的鄙夷和指点。""如果反过来，石巫想娶，仰阿莎不想嫁呢？""那么，承受压力的就是她了。"

听到这个消息，池舟不知道是该惋惜还是该欢喜。不禁浮想联翩，想到这样一来，西兰可能会退而求其次，又想到这样一来，蕾怡没准也会退而求其次，心中不免有些小兴奋。

果然，不久后就传出两人订婚的消息。蕾怡骂石巫骂得更厉害了。池舟一向心大，从此也多了点心眼：心中不以为然，嘴上却跟着她骂，但是每当岱箫在场，就保持沉默，有西兰在场，就竭力岔开话题。

池舟这种没心没肺的人也开始为情所困。然而这情、这困，跟想象中的不一样，完全没有山内影视中的套路：没有两小无猜，也没有命运的邂逅；没有摔跤吻，也没有空中接抱加旋转凝视；没有暖男二号，也没有心机恶毒女配；没有车祸，没有癌症，没有失忆；没有擦肩而过，也没有机场车站追跑；没有父母阻拦，也没有小人挑拨；没有各种误会，没有"我不听我不听"；没有痛不欲生，没有寻死觅活。只有忐忑，失望，不甘心……像拢不住的薄雾，像拘不住的轻风；有如那遥望不尽的远方，又似那捉摸不透的命运。

一百三十五

　　且说船长和果乃们组织人员审问俘虏。俘虏一共一百来人，包括那天深夜跟着耶久围攻果乃团的，还有之后从德夯穿过膜界门来到山外的。除德夯人和翼人之外，还有一些山外人，以及混进山外的山内人和"放逐人"，大多是些心术不正的，被耶久用迷魂术加以控制和驱使。

　　在狱门岛的监狱里，同时在多个房间展开多场审问。审问的方式大概是跟山内影视剧学的：两人搭档，坐在桌子一边，问讯坐在对面的一两个俘虏。只是为安全起见，把俘虏们的手都绑了起来，拴在桌子腿上。少数俘虏伤势太重，便在医院找个房间进行，或者直接在病床边问话。

　　不少人，尤其是好奇心重的年轻人参与了审讯。池舟和岱箫搭档，专门审问那些看起来比较强壮和暴力的雄性，免不了拍桌子瞪眼，大吼大叫的，甚而大打出手。蕾怡、欧妮、巴洛雪、曾云妮等几个女孩子，分别和朱明矾、巴洛雨、翁里、墨巴尔等组成组，负责女性俘虏。柳志峰则和文墨言搭档，对付那些看起来比较奸诈狡猾的。

　　起先，有人还担心，如若俘虏坚决不开口要怎么办：动用刑讯吧，于心不忍，而且也为山外的自由理念所不容；不动用吧，又怕拿不到本来可以拿到的关键情报，错失拯救山外的时机。好在后来发现并不需要。原来，德夯和翼人那边都相当贫困，据人说山外的普通人家，也比德夯的高级梯玛还有翼人世界的贵族们过得好。在德夯内外，大多数人只能勉强填饱肚子，近几年灾荒频仍，更是饿死了不少人；翼人世界也好不到哪里去。大多数俘虏们是平生第一次放开了吃，有人狼吞虎咽，差点噎死，有人因长期吃糠咽菜，咽了一点肉和油，便腹泻不止。两三天过后，就有人主动开口了，生怕不配合人家就不再给吃的，有人还试探地问"能不能留下来"。

因而大家纷纷发现，最大问题不是俘虏不开口，而是如何跟他们交流。德夯人的口音很奇怪，难以听懂，他们听山外口音也费劲，审讯如同山内不同方言之间的对话。大家只能连蒙带猜，连比带画，有时候，彼此对着手舞足蹈，口中啊啊呀呀叫唤，场面相当滑稽。

德夯俘虏还能够对付，那几个翼人简直不可能：他们口操德夯、山外和山内都闻所未闻的语言，只有两个翼人粗通几句德夯话。幸而蕾怡、西兰、文墨言等几个对学习语言很有兴趣，也都有些天赋。他们主动担纲，学习翼人语，教翼人们山外话，又向大家公认的聪明人柳志峰请教，让他出主意。过了几天，竟然能磕磕绊绊交流了。

几天下来，录制了不少口供，获得了不少信息。然而各种信息纷繁芜杂，且真真假假、自相矛盾的多。果乃们想到柳志峰博士学识广博，年龄到了，有阅历，洞察人性，而且来山外没多久就赢得了大家的尊敬和信任，便请他带人识别真伪，理出个头绪来。柳志峰谦虚几句，便带着池舟等人日夜辛劳，综合整理，去伪存真，又加以分析、推测和想象，慢慢拼凑出德夯和翼人世界的图景，以及他们对山外的图谋。

第十八章　议事

一百三十六

果乃们决定几天后"升火议事"，在议事堂召开紧急山外大会。

到了这天，议事堂大厅聚集了几百人。大厅中心是火坑；火坑三面环绕着长条凳子，阶梯布置，后排比前排高；第四面是舞台，舞台中央设置讲坛，后面设有投影幕布。堂外和古老广场上竖立大屏幕，供上千人聚集观看，更多的则是看网络直播——巴洛雨等人扛着三四个摄像头负责直播。

果乃们登上舞台，在讲坛前主持了一个简短的仪式：命人在火坑升起熊熊大火，又带领大家起立，向古老致祷告词。然后依旧下舞台，同众人一起入座。独大果乃耶晓留下来。他手持权杖，做了一个简单的讲话。

"近来，大家一直在焦心山外三百年一遇的劫难。两个月前的山外大会还特地讨论了这个事。今天，我们就把这劫难的事情彻底讨论个清楚。"他一边说，一边扫视众人，"大家应该已经知道了，十多天前，山外遭遇了来自德夯人和翼人的攻击。这劫难应该就是来自德夯和翼人世界。"说着，他望向在舞台旁边的凳子上就座的柳志峰，说，"柳博士……"

柳志峰听了，登上舞台，来到讲坛旁。看得出来，他为此精心打扮了一番：穿着他最好的那套克什米尔黑西装，头发梳得一丝不苟，下巴剃得泛青。耶晓对柳志峰额首微笑，拍拍他的肩膀，然后将目光投向众人，说道："首先，请柳志峰柳博士说说这德夯和翼人世界。"说着，退到一旁，示意柳志峰上前。

柳志峰走到讲坛前，微笑着向耶晓致谢，目送他走下舞台就座，清了清嗓子，开始利用多媒体，绘声绘色地讲述德夯和翼人世界。

先说德夯："德夯跟山外一样，是一片水域包围的崇山峻岭，由膜界和外界隔开；德夯居民的语言、习俗等和山外人以及山内族人差不多。然而，和山外不同的是，和德夯隔着膜界相邻的，不是现代科技社会，而是土司辖地，还有翼人领地。而且，德夯仍然盛行巫法，由掌握巫法的梯玛们主宰，最高的是大梯玛，也叫红衣梯玛，大梯玛下面又有若干白衣梯玛、青衣梯玛和黑衣梯玛等，大梯玛和十四名白衣梯玛组成了德夯的当家梯玛团——石巫的死对头耶久便是这白衣梯玛中的一员。"

据柳志峰说，直到几百年前，德夯人经历的历史轨迹几乎和山外人的一模一样。很久以前，他们还没有迁徙到德夯，也是游猎部落，一切事情都由全体大会商量和决定，他们通过定期选举产生的果乃团来协调、管理日常事务，通过临时组成的审判团来处理重大纠纷。这样的制度，用山内的术语来理解，就是"原始军事民主制"。然而由于人性的自私和贪婪，有人逐渐坐大，集中了权力，形成了世袭的家族统治，这类似于山内古罗马的"王政时代"。之后，又被临近的强大王朝征服和收编，进入"土司时代"。大大小小的土司划地而治：××宣慰司、××宣抚司、××安抚司等。后来，有人为躲避战乱和土司统治，陆陆续续跨过膜界，迁徙到"德夯"。谁知脱离了土司统治，"梯玛"们乘机做大，在德夯攫取了堪比中世纪欧洲教会的权势和地位。

然而自跨过膜界来到德夯起，发展轨迹便和山外分道扬镳了。山外人推翻了梯玛统治，恢复了古制。而在德夯，梯玛们的统治虽几经飘摇，却没有垮掉，反一步一步加强。先是经历了"左右梯玛"时代：由梯玛团选出"左右"两名红衣梯玛共同执政，两人权力相等，相互制衡，彼此否决。遇到危难，两位红衣梯玛定期协商或抽签（通常是三个月圆月缺周期），选出一人独断，全权解决处理危机事件。后来，有红衣梯玛趁着危机获得长期乃至终身独断权，人称"大梯玛"。

讲到这里，众人早已议论纷纷，大厅里的都在窃窃私语，网络上弹幕滚滚。有人打断柳志峰，高声质问："你讲的这些，有多少可信度。"柳志峰说："我只能说，根据所收集的信息，这是一种可能性，较大的可能性。"有人问："为什么几百年前，德夯和山外一模一样；之后为什么又变得完全不一样？"

柳志峰耸耸肩，说道："这个问题问得好。我也是思考了很久，答案是……不知道。我是这么猜的：也许，德夯所在的是另一个世界，我把它叫作'德夯世界'；这个德夯世界和我们所在的世界本来耦合在一起，互为镜像，所以，德夯和山外曾经一模一样。不仅德夯和山外一模一样，德夯世界和我们所在的世界也应该一模一样。我估计，德夯之外，应该也有王朝在轮回，类似山内历史上的唐宋元明清。但是几百年前，因为某种原因，两个世界脱离耦合，彼此分开，山外和德夯分道扬镳，越离越远，山内和德夯外也分道扬镳。"然后又说了些弦理论、高维空间、宇宙膜、平行宇宙、虫洞、奇点等。

众人听得一头雾水，不少人满脸狐疑；网上也有各种风言冷语：写奇幻小说呢？这就是博士，所谓的"聪明人"的看法？这人是读书读呆了……柳志峰听了见了，给自己解嘲："所以，我说这只是猜测，我也是被赶鸭子上架。明年开山，我去山内找几个物理学家、宇宙学家来……"

大厅有人站起来，高声打断柳志峰："他们有什么用？这不是用科学所能解释的。你们山内人总说我们愚昧，其实是你们顽固，总以为自己才是对的。这一切，我们的祖先早已给出了答案：古老始祖，是他创造了不同的世界，各种人类……"

这一番话，还没说完便引爆了争论。有人附和，有人不以为然。有人问：始祖还创造了什么？兽头人？犄角人？魔法人？妖龙？库茨？是不是还有兽头人世界，犄角人世界？魔法世界？修仙世界？有人揶揄："古老不会这么俗吧，也跟风魔法和修仙？"有人想起山外的劫难："这一场劫难，是不小心为之，还是故意？这个古老，是不靠谱呢，还是心狠？"有人怒斥："就是因为你们这帮不肖子孙，背叛了始祖，才引来大祸！"有人笑道："这个神，既不靠谱，还小心眼……"

一百三十七

舞台下，大果乃耶晓站起来，挥舞权杖示意，让大家安静，说"先让博士继续讲"。于是柳志峰转身，拿激光笔指着大幕布，继续讲。

"如果说德夯的梯玛体制已经神秘了，那么大梯玛的传承制度更是让人难以相信。据说大梯玛掌权一段时间后，会着手物色继承人。他会挑选一个他中意的巫师，对他加以训导，并施展所谓的'植魂术'，将自己的魂魄植入这个继承人——因而这个继承人被称为'继魂人'。这样做的目的，一是为了保证权力的和平交接；二是为了传承某些高深的巫术——据说这些巫术几乎不可能通过学习来掌握，只能通过植入灵魂来传习。这样的制度，在我们看来，很不合理，很不公平，但和帝王君主的子孙继承制和古罗马的养子继承制等相比，已经很不错了。"

柳志峰说，考虑到植入的魂魄之强大，以及"继魂人"掌握大权后腐化堕落、胡作非为的可能性，大梯玛还会制造若干个所谓的"隐魂人"，让他们中的一个或多个在适当的时机觉醒，率人推翻暴政，替"古老"伸张正义。

大梯玛会秘密选择几个"隐魂人"，将自己的魂魄部分或全部植入。他还会对这些"隐魂人"施加所谓的"锢魂术"，将植入的魂魄加以禁锢。被禁锢的魂魄只有在特定的条件下才会觉醒，也就是所谓的"觉魂"。"觉魂"的条件五花八门：比如，"继魂人"大肆杀戮，在战争中投敌，或者被奸人蛊惑、挟持；比如"隐魂人"见了某个人，经历了某件事，或者听了某句偈语等。

除大梯玛外，没有人知道这些"隐魂人"是何人，又身在何处，这是为了保护这些"隐魂人"，防止"继魂人"除掉他们，也是为了防止心术不正之人觊觎他们体内的强大魂魄。甚而在将魂魄植入"隐魂人"中后，连大梯玛自己也不知道他们的去向。

柳志峰说："由于人性，任何权力，只要掌握在一个人或者一小部分人手中，而又不受制衡，或者受不到相称的制衡，迟早会失控或被滥用，后果相当可怕。大家都知道，山内历朝历代，古今中外，总有国王皇帝昏庸暴虐，佞臣贼子弄权篡国的时候，这往往会引发连绵的战争，到时候再加上灾祸频仍，民众十室九空，甚至百无存一真不是夸张。相信德夯那边的世界也不例外，德夯设计出'继魂人''隐魂人'这一套复杂的机制，就是针对大梯玛和白衣梯玛团的权力。

"然而，再周密的设计，也有疏漏的地方。如今德夯就面临这样的情况：他们的大梯玛前不久死掉了，却没有'继魂人'，不知道是他生前就没有立，还是虽然立了，却没有公之于众。可以想象，不久的将来，德夯肯定会爆发你死我活的权力斗争。"

说到这里，柳志峰扫了一眼现场听众，众人都在交头接耳，唯有大果乃耶晓，似乎被什么触动了，盯着火坑中熊熊的火焰，在思索着什么。柳志峰又看了看讲台上的笔记本，见屏幕上的视频已经被弹幕淹没，便按计划停下来，说："我知道，简直让人不敢相信。大家一定有很多问题，我先选几个典型的来说说。"说着，将笔记本屏幕投影到背后的大屏幕上，指着其中几条弹幕，念道，"博士，这世上真有灵魂吗？""魂魄怎么植入呢？部分植入？需不需要分裂灵魂呢？""怎么禁锢魂魄？""这植魂术、锢魂术到底是什么？怎么操作。"

念完，柳志峰转身望着大家："关于这世上有没有灵魂这个问题，山内争论了几千年，也没有最终答案。我个人一向不相信鬼啊、魂啊的。可是，自从进入山外，见识了这么多神奇的东西，又有些不确定了。正如刚才有人说的，人不应该太顽固，不应该总以为自己才是对的，要张开'灵魂之眼'，不要做井底之蛙，不能做洞穴中的囚徒。

"这几天想了很多。一切科学知识，都要求认知的对象是能够探索的，能够验证的，而能够探索、能够验证，就要求探索的主体和客体之间具有物质和能量交换，对于那些不与我们的世界产生任何物质和能量交换的，科学就无能为力了。正如牛顿定律、相对论还有量子力学这些，都有适用范围，科学也有适用范围吧——更确切地说，是我们的认知是有局限性的。没准在某个高维空间，在另一个世界，就有某种存在，类似于无影无形的灵魂，每个这样的存在都和我们这个世界的一个人耦合在一起，虽然其存在和活动方式，可能并不完全符合我们的预期，可能也没有天堂、地狱、轮回、投胎这些——当然，也可能有，毕竟不能固执己见……"

此时，网上直播视频不断地闪过粗体和鲜艳的弹幕："说人话！说人话！"柳志峰瞥见了，笑道："不多说了，我并不比大家知道得更多。我要都知道了，还在这里混什么？"说得大家都笑了。

柳志峰停顿一会儿，继续说："关于怎么植入魂魄，又怎么禁锢魂魄，植魂术、锢魂术到底是什么，还有'继魂人'和'隐魂人'，答案是……不知道。山外也有招魂、迷魂、催魂、御魂等关于魂术的传说，但是没人听说过植魂和锢魂。不但我们不知道，相信连绝大部分德夯人也不知道：据俘虏们说，只有最高级的梯玛，也就是大梯玛和一部分白衣梯玛才知道。"

一百三十八

大家提问和讨论一阵后，柳志峰开始介绍翼人。他先让一位翼人少年和一位翼人少女上台，以他们为实例，介绍翼人的生理结构和语言文化。

柳志峰向大家介绍："这个小姑娘叫玛雅……这个年轻人叫雅克。"玛雅身着玫瑰色左襟高腰短袖，下穿米黄色百褶裙。百褶裙是西兰送的，短袖是蕾怡送的，蕾怡把短袖背后剪掉了一块，方便她露出翅膀。她身量尚未长成，又长期挨饿，因而身形娇小，楚楚可怜。为方便展示，雅克只穿了池舟给他的白色短裤，系着岱箫送他的腰带，显出浑身饱满的筋肉——他刚被俘虏到山外时，还面有菜色，到山外后也就十多天，便养得膘肥体壮的，快赶上池舟和岱箫了。

接下来，柳志峰指着雅克的身体，简单说明翼人的人身形，便让雅克和玛雅转过身去，背对着众人。就见两人在肩胛骨，也就是蝴蝶骨处，背着一块透明的纱，那是折叠的翅膀，翅膀下面是隆起的肌肉，柳志峰称之为"翅肌"。在柳志峰的示意下，两人展开了翅膀。"雅克"在翼人中算高大的，翼展长达三米多，宽约七十厘米。"玛雅"看起来娇小，翼展也近两米。柳志峰示意扛着摄像头的巴洛雨靠近，拍摄翅膀的细节。

翅膀是透明的，状似巨型的蜻蜓翅膀，只是要宽得多。翅膀中隐约可见枝丫一样发散的脉络，也就是翅脉。据柳志峰介绍，这些翅脉是弹性的，可以折起来，方便把翅膀折叠在背后；又是中空的，展翅时可以向其中充气，使得翅脉更加坚韧。翅脉上附着有透明的肌肉，用来辅助张开和收回翅膀以及调整翅膀的姿态，肌肉上延展着神经，用来感知气流和翅膀的姿态。翅脉和肌肉上附有血管，给肌肉提供氧气和养分，平常仅有少量血液流过，剧烈飞翔时大量充血，一是为了加大氧气供应，二是为了使翅脉更加强韧，故而翅脉平常很淡，仅隐约可见，剧烈飞翔时便变成青紫色，如同人的青筋一样。翅脉会不断地从根部，也就是肩胛骨处向外生长，翅膀边缘处的老旧翅脉则会定期萎缩和脱落。

翅脉之间是透明、柔软而坚韧的"翅膜"，约有两三张纸那么厚。翅膜跟人类的指甲和毛发一样，没有痛觉和触觉，能够不断地再生，以便替换磨损的部分。

因此，翼人虽然比人类"瘦削"，食量却比人类大：他们需要大量能量进行飞翔，又需要大量营养来生长翅脉和再生翅膜。

在柳志峰的示意下，雅克和玛雅把翅膀收到身体两侧，转过身来，面向大家，一边微微颔首，一边用手抓住两侧的翅膀，微微向前向上抬起，玛雅还稍稍屈膝。柳志峰说："这是在向大家问好。"大家纷纷鼓掌，大声叫："你好，雅克。你好，玛雅。你们好！"

接着，蕾怡和文墨言上台，介绍翼人的"翅语"。在文墨言的示意下，雅克和玛雅张开翅膀，微微扇动；蕾怡在一旁说："这表示'Lan'，飞翔。"两人就这样一连展示了好几个"翅语"单词：像白鹤一样高举着翅膀，翅端上扬，表示"Tus"，鹤；像雄鹰一样展翅，翅端微微收拢，表示"Dav"，鹰；而平展翅膀，翅端往后，则代表"Nqos"，燕子……

接下来，"雅克"一面做出"Dav"（鹰）的翅语姿态，一面微微扇动翅膀。蕾怡指着雅克说："这是一句翅语：一只雄鹰正从上方朝我飞来"，又侧身指着大屏幕说，"Daver Laningupkuv。'er'是单数雄性后缀，Daver 意思就是一只雄鹰，大家注意，雅克正伸出一根手指，而且是竖着的，这是翅语中表示单数和雄性的意思；Laningupkuv，这是翼人语中'Lan'（飞翔）这个单词的变体，ing 表示进行时态变体，up 表示上方，kuv 是'我'的意思，在这里用作表示向心的趋向变体，ingupkuv 指'正在，上方，朝着我'，Laningupkuv 意思是'正在从上方朝我飞来'。"蕾怡说着，又转向正在打翅语的雅克，说，"大家留意，雅克在扇动翅膀时，翅膀先是微微往上，然后朝向自己，这就是在表示 ingupkuv 变体。"

雅克停下来，收了翅膀。一旁的文墨言说："是不是跟山外话挺像？"接着，文墨言念了几遍"Laningupkuv"，又把一个山外话单词念了几遍，问大家，"是不是很像？时间，方位，还有趋向，简直跟山外话一样。"台下众人纷纷点头，网上也有不少人附和。原来，山外话中，动词有各种变体，包括"时态变体"（表示动作的时间），"方位变体"（表示动作相对于说话人或者主语的位置），以及"趋向变体"（表示动作相对于说话人或者主语的趋向，相当于中文中的"来"，"去"），不做详述。

接着，柳志峰用纸笔画了一张图，拿着图和雅克沟通一番，雅克点了点头。柳志峰又叫池舟和岱箫上台，把讲台挪到一边，然后让舞台上的人统统退下。

大家正纳闷，就见雅克后退到舞台，展开翅膀，开始振动。他越振越快，直到台下都能感到呼呼来风；翅膀里的翅脉开始发青，发紫，直到变成暗红色。就在同时，他大口大口吸气，身体在膨胀，浑身肌肉越发鼓凸。不多时，他向前助跑几步，从舞台边缘腾空而起。众人顿时欢呼雷动。

雅克飞到火坑上方盘旋。火坑上方本来悬着一盏巨大的吊灯，此时已经被收起来了，贴着屋顶，给他腾出了空间。他翅下生风，吹得火焰一阵一阵猛烈爆发，上下左右狂窜。围着火坑坐在最前排的人，不住地高声惊叫，往后仰身，躲避袭过来的火焰；一位老人的胡子还是被点着了，急得他拍个不迭，幸而一旁的人泼了一瓶矿泉水。

柳志峰等人注意到，雅克飞翔的时候，也用手来调整翅膀的姿态；当背部的"翅肌"太累时，他还用手抓住翅膀扇动。他的腿或屈或伸，或岔开或并拢，以此来调整身体的重心，改变身体姿态。他还左右上下甩腿，像动物的尾巴一样平衡身体，像舵一样改变或保持飞行方向。

雅克也是年轻好胜的，见众人朝他欢呼，十分得意，他又有意讨好山外，想着留下来过能吃饱饭的日子，因而在火焰上方盘旋、卖弄，做出悬停、翻滚、掉头等惊险动作，碰得吊灯直摇晃。他几次俯冲向火坑，几乎被蹿起来的火焰吞没，才猛抬升上去，又收拢翅膀，从仅两米见方的窗户洞口飞蹿出去，在议事堂外转一圈，再飞蹿进来……足足炫耀了十多分钟，才落回到舞台上。大汗淋漓，气喘吁吁。

巴洛雨扛着摄像头凑上去，给雅克特写镜头。几个好奇的孩子跑上台，去摸雅克的翅膀和鼓凸凸的筋肉。一旁的池舟和岱箫连忙上前，一边呵斥，一边制止。雅克倒是一笑置之。西兰和蕾怡递上毛巾，让他擦汗。在众人经久不息的掌声中，雅克一边擦汗，一边跟着池舟几人退到台下，就座休息。

池舟几人好奇，问雅克为什么如此技高人胆大，雅克用生硬的山外话说他逃难到山外前，在翼人世界的 TusLanv 和 DabLanv 的一家剧团兼杂耍马戏团讨生活。蕾怡听了，兴奋地问："你们演过什么戏？马戏团好玩吗？都有什么节目？哪些动物？你一定迷倒了不少人！"

一旁有人听见了，凑过来问"TusLanv"和"DabLanv"是什么。岱箫轻声解释："是翼人世界的两个王国。一会儿柳博士会详细说。"

一百三十九

等雅克退下舞台，柳志峰便让人把讲台依旧挪到舞台中央，在大屏幕上展示一张地图，开始介绍翼人世界。德夯和翼人世界之间连着水域，被膜界隔开——实际上，并未完全隔开，彼此之间偶尔有少量的人员往来。

"德夯和山外类似，而这翼人世界，与德夯和山外完全不同。和德夯隔着膜界相望的，是一个很大的岛屿，翼人们称其为'Kob Loj'，Kob 是岛屿的意思，Loj 是'巨大'的意思，我把它称为'克洛岛'。从空中俯瞰，克洛岛大致呈矩形，从西北向东南延伸，在西南突出一个角。北部是高地，南部是山地，有一条大河从北部高地向南再向东，在东南海滨冲积出一个不小的平原。

"克洛岛有三个王国，北部是 DabLanv，南部是 TusLanv，西南是 NqosLanv。大家已经知道，在翼人语中，'lan'是飞翔的意思，'lanv'是'lan'加上'av'（地方、陆地）的变体，意思是飞翔的地方，而 Tus，Dav 和 Nqos 分别代表鹤，鹰和燕子，TusLanv、DabLanv（为方便发音，Dav 在此变为 Dab）和 NqosLanv 自然指白鹤、雄鹰和燕子飞翔的地方。"

为方便起见，柳志峰把三个王国称为"鹤兰国""鹰兰国"和"燕兰国"。据说鹤兰国（TusLanv）最为强大，已经收服了燕兰国（NqosLanv），在和鹰兰国（DabLanv）相爱相杀。

岛屿往东是大陆，Av Loj，柳志峰将其叫作"埃洛大陆"。大陆上大大小小的国家林立。这些国家的居民，虽然也是翼人，但是他们的身形和长相又和克洛岛上的略有不同，尤其是翅膀的颜色和形状，据说有金色、蓝色等颜色。他们说的话也和克洛岛上的不同。

和鹤兰国（TusLanv）隔着海峡相望的，是 FebkisLub，菲吉国。FebkisLub，意思是 Febkis 出没的地方，据说 Febkis 是一种类似山兽的飞兽。菲吉国（FabkisLub）的东南邻居是 NtoosZos，吐佐国。吐佐国（NtoosZos）是一个半岛国家，因三面的水域中都有 Ntoos 出没而得名，Ntoos 是一种类似山内的虎鲸和鲸鲨的水兽。菲吉国（FabkisLub）和吐佐国（NtoosZos）是埃洛大陆上最为强大的两个王国，为了争霸，彼此视对方为死敌。

鹤兰国（TusLanv）和菲吉国（FabkisLub）只隔着一条不宽的海峡，因而多有领土争端，双方已经打仗多年。敌人的敌人就是朋友，鹤兰国和吐佐国（NtoosZos）交好，鹤兰国刚驾崩的国王迎娶的就是吐佐国的公主。而和鹤兰国相爱相杀的鹰兰国（DabLanv）则和菲吉国（FabkisLub）交好，鹰兰国的王子和公主打小便被送到菲吉国的宫廷接受教育。

......

一百四十

大家一直揪住柳志峰问个不停。大果乃耶晓走到讲台旁，示意大家安静，总结了几句，然后不急不缓地开始演讲。演讲用的是土话，翻译过来，大意是："大家一直疑惑的劫难，终于水落石出了。带来这劫难的罪魁祸首，是德夯的一个梯玛，名为耶久，相信大家已经对他有所耳闻。这些年来，德夯连遭天灾和战争，这个耶久，不满梯玛团的腐败和无能，纠集一伙梯玛，实施所谓的'拯救行动'，企图绑架梯玛团，号令德夯。失败后，机缘凑巧来到山外，企图占据山外。"

然后，他把石巫、池舟、岱箫、蕾怡、西兰几人叫上台，让他们讲述了那几天相关的经历：从石巫被耶久绑架，深夜出逃，到几人向果乃们报告耶久的阴谋……一直讲到石巫、池舟和岱箫追击耶久，穿过膜界到德夯，和耶久等大战之后又回到山外。接着，让晁骐和仡晓上台，讲述他俩如何被耶久用迷魂术控制，如何被他挟持围攻果乃们。晁骐一直羞愤不已，本不愿意，却拗不过耶晓一再坚持，只得勉强上台，站在一旁，诺诺附和。又让朱明帆和翁里等人讲述了如何收到山鸟们传递的消息，得知耶久的阴谋，如何赶去救援果乃们，挫败耶久，又是如何俘虏一众德夯人和翼人。最后，还让石巫演示了从耶久那里偷学的穿障术。

大家一面听，一面议论纷纷。有人不信任石巫，认为他又在耍花招，而且还会耍花招；有人对穿障术尤其感兴趣，揪住石巫问个不停；有人对翼龙兽、蝶豹兽、英招兽这些飞兽很好奇，不停地询问岱箫三人，还根据他们的描述画了速写……

有人质问果乃们："为什么到现在才向大家说明白？真是谣言倒逼真相。"耶晓回到讲台，说道："现在，大家都知道了耶久，知道了他占据山外的野心，还有他企图绑架果乃团、号令山外的未遂行动，也知道了十多天前德夯人和翼人入侵事件的前前后后。"

说着，他把双臂伸向大家："感谢在场的各位勇士。"然后指着柳志峰，说道，"感谢来自山内的朋友们。"又对着摄像头说，"感谢全体山外人，我们挫败了耶久的种种阴谋，阻止了德夯人和翼人的入侵，还活捉了不少俘虏。然而……"他停下来，望向大家。好一会儿，才清了清嗓子，继续说道，"更大的考验还在前方。

"根据所得到的情报，如今，有关'山外'的消息，已经传遍德夯、土司辖地和翼人世界，各路人、各种势力都打起了山外的主意。有人要逃荒逃难过来，有人想来烧杀抢掠，有的要占据山外，有的要扩张领土，达不到目的就不惜毁灭……他们的下一次行动，应该就在两个月亮再次靠近，膜界门大开的时候——这膜界门会越开越大——就在一个多月后，确切地说，一个月零十天之后。

"刚才，柳志峰柳博士详细介绍了德夯人、翼人和他们的世界。相信大家都明白了，我们所面临的敌人很强大：有的会巫法，有的会飞翔。而且，德夯之外的土司和王朝，翼人世界里的强权们，还要强大，他们要入侵，真的就是一场劫难，几百年一遇的劫难。"

接下来，耶久让大家讨论发言，消化信息，献计献策。众人早已议论纷纷，纷纷抢着上台发言，大屏幕上弹幕滚滚，网上语言聊天室中，人人抢着"上麦"。最热门的话题是：如何守住膜界门；没守住膜界门的话，怎么组织面对面抵抗，在哪里决战；退到哪里，怎么打游击；怎么备战，大家该准备什么等。很多人，尤其是年轻人，都说一定要誓死保护山外。

一百四十一

柳志峰也参与讨论，回答问题。他注意到一个很有意思的话题：万一守不住山外，要不要跟祖先一样，踏上迁徙之路；往哪里迁徙，去山内，还是山外北方的茫茫大山；去山内的话，是不是要等到明年八九月份开山，这之前要怎么办……

有人聊起再次迁徙的话，需要准备什么。据说祖先们跑路很方便，一有风吹草动，穿戴起银饰（家里值钱的东西都换成了银子，打成了银饰），揣上盐巴（当时盐和铁也是稀罕物），佩戴上弓箭和砍刀，背上孩子，搀上老人，就上路了。如今需要怎么样？逃往深山里，是不是也要带上盐巴和弓箭砍刀。逃往山内的话，盐巴什么的就不必了，要带上手机、身份证、钞票等。有人很担忧：没有山内的身份证要怎么办？不识字，听不懂山内话的，要怎么办？听说山内骗子流氓横行，要怎么应付……

不知不觉，太阳已西沉，天色暗下来。开了一天会，都饿得不行，老人孩子撑不住了。耶晓见了，便和果乃们商量，然后上台做最后的发言。发言是用的当地土语，柳志峰听文墨言和岱箫翻译，很有感触。

"这次大会很成功,完全达到了目的:大家都知道了所有的情况,对即将面对的入侵,也都有了思想准备。

"最后,我想说的是,我和大家一样,无比珍视自由,愿意用生命去捍卫她。"说到这里,大厅内外掌声雷动。

耶晓伸手,示意大家安静下来,接着说:"我们的祖先,就是为反抗土司和强权,追寻自由,历经艰难险阻,九死一生来到这山外。在山外,大家是一个一个平等和自由的个体的联合。没有任何一个人能够强迫另外一个人做什么不做什么;没有任何一个人能够决定他人能够说什么不能够说什么;没有人可以因其权势和地位而凌驾于另外一个人之上——实际上,在山外,也没有人拥有比他人更高的权势和地位。没有谁要忠于谁,没有谁应该尊崇谁。

"对于子女、父母和长辈,也是如此。我们爱孩子,对他们加以教导,但在我们面前,他们也是平等和自由的个体,并不附属于我们,我们也从不利用他们的年幼无知而对他们进行洗脑和控制,让他们顺从我们。父母给了我们无条件的爱,因而我们爱他们,但这也是在平等和对等的个体之间,我们不会依附于他们,更不会孝顺他们。对于老人,我们因为他们是弱者而加以照顾,却不会因为他们年纪大就给予额外的尊敬。

"因为如此,我们曾被称为蛮夷,苗蛮、土蛮,苗夷、土夷,被说成是'禽兽':不受教化,不忠不孝,没有天理人伦,没有君臣父子、尊卑长幼。我们认为,这是对我们最高的赞誉:我们就是在这山野之中自由栖息的飞禽走兽,是大山的子孙,是森林的精灵。

"自由镌刻在我们的骨髓中,流淌在我们的血液中,是我们身体的一部分,是我们魂魄的核心。在我们眼中,她是最可宝贵的东西,名声、财富、权势、美色等,在她面前,什么都不是,为了她,我们愿意抛弃任何东西。我们更不会让任何人来玷污和夺取她,愿意用任何代价来捍卫她,包括生命!"

大厅内外,各网络聊天室里又响起掌声。耶晓望着大家,等到掌声消退,才继续说:"我们即将面临的敌人,那些要夺走我们自由的人，非常强大。但我们有着更强大的武器，那就是 Kulau 给予我们的：友爱、智慧和勇气。让我们团结友爱，群策群力，以雷霆一样的勇气共赴劫难。"

说到这里，耶晓让人熄灭火焰；然后宣布："会开完了——大家回去之后，请时刻保持警惕，发现情况，马上报告。随时做好准备，听候果乃团和船长的召唤和安排。"

第十九章　备战

一百四十二

会后，匆匆吃点东西，果乃们和船长便连夜召集人，商议御敌策略。池舟、岱箫和石巫三人自然参加了，柳志峰已经被大家奉为"聪明人"，也被邀请参会，蕾怡软磨硬泡，硬是去了。

大家畅所欲言，讨论激烈，争执不断。青年们荷尔蒙爆棚，尤其激动。翁里和他的 khub 等人甚至和几人动起手来，果乃们不得不叫人把他们摁住，拖出场外。几人还骂骂咧咧，扬言要自己采取行动。真是土话说得好：世上凡有两个人，就会有争吵；有三个人，就会有政治；有四个人，就会有战争。让众人诧异的是，这次石巫倒是老实，全程冷眼旁观。

众人吵嚷了一夜，才基本达成共识：所有战士分为两拨，第一拨由军家的两位二果乃，朱柏川和曾翼率领，到时候飞赴天空迎敌，筑起第一道防线；第二拨则由船长带领，巡视和把守朗达山，在下面接应。第一道防线失守，战士们撤到朗达山，和第二拨会合，一起坚守第二道防线；第二道也失守，则撤到镇上坚守，能坚持多久是多久，同时，非战斗人员，除一小部分逃往北面的深山，全部撤往狱门岛；如果镇子不幸失守，所有战士也撤往狱门岛，万众一心死守岛屿，坚持到明年开山，逃往山内。又让乔伊和卡琪娜等筹措物资，制定逃亡方案……

期间翁里几人提出，要主动出击，到德夯去先发制人，说，"别说咱们人少，山内当年的蒙古铁骑、女真部落，还有征服英国的诺曼人，也都没多少。"大家争论来争论去，还是否决了。有人提出敌多我少，但敌人不熟悉山外，可以考虑诱敌深入，再加以围歼，也被否决了……

池舟几人问："既然要把敌人挡在膜界门之外，为什么不把这门给关上？"有果乃回答："这是最直接，最简单的办法，当然考虑过了。能这样当然最好，但指望不上。"据说，这膜界门说是门，却并没有扇门在那里等你关上。也就是说，这膜界平常根本就不存在，更没有膜界门，你无从关起。通往德夯的也好，通往山内的也好，都是这样。而且，问遍了山外，连俘房们都一一问了，没人知道怎么关门。这些年来，山外一直希望能够根据需要随时开关通往山内的膜界门，一直找不出办法。即使有办法，等膜界门打开，就已经迟了：敌人早就过来了，也不会让你就那么把它关上。

一百四十三

上千山外青壮年被编入"第一防线军"和"第二防线军"。"第一防线军"有六百多人，由朱柏川和曾翼统领；"第二防线军"有四百多人，由船长统领。有几个翼人俘房归顺山外，说"本来就是逃难的，很感激能在山外讨上生活"，并表示愿意加入战斗。果乃们考虑到他们会飞翔，便将其编入"第一防线军"。也有德夯俘房表示愿意为山外而战，然而果乃们不放心，只挑了几个编入"第二防线军"。

池舟、岱箫和石巫都被编入"第一防线军"。三人都身手不凡，而且有过作战经历，因而被选为教练，给大家做演示、传授经验。为方便训练和战时机动，两位统领把六百多人分为二十个组，有一个组的成员全是巾帼。蕾怡堵截果乃们，软泡硬磨要求加入，三天后终于如愿。

大家各就其位，开始练兵备战。每天天刚亮，"第一防线军"的战士们就从四面八方跋涉到青苗岭和黑苗岭之间的"青苗湖"边，在水面上展开训练，中午各自找地方吃饭休息，避开毒辣辣的太阳，下午操练到太阳落山才散。有人因家离湖太远，就在湖边的山林里搭帐篷露营，或者住在山外学校里——学校离湖不远。

首先是训练如何驾飞伞往上。除飞伞外，大家还带上柳笛和山鸟，吹柳笛训练鸟儿们。这是考虑到：平常驾飞伞，是从高处往低处滑翔；而这次战斗，是要往上飞向膜界门，只能滑翔一小段距离，因而对很多驾驶者们而言，只有借助山鸟们，才能顺利地张开伞布飞起来，有人还需要鸟儿们往上送一程。

那几个翼人自然不需要这样的训练，他们由雅克和玛雅则带领，在空中飞来飞去，协助这个，纠正那个。大家发现，雅克不仅飞行技术高超，人也机灵，便让他做侦察兵和传令兵，穿梭各处，进行侦察和传令。

每次训练，蕾怡都会带上貔麟"山岗"。她经常骑着"山岗"在水面上飞来飞去，远远地和人打招呼，神气活现的，引得大家议论纷纷，有羡慕的，有嫉妒的，也有不屑的。石巫见了，未免想起山兽"么簌"和khub么簌，独自黯然神伤。池舟和岱箫则想起在德夯见识过的蝶豹兽、英招兽等飞兽，后悔"没弄几头过来"。

另一项重点训练是：在失重状态下，如何前进，又如何与敌人搏斗。为此，池舟三人现身说法，向众人讲述他们在德夯膜界门的战斗经历，还找来视频，给大家展示山内宇航员在太空站里的活动，让大家想象和揣摩失重的感觉。三人说，"在那种情况下，只有翼人能够来去自如。"因而建议"大家都配上翼人一样的人造翅膀"。

两位统领听了，觉得有理，立即和果乃们商量，让卡琪娜和南盈——民家和黑苗的美女二果乃——领人日夜辛苦，赶出六百对仿翼人翅膀。翅膜是透明塑料的；翅脉是用篾片加钢丝做的；翅脉根部连接在一个背架的两侧；背架能够贴附在人的背部，连接着可调节的背带，方便穿戴和固定。只是，这仿造的翅膀不能和翼人的相比：

它不能折叠，只能垂在背后，跟透明的襄衣似的，因而大家都叫它"襄衣翅"。这"襄衣翅"也不能自己振动，你只能用双臂抓住它来扇动。受到自身生理构造的限制，人是没法靠"襄衣翅"克服重力腾空飞起来，甚至很难用它来滑翔。

山外自然找不到失重环境，大家便用自由落体和抛物线飞行来模拟。几个人结伴，一起从高处跳向水面，或者荡秋千甩向水面，在落水之前，扇动"襄衣翅"，扑向彼此，展开肉搏。也有人悬吊在水面上，或者咬着呼吸管，潜到水下。

对于年轻人，这些训练十分有趣，与其说是练兵，不如说是做游戏。大家常常"玩"得忘乎所以，爆出阵阵嬉闹欢笑声，即使受伤了流血了也不在乎，以至于朱柏川和曾翼两位统领不得不提醒大家：这不是闹着玩，这是关乎山外生死存亡的练兵。

一百四十四

石巫找机会给两位统领献策，对他们说："只有用巫法才能打败巫法，务必把巫法也设为训练科目，让大家掌握。"两位统领听了，向岱箫征询意见，又向大果乃请示，决定在这件事情上姑且信任石巫，并让他领头教授。随即通知大家：调整了训练计划，划出几个上午、几个下午，分组分批学习巫法。又强调"这也是一件大事"。年轻人们正巴不得如此：他们早就听说了神奇的法术，有人早已想办法搞来巫杖，向岱箫几人请教过多少回了。

于是石巫带领池舟、岱箫和蕾怡三人教授大家巫法；还找来他的梯玛伙计们帮忙。他见池舟三人都听他调遣，众人又尊他为师，向他请教，心中十分受用。

说起这巫法，根据山外的传说，不下数十种，光叫得出名的就有：招魂、迷魂、催魂、御魂……各种魂术；隐形、移形、变形……各种形术；幻影、驱影……各种影术、幻术；占卜、预言……各种时光术；医术、星术、相术、辩术、附魔等。不久前，池舟几人还见识过了石巫展示的"穿障术"，又从德夯俘虏口中得知了植魂术、锢魂术、裂魂术、御魂术、摄魂术、夺魂术等。山内还传说族人会养蛊、赶尸这些——虽然多数族人矢口否认，说"都是外人猎奇编出来的"。

　　然而所有这些巫法中，池舟、岱箫和蕾怡三人只会膜界绳、膜界鞭、隐形术这几样。三人商量后，趁训练间隙，向石巫打听其他的。谁知石巫踟蹰一阵后，吞吞吐吐道："我也就会穿障术，还是在被耶久绑架期间，偷着学的。"蕾怡教导："真的假的？你不会还想瞒着什么吧？"石巫冷冷地看着蕾怡，不说话，那意思，仿佛在说："起先，你还不信。现在，又怀疑我藏着掖着。"池舟问："那么，移形术呢？"石巫说："我也是那天追赶耶久才第一次见到。私下里揣摩过，练习过，一直没有成功。"

　　蕾怡叫道："石巫，你什么意思？说什么'用巫法打败巫法'。就这几样，怎么打败人家？"池舟和岱箫听了，急忙打圆场："现在知道了都有哪些巫术，慢慢琢磨；他们会的，我们也一定能会。"蕾怡说："还有不到一个月，人家就要打过来了，现学现用都来不及啊。"

　　石巫把三人扫视一遍，缓缓说道："你们不要着急，听我说。虽然咱们只会几样，但是教给大家，让大家心中有底，知道这巫法大致是怎么回事，将来看见敌人施法，就不至于惊慌失措，吓破了胆，也能见招拆招，想办法破了他们的法术。敌人看见我们也会，还能破了他们的，气焰就会下去不少。而且……虽然就这几招，练熟了，保不住能派上大用场——山内打仗，基本只有一招：拿枪瞄准了，射击。"

　　"嗯……"池舟和岱箫听了，沉吟了一会儿，觉得似乎有理，说道，"那么，你教我们穿障术，我们学会了，好教大家。"石巫左右看看，说："这里人多，咱们晚上回学校后再说。"池舟三人不解，问："有必要躲着人吗？"石巫说："打起仗来，信心和士气很重要。巫法这件事上，咱们就是大家的底气，先不要让人知道咱们其实就会这几样，还需要现学……"

　　听着听着，蕾怡哼了一声，投去怀疑和不屑的目光。池舟和岱箫听了，实在是分不清此番他是在说实话，还是又有所保留，有所隐瞒，甚至又是欺骗，又在要什么阴谋诡计。想要质问他，又知道肯定问不出什么来，白白费口舌，还惹恼他，总觉得他的做法不妥，又想不出言辞来指正，"姑且听之信之"。

一百四十五

当天晚上，四人训练完回到"古老楼"，吃完饭，聚在休息室厅里，开始研习"穿障术"。柳志峰见了，也凑了过来，得知情况后，也要加入。石巫犹豫片刻，也就应允了，叮嘱柳志峰"要保密"。柳志峰忙答应了，又让大家"等一等"，找出摄像机架在一旁，要把石巫的动作录下来，方便研究。原来，柳志峰自来到山外，尤其是观看飞伞大赛后，感觉又被点燃了。他大发少年狂，想起之前曾在山外集市上买了一根龙纹巫杖留作纪念，便找了出来，学习巫法。

于是大家手持巫杖，围着石巫，一边观察揣摩，一边比画。就见石巫掏出山兽巫杖，凝视一会儿，似有所感，然后拔出巫剑，上下左右、前前后后挥舞一阵，突然从大家眼前消失。然后又现身出来，收回膜界。大家都说"太快了，没看明白"，石巫便再演示了一遍。

大家迫不及待地开始尝试。然而这穿障术不比山内影视中的魔法，不是挥挥棍子念念咒就可以的。相反，简直像玩体操和杂技一样，需要四肢密切配合，每个动作都要做得恰到好处。柳志峰拿剑画着画着，哎哟一声绊倒在地。大家忙上前扶起，送到墙角沙发上。

蕾怡质问石巫："你有没有藏着掖着？"石巫冷笑一声，正要说什么。池舟上前，请他再演示一遍。石巫看了看池舟，又看看蕾怡，拿起巫杖，正要演示，听蕾怡叫道："等一等。"就见蕾怡跑去厨房，不一会儿，端来一盆水。蕾怡让池舟拉来一把椅子，把盆放上去，对石巫说："你引出来。"石巫冷冷地问："你要干什么？"池舟和岱箫忙说："这是给膜界染上颜色。"石巫这才拔剑从鞘中拉出膜界，让蕾怡给抹上溶液；果见膜界表面折射出五彩颜色。

石巫牵引五彩膜界，眼花缭乱地画了一阵，消失片刻，仍旧现身回来。池舟三人早已动手尝试。然而又试两三次，还是不行。岱箫问石巫："你画的是个什么形状。"石巫凝神想了好一阵，说道："这个，真是山内话说的，只可意会，不可言传。"话音未落，传来柳志峰的叫声："我有办法了。"大家忙转头看向墙角沙发，问"什么办法"。柳志峰却卖起了关子："明天晚上你们就知道了。"

第二天晚上，大家仍聚在休息室。柳志峰早已架好了幕布和投影仪，投影仪连着笔记本电脑。柳志峰给每人发了一副茶色眼镜，然后操作笔记本，往幕布上投射影像。大家戴上眼镜看去，原来是3D视频，展示昨天录下的石巫演示"穿障术"的动作，并用不同颜色标识他所画膜界的种种形状，而且可以调节播放的速度，还能变换视角。大家啧啧称奇。池舟不由得面露愧色：他做过一段时间的码农，算是吃这碗饭的专业人生，只怕也做不出来。他哪里知道，柳志峰以前在山内医学院教书的时候，就经常用这种技术向学生们展示人体和大脑里里外外的结构，还有脑科手术的细节和要点等。

柳志峰说："施展这种法术时，是在拿膜界画一个个莫比乌斯环，这一个个莫比乌斯环连接起来，构成了克莱因瓶。施法的人被克莱因瓶形罩住，就进入了四维空间，自然能从我们所在的三维空间消失，还能从一个三维位置直接到达另一个三维位置，也就是穿过障碍，隔空取物……"柳志峰用山内的科学来解释巫法，和池舟几人成为所谓的"科学巫法派"的"五祖"，此是后话，暂且不表。

且说大家听见"莫比乌斯环""克莱因瓶"这些名词，自然问是什么。柳志峰早有准备，结合动画演示进行解答。不过，柳志峰自己就是似懂非懂，大家听得也是云里雾里。几人听得不耐烦，便打断了柳志峰，让他重复播放3D视频，一边揣摩，一边比画，渐次掏出巫杖进行尝试。

一百四十六

池舟摘掉3D眼镜搁在一旁，一面回想石巫的动作，一面挥舞手臂，前后上下左右画着，到了时点便跳起来。忽觉灯光一暗，还以为是灯灭了，正要问，就觉得身体飘了起来，仿佛重力消失了。环顾四周，只觉时空凌乱，各种画面交叠错落，让人头晕目眩。接着传来一片惊讶声。

池舟知道，他这是进入了柳志峰所说的"四维空间"。兴奋之余，他收起巫杖，拿拇指摁太阳穴，迅速颤一下脑袋，竭力沉静下来，然后睁大狼眼，定睛看去，一一辨识那错乱交叠的画面。他惊讶地发现，投影仪、椅子、沙发、桌子……所有的物体都变形了，就跟哈哈镜里的影像一样，可笑地扭曲着。

池舟看向岱箫，发现他摘掉了 3D 眼镜，正朝这边看过来，目光在寻找着。池舟知道，他这是在寻找消失的自己，便叫道："这儿，在这儿！"岱箫仿佛听见了什么，转头四顾，又伸手去抓，却什么也没抓到。

眼前的岱箫，池舟心中未来的 khub，挺拔雄健，身着灰白色裤子，青色上衣。和这衣服交错在一起的……是他那钢铸铁锻般的身躯，肌肉鼓凸，线条分明，充满力量感。宽阔隆起的胸膛，交叠着一团红彤彤的，跳动着的……心脏，砰！砰！砰……池舟被这节奏带动着，仿佛一唱一和似的。

黯淡的光影勾勒出他深邃的面孔，高高的鼻子，一双大眼睛在黑影中泛出金色的光芒。和这面孔交织在一起的……是无数线条，长长短短，粗粗细细，弯弯折折，且分岔会合，错乱交织，如乱麻一般。池舟觉得眼熟，仔细看去，努力回想，想起学生时代生物课上见过的大脑图，只不过，生物课上的图片，只画出大脑表面的脑沟和脑回，而眼前的，是里里外外无数脑沟、脑回的叠加——还有那小到看不清的细线，是所谓的神经元吗……

忽然听见蕾怡的声音："哼，让这家伙抢了先……"池舟不禁把目光挪过去，唰地脸红了，只觉浑身发烫，血液涌动，脑子嗡嗡一片。急忙转开头，闭上眼睛，深呼一口气，拿起巫杖，收敛膜界，现身出来。谁想刚才失重轻飘飘的，身体是斜的，仓促之间，没有摆正，一下子受到重力，"啪"的一声扑倒在地。

岱箫、蕾怡和柳志峰听见响声，见池舟扑倒在地，忙围过来，扶他站起来；见他面红耳赤，问他怎么了。池舟藏起窘态，用手掩在下面，支支吾吾道："没，没什么……"幸而众人的心思都在穿障术上，急着问他"怎么做到的""什么感觉""怎么摔了"等。

独石巫在一旁，嘴角藏着冷笑。

于是池舟便将刚才的奇妙经历说了：如何眼前一暗，轻飘飘失重，自己能听见外面，外面却听不见自己，如何发现四周的东西都变了形，看见岱箫伸手抓却抓不着自己，如何看见岱箫的肌肉、心脏和大脑……直到如何收起膜界现身出来。只不说他看见蕾怡一节。说完，假装不经意瞄了一旁的石巫一眼，见他似笑非笑。

这边，池舟话音未落，蕾怡便到一旁播放 3D 视频，一边观看揣摩，一边尝试，又嚷嚷着让大家聚拢过去，给她指正。试一次，不行。她想一想，走到盛着洗洁精溶液的盆边，把膜界抹上染上颜色，方便自己目测，也方便大家指正。然后画着五彩膜界，一连试了好几次，就在大家劝她"别急，慢慢来"的时候，忽然消失了。

大家先是愣了一下，然后鼓掌不止。掌声过后，听见隐隐传来叫喊声，却不知来自何方。不一会儿，就见蕾怡现身出来。池舟生怕她也摔倒，要上前扶着。却见蕾怡指着自己大叫："好啊，你这个家伙！"池舟僵住了，只当是蕾怡明白了自己刚才发窘的原因。抱起头，缩起肩，准备迎接暴击。谁知听见她叫道："你骗人，什么也看不见！"池舟愣了一下，不解道："不会吧。"蕾怡道："就是，黑乎乎的，什么也看不到。"又看向一旁的石巫，问道："你说呢？"石巫轻轻扬眉，只说："你再试试。"于是蕾怡拿巫剑敛起膜界，又画起来，消失之后再次现身，但仍说："什么都看不见，像是没有月亮的夜晚。"

池舟急了，再施展一次，确定所见与上次并无不同。岱箫疑惑不解，要亲自验证，让池舟在一旁指点，尝试两次，也成功消失。刚一现身，就见蕾怡急切地问"看得见吗"。他转头看一看池舟，迟疑片刻，说"能看见"。池舟见岱箫为自己佐证，松了一口气。又见他似有窘色，心中明白，靠近半步，暗暗捏了捏他的手。岱箫也知池舟这是在打趣，拿指头弹了他一下。

这边，蕾怡蔫了，口中嘟囔"奇怪，怎么会这样"，转身问柳志峰："柳半仙，柳大巫师，你说说，这是怎么回事？"池舟三人也都将目光投向柳志峰。柳志峰哪里知道原因？他拿起他的巫杖，说："让我来施法，亲自验证！"说着，拔出剑画膜界，又让大家指点。

柳志峰虽人到中年，因做过多年的脑外科和神经外科手术，体力不错，手臂手指灵活，而且做了一天的3D演示视频，已对动作要领烂熟于心，此时又看了池舟等人的动作，且得到大家的指点，试了三次，也成功消失。

不久便现身回来，气喘吁吁地，说："什么也没看见。"蕾怡马上接过话："哈！我就说吧。"柳志峰微锁眉头，近乎自言自语道："怎么回事？难道是因为我上了年龄，眼力赶不上年轻人了？那么，蕾怡又怎么说？因为她太年轻了？或者因为是女孩子？"

蕾怡听了，失声叫道："不可能！"她歪头想一想，转过头来打量池舟几人，又想一想，再打量几人。如是几次，恍然大悟道："我知道了！"说罢，走到墙边关掉灯。厅里顿时暗了下来，只有月光透过窗户洒进来，朦朦胧胧，影影绰绰的。

在这朦胧的月光中，蕾怡指着岱箫三人的眼睛，对柳志峰叫道："你看。"柳志峰依言看去，就见三人的眼睛在黑暗中微微透着光，岱箫的是金色的，池舟的是黄色的，而石巫的是绿色的。柳志峰有些吃惊，走上前，一一察看三人的眼底，只见三人的视网膜后面有一层镜子似的反射层，或红或黄或绿。

察看完，柳志峰让蕾怡打开灯，说道："蕾怡是对的。你们三人眼底长了照膜，也就是眼膜后面的一层反射膜，跟狼一样。你们施穿障术，进入四维空间，从四维看三维世界，难怪能看见物体的内部——就是不知道为什么只有狼才能看得。"池舟和岱箫听了，相视一笑。石巫将信将疑地望着柳志峰。蕾怡得意道："我说吧！"又问柳志峰，"怎么回事？以前不这样啊。"

柳志峰知道，蕾怡这是在问三人的眼睛怎么就变成了这样。他略想一想，转向石巫问道："我记得你说起过你也被狼咬过？"见石巫微微颔首，转向池舟三人，说道："果然都被狼咬过，估计就是因为这个。我学医从医这么多年，还从来没听说被狼咬过，眼睛就会发生这种生理改变。记得两个多月前，在去朗达山的途中露营，就发现池舟的眼睛有这个苗头。飞伞赛期间，又发现池舟和岱箫两人的眼睛开始发光，如今这么明显了……"

接下来，关于狼眼、四维空间和穿障术，大家问了很多问题，有柳志峰能答上的，也有他回答不了的。几人又练习穿障术直到深夜，觉得肚子饿了，去厨房搞了点东西吃了，才各自回房休息。

然而，画克莱因瓶进入四维空间只是"穿障术"的第一步，要真正实现穿越障碍隔空取物，还需要在不捅穿膜界的前提下，用手或巫杖去接近和获取物品。池舟和岱箫又跟着石巫学了两三天，才掌握这一技能。两人感叹石巫真是个巫法天才：偷看耶久施法几回，就学会了。柳志峰和蕾怡因没有狼眼，进入四维空间后根本看不见，也就无从学习"取物"，只会"穿障术"的前半部分。柳志峰调侃自己"果然是个'半'仙"。蕾怡经常抱怨："我怎么就没被狼咬。"

池舟几人学会后，又分批分组教"第一防线军"和"第二防线军"的战士们。上千战士中，也只有三五个有狼眼，能学会完整的"穿障术"。池舟还和岱箫、石巫琢磨"移形术"，然而怎么都没琢磨出来。池舟纳闷："大战在即，按套路，难道不应该发现秘籍，遇到隐世高手，习得大招，大开金手指吗？"

一百四十七

这天上午，"第一防线军"在青苗湖训练飞行。中午休息，岱箫叫上池舟，手拎午饭盒子，肩挂解下来的"襄衣翅"，躲开众人，踏过草地，穿过树林，翻过小丘，迂迂折折来到一汪水潭边。找了树荫下的一块岩石，放下东西，准备吃午饭。

两人此时都穿着运动装：头箍青白双色额绳，斜披白色的披带，下穿白色短裤。披带已被汗透。池舟一边解腰带和披带，一边指着岱箫身上问："要不要也脱下洗了？"岱箫答应了一声，解下砍刀和巫杖，松开腰带，正要解披带，忽见池舟解下的披带有血痕。连忙绕到他背后，就见他肩胛骨内侧肌肉隆起处，卷起了一块皮，渗出血来。

岱箫说："一定是背架不合适，给磨的。"说着，他仰头伸手，往上一跳，抓住头顶的一根树枝，摘下几片树叶，卷成杯子，到水边舀了水来，给池舟清洗伤口，引得池舟哎吆哎吆地叫。洗完，又去林子里采来一小把"山外草"，嚼成糊，给伤口敷上。敷完，又拿起池舟的"蓑衣翅"，卸下连着背架的翅膜，开始修改背架：一面察看背架贴附在人背部的那一面，一面察看池舟的背部轮廓，然后拿砍刀砍削贴附面，削一会儿，举到池舟的背上，目测贴附面和背部轮廓的吻合情况，再拿回眼前，修改不吻合的地方，来来回回，直到满意为止。改完，又拿刀背磨贴附面。磨完，让池舟试，又改了两三次才罢。

两人去水里洗掉身上的汗腻和尘土，又把衣物洗了晾在树上，坐在石头上吃午饭。两人的脚都探在水面上，各点起一圈一圈的波纹，彼此交涉出变幻的图案。树荫在波纹上舞动；远处的水面上，阳光零零碎碎地闪动着。四周飘来一缕一缕，若有若无青草和树叶的味道。头顶上，微风钻进树叶里，窸窸窣窣低语着。

两人聊着。岱箫忽然问："你觉得石巫是个什么样的人？"池舟听岱箫问得突然，又想他今天带着自己远远来到这里，必有个缘故，转头问道："石巫怎么了？出什么事了？"

岱箫转头望着池舟："我告诉你，你可别跟人说……包括蕾怡。"见池舟疑惑，又笑着说，"不是信不过她，是怕她藏不住事，她是心里怎么想，嘴上就怎么说。"池舟笑着点头。

岱箫说："昨天，大果乃耶晓把我叫去，问我石巫的事，让我们盯着石巫，有情况就向他汇报。"池舟说："盯他什么？他又要作什么妖……对了，当初蕾怡就怀疑他和耶久是一伙的，他一直在做样子，其实是耶久的特务，伺机而动。"

岱箫说笑道："这个，也有可能，他没准被耶久施了迷魂术、植魂术。不过，耶晓更担心的是：他一直对现状不满，想要恢复祖上的荣光，要借机搞事情。"池舟惊讶道："搞事情？什么事情？你们发现什么苗头了？"岱箫说："就是趁机作乱，控制山外。"池舟"嗯"了一声道："翁里一伙说要自己采取行动，这里又有个要造反的。"岱箫说："也不能说是造反吧。这山外，并没有谁在统治谁……你说，石巫到底是个怎样的人，到底想干什么？他有胆子那样干吗？"池舟笑道："你问我？"岱箫笑道："有时候，外人才看得准。"

池舟想一想，说："难说。石巫真是……看不清，猜不透。我不怀疑他的胆量。他应该是一心为了山外，就是信不过任何人——大概除了他死去的 khub 么簸。他把自己藏得很深，谁也看不穿，没人知道他哪句话是真，哪句话是假。"岱箫点头道："是，连耶晓这样有阅历的都吃不准。而且固执，自以为是——希望他别乱来。"

一百四十八

提到 khub，池舟不由得想起了心事，转头说道："其实我还挺能理解石巫的：没有人可以信任，没有人可以依靠，即使在拥挤的人群中，也像是在渺无人烟的沙漠里。唯一信任的人还因为自己死掉了——你之前认识么簸吗？他是个什么样的人？"岱箫摇摇头道："几乎没有来往过。我也好奇，他究竟有什么样的魔力，能让石巫这种疑神疑鬼的信任他，选他做 khub。"

池舟笑道："更让人惊讶的，难道不是石巫这样的，居然也能找着 khub。"然后望向岱箫道，"说到 khub……你觉得……应该是什么样的？"岱箫听池舟说话拐弯抹角、吞吞吐吐的，和以往大不相同，转头望着他，笑道："我知道你的心思……但是，你就是来这里'支教'一年，明年开山就回去了。"

没等岱箫说完，池舟便接过话来："不！不是……当初来的时候，的确是这么打算的。可是，我改变主意了，我想留下来——应该可以的，是吧？毕竟，大家都是移民过来的……"说到这里，池舟停顿下来，想一想，才又说道，"我是说，你们都要收留那些俘虏了，不怕再多收留我一个。"

岱箫说："我不知道，好多年没有留下过外人了……先不说这些。你为什么要留下来？大家不都是往大城市跑，往一线城市跑，有本事的，还千方百计出国吗？你为什么反而要留在这山沟沟里？我们从前是蛮夷，现在是穷乡僻壤的普通人——当初来支教的，本来是个女孩子，还没见到我们就被吓跑了。"

池舟说："因为……因为这里有我在乎的人。因为，这里有我真正想要的生活。在山外，我才是真正的普通人呢，一无所有，生活阴沉灰暗，没有阳光，没有色彩，感觉人生被困住，怎么都挣脱不了……"

岱箫惊讶地望着池舟，伸手去摸他的额头，半开玩笑道："你不是病了吧？受什么刺激了？我说这些天怎么老觉得你不对劲。"

池舟也知道岱箫的意思：这些酸腐矫情的话，从他池舟嘴蹦出来，十分奇怪。在众人眼中，他池舟不过是个冲动鲁莽的年轻人，四肢发达，头脑简单。他一手抓住岱箫的手腕，把他的手掌贴在自己的胸口，另一只手握住他的手背，意思是：我说的都是肺腑之话，不是随便说说。

"我没有病。你听我说，这些天来，我想了很多。一有空就想，晚上睡觉还想到大半夜。我还跟柳大巫师聊过，他也想留下来，他说的很多话都很好，我就借用了。他说，他以前常常问自己：人既有生，又为何有死；既然终有一死，那么来这世上辛辛苦苦走一遭，到底为了什么。他说他想来想去，结论是：不为什么，人这一辈子，没有目的，没有意义，就是莫名其妙地生来，无可奈何地活着，最后不知所以然地死掉。他说，人生无论有多大的成就，获得过多大的财富、地位和名声，也不过是南柯一梦。一梦惊醒，万境归空。但是他又说，正因为人生没有目的，没有意义，我们才可以选择自己的目的地，才可以赋予自己的意义。他给我看了他写给他儿子的话，我记得有一句是，人应该像你们山外人一样，自由自在地活着，选择自己的路，前往自己的目的地，找到自己想要的幸福和快乐。我觉得他说的话很有道理。这些天，我想来想去，终于想明白了，我的目的地，就在这山外，我的幸福和快乐，只能在这山外找到。"

岱箫听池舟引用柳志峰的话，长篇大论地说着，很是惊讶，心想："为了说服我，你这是准备了多久？是不是把人家的话给背了下来？"想着想着，不由得笑了。

池舟见岱箫先是一脸的惊讶和疑惑，后来又笑了，急切地要证明自己："我是说真的，山内的那些名利权色，别说不是我这样的无名小卒能够奢望的，就是得到了，也没有什么意思。张国荣，你知道吧？人称'哥哥'，山内顶级的电影明星，金字塔的顶端，什么都有了，可是一切都不是他真正想要的，所以自杀了。清华北大，你知道吧？顶级大学，有人在那里念了十来年，拿了博士学位，还是想不通，出家做和尚。再说了，也有不少山外人去山内见识了花花世界，还是选择留在山外。你和西兰都是这样啊！"

岱箫笑道："所以，你看透了人生，要躲到这山外来？可是，山外也不是清净之地，现在又面临一场大战。"

"不，我没有看透人生。我只是举例子：不是所有的人都适合名利权色那一套，不是所有的人吃那一套。我又不是什么聪明人，哪里看得透人生？看透人生的，四大皆空，无欲无求。我跟这些一点边都不沾。我承认，我是个人生输家，的确是要逃到这山外。可是这不代表我就四大皆空，无欲无求了。我从来就没有天真地认为，这里就是没有痛苦，没有烦恼的天堂，我也从没有把这里当作宁静的世外桃源。我只是喜欢山外的生活方式，这种自由自在、跟随本心的生活方式。山内人那么多，通信和社交媒体越来越发达，人却越来越孤独，我再也不想忍受孤独，我要做你的 khub，我要……"

说到这里，池舟停下来，他不想牵出蕾怡，至少现在不行。他将目光投向水潭对面。对面树荫下的一块岩石上，一只白色的水鸟正单腿站着打瞌睡，头往后藏在羽毛里。他看着那只水鸟，想了一会儿，才转向岱箫继续说："说了这么，你明白我的意思吗？或者……你都明白，就是不相信我。没关系，还有大半年的时间：你们要把我赶出去，最早也要等到明年七月。我一定会证明给你看。"

岱箫问："你知道 khub 的含义吗？"池舟说："我知道。在山内，也有这样的：挚友，闺蜜，结拜兄弟，金兰之交，金石之交，生死之交……"

岱箫说："khub 可不是这些，它不是利益交换，不仅仅是兴趣分享，是两个人结成一体，真正把对方看成自己，有些时候，要每时每刻都在一起，穿同一件衣服，分享最后一点吃的，一同面对生命危险，要么一起活，要么一起死——违反了，后果严重，至少从前是这样，轻则被赶出山外，重则丢掉性命。"

池舟："是，我明白，这正是我想要的——只有在山外才能找到，这是我要留下来的又一个原因。"

岱箫说："你可能想得太简单。人都是自私的、贪婪的，山内有句话叫什么来着？人心叵测。你现在想得好，到时候真遇到好处了，遇到事了，可能就不是这样了。即使是山外人，辜负、背叛的也不是一个两个……"

池舟说："我明白。俗话说，路遥知马力，日久见人心……"

正说着，忽然听见远远传来蕾怡的声音："画巫，画巫。"循着声音找去，透过枝叶的空隙，就见远处半空中，蕾怡正骑着貔麟"山岗"盘旋，肩上红彤彤的一团……是"火球"。两人忙跳下岩石，穿上衣服，迎了过去。

一百四十九

却说训练十天后，"第一防线军"进行第一次实战演习。演习在傍晚举行，红色的夕照下，蓝色的水面上，大家分成红、蓝两方，背着"蓑衣翅"，腰挎巫杖和竹刀（为避免误伤，用竹刀替代砍刀），驾着飞伞，乘着风，从"青苗湖"两边蜂拥而起，在湖面上空短兵相接。场面蔚为壮观：六百多顶飞伞厮杀在一起，四五百只五色山鸟在其间穿插来往，又有翼人扇动着巨大的翅膀穿梭其中；嘶吼声摇地动天，在水面上，在群山里回响不绝。不断有人坠落在湖面上出局，有被打落的，也有因飞伞折叠失速而坠落的。

石巫和岱箫在红军一方；池舟在蓝军一方。在厮杀的人群中，池舟恰好和石巫"狭路相逢"。两人先是拿膜界鞭抽向彼此，然后拿竹刀互砍，渐次彼此拳脚相加，期间又有旁人相助相杀，不必细说。若论搏斗，石巫胜在巧劲，池舟多了一份蛮力，而在飞伞驾驶上，池舟略逊一筹。

几个回合下来，石巫便知道了池舟的强处和弱点。他操控飞伞敏捷地上上下下、来来去去，又在伞板上左躲右闪、上蹿下跳，避开池舟的锋芒，出其不意地发起攻击。池舟渐次落了下风。

　　几番缠斗之后，石巫躲开池舟飞过来的一腿，操控飞伞往后，拿巫杖引出膜界鞭，甩出去缠住池舟的伞绳和伞布。池舟的飞伞顿时失速往下摔。池舟只得弃伞，大吼一声，一跃而出，扑向石巫。

　　石巫已有准备，见池舟扑过来，迅即晃悠伞板躲开；就见池舟飞了一个抛物线，往下坠去。他正松了一口气，忽觉巫剑被猛地一拽；因那巫剑是死去的么簌留下了，他本能地不肯松手，因而被拽得身体猛然一歪，趔趄几下，跌下伞板。原来池舟虽扑了个空，却抓住了石巫甩出去的膜界鞭，找准时机，猛然一拽，把石巫拽了下来。

　　池舟见石巫也摔了下来，松开手中的鞭子，抓住背后的"蓑衣翅"，张开翅膀，在空中滑翔一段距离，落在水面上。石巫也在慌乱中张开翅膀，滑落在水面上。此时演习已经接近尾声，空中早已只剩石巫和池舟等几人。不多时，余下的几人也纷纷落水。

　　当晚，有人便把军演场面拍成视频放在网上，配上山外交响曲《古老史诗》里恢宏磅礴、雄浑激昂的那部分旋律。大家看了，莫不振奋。唯有石巫不以为然。

第二十章　招魂

一百五十

　　且说大家看了"第一防线军"的军演视频，都很振奋，唯有石巫不以为然。他找到耶晓大果乃，说："照目前看来，我们恐怕保不住山外。"耶晓道："有什么话，尽管说。"石巫说："要保住，还是那句话，最重要的，是获得'古老'始祖的指引和庇佑……"

　　耶晓见他吞吞吐吐，欲言又止，便想激他一激："你的意思，还是要请你们梯玛出山？"心想，"你该不会说，取消朗达祭，古老怪罪，抛弃了山外吧？"谁知石巫淡淡地说道："我不是这个意思……"说到半截，又停了下来，看着耶晓。耶晓没有接话，只是"嗯"了一声。石巫只得继续说道："三百年一遇的劫难，大家本以为只是个传说，谁知应验了。你不觉得这是始祖在指引我们，启示我们吗？"

耶晓笑道："你要是知道什么，到了这个时候还不说出来，恐怕再也不会有机会了，大家也没有必要听了。"石巫这才说道："我知道的，并不比别人多。我的意思是……既然是先人们的告诫，他们应该经历过，有应对经验，我们应该借鉴学习。"耶晓说："借鉴？学习？怎么借鉴？怎么学习？这两三百年来，山外动荡不已，并没有留下什么记载、线索。"

石巫听了，故意想了半天才说："也不是完全没有。"耶晓故意"哦"了一声，看着他。"魂阁！"石巫说，"你派画巫他们进去过，难道就没有一点发现？"又故意叹气道，"可惜我没去……"

耶晓听了，差不多确信石巫在隐瞒着什么，但又深知逼问他也问不出什么来，不动声色地想了想，说道："你倒是提醒了我。大家也想到了这个，一直在让柳博士研究呢，他是个聪明人——但是还没发现什么。你可以抽空去他那里帮忙，我明天安排一下……画巫和池舟也去，多两个帮手。"这是允许石巫去探究魂阁的秘密，但又不放心他，让可靠的人监视和掌控。

石巫点头答应，转身正要走人，听见耶晓叫他"等一等"，只得又转身回去。耶晓指着他说："提醒一下，不要影响练兵，随时听候果乃和船长调遣。你们可以试一试，能发现什么当然好，但山外的安危，不能赌在你们的发现上。"言下之意，警告石巫不要乱来，不要暗中搞事情。石巫也知其意，嘴上说"知道了，请放心"，转身去了。

一百五十一

话说耶晓送走石巫，当即和柳志峰、岱箫和池舟通话，说明缘由，吩咐他们带上石巫研究魂阁，寻找先人留下的信息和线索，保卫山外。自一个多月前和池舟四人去过魂阁后，柳志峰本就一直惦念着，听耶晓如此吩咐，正好拾起来。第二天一早，便带着石巫、岱箫和池舟三人开工。蕾怡得知后，也吵嚷着加入了。

大家找出上次在魂阁拍摄的视频，仔细研究。又再次去那里，上上下下、里里外外搜检了个遍：一楼的八个石墩，雕刻成山兽、水兽、山鹿、鹿狼、山鸟、飞蜥、貔麟和蝶豹兽；二楼的两扇大门，上面雕刻着"古老"造天地和"神使"骑山兽传达"古老"的旨意；二楼大厅火坑的五块石头，上面刻着地图一样的东西；三楼东边图书馆的一面墙，上面镌刻的一些文字；四楼中央招魂室里的两块石碑，上面镌刻着令人费解的图案，还有一面墙上雕刻的生死门等。

大家回到学校，一边吃午饭，一边将上次和这次所拍的视频投影到墙上，研究琢磨，然而怎么也摸不出头绪。别的倒还罢了，四楼的两块石碑，三楼墙上的文字，还有二楼火坑石头上的地图，明明记载着什么，却不知道怎么解读，也不知道是否和即将到来的大战有关。

正当一筹莫展之时，石巫忽然对柳志峰说："不应该只看表面，还要看里面。""看里面？"柳志峰疑惑道，"怎么看？医院里有CT和超声波，但也穿不透墙壁、地面、石头。"还是岱箫更了解石巫，听出了他的弦外之音，笑道："不需要CT、超声波，我们有穿障术。"蕾怡对石巫叫道："你怎么不早说呢。"石巫不答。

于是下午晚些时候，大家又回到魂阁，重新过一遍。从外往里，从下往上，施展穿障术，察看各处各物的内部。一路并没新发现，不觉到了四楼的招魂室，来到那两块石碑前。岱箫和池舟施法进入四维空间，透过错乱交叠的画面，惊讶地发现，石碑不是实心一块，里面镂空着无数粗粗细细、弯弯绕绕的沟槽。再睁大狼眼仔细辨认：两块石碑里都有一个不规则的半椭球，而且分为两半，大小和人的脑袋差不多。

"大脑，人的大脑！"两人想起来：几天前，第一次成功施展穿障术，透过彼此的头颅看见彼此的大脑，正像眼前的半椭球。

两人现身出来，告诉了蕾怡和柳志峰。蕾怡叫道："真的假的？

为什么要刻脑袋？"说着，拿起巫杖，就要施法。手都舞起来了，又收了回来，垂头丧气道，"为什么我就看不见？为什么我就没被狼咬！"不一会儿，又嚷嚷道，"不对，翁里也没有被狼咬过，他怎么也能看见？"

此时，石巫还在研究那面墙上雕刻的生死门，听见蕾怡吵嚷，转身凑了过来。他似乎比蕾怡还吃惊，要自己看个究竟，拿起巫杖施法，从大家眼前消失。不一会儿，现身回来，点头道："的确有。"又指着石碑说，"一定有很重要的信息：先人们怕我们以为这就是普通的石头，特地打成了石碑，还在表面上刻上了图案。"

柳志峰医多年，专长于神经外科和脑外科手术，这还是第一次听说石头刻的大脑，而且是刻在石头里面。他早已凑到石碑前，蹲下来研究了半天，转头问道："就是一个大脑形状的模型，还是仿真的？"池舟三人答："看起来跟真的似的。"柳志峰道："怎么个真法？有脑回路，神经元这些？什么样的科技做出这样的细节。"蕾怡说："这不是科技，这是巫法！"

不知不觉，窗外暗了下来，夜幕已经降临。因一时半会搞不清楚，大家打电话给果乃们，获得许可，费九牛二虎之力把两块石碑搬回学校，放在"古老楼"的休息室里，方便二十四小时不间断研究。

柳志峰非常想看看那刻在石头中的大脑，却苦于自己跟蕾怡一样，即使施法进入四维空间也看不到；想来想去，想到一个主意：拍视频。于是第二天一大早，便集合大家，在池舟在脖子上挂上高清晰摄像机，让他施展穿障术，对着石碑拍摄。然而察看拍下来的照片和视频，却是无数长长短短、粗粗细细的线条，分岔会合，错乱交织，像是一团乱麻，而且非常阴暗模糊，应该是无数杂乱的画面交叠在一起。

蕾怡吵嚷道："这真是祖先们留下的信息？就不能好好说话？"柳志峰说："应该也留下了文字、记载这些东西，但是时间一长，历史一动荡，就都散失了。"蕾怡说："那也没有必要这么藏着，掖着！分明就是不想让人找到，不想让人明白。我们为什么要浪费时间？"石巫道："应该有情不得已的理由。"蕾怡："什么理由？

跟那些江湖术士算命通灵一样，故意搞得神神秘秘的，就是为了骗人！"这正戳中了石巫，他压住心中的火气，说道："比如，怕敌人发现后毁掉，再比如，有些信息，没准用平常的方法传达不了。"

一句"用平常的方法传达不了"提醒了柳志峰。他想了一想，说："难道是传说中的读脑术？"蕾怡："读脑术？"柳志峰笑道："对，读脑术，就是各种仙侠、奇幻小说里所说的读心术。当今学术界，一个热门的研究课题就是用脑电图、fMRI 这些手段来研究人类大脑的活动，Y 大的一个教授发表了好几篇《Nature》和《Science》，就因为他开发了某种解读取和计算脑电图和 fMRI 数据的算法，文章就像流水线一样出来了……不说这些，将来，在理论上能够做到扫描一下一个人的脑袋，就能知道他在想什么，跟读计算机内存一样……"

蕾怡叫道："那还等什么？赶快读啊！"岱箫道："他看不见。也拍不下来。"蕾怡说："那你想办法让我们看见啊！"池舟和岱箫笑道："什么办法？抓一头狼来？"蕾怡道："很难吗？而且，一定还有别的办法！翁里也没有被狼咬过，他也能看见！"柳志峰忍不住插话："即使能看见，也来不及啊：人家研究了多少年，也只搞了个皮毛。我还不是干这一行的，又没有那些设备——要真能搞出来，那得多少个炸药奖！"

一旁的石巫忍不住发声了："应该有别的办法。"蕾怡以为石巫说的是有办法让他和柳志峰看见三维物体的内部，她指着石巫说："快说！我可不想让狼咬！"石巫道："我说的是读脑术！几百年前哪来的那些设备？一定有别的办法！"

岱箫和池舟望向石巫，眼神露出些许诧异，些许狐疑，还有些许期盼。石巫明白，他们这是在怀疑自己又在隐瞒着什么，他一摊手，说道："我要是知道就太好了！"

一百五十二

解读石刻大脑受阻，大家把目光投向三楼图书馆墙上的那些文字。经过岁月的侵蚀，文字已所剩不多，而且大多模糊不清。分为三类：繁体汉字、拉丁字母和无人知晓的奇怪符号。第一类繁体汉字，柳志峰早已解读出来，只是记载了魂阁的历史，何年何月何日因何修建，历代损毁和修复的情况等，并没有提及山外的劫难。第二类拉丁字母，是西洋传教士带来的，柳志峰虽认得字母，但能肯定不是英语或者其他欧洲语言，不知什么意思。第三类符号，像是古玛雅文字，又像是埃及圣书体文字，再一看，又像是甲骨文，之前问遍了山外，没人认识。

柳志峰想到，直到几百年前，德夯还和山外耦合在一起，历史轨迹几乎一模一样，便去问德夯俘虏们认不认识。很多俘虏都表示见过繁体字，虽然都不识字。让人意外的是，没人见过拉丁字母。柳志峰由此推测：拉丁字母传入山外，只是近两三百年的事，德夯那边，应该没有西洋传教士进入，德夯之外，仍然有土司，没准王朝还在轮回。至于第三类神秘符号，也有俘虏表示见过，但说不认识。原来在德夯，大多数人非常贫苦，连汉字都不认识，更不用说那些神秘符号，据说只在梯玛祭司中秘密流行，只有高级梯玛才能解读。

没有办法，柳志峰只能硬着头皮自己解读。首先拿拉丁字母开刀。这些拉丁字母是当年西洋传教士们给山外土话创制的文字，然而现在的山外人也不认识，原因有二：一是经过几百年的动荡和军民土苗各家的融合，山外话已经变得面目全非；二是二十世纪六十年代后，当地政府为山内族人新创了拉丁字母文字方案，字母的发音类似汉语拼音和德语字母，山外现在也通行这套方案，而这套方案和魂阁墙上的相比，虽然都用的是拉丁字母，拼写方式却大不相同。

来山外这几个月来，借助于之前下载的《苗语教程》《土家语语法》等书籍，柳志峰已经大致了解了山外话。他发现，当地土语跟日语一样，动词在最后，有着"时态变体""方位变体"和"趋向变体"。"时态变体"相当于英语和日语的时态，包括"将行时态""即行时态""进行时态"和"完成时态"，每种时态又分为若干"时貌"（表示时间的远近）。"方位变体"表示动作或者存在的状态相对于说话人的位置，有前、后、左、右、上、下、左前、右前、由上前等几十个方位变体。"趋向变体"表示动作行为的趋势，有向心、离心等之分，相当于汉语的"来""去"等。这种动词的方位变体和趋向变体，柳志峰还从未在他所知的任何语言中存在过。他估计这是当地人祖先长期以狩猎为生，必须明确知道猎物所在的方位，告知人如何行动时，要明确地告诉人行动的方位和趋向。

有了这些三脚猫的山外话知识，柳志峰开始解读那些拉丁字母文字，其过程有点类似破译古埃及文字，在此就不详述了。他发现，这些文字中反复出现 Kulau（古老）、Khawv koob（权杖）、Ntsuj（魂魄）、Nroj（植入、种植），Hlwb（脑袋），Kev nco（记忆）等词汇。大致是在讲述古老创世故事中的一段：古老创造出各种人类之后，给人类大脑中植入魂魄，使得人类有了记忆，有了情感和脾气……

柳志峰有些失望，又把目光投向第三类神秘符号，希望能找到有价值的线索。却发现，那些符号和拉丁字母文字是对应的，是彼此的翻译。符号是象形文字，一幅图案代表一个单词；每幅图案上又添加了若干符号，以表示单词的变化形式，诸如动词的三种变体，名词的单数、双数、三数和多数等。

Kulau（古老）是用日月山川的符号组合而成，类似土家的誓纹：最上面一个圆圈，代表太阳；圆圈下面两个新月图案，彼此背对着；两轮新月下面是一道横杠，中间隆起，夹在两轮新月中间，代表高山；横杠下面一道波浪，自然是代表流水；一道竖杠从上往下，串起日月山川。Khawv koob（巫杖）的图案就是一根斜放着的巫杖。Hlwb（脑袋）就是一个半椭圆。Kev nco（记忆）则是在半椭圆里加上几道曲线。Ntsuj（魂魄）是记忆的图案上叠着一个心形。Nroj（植入）则是一只手加一根巫杖……

文字基本解读出来了，却和山外的劫难没有关系。池舟几个年轻人很是失望。池舟尤其沉不住气，有一种上当受骗的感觉。他忍不住向岱箫和柳志峰抱怨：本以为，这些文字，再加上地图和大脑，会指引大家找到几件宝物，集齐了这些宝物，就能获得强大的力量，或者召唤出强大的巫师，一举击退敌人的进攻，守住山外等。只不说"赢得美女和权力，走向人生巅峰"这些想法。岱箫一笑置之。柳志峰笑道："早该想到了：图书馆的大墙，这么显眼的地方，怎么会刻上秘密信息，可不就是广为流传的箴言、故事这些。"他倒是觉得这些文字都挺有意思，很想深入研究下去，但时间紧迫，只能暂且放弃。

一百五十三

连连受挫，大家一筹莫展。蕾怡突发奇想，对大家说："我们祖上留下来的好办法，现成的。"众人忙问"什么办法"，蕾怡说："占卜啊！"

"占卜""预言"和通灵，这可是玄幻、魔幻小说里不能少的元素。池舟将信将疑地问："怎么个弄法？"以为需要水晶球、塔罗牌、龟甲之类。蕾怡说："什么都可以拿来占卜，只要你有这个天赋。"言下之意，她蕾怡是有这个天赋的：你们男人或许可以打打杀杀，只有女人才有直觉看清事物的本质，看透未来神秘的面纱。

原来山外人和山内族人的祖上信奉万物有灵，古老造出万物后，连一草一木都植入了灵魂，故而无论什么都能拿来占卜。恰逢阿里安和西兰在摆晚饭，桌子上有一碗煮熟的鸡蛋，蕾怡便拿起鸡蛋来了个鸡蛋卜。手捧一个鸡蛋，口念："鸡蛋鸡蛋听召呼，我们需要你的帮助……鸡蛋，鸡蛋，请告诉我们，山外能否打赢这场大战。"说着，松开手，将鸡蛋摔在地上。她蹲下去察看，见鸡蛋摔个半碎不碎，起身对大家说："很难说，也许能，也许不能。"

还不如神棍们的"心诚则灵"！于是，蕾怡又试了试竹卦卜、番薯卜、火焰卜、大米卜、水波卜、茶业卜等。所谓的竹卦卜，就是把几瓣竹子（筷子也行）摔在桌子上，看竹子构成的图案。番薯卜是把烧熟的红薯摔在地上，通过解读红薯被摔成的图案来预测凶吉。火焰卜是观察火焰跳动。大米卜是把大米撒在簸箕里，看大米的形状。水波卜是拿着镜子背对着水面，朝后面扔一块石子，从镜子里观察水面的波纹。茶业卜跟在欧美流行的类似：解读残留在茶杯里的茶叶构成的形状、线条、颜色和几何图案。池舟觉得新鲜，在一旁用手机拍。

然而这些占卜，大多只能告诉你是和否、凶和吉，并不能告诉你应取胜的手段和方式，而且必须占卜者解读，占卜者一无所知的东西，就解读不出来。石巫嘲笑道："你这还不如占卜板、碟仙板，人家至少还抛出了几句狗屁不通的话。梯玛的名声，就是你这样的骗子搞坏的。"

蕾怡狠狠地瞪了石巫一眼，眼珠转动，突然叫道："有了！"说着，从脑后取下篦子放在桌子上，又拔了几根头发，两三根搓成一股，然后把三股头发首尾相连，连成一根一米来长的头发绳。柳志峰和池舟正疑惑，就见蕾怡一面用头发绳的一端系住篦子的中间，拿住绳的另一端，把篦子悬在空中，一面说："这叫篦子卜。丢了东西就用它来找。很灵的。"原来这是用头发把篦子悬在空中，看篦子指示的方向来占卜。丢了东西，用这种方法来确定找寻方向。据说祖上曾用来断案，失窃了，发生谋杀案了，实在找不出小偷和凶手，就让嫌疑人围成一圈，让悬空的篦子来指示真正的犯人——当然，因其极其不靠谱，现在已经禁止用这种方法断案。

蕾怡让大家围自己一圈。口中念咒："篦子篦子听召呼，我们需要你的帮助……篦子，篦子，请告诉我们，怎么打赢这场大战？"想一想，估计这个问题超出篦子的能力，换了个问题，"哪里去找信息和线索，先人留下来的，保卫山外的信息和线索，谁知道这些信息和线索？"柳志峰也是病急乱投医，让蕾怡加上一句："哪里去找解读这些信息和线索的办法。"蕾怡见柳志峰柳博士有求于自己，十分得意，真的就把柳志峰的问题加进了咒语里。然而她接连念了好几遍，那篦子却纹丝不动。

蕾怡笑道："忘了一件事情。"说着，又念了一遍咒语，一面念，一面把悬着的篦子转几圈攥在手里。她念完咒，扫一扫环绕的众人：对面是岱箫，顺时针方向依次是池舟、柳志峰、西兰、阿里安和石巫。她松开手中的篦子，篦子便转动起来。

篦子转了几圈，又来回晃动几下，最后指着石巫。蕾怡转头，惊讶地看看石巫，又回头看看篦子，说："篦子，你确定？！"篦子来回晃动，依旧指着石巫。蕾怡叫道："不可能！他可不是什么好人。"石巫一摊手，意思是自己什么都不知道，看着大家将信将疑的目光，说："我要知道，还用得着这么麻烦？你们不会真相信一支筷子吧？"岱箫说："这指的可能不是人，是方向！"

方向？蕾怡说："这家伙站在南边，南边正对着水天柱……山门。该不会让我们出山门去山内避难吧？可是这山门还要七八个月才打开。"柳志峰说："或者，它是说，我们要找的信息和线索，还有解读的方法，都在山内。"岱箫说："不，石巫站的不是正南，偏西，西南方向是黑苗岭，还有狱门岛……"西兰和阿里安道："这是要去狱门岛躲劫？"池舟说："或者，狱门岛上有什么秘籍、宝贝能够帮我们打胜仗。"

大家议论纷纷，莫衷一是。为保险起见，决定再占卜一次。于是蕾怡让大家站在原地别动，念咒语转动筷子。这次筷子指向岱箫。岱箫所在的方向是北边偏西，是军家岭的方向。大家疑惑，于是又来一次，这次指向池舟，正北方向，是白苗岭所在方向，生死门也在这个方向。

石巫说："够了，不要再闹了。"就要走开。蕾怡喝住石巫，说："等等。"说着，又来了一次。这次，筷子又指回了石巫。蕾怡指着石巫叫道："肯定是你在搞鬼！"石巫冷笑一声，摇摇头，愤然走开。

一百五十四

占卜失败，蕾怡备受打击：她曾通过占卜帮不少人找到了丢失的东西，甚至成功地占卜出了一个走失的孩子所在方位；她以此为傲，也因此小有名气。放在从前，尤其是山内改土归流之前，如此有"天赋"的少女，可能会成长为寨子里的"卜婆"。"卜婆"相当于山内的算命先生、风水师、医师兼心理医生，除占卜之外，还治疗病痛，疏导抑郁症和精神病患者。"卜婆"不是梯玛，和梯玛"同行是冤家"。

为了洗刷耻辱，蕾怡决定祭出"通灵"和"托梦"大法，招来祖先的魂魄直接传递信息。她不知道从哪里找来了一些药草，又向柳志峰要来一些招魂丸，放在一个竹笼里，点火焖出烟雾，然后拎着笼子，把二楼和三楼各房间熏了一遍。

熏完回到休息室，蕾怡拉大家围着桌子坐了，独独不理会石巫。

她关了灯，屋里顿时暗下来，就见池舟三人的眼睛微微泛着金色、黄色和绿色的光。她走到桌边坐了，让大家拉起手，闭上眼睛，跟她念词，召唤先人的魂魄。柳志峰本来不信通灵、托梦这一套，但此时不好推脱，又想到连《红楼梦》里也有不少托梦的情节，心中好奇，也就加入了。

石巫站在一旁，冷眼看着。对他来说，眼前的通灵之法只是蕾怡这个丫头模仿山内影视剧胡编乱造的，山外和山内族人都没有通灵一说，只有"送魂"和"招魂"：送魂是把已死之人的魂魄送去该去的地方；而招魂，是把失魂落魄之人的魂魄召唤回来。

大家被药草和招魂丸的气味熏得晕晕忽忽。不知道过了多久，传来风摇动树枝敲打窗户的声音，忽觉眼前闪光连连，耳边隆隆作响。就听蕾怡兴奋地嚷嚷："来了！来了！"接着是石巫冷冷的声音："要下暴雨了……而已。"

大家睁开眼睛望向窗外，果见闪电一道接一道，爆出耀眼的光芒，时而划破夜空，撕裂天际，时而刺破云层，扎向大地，仿佛天地在渡劫一般。雷声隆隆中，蕾怡对石巫大声喊："你知道什么，这就是先人在显灵。"石巫轻轻地"哼"一声，小声嘟囔道："越来越像巫婆，怎么不布法阵，供祭坛？"谁知蕾怡偏听见了，她一下子爆发，指着石巫大骂："你就是个神棍，跟你死去的阿爸一样。"池舟和岱箫赶紧起身将二人隔开。

机不可失，蕾怡顾不得和石巫算账，急忙拉大家回到桌边，依旧闭上眼睛拉起手，迎接魂灵的到来。窗外，大雨倾泻而下，闪电渐渐远去，雷声也渐渐小了。然而过了大半夜，也没有魂魄到来的任何迹象。黑暗中，蕾怡一阵左顾右盼，含含糊糊道："他们来了，但是我们资质差，他们没有办法沟通，更没有办法附体。"石巫冷笑一声走了。柳志峰道："可能是我们静不下心来。"池舟连忙附和，说道："过些天就是大战，都在想这个事。"又过了不知多久，大家昏昏沉沉，困得不行，实在撑不住，商量一阵，决定回房间睡觉，准备迎接"托梦"。据蕾怡说，"托梦对人资质的要求要远小于附体"，临走前，她还叮嘱大家"别忘了睡前祷告"。

一百五十五

第二天早上，雨还在下，比昨晚还大。蕾怡最后一个下楼来，见大家已经在餐桌边等她吃早饭，飞跑过去，大声问："梦！都做了什么梦？"岱箫和柳志峰摇摇头。

唯有池舟点了点头。不知道是因为哗哗的雨声，还是由于药草和招魂丸的气味，他昨晚又做了那个梦：满脸血迹的男人，凝视着自己的女人，被割喉的军人，长着翅膀的人和野兽……尤其是那个满脸血迹的男人，反复出现，脸贴在撞碎的玻璃上，惊讶地看着自己，似乎说了些什么，忽然间又飞得无影无踪。

池舟把梦中所见说了。蕾怡兴奋地叫道："果然！"池舟犹豫道："不是昨晚才梦到，好多次了，第一次梦到还是在关山祭那天。"蕾怡说："谁说托梦只能一次？"石巫冷冷道："从两个月前开始，一直托到现在？"蕾怡说："有问题吗？人家就是怕你不在意——我只是不明白，为什么要托给一个山内人，而且是这种家伙？"

池舟小声说："有些部分，感觉不是梦。"大家问："什么部分？"池舟说："那个满脸血迹的男人。我记得，八月份在山内，我开车去 D 镇，翻越野鸭子岭时，车冲出悬崖，悬在半空中，车窗前就是这个满脸血迹的男人，好像说了些什么，忽然间又无影无踪了……"

蕾怡想一想，说道："不是托梦，就是显灵——他说什么了？"池舟一边努力回想，一边说："记不清楚，好像有，生……死……门……"蕾怡道："这就对了！还有呢？"

"还有……'耶'什么……听不清楚，记不起来……"

然而无论蕾怡怎么逼迫，池舟就是想不起来更多。手机忽然响了，大家掏出手机一看，原来是"靠谱使者"App 发来消息：下大雨，军事训练改在学校操场，请大家准时去操场集合。蕾怡读了通知，又看看时间，对池舟叫道："马上要去训练！快！快！"池舟被催得抓耳挠腮憋红了脸。

柳志峰见状，对四个年轻人说道："你们先去训练。晚上回来，我自有办法。"几人忙问什么办法。柳志峰说："招魂。"

一百五十六

池舟四人听柳志峰说起"招魂",有些惊讶,想要问个究竟,但训练时间已到,只得匆忙找出伞撑上,跑下楼,赶到操场。操场上,"第一防线军"的战士们早已陆续赶到,有打着伞的,也有披着蓑衣的。朱柏川和曾翼两位统领淋在雨中,大声喊话:"大战在即,不能因为下雨就停止操练,大战那天也可能下大雨,今天正好练练雨中作战。"

因下大雨,无法训练飞行,只能练搏斗,主要是肉搏。在两位统领的命令下,大家男女分开,撇开雨伞,解下蓑衣,两两对练起来。衣服湿透贴在身上,显出矫健的身形。男人们都脱去上衣,露出结实的肌肉,肤色从白到麦色都有,但很快就被泥泞抹成红色、褐色。

一开始,池舟恰和岱箫是对手,两人在雨中施展身法、拳脚和招数,从操场到山坡,从山坡到洼地,从对峙、试探,到拳脚相加,到厮打在一起,到最后扭在一起、滚在一起……

之后又轮换对手,两人对练过不少人:石巫、翁里、巴洛雨、墨巴尔、乌基、竖岩、引勾、波晓、朱明帆、庹雷、庹板、文墨言等。池舟暗中揣量、比较各个对手的实力,发现岱箫和石巫之外,翁里、巴洛雨、墨巴尔、庹雷也都是狠角色。

中午吃饭休息。下午又分成几拨,演练"群战"。大家在雨中厮杀在一起,一度分不清敌友。然后又集合,跑到一个山坳里,和"第二防线军"会合,进行两军"对战"演习。在"群战"和"对战",凡有 khub 的,khub 两人同进共退,彼此配合,互相掩护,生死与共。真是俗话说得好,打虎亲兄弟,上阵父子兵,据说古罗马军团也是父子、兄弟、朋友配置,所向披靡。

整个下午,不断有人支撑不下去,默默退下,尤其是上了年纪的。也有人太要强,坚持不退,突然倒地不起,不得不让人给背下去、扛下去。

一百五十七

　　战士们冒雨训练，不少人感冒发烧，很多人受了伤。柳志峰就近在学校医务室接诊伤病员，忙得不可开交。晚上，池舟几人训练完回到起居室，做好饭等他，一直等到深夜才等来。几人早上听他说晚上回来要"招魂"，一直记挂着，还没等他落座，就迫不及待地抛出无数问题："你真会招魂？从哪里学的？怎么个招法……"

　　柳志峰喝了一口水，问大家："还记得那次去魂阁，在四楼'招魂室'发生的事？"池舟想一想，问道："你是说我晕倒的那件事？"柳志峰点点头。

　　池舟三人当然记得：那天几人进入魂阁，上到四楼，池舟突然间晕晕忽忽，行动怪异，冷不防栽倒在地，把木地板砸出洞，跌下楼去。对此，他自己毫不知觉，却记得眼前浮现出满脸血迹的男人等画面，以为自己被"生死门"中涌出的洪流吞没，又被岱箫救了。柳志峰发现了一些致幻蘑菇，把它命名为"柳氏招魂菇"，他认为，池舟是吸入了招魂菇的孢子，唤起了深层的记忆，产生了幻觉。

　　三人相视而笑，对柳志峰点头。柳志峰笑道："我本来不信招魂这些东西，觉得都是些蒙人的把戏。但自从来了山外，见过许多神奇的东西，就放开了思想，经历了那件事后，开始思考和研究传说中的'招魂'。如今，我的研究已经小有成果，用'柳氏招魂菇'成功研制了'招魂丸'——你们已经见识过了——已经开始撰写我的专著，《招魂及相关药物研究》。"又转向池舟说，"今天，就拿你做'临床试验'，帮你想起梦里的细节……"

　　石巫那天并没有在场，对大家口中的'那件事'一无所知，因而听得云里雾里。他打断柳志峰，问大家是"怎么回事"。岱箫三人便你一句我一句告诉石巫。石巫听了，似有所思，说道："我说吧，那些巫法，不只是传说。"

　　蕾怡听了，石巫："你都知道些什么？"石巫道："什么知道什么？"蕾怡说："招魂术，关于招魂术！"石巫不动声色地想了一想，说："祖上的巫法都已经失传。这招魂术，我知道的还没有你们多，不过是爷爷奶奶辈的有时候试试，究竟灵不灵，他们自

301

己也不晓得。还是要看柳博士的……"

大家把目光投向柳志峰。柳志峰笑道:"我是搞脑外科和神经外科的,对记忆、意识、梦这些脑神经活动现象很感兴趣,对心理学也有所涉猎。在我看来,所谓的招魂,和心理学中的催眠类似:都是用药物和心理暗示,唤起潜意识中的记忆,激发出大脑功能,尤其是想象力。早上吃饭,看池舟怎么也想不起梦里的细节,就想到了这招。"

饭后收拾完毕,开始"招魂"。柳志峰吩咐大家把沙发挪到起居室中央,前面放四把椅子和一个小案几,在一旁生起一盆火,自己则去楼上房间找来几颗"招魂丸"和他的巫杖。他叫岱箫拿来一杯水,让池舟拿水服下"招魂丸",躺在沙发上,又让岱箫三人在沙发前坐了,然后走到墙边关了灯,借着火光回到沙发前坐了。灯一关,房间就暗了下来,只见红彤彤的火焰在火盆里跳动,轻烟袅袅而上。窗外还在哗哗下雨,阵阵凉风从窗口袭来。

柳志峰拿巫杖在池舟眼前晃动,口中念叨:"你很累,你躺在一望无际蓝色的海水上……你要睡着了……"池舟尽力配合,然而怎么也进入不了柳志峰所说的"类似睡眠却并非睡眠的状态",反复闭眼又睁开。柳志峰见状,换一套说辞:"你现在置身在一个非常幽静的森林里……"还是不行。"看来催眠那一套行不通!"柳志峰想了一想,灵机一动,开始吟诵《楚辞》里的《招魂》:

> 魂兮归来!东方不可以讬些……
>
> 魂兮归来!南方不可以止些……
>
> 魂兮归来!西方之害,流沙千里些……
>
> 魂兮归来!北方不可以止些……
>
> 魂兮归来!君无上天些……
>
> 魂兮归来!君无下此幽都些……

蕾怡见了,眼睛一转,悄悄站起来,招呼大家上前围住池舟,学老一辈的做法,把手伸到他脑袋上方,手心朝下,轻轻抖动,口念所谓的"招魂咒":

> 归来吧,归来吧,

无论你在何方。

我的心，像火焰一样，

为你跳动。

我的气息，像烟雾一样，

为你升腾。

归来吧，归来吧，

无论你在何方。

……

一百五十八

不知道是因为咒语还是所服下的招魂丸起了作用，池舟渐渐合上眼睛，微微偏下脑袋。柳志峰向前探身，借着红彤彤的火光，观察他的双眼，就见眼皮下面眼珠直动。柳志峰轻声问："睡着了吗？"池舟缓缓回答："没有，我清醒得很。"声音低沉而奇特。柳志峰嘴角浮出笑意，收回巫杖，示意大家退后，依旧坐下。

柳志峰压低声音问道："能听见吗？"池舟缓缓答道："能听见。"柳志峰问："你在哪里？"池舟说："我不知道……看不清楚……"柳志峰说："你在一个幽静的森林里，你坐在草地上，背靠着大树……"谁知池舟反驳道："不，我不在森林里，我在……半山腰……山路……"

"还有呢？还看见了什么？"

"好多人影……跑来跑去……"

"什么人影？都是谁？"

"不知道……"

"你慢慢靠近，慢慢靠近，仔细看……"

"看不清楚……"

柳志峰想一想，说道："你听到了什么？"池舟的声音急促起来："枪声……四面八方……搏斗声，叫喊声……惨叫……血……"

"什么血？谁的血？"

"一个男人，年轻的男人，血汩汩地流……匕首……他就躺在我的怀里。"

柳志峰说:"这个年轻人,他躺在你的怀中,在对你说话……"

池舟声音颤抖:"不!他被割喉了,什么也说不出来……他的嘴巴在动,可是出不了声……我握住他的喉咙,可是止不住血……是他!原来是他……好不容易才忘记……"池舟突然伸出右手,抓住柳志峰的左手臂,"不,这是梦!我在做梦吗?这一定是梦!"众人面面相觑。

"是谁?他是谁?"蕾怡止不住好奇心。柳志峰伸出右手制止蕾怡,用一种低沉而磁性的声音说道:"放松,放松。这就是一个梦,一个噩梦……你已经醒过来了……深呼吸,深呼吸,放松,什么都不要想……"一面说,一面轻拍池舟的右手手背。池舟平静下来,松开了柳志峰的手臂。柳志峰握住池舟的右手,继续低语:"放松……"

"招魂"无果,大家低声讨论要不要结束。却听见池舟迷迷糊糊问道:"这是在哪里?我在哪里?"柳志峰想一想,说:"你在车里……在车里……"池舟似乎有些疑惑:"我在车里?"柳志峰说:"是,你在车里,在驾驶座上。"池舟说:"我在车里……"柳志峰说:"车悬在半空中。"

"悬在半空中……"

"你眼前是车窗,玻璃碎了。"

"是的……玻璃碎了……"

柳志峰问:"告诉我,你看见了什么?"见池舟欲言又止,轻揉他的手,说道,"放松……放松……深呼吸……你坐在车里,车悬在半空中,窗玻璃碎了……"池舟道:"一张脸,有一张脸,贴在碎玻璃上……"

柳志峰说:"是的,有一张脸,贴在碎玻璃上……告诉我,什么样的脸?"池舟道:"满脸血迹……"柳志峰问:"还有呢?"池舟答:"额头上一道伤疤,还在冒血……"

额头上一道伤疤?柳志峰心中一震:"难道是他?这是不打不相识呢,还是冤家路窄?"柳志峰止不住问,"你记得这张脸吗?"

谁知蕾怡是个急性子，直接问："他是谁？"柳志峰忙转头，示意她别出声。

池舟说："我不知道。""你不知道？""不知道。"

柳志峰想一想，转而问道："他在做什么？"池舟道："他在看着我……很惊讶的样子……"柳志峰说："是，他在看着你……"池舟道："他张开嘴，想要说什么……"

柳志峰尽量保持平静的语调："他在说话……他在说话……他说了什么？"半日，池舟用一种近似梦呓般的语气说道："生……死……门……"听到这里，岱箫、蕾怡和石巫三人也都不由得前倾，柳志峰问："还有呢？"

池舟嗫嚅道："柳博士……"柳志峰问道："还有什么？他还说了什么？"等了半日，才听池舟断断续续道："记忆……膜界……植入……"

记忆？膜界？植入？柳志峰问："记忆？什么的记忆？"蕾怡再也忍不住了："植入？植入什么？魂魄？"池舟道："大脑……时？石？……五彩石……"

"无彩石？五彩石？"大家突然听到池舟嘴里莫名蹦出个"五彩石"，十分纳闷，正想问，听池舟继续说道："记住，一定要记住……"

"记住了。"柳志峰脱口而出，随即意识到，这不是池舟让他记住，而是那人对池舟所说的话。见池舟停了下来，问道："还有呢？"池舟道："耶……耶……什么……"大家禁不住问道："耶久？"蕾怡和岱箫还用当地话发音："Viejay。"池舟嗫嚅道："是……耶久……好像是……"

大家互相交换了眼神，继续追问："还有呢？"然而等了半日，才见池舟说道："走了……"大家疑惑道："走了？"池舟说："他飞走了，不见了……"

柳志峰示意大家安静，还接着问。然而池舟不再有任何回应，似乎是睡着了。柳志峰试了半日，摇他也不见反应，转头又见一旁火盆中火焰已经熄灭，决定结束这次"招魂"，对大家说："估计再也问不出什么了，今天到此为止吧。"让人开灯，把池舟叫醒。

一百五十九

池舟在沙发上坐起来，接过柳志峰递的水，喝了两口，就急忙问招魂招出来了什么。说自己只记得大家念招魂咒，听着听着就睡着了，直到被蕾怡摇醒。大家便把他所说的告诉他。池舟想了一想，黯然道："那个被割喉的军人，是以前的战友，当年在边境缉毒，他扮成贩子去接货，被人出卖……"

大家忙岔开话题。一起把火盆收了，把沙发等归位。又弄了点吃的，围着餐桌坐了，一边吃，一边讨论招魂的成果。蕾怡说："生死门，记忆，膜界，植入，大脑，五彩石，耶久。忙了半天，就问出这几个词来。"柳志峰说："还有：记住，一定要记住。"大家问池舟："你还记得什么？"池舟想了半日，摇了摇头。

大家问了无数的问题，做出了无数的猜想。记忆？什么的记忆？关于生死门的记忆？这和迎接大战保卫山外有什么关系？膜界？膜界门？用膜界施展巫法？植入？植入什么？植入魂魄？植入记忆？植入到哪里？大脑？植入大脑？怎么植入？五彩石？什么五彩石……

说着说着，就问起一个问题：这一切又和耶久有什么关系？柳志峰说："我们忘记了最重要的一个问题，那个神秘男子到底是谁？池舟说他额头上有伤疤，听他说了'耶久'两个字，就把他当成了耶久。"说着，转向池舟，问道："你好好想一想，能不能确定就是他？"大家把目光投向池舟。池舟在慌乱中想了一会儿，说："看不清楚……没有办法确定……"

石巫说："我也觉得奇怪。如果这些和保卫山外有关，两个多月前耶久又是怎么知道的？难道他会未卜先知？他为什么要帮我们？没有理由啊！除非是使坏，故意误导！"

岱箫笑道："叫耶久的人不少，头上有疤的也不少，先人们在山里讨生活，全身都是疤。"蕾怡说："就是！肯定不是耶久！一定是先人显灵！"柳志峰问："那么到底是谁？要向我们传达什么讯息？"池舟愤然道："托梦也好，显灵也好，怎么神神道道的，跟算命的、预言的一样，就不能把话说明白了？"蕾怡叫道："你还说！都怪你，没听清，没记住！"

不知不觉，已是深夜。大家又讨论了半天，实在撑不住，这才各自回房休息。

第二十一章　植魂

一百六十

池舟回房，思来想去，快天亮时才睡了。没多久，便被岱箫摇醒，岱箫说"柳博士有好消息"，捡起地上椅子上的衣服扔给池舟。池舟翻身下床，胡乱套上衣服，顾不得洗漱，跟着岱箫急急忙忙下楼去。只见柳志峰已经坐在餐桌边，正在摆弄他的笔记本电脑，一旁坐着石巫。池舟二人三两步跑过去，迫不及待地问："有什么发现？"柳志峰也不回头，打手势说："等一等……"

话没说完，身后传来蕾怡的声音："有什么好消息？又托梦了？这次是谁？"池舟一转身，就见蕾怡正下楼来，双手在脑后挽头发。她上穿圆领短袖，灰白色的底，上绣着橘红色的鸢尾花，下穿亚麻裙裤，长及脚踝，也是灰白底色，上面是蜡染的淡青色竹叶。

大家围着餐桌坐了。听柳志峰说道："昨晚，我躺在床上想了很久，把这些天掌握的信息分门别类过了一遍，最重要的是以下几类。"说着，把他的笔记本转向大家。池舟几人聚拢观看，就见屏幕左边显示：

（1）刻在石碑里的大脑

（2）魂阁墙上刻的文字

拉丁字母：Kulau（古老）、Khawv koob（权杖）、Ntsuj（魂魄）、Nroj（植入、种植），Hlwb（脑袋），Kev nco（记忆）等；

象形符号：Kulau（古老），Hlwb（脑袋），Kev nco（记忆），Ntsuj（魂魄），Nroj（植入）。Nroj（植入）的图案是一只手加一根巫。

（3）池舟梦中神秘男子所说的：生死门，记忆，膜界，植入，大脑，五彩石，耶久。

屏幕右边配着相应的图片。

柳志峰说："大家来拼图：排除干扰，我们把这些零碎的信息拼凑起来，得到什么？"大家看一会儿，想一会儿，茫然地望着他。

柳志峰笑道："提示一下，记忆，大脑……"岱箫道："你的意思，还是石刻的大脑里储存着记忆，先人想告诉我们的，都藏在记忆里了。"

柳志峰说："再提示一下，植入，大脑……"池舟说："往脑袋里植入芯片之类，有用吗？"柳志峰说："再想一想。"岱箫说："把石头里的记忆植入人的大脑？"柳志峰笑道："是！就跟把一台计算机里的硬盘植入另一台一样。让人脑直接解读！"

植入记忆？像是科幻小说中的情节。大家忙问道："怎么植入？""这难道不比读脑更难，更费时间？！"柳志峰笑道："昨晚我也卡在了这里，想了又想：记忆是神经元之间的连接，植入记忆，需要开颅，还要切开脑回路，而且神经元比头发丝还要细得多，也多得多，目前的医学技术，怎么可能！谁知晚上做梦，迸发了灵感……"说到这里，柳志峰又停了下来。

大家催促："都什么时候了，还卖关子？"一旁的石巫发声了："我来猜吧：科技不可能，只好试试巫法。"柳志峰笑道："可以这么说。"蕾怡三人忙问："什么巫法？"石巫说："我猜，是植魂术。"

柳志峰微微点头，指着笔记本屏幕说："你们注意那些象形文字，反复出现魂魄（Ntsuj）和记忆（Kev nco）这两个词，这说明山外和德夯很早以前就知道了：所谓的灵魂，就是一个人所有记忆的集合。招魂是唤起记忆，所谓的植魂就是植入记忆。"

蕾怡和池舟插话："我明白了，锢魂，就是封存记忆。""裂魂，就是分割记忆。"柳志峰点头。石巫说："我说吧，我们的梯玛祖上，绝不是装神弄鬼的神棍。"

大家自然问这植魂术怎么操作。柳志峰指着屏幕上 Nroj（植入）的图案——一只手加一根巫杖——说道："睡觉前看了半天。做梦梦见做脑外科手术——这不奇怪，以前也经常梦到。但这次还梦见拿巫杖施法，不用 fMRI，不用手术显微镜，却能把大脑的里里外外看得一清二楚，就像看图纸一样。醒来后就想到：所谓的植魂术，就是做脑外科手术，植入记忆，但是不用开颅，不用切开脑回路，是进入四维空间，直接进行手术——你们知道的，在四维空间里，能够从一个三维位置直接到达另一个三维位置，穿过障碍，隔空探物……"说这里，柳志峰又停了下来，暗暗观察石巫：他想知道，石巫是不是早就知道这些，一直在藏着掖着。

池舟、岱箫和蕾怡你看看我，我看看你，都说："原来是这样！"又说："原来穿障术还能用在这个上……"唯独石巫想了一会儿，说道："你只说了不用开颅就能手术，还是没说怎么植入。"

"是，这个问题也困扰了我很久。"柳志峰看了石巫片刻，这才说道，"那么多神经元，怎么可能一个一个地连接，万一出点差错，就是脑死亡。我想来想去，突然灵光一闪……"说着，他操作鼠标，把屏幕上的两段文字用黄色底色突出显示，问大家"看出了什么？"说完，且看石巫如何反应，试图从他的眼神、表情和肢体动作里读出点什么。

池舟几人喃喃念那两段文字：

……Nroj（植入）的图案是一只手加一根巫杖……

……记忆，膜界，植入，大脑……

一面念，一面琢磨。

石巫也留意到柳志峰在暗中观察他，想了一会儿，对柳志峰说："我说吧，植入和巫杖、膜界有关……用巫杖和膜界植入……"柳志峰道："往下说。"石巫道："我能猜到的，就是这些了。"说着，以一种挑衅的目光盯向柳志峰。

柳志峰被盯得有些不自在，又不好示弱移开目光，幸而听蕾怡问："用巫杖和膜界？怎么个用法？快说！"忙将目光挪向蕾怡三人，笑道："我想起了十几岁时矫正牙齿：用模子取牙齿的模型，再套上牙套。植入记忆也一样，用膜界把一个大脑取模，然后把模子套在另一个大脑里，让记忆神经元在模子的作用和引导下建立相应的连接——这在四维空间里操作挺方便，就像取二维平面模子，再拿模子压出复制品——只是猜想……"

众人听了，恍然大悟，都说："怎么我就没想到！"石巫故意说："我说呢。那两个石头脑袋，怎么可能一刀一刀刻出来，一定也是用这个办法。"

接着，大家问了很多问题：怎么取模，怎么用脑模压大脑，石头那么硬，怎么压出来的……大多数问题柳志峰都没有答案。

蕾怡忽然问："五彩石又是怎么回事？真是个宝物？能用它获得强大的巫法、无上的力量？召唤出强大的巫师、魔王？"众人茫然。岱箫笑道："没准那些石头脑袋里有答案。"

一百六十一

大家决定植魂，把两块石碑里刻的大脑植入人脑，直接读取其中的信息。实施植魂的最佳人选自然是柳志峰：过去二十年来，他做过无数开颅手术，熟悉大脑构造，虽然人到中年，体能不比年轻人，但是双手仍然强健有力，机巧灵活。只是有一个问题：植魂需要进入四维空间，对一个大脑取模，再用来压印另一个。柳志峰没有池舟三人的"狼眼"，虽能施法进入四维空间，却看不见三维空间，没法取模，更没法压印。

池舟便抄起砍刀，背起弓箭，要去山里抓一匹狼来——大家记得柳志峰说过，有狼眼是因为被狼咬过。柳志峰拦住池舟，说："那得等到什么时候？我也不想让狼咬。"问蕾怡，"我记得你说过有人没被咬过也有？"蕾怡说："是，翁里就是这样。"于是马上把翁里叫来。大家察看他的眼睛，果然也是狼眼：眼底在暗处微微泛着金黄色的光芒。为了弄清这狼眼是怎么来的，大家你一句我一句盘问了他半天，最后推测，是输血的缘故：飞伞赛前夕，翁里几人送仡晓和晁骐去朗达山，遭遇耶久伏击，多人受伤，翁里伤势严重，失血过多，便紧急输入了池舟和岱箫的血。

"这'狼眼'是血液传播？"柳志峰惊奇万分，一定要亲自、马上验证。他记起医院冷藏的急救血包中就有池舟和岱箫捐献的，便叫人取来，做交叉配型，确认没有问题，给自己静脉注入了5毫升。蕾怡胡搅蛮缠，一定也要输血，还必须是岱箫的，大家没有办法，只能依了她。当晚，柳志峰便感觉眼睛鼻子有些不对劲：眼底有些刺痛，泪水多，鼻子酸酸的。第二天早上睁开双眼，就觉眼前比以往更明亮，下床到窗前，拉开窗帘往外看，感觉看得比以往更远、更清楚似的，连耳朵也更灵敏了。吃完早饭，便尝试施法进入四维空间，试了几次后终于进入，果然能看见身边的三维世界，只是零零碎碎、影影绰绰的，像是隔了一层压花玻璃——估计要完全看清还得等几天。

一百六十二

时间不等人，柳志峰当即开始研习植魂术。首先是练习熟练地拿巫杖引膜界，画克莱因瓶进入四维空间——尽管他可以做到，但是磕磕绊绊的，试十次也未必能成功一次。好在他很快就不用操心这个了：池舟经过揣摩和尝试，开发出一套施法动作，拿膜界画一个大的克莱因瓶，把自己和一旁站着的人一起罩进去；这样一来，柳志峰不需要做什么，只需要站在池舟身旁，配合他轻轻一跳。池舟很得意，把这一招称为"池舟捎带升入四维空间法"，简称"捎带升维法"。

不久，石巫、岱箫和蕾怡也学会了所谓的"捎带升维法"。大家依葫芦画瓢，又开发了"双人升维法""双人捎带升维法"等。所谓的"双人升维法"是：两人密切配合，共同画一个克莱因瓶，一起进入四维空间。所谓的"双人捎带升维法"，是两人合作，捎带第三人。

接下来，练习从四维空间中观察三维世界。刚开始很不适应，只觉头晕目眩：眼前时空凌乱，各种画面扭曲变形，交叠错落，分不清什么是什么。稍稍适应一些后，发现眼前的景象有点类似"立体主义"画作，即把同一个对象的多个视角的画面置于同一画框之中，各个画面交错叠放，各种阴影散乱无章，又有若干背景、符号、意象等穿插其中。但又不同于"立体主义"，还穿插着物体内部的图像，里外颠倒，明暗混淆。柳志峰将其戏称为"高维立体主义"和"巫法立体主义"，一本正经地说："应该让那些玩'后现代'艺术的来见识见识。"

解读"巫法立体主义"倒是没有想象中的那么难。在三维世界中，人眼所接收的，本来就是二维画面，是人脑根据透视原理将其解读为三维立体世界。柳志峰的空间感不错，以前就经常用计算机构建3D模型来展示人体里里外外的结构。他从简单的球体、立方体开始练习，到桌椅板凳，再到复杂的人体尤其是大脑，半天之后，便能成功地解构这"巫法立体主义"，构建三维全息结构影像。

之后，便是练习取模。其中涉及三个难点。一是如何拿巫杖引出适于取模的膜界，所需膜界必须硬度、刚性适中，兼具弹性和塑性，要能够像水一样延展进入每一个细微的间隙，又要能在适当的时候硬化成模具。二是如何手持巫杖或者膜界穿过克莱因瓶接近取模对象，同时又不破坏克莱因瓶。三是如何取模，这涉及从哪个角度施加膜界，以什么姿势、多大力度施加，施加多久，之后如何让膜界硬化，硬化之后又如何取下模子等。

柳志峰本以为，接近取模对象就跟施展穿障术隔空取一样，谁知并非如此：隔空取物并不需要穿过克莱因瓶，可以在不穿过克莱因瓶的膜界的前提下，用手或巫剑去接近和获取物品；而植魂术的取模，很有必要让手和巫杖穿过克莱因瓶，这才便于操作，但又不能破坏克莱因瓶，因为这会导致脱离四维空间，也就是需要所谓的"穿而不破"。

石巫几人得知情况后，担起研发"穿而不破"技术的任务。他们和柳志峰一起，不知疲倦地摸索、尝试，夜以继日，废寝忘食。几人感叹："这真跟传说中的不一样，所谓的巫术、魔法，应该是挥挥棍子念念咒语才对！哪有这么麻烦的！"池舟甚而又心生上当受骗的感觉：不是天选之子，不是龙傲天，没有宝贝，没有原力、内力、灵力……没有权力，没有爱情……还要如此辛苦，为什么？

两天两夜之后，柳志峰终于能够对石刻大脑取模了，虽然还是生疏，有时候要一连试几次才能成功一次，但时间紧迫，也只能凑合了。

接下来，是把所取的脑模压印到人脑中。这看似简单，在柳志峰眼中却是最难的：即使是像他这样的顶级脑外科手术专家，有着近二十年的经验，稍有不慎，就会损害脑神经，造成脑死亡。

为了最大可能减小风险，柳志峰决定不压印整个大脑，而是找出相关记忆所在的部分，只压印这些部分。为此，他让池舟四人轮流"捎带"他进入四维空间，仔细观察石刻大脑；几番尝试之后，他在两个石脑的记忆区域，也就是丘脑和内侧颞叶之间的海马体中，发现隐隐刻着一个椭球面，只有小指指尖大小。他欣喜若狂：这肯定不是天然的大脑结构，是人为标识出来的，似乎在说"相关信息就在这里头"。

尽管确定只压印一小块，柳志峰还是不敢掉以轻心。他先拿豆腐、果冻等练手，然后用动物做实验，确定至少有八成把握了，才考虑植入人脑。

在练手过程中，柳志峰又发现一个问题。压入脑模后，脑模压迫神经元，给神经元以引导和刺激，让相关突触建立连接。为了形成长期记忆，这些引导和刺激至少要保持几个小时。这就需要所压入的脑模坚持两到三个小时后消失，时间太短，记忆不能形成，或者只形成几秒钟的短期记忆，时间太长，又可能对大脑造成损害。如果脑模不能自行消失，需要人工取出来，然而此时，很可能已经有无数神经元和脑膜交错，强行取出的话，会损伤大脑。

池舟几人又担负起了相关研发任务。他们分工合作，从引出膜界、改性膜界、取模和压模等方面，反复揣摩和实验，终于找出解决方案：引出膜界时，速度要适中，手腕要有一系列的旋转和微妙的颤动动作；取模的时候，力度要尽可能小，要有轻微的左右摆动；压印时，力度又要比取模时小，要反复压三到五次等。

一百六十三

却说大战将至，囤积粮食等备战事宜都已安排妥当，除了接受军事训练的青壮年，男女老幼都停止了一切活动，无所事事地等待着战争的到来。随着战争一天一天迫近，山外平静的表面下，越来越涌动起一种焦躁和不安：虽说大家都誓死捍卫山外，但这场大战能不能打赢，会死伤多少，要不要逃亡，逃向何方……谁都不知道。

无所事事再加上这种焦躁和不安，让山外凭空生出了不少事端：各种纠纷争吵明显增多，聚赌斗殴等事情层出不穷。有人趁火打劫，偷鸡摸狗的不少，甚而有入室盗窃抢劫的；有人趁机报复仇家，意图嫁祸给盗贼。一时间，山外监狱人满为患。宁当船长一面协助晁骐和仡晓训练"第二防线军"，一面还要抽空管这些，忙得有时连喝口水的功夫都没有。

最让人震惊的，是一起灭门惨案。一家姓"卯拉"（Hmaobdlat，花苗姓氏）的，五口人中有四口在深山的家中倒在血泊里，十八岁的次子"卯拉更惹"也不知所终。宁当船长带人赶过去，发现尸体全身都是抓咬和啃食的痕迹，本以为是野兽所为，十有八九是狼群，但察看房子里里外外，发现手机、钱财和吃的都给洗劫走了，便起了疑心，让人用山鹿把尸体驮到山外医院，请柳志峰前去验尸。柳志峰检验后说："死因不是野兽袭击，是脑部受损，大概率是人为的，那些抓咬和啃食，都发生在死后。"宁当船长听了，明白这十有八九是杀人后伪造现场，随即抽调一部分青壮年，组成搜捕队，搜索案发现场附近的深山。

卯拉家的惨案很快传开，私下里、网络上都议论纷纷。大家又是震惊，又是疑惑：什么人会干出如此残暴的事？有人怀疑是混进山外的山内毒品和枪支贩子，有人说是漏网的德夺人或者翼人，更有人趁机造谣陷害仇家。不少人主动加入搜捕队进山搜捕案犯，甚而有几个十多岁的孩子，偷偷摸摸进山，想当英雄。

一百六十四

话说三天后便是大战，柳志峰仍在拿动物做试验。池舟几人急了，说："大难当头，还管那么多？世上哪有百分百有把握的事情！"柳志峰听池舟几人如此说，如同拿到了病人和家属签字的《手术风险通知书》，终于同意对人进行植魂。

池舟、岱箫、石巫和蕾怡都争当第一个实验品。柳志峰心中考虑：蕾怡才十六岁，况且又是女孩，男女大脑结构不一样，石刻脑袋明显是精壮男子的，她自然不行；石巫这人，实在捉摸不透，大果乃耶晓还特地让防着他，自然也不行；只剩下池舟和岱箫两人。

柳志峰反复看池舟和岱箫，最终说道："先让岱箫来吧。"池舟忙问为什么。柳志峰解释："简单地说，对记忆，需要结合相关的经历、经验和知识才能搞明白，不然就跟读翻译作品一样，文化差异过大的话，字你都认识，就是不明白什么意思。和池舟比起来，岱箫有着更多的相关经历、经验。"

于是这天晚上，几人坐了山鹿车，来到山外医院，西兰和欧妮等几个早已等着了。大家来不及寒暄问候，直接去消毒室和手术室，为"手术"做准备。都清洗手臂，戴上口罩，穿上蓝色的手术服，柳志峰还让西兰把自己和池舟的巫杖仔仔细细消了毒。

准备妥当，开始植魂。岱箫躺在手术台，蒙着眼睛，四周围着四个无影灯——在四维空间里，光线凭空多了很多发散方向，故而需要照射更多的光源才能获得和三维空间里相似的亮度。一旁摆着一张小方桌，桌面和手术台的台面平齐，上面放着那两块石碑中的一块——原来这植魂术需要在四维空间中现场取膜、现场压印，不能把所取的记忆模子带回三维空间，一则是所取的模子是四维的，在三维空间中会坍缩，二则怕三维空间中的细菌病毒等污染模子。

手术室的一角是金属器械桌，上面备着灭菌包，包里装着膜界制的镊子、钳子和柳叶刀等手术器械，是几人来医院前刚造的——原来柳志峰不确定平常所用的手术器械在四维空间能不能用，便让石巫几人研了用膜界造器械的方法。

柳志峰和池舟走至器械桌旁。池舟拿起灭菌包挂在脖子上，和柳志峰对了对眼神，走到他身旁，并肩站了。从腰间拿起巫杖，拔剑引出膜界画克莱因瓶；不一会儿，说声"跳"，和柳志峰轻轻一跳，便捎带他进入了四维空间。

接着，两人踏着膜界，走到手术台旁，柳志峰正对着岱箫的脑袋。池舟又拿剑引膜界，做出一个透明的喇叭，然后伸出手臂向前摸，摸着克莱因瓶的膜界，无影无形的。他把喇叭口贴在膜界上，对着喇叭叫道："好了，开始。"原来，在四维空间中，声音也多了很多发散方向，即使在膜界里大声说话，在膜界外的三维世界里听起来也很微弱，而且分不清方向，故而池舟用这种方法定向传播声波。

膜界外面，蕾怡等人见柳志峰和池舟从眼前消失，不一会儿，听见池舟的叫喊"开始"，便把一个平板电脑举在躺着的岱箫的眼睛上方，给他看各种照片。这是让岱箫回忆各种事情，激起他大脑里海马体中的记忆神经元的反应，好让柳志峰观察和辨别哪些区域已经被记忆占用了，哪些区域还是空白的，方便压印记忆模子时避开那些被占用的区域，防止失忆。实际上，柳志峰已经之前观察和辨别过了，但是为万无一失，他还是要在压印前再确认一次。

过了一会儿，又听见池舟的喊声："好了，开始麻醉。"于是欧妮和巴洛雪把麻醉机推到手术台旁，西兰把气管插入岱箫的鼻腔，开始实施全身麻醉。岱箫本来说没有必要，但听柳志峰说："你虽然不怕痛，但到时候稍微挣扎一下，可能就会铸成大错！"也只好接受。

膜界里面，趁着岱箫进入麻醉状态的十来分钟，柳志峰转向石碑，对石刻脑袋取模。他一手拿着巫杖，让池舟在他的双手和手臂以及巫杖上都涂一层膜界，这层膜界是以特定方式引出的，可以避免伸出手和巫杖时破坏克莱因瓶。

柳志峰一手手持巫杖伸出克莱因瓶，再把另一只手也伸出去——只要不破坏着克莱因瓶，瓶外就是四维空间。他拔出巫剑，施展一系列微妙的手腕动作，引出一个小小的膜界团。用一只手捏住那个膜界团，另一只手拿着巫杖缩回克莱因瓶里面，递给池舟，又从池舟手中接过两把弯头膜界镊子，依旧伸出克莱因瓶。

柳志峰察看石刻大脑，找出海马体中隐隐标出的椭球面。他吸一口气，用那两把膜界镊子镊住那个膜界团，看准那个椭球面，把膜界团轻轻施加上去。一面上下左右微微颤抖，一面读秒。读到六十，轻轻摆动，把膜界团取下来。这时的膜界团，已经成为印着记忆的模子。

接着，柳志峰转向岱箫的脑袋，在脑袋的海马体中寻找一个植入位置，这个植入位置必须避开已经被记忆占用的区域，又要尽可能地接近那个椭球在石刻大脑的海马体中的位置。他找到了一个合适的位置，凝神几秒，看准那个位置，用镊子轻轻把记忆模子"盖"上去。然后用一把镊子的弯头的背轻轻压那记忆模子，一共四次。压完，再仔细察看，确认没问题，才收回镊子，递给池舟。又回头看了看岱箫，才让池舟收回膜界，现身出来。

膜界外面，蕾怡等人什么也看不见，都捏着一把汗，等柳志峰和池舟两人现身出来，忙问"怎么样"，见柳志峰一面擦额头上的汗，一面点头，这才稍稍放心。

大家把岱箫推入病房。一退出病房，蕾怡就迫不及待地问植魂的过程。柳志峰便一五一十说了，池舟又添了一番话。蕾怡听了，感叹："这真不是挥挥棍子念念咒就行，怎么传说里还有书上都说得那么简单。"石巫说："难怪会失传。有人学一辈子也未必能学会。"

一百六十五

约莫半个钟头后，岱箫从麻醉中醒过来，只觉脑袋发晕，什么都记不起来。他知道最近医院床位紧张，坚持和池舟几人回学校。一到学校，便回屋倒在床上，昏昏沉沉睡去。到半夜，发烧说起胡话来。柳志峰找来退烧药，让池舟和蕾怡喂给他。

大家放心不下，守在床边。因屋子里坐不下，石巫和柳志峰搬了凳子在门外坐了，时不时进门看一眼。

池舟和蕾怡坐在床边，看着岱箫烧得满脸通红，心中不免担忧。蕾怡忽然想起什么，质问池舟："那人到底是谁？"池舟不解："什么人是谁？"蕾怡说："招魂的时候！你说的那个神秘男人，额头上有伤疤，说什么生死门、记忆、植入、大脑、五彩石……还有，还有'耶久'的。"池舟茫然地看着蕾怡，心想："我要能记起来是谁，早就告诉大家了。"

"我现在怀疑，那人就是使坏，他说的就是一个陷阱，一个圈套，目的就是害人——画巫太倒霉了……"蕾怡语无伦次地说着。忽然又指着池舟叫道，"本来应该是你……"

池舟又是窘又是急，正想该怎么办，听见门响，转头就见柳志峰走进来。柳志峰看了池舟和蕾怡一眼，走到床头，俯身摸了摸岱箫的额头，又拿起脖子上的听诊器，听他心脏和肺部的声音。转头说："开始退烧了，心肺也恢复了。放心吧。"

果然，第二天凌晨，岱箫便醒过来。他睁开眼睛，眼前一片光晕，定睛看去，那光晕来自天花板上的吸顶 LED 灯。光晕旁边，池舟几人正探头望着他。他掀开毯子，撑起身子，池舟会意，拿起他头下的枕头竖靠在床头，扶他靠着坐了。他接过蕾怡递来的水，仰头咕噜咕噜灌下。大家问"觉得怎么样"，他一再说："没事！好着呢。"柳志峰拿来体温计让他含在嘴中，摸了摸他的额头，又拿听诊器听他的胸口，最后取出体温计察看，笑着说："的确没事了。"大家悬着的心这才放下来。

岱箫心中惦记着植入的记忆，十分好奇里面藏着什么秘密，知道大家也都很好奇，只是不好急着问他。见蕾怡端来一盘吃的递在眼前，随意拿起一个苹果，啃了一口，凝神思索起来，竭尽全力在脑子里搜寻。大家见他悄然出神，知道这是在试图"读取"植入的记忆，就都静悄悄地望着。半天才见他从思索中退出来，满脸的失望和沮丧，说："好像做了一个梦，但是一醒过来又记不起来……"大家忙说："不着急。""慢慢想。"

池舟几人一夜没睡，各自回房补觉。中午吃饭时，岱箫说他似乎想起了一些东西。大家忙问是什么。他说："好像是从一块石头中取出了一个小东西，掌心大小，像是鹅卵石，五彩辉煌的……难道是那个神秘男子所说的五彩石？"大家你看看我，我看看你，往下追问："什么石头？""去哪里找这石头？""怎么取出五彩石？""是个什么宝贝？""拿了去干吗？""能拿来保卫山外？"池舟脑洞大开，一本正经地说："这五彩石中不会住着个白胡子老爷爷吧？法术高强，无所不知……没准那个神秘男子就是他变化的……"

然而，任凭岱箫想破脑袋，也想不出更多的东西。池舟很理解岱箫此时的心情，说："不着急，慢慢来。"于是岱箫整个下午都在冥思苦想，还尝试用各种方式进行辅助：打坐，淋冷水浴，洗热水澡，去幽静的森林里散步等。但怎么都想不起更多。

晚饭后，大家决定祭出大招：招魂术。生起一盆火，让他服下"招魂丸"躺在沙发上，众人围着念《招魂》和"招魂咒"……然而即使被施了招魂咒，岱箫还是记不起更多，只记起那包围着五彩石的石头似乎是尖尖的，跟巫剑似的。

大家把目光投向"聪明人"柳志峰。然而柳志峰也无计可施，想了半天，说道："可能也只能这样了；即使是自己亲身经历的事情，时间一长，也会记不来，何况这是植入的三百多年前的记忆。"又说，"记忆分为内隐记忆，外显记忆。内隐记忆包括我们的运动能力，行为习惯这些，我们根本就意识不到。外显记忆倒是可以意识到的过往经历，但也需要身临其境才能记清楚——即使是最亲近的人的面孔，凭空去想也是模模糊糊的，但是一见面，就能清楚地认出来……"

大家又累又沮丧，哪里还有心思听柳志峰长篇大论？决定散了，各自回房，整理心情，准备迎接大战。

一百六十六

大家动身各自回房。突然听蕾怡大声叫："第二块！第二块！我们有两块啊！"大家止住脚步，回转身来，你看看我，我看看你，明白过来蕾怡说的是"两块石碑"，都笑道："怎么把这个给忘了！真是晕了头。"柳志峰想了想，说："希望不是复制品。"原来据他用肉眼观察，两块石碑里面刻的大脑几乎一模一样。石巫听了，似有所思，说："应该不是，没有理由弄这些复制品。"

大家心中重新又燃起了希望。立即带上第二块石碑，驾上山鹿车，赶去医院。路上，几人为植入谁起了争执。岱箫想要继续植入到他的脑子。大家异口同声说"不行"。柳志峰说："两份记忆在大脑中的位置几乎一模一样，总不能把第一份给抹掉吧。而且，这么短的时间两次手术，风险太大。"石巫说："先人用了两块石脑，肯定有他们的考虑。"特地强调了"两块"。听大家如此说，岱箫只得罢了。

池舟、石巫和蕾怡三人抢着要植入。柳志峰锁眉思索一会儿，说："还是池舟吧。"蕾怡忙大声质问为什么。柳志峰耐着性子解释：石脑是二十来岁的精壮男性的，她还小，又是女孩。蕾怡叫道："借口，都是借口！"把目光投向岱箫，寻求他的支持。谁知岱箫说"柳博士说得对"，蕾怡很失望，指着一旁的池舟问岱箫："你相信他？相信一个山内非族人？"岱箫看了看池舟，说："他值得相信。"又安抚蕾怡，"我绝不让你冒这么大的风险！而且，还有更重要的事情要你去做……"蕾怡听了，信以为真，这才罢了，嘟囔道："好吧。"柳志峰暗中观察石巫，就见他微微冷笑，几乎不为人所察觉。

到了医院，西兰几人已经等着了。大家立即去手术室。有了上次的经验，柳志峰大胆多了。他省掉了术前准备，直接让池舟躺上手术台，让西兰打开无影灯，对池舟实施脑部麻醉。他让人把第二块石碑抬上手术台旁的小方桌，让岱箫拿巫杖引膜界画克莱因瓶，捎带他进入四维空间。他熟练地手持巫杖伸出克莱因瓶，引出膜界团，对准拿第二块石碑里的第二份记忆取模，然后压印到池舟的脑中。前前后后一气呵成，不到十分钟。

十多分钟后，池舟从麻醉中醒过来，和大家一起回到了学校。不知道是因为他的身体素质比岱箫更好，还是因为柳志峰的技术更加熟练了，池舟并没有像岱箫昨晚那样出现疲乏、嗜睡和发烧等症状，反而感觉有些焦躁，有些莫名地兴奋。他迫不及待地搜索脑袋，试图"读取"植入的记忆。他精神亢奋，两颊发红，脖子上青筋跳动，像打了鸡血一样在起居室里疾步来回，不时拿手在胸前一劈，又或者突然大叫一声，让人猝不及防。

众人诧异地看着池舟。柳志峰说："没想到两个人的术后反应会这么不同。早知道，就该准备镇静剂，而不是退烧药。"不一会儿，听见池舟叫道："记起来了！我记起来了！"众人忙围上去，听他怎么说。

"我梦见……拿了五彩石……背后长出翅膀……手拿石头……飞到天上……"池舟太过激动，有些颠三倒四。他闭上眼睛，张开双臂，似乎在感触什么，说，"风，掠过身体……飞翔的感觉……在云海之上……"

"然后呢？"大家急着往下听，却见池舟停了下来，一副搜肠刮肚、欲言又止的样子，纷纷追问。池舟想了半日，说："到时候，肯定能记起来。"蕾怡追问："能记起什么？"池舟说："模模糊糊有些影子，但又说不上是什么。柳博士不是说过吗：到身临其境的时候，就能记清楚了。"怕蕾怡还不信，又说，"做梦不就是这样吗？"

大家坐下来，议论纷纷：池舟遇到并梦见的那个神秘人，上次植入岱箫的第一份记忆，还有这次植入池舟的第二份记忆，都提到五彩石，看来这五彩石十分重要，可能是关键。那么，它到底是什么东西？能用它获得强大的巫法、无上的力量？能召唤出强大的巫师、魔王？或者是通往某个秘境、打开某个宝盒的钥匙？又或者里面住了个白胡子老爷爷……拿了这五彩石去干吗？怎么用它保卫山外……

"五彩石……"柳志峰喃喃自语，似乎想起了什么。他起身回房，拿来笔记本，一阵搜索，说道："果然！《山海经》里说：往古之时，四极废，九州裂，天不兼覆，地不周载……于是，女娲炼五色石以补苍天……"念着念着，停下来看着大家。蕾怡几人已经烦透了柳志峰卖关子这一套，催他道："所以呢？聪明人，你就直接说吧。"柳志峰笑道："看来山外人不熟悉山内的神话传说。五彩石，补天……膜界门打开，敌人入侵……熟悉女娲传说的，很容易想到，这个五彩石，类似五色石，是用来补天的，也就是关闭生死门上空的膜界门。"

这一下，大家炸开了锅。当初果乃们召集人商议抵御入侵的策略，便有人说，既然要把敌人挡在膜界门之外，最好的办法自然是把门给关上，只是苦于不知道怎么关门，如今终于找到了办法。蕾怡说："总听老人们说，当年祖先们逃避土司的追兵，穿过'山门'来山外。追兵们赶到时，膜界闭合，关上了'山门'。我就说这不是巧合，祖先们知道怎么关膜界门，只是后来失传了。"池舟说："怎么这么麻烦？跟传说中的不一样！不是说声'芝麻开门''芝麻关门'就行吗。"这是在显摆：看呐！这可不是动动嘴皮子就行的事，需要我池舟拿五彩石去"补天"。

大家兴奋异常。蕾怡掏出手机，说要把这个好消息报告给果乃们。柳志峰和石巫忙上前阻止。柳志峰说："先别。这也只是个猜想，没准这五彩石和膜界门无关，就像你们之前说的，是用来获得巫法、力量、召唤巫师、魔王，打开秘境、密门、治疗疾病、起死回生的，或者就是个信物，用来拜师修仙学艺的，又或者，只是个线索……"石巫打断柳志峰说："现在的关键是：怎么找到这个五彩石？"

是啊，怎么找到五彩石？更确切地说，怎么找到藏着五彩石的尖尖的石头？任凭岱箫和池舟怎么搜索脑中植入的记忆，一点线索也没有。总不能一座山一座山、一块石头一块石头去搜寻吧？那可真是大海捞针，即使发动全山外的男女老幼，找到猴年马月也未必能找到。大家议论一阵，心情降到了冰点：就像在黑暗中好不容易看到了光亮，却又不知道怎么走过去。

大概是因为"植魂"引起的躁郁，池舟受的打击最大。他感觉自己被戏弄了：本以为美梦成真，即将逆袭成为主角，担起拯救山外的大任，没想到这么快就破灭了，他还是那个籍籍无名的庸碌之辈，跟小丑一样徒劳无益地刷着存在感。他又是沮丧又是羞愧，继而心生一股无名怒火。他焦躁地踱来踱去，越想越气，无处发泄，一拳打在墙上。"咚"的一声，吓了大家一跳。

一百六十七

池舟一拳打在墙上，岱箫三人又觉可气又觉可笑，上前察看。忽然听见石巫说："还有第三块石碑。""什么？"大家把目光向石巫，

"你说什么？"石巫说："我是说，还有第三块石头。""第三块石碑？在你手里？前几天你还信誓旦旦说没有隐瞒什么！这不是在戏弄人吗？"大家又气又恨，高声质问，"你什么意思？"

石巫说："两个月前，开山外大会，我派人潜入魂阁，发现了三块石碑，拿走了其中一块。"又辩解道，"之后被关进狱门岛，越狱出来，被耶久陷害，战德夯……接二连三，就把这事给忘了。"

大家压住心中的火气，问"石碑在哪里？""真的只有三块？"让他马上交出来。石巫不缓不急地说："我只知道三块。交出来，没问题……但是，我有一个条件。""条件？什么条件？"

石巫把每个人都审视一番，说："第三份记忆必须植给我。""什么？""没错，第三份记忆必须植入我。""凭什么？"蕾怡大叫起来，"干了那么多坏事，跟你那混账老爹一样，难怪老鸨都看不起你——你和耶久就是一伙的。"岱箫三人听了，倒吸一口气，绷紧了肌肉，准备随时应对不测。

蕾怡的话句句戳中石巫。石巫脸色发青，脖子上青筋暴起，腮帮子直颤动。他竭力控制自己，让自己冷却下来。冷笑一声，对着蕾怡一字一顿道："住嘴！你懂什么。不是因为你阿妈，你以为你算什么？"说完，似乎又想起什么，瞄了一眼池舟，对岱箫说，"这个姓池的，一个山内的混混，亏你们也敢相信……"

池舟早已攥得拳头吱吱响，见他呵斥蕾怡，又无端羞辱自己，忍无可忍，上前一步，揪住他的领口，咆哮道："你说什么？"石巫盯着池舟喷火的眼睛，挑衅似的说："一个混子，在山内讨不到饭吃，居然蒙骗了整个山外……"那口气，仿佛在发泄心中积聚已久的怨气：他心底所渴望的接纳、信任和尊重，就这样被一个山内非族人轻而易举地得到了，而且是个四肢发达、头脑简单的小混混。

池舟气血上涌，只觉脑袋轰隆一声，已经一拳打在石巫脸上。石巫头猛然歪向一边，往后趔趄几步，倒在沙发里。岱箫和柳志峰见了，忙上前去隔开两人。这一拳，倒是把石巫打醒了。他恢复了平常的隐忍和算计，站起来，揩掉嘴角的血迹，看着大家，一言不发。

池舟还要上前理论，岱箫三人把他拉到角落，安抚劝慰一番。

柳志峰让大家上楼到他的房间，关上门，避开石巫说话。四人计议一番，决定暂且稳住石巫。于是下楼告诉他："事到如今，也只能听你的了。"

谁知石巫似乎看穿了四人，眉头微微一动，说："我要你们每人都录一个视频，明明白白地说这第三份记忆要植入我。你们要是耍花招，我就把视频放到网上。""什么？"大家都叫起来。蕾怡指着石巫喊道："你不要太猖狂。"石巫冷笑一声："你们先防着我，我不过是原样奉还！"

四人恼怒至极，说不出话来。池舟就要冲上前去，岱箫和柳志峰急忙拉住，连说"冷静"。四人深吸气，平复一下情绪，依旧上楼避开石巫，讨论要怎么办。结论是：后天就是大战，必须以山外的安危为重，虽然气不过，也只能依了他。

回去告诉了石巫。石巫听了，嘴角微微一动，掏出手机，让四人依次站在前面拍视频。拍完，这才告诉大家："那第三块石碑藏在了我家里。"

一百六十八

后天便是大战，需要尽快取回石碑植入记忆。石巫家在朗达山附近的深山里，此时通知附近的人取了石碑赶过来，步行或者乘坐山鹿的话，即使以最快的速度日夜兼程，少说也要两天；驾飞伞，需要不断地攀上高处向低处，即使风向顺，一切顺利，也要一天。若说让大家赶过去，凭柳志峰的脚力，只能更慢。

怎么办？大家想了半天。有人想到派一个翼人飞过去取回来。然而马上就否决了这个主意：一是这么重要的任务，交给一个异族人实在不放心；二是翼人不能做长途飞行，再带上沉重的石碑，肯定不行。

最后想起了貔麟"山岗"，决定让蕾怡驾"山岗"飞去取石碑。之所以让蕾怡去，是因为她体重最轻，只有池舟和岱箫的一半多一点，而且她和"山岗"很亲密。蕾怡年纪尚小，又是女孩子，大家担心她路上遇到不测；于是决定让一个翼人同行，说"能护送多远是多远"，"多多少少是个帮手"。两个人选，雅克和玛雅，玛雅是女性，而且瘦小，无法承受长途飞行，只能是身强力壮的雅克了。

池舟说："不放心让他单独去执行任务，反而放心让他单独跟着一个小姑娘？"蕾怡说："我不是小姑娘。而且我相信雅克。"石巫说："他一心想留在山外。而且一个异族人，孤单单在山外，干点坏事估计死无葬身之地，他即使有那个心，也没那个胆。"

计议已定。大家立即叫来雅克，连比带画，用对两三岁小孩说话的口气和方式，以尽可能简单的语言向他说明情况，问他愿不愿意。雅克正想立功留在山外，十分乐意。

时已过午，大家匆忙吃饭，喂饱了"山岗"，又做了些准备，来到操场。蕾怡背着背篓，骑上"山岗"。"山岗"助跑一段，两翼生风，腾空而起。雅克跑了几步，也飞了起来，紧跟在蕾怡左右。池舟几人仰头目送。

一人、一飞兽、一翼人，三"人"升入空中，飞越纵横的沟壑、起伏的山峦。中途歇脚三次，两个小时后飞过朗达山和生死门，到达一座险峻的山岭。岭上覆盖着红豆杉、银杏、珙桐、鹅掌楸等树木。半山坡一片竹林，掩映着一处房子。

两人落地。蕾怡翻身下来，领着"山岗"和雅克，顺着一条小径，穿过竹林，来到房子前。房子是木头的，年久失修，破败斑驳，屋檐下结了不少蜘蛛网。蕾怡卸下背篓，安顿好"山岗"，带着雅克，依照石巫所说的，绕到后面，找到一处简陋的柴草房。搭上一架几乎要散架的梯子，爬上 Nthab（阁楼）。阁楼原是母鸡抱窝孵仔的地方，散落着不少稻草。蕾怡四处翻寻，拨开一堆稻草，找到了那第三块石碑。石碑不大，只有二十来斤。

雅克肩扛着石碑下梯子。那梯子不堪重负，吱吱呀呀摇晃几下，噼啪一声，一折为二。幸而雅克眼疾手快，临摔前把石碑往泥地上一扔，自己跪倒在地，只蹭了些皮外伤。蕾怡十分信不过石巫，怕他还藏着什么没说出来，又把阁楼仔细检查一遍，才攀着一根柱子溜下来。之后，又带着雅克，把房子里里外外搜个遍，然而并没有找到什么可疑的东西。

回到屋前。两人在屋檐下的台阶上坐了，"山岗"跑过来，趴在一旁的草地上。蕾怡从身旁的背篓里找出些吃的喝的，递给雅克，抛给"山岗"。三"人"一边休息，一边吃东西，补充水分。已是傍晚，只见山坡上竹林森森，芭蕉隐隐，一棵枇杷树遮天蔽日，微风袭来，哗哗作响。

养精蓄锐二十来分钟，动身返回。把石碑装进背篓，给蕾怡背上。蕾怡背着背篓，翻身上"山岗"。一边抚摸"山岗"的脖子，一面俯身耳语，指挥他扬蹄起跑，穿过竹林，张开翅膀，乘着坡势，一跃而起，踏着林梢和竹梢，飞向空中。雅克振翅跟上。

因是回程，又多了块石碑，中途落地歇脚比来程频繁。一次落在山坡草地上，夜幕已经降临，一轮上弦月挂在树梢，一弯月牙睡在山岗，夜空朦胧，萤火飘摇。忽然听见"山岗"哞嗷惊叫，两人转头一看，就见一群狼从森林中走出来，一双双发亮的眼睛，像行走的灯泡，一步一步逼近。

蕾怡慌忙拿起巫杖，引出膜界鞭，远远挥鞭，抽打在石头上、草地上、树木上、狼身上，啪啪作响，闪出一道道红光；逼停了狼群。她一面抽打，一面从兜中掏出打火机甩给雅克，连指带划告诉他：把背篓里的两根火把拿出来点着了。原来临出发前，岱箫和石巫想到了两人途中可能遭遇野兽，又怕中途耽搁不得不赶夜路，便预备了火把和打火机让蕾怡带上。

谁知雅克以前从来没见过打火机。他举着打火机，想告诉蕾怡"不知道怎么用"，然而情急之中，想不起山外话怎么说，更想不起普通话怎么说，急得一边打"翅语"，一边用翼人语大喊："Tsin paub，Tsin paub！"见蕾怡侧头喊："什么，你说什么？"便指一指打火机，连连摆手摇头。

蕾怡明白过来。猛挥一通鞭子，把狼群逼退几步，然后转身，从雅克手中夺过打火机，把巫剑连同膜界鞭递给他，又指了指狼群所在的方向，意思是：我来点火把，你继续鞭打。

雅克明白，接过鞭子就朝狼群挥打。然而这是他第一次挥鞭，还不熟练，掌控不好方向，也使不上劲；几次之后才开始上道。那狼群见状，躲闪着慢慢逼上前来。雅克心中着急，见蕾怡点着了一根火把，便打手势要了过来。他一手握着舞剑和膜界鞭，一手举着火把，扑棱双翅登上一块岩石，然后扬起翅膀，往前一跳，腾空而起。飞到距离狼群两三米处，一匹一匹对准了抽打，又向前挥舞火把恫吓，把群狼吓得四下逃窜。

蕾怡趁机背上装着石碑的背篓，手持火把，翻身骑上"山岗"，指挥他奔跑起飞。飞到空中盘旋，侧身转头，大声喊："雅克！雅克！"恍惚瞥见树林中有人影躲躲闪闪，似乎在胁迫和指挥狼群，然而紧急之中，哪有时间理论？见雅克转弯飞了过来，对他大喊一声"我们走"，便回转身去，指挥"山岗"加速朝山外小镇方向飞去。

一百六十九

学校教工楼，池舟四人在起居室里焦急地等着。等到深夜，终于望见夜空中远远飞来两点火光，料定是蕾怡和雅克，这才放心下来。都说：原以为雅克顶多撑到送蕾怡过去，谁知竟飞了全程，来回两百多公里，真是"飞行界的马拉松选手"。

等火光近了，四人下楼到操场上去接。就见蕾怡背着背篓，打着火把，骑着"山岗"，犹如从月亮中飞下来。旁边是雅克，也打着火把，巨大的翅膀折射着银色的月光和红色的火光，仿佛天使降临。

三"人"落地，都气喘吁吁，"山岗"和雅克更是大汗淋漓。池舟四人围上前，接下蕾怡的背篓。四人问了问蕾怡一路上的情况，把"山岗"带回他的小窝安顿好——大家给"山岗"在教工楼架空的一层搭了一间小房子。

还要送蕾怡和雅克回房休息。蕾怡虽然累，此时哪里有心情休息？只回房洗把脸，稍稍整理整理妆容，就又回来指手画脚。雅克早已知道池舟几人在办一件大事情，他犹豫了半天，鼓起勇气，指指画画、磕磕巴巴地问能不能留下来。怕大家多心，指着自己，打手势说："喜欢……你们……喜欢……山外……不是……坏人……"口音比略懂中文的老外还要奇怪一万倍，大家忍住不笑出声。他又想说："你们放心，我不会走漏风声，更不会坏事。"但又说不出来，也比画不出来，急得满头大汗。大家商量几句，觉得他心地纯良，可能还要用他，就让他留下了。

准备植魂。石巫说："时间紧迫，不必去医院了，就在这里吧。"柳志峰说："医院才有麻醉设备。"石巫说："我不用麻醉。"柳志峰说："那不行，稍有差池，就会出大错。"然而石巫坚持，说："万一出事，绝不怪你。"柳志峰对自己的手术技术一向很自负，又想起上次给石巫开刀取箭头也没用麻醉，也就妥协了。

于是把餐桌收拾了做手术台。石巫躺上去，仰望柳志峰，说："柳博士，我相信你，命都在你手里了。"柳志峰笑道："你放心，我是医生，只有救死扶伤的，还救过连环变态杀人犯，绝不会对病人搞小动作。"石巫听了，眨眼表示认同，闭上了眼睛。

于是柳志峰拿起巫杖，让池舟捎带他进入四维空间。一顿操作，行云流水，不到十分钟，便已"植魂"完毕，现身出来。

石巫果然异于常人，一点术后反应都没有，既没有发烧，也没有焦躁。他立即"读取"植入的记忆，说："好像是潜到水里，到了一个洞穴，五颜六色的。"然而这水在哪里，这洞穴又是哪里，却怎么也想不起来。大家又一次陷入恐慌。柳志峰笑道："这两天，跟过山车一样。年龄大了，心脏真有点受不了。"

第二十二章　征程

一百七十

忽见蕾怡走上前，问石巫："你有没有实话？有没有瞒着什么？"石巫面无表情地说："没有！"蕾怡追问："有没有第四块、第五块石碑？你又藏在哪里了？"石巫冷笑道："我猜，你大概已经把我家翻了个底朝天，找到什么没有？"蕾怡愣了一下，十分恼怒，指着石巫叫道："我就知道，是你在搞鬼。你知道我们会找，肯定藏在别的地方了！"

大家生怕又生事端，忙用话岔开。石巫对众人说道："我一定要亲自拯救山外，比你们还要急上多少倍，真有第四块、第五块，到了这个时候，还会藏着掖着？"大家听了，也只能选择相信他：他是个油盐不进、死不悔改的，真藏了什么，一时也拿他没办法。柳志峰对石巫说："你再好好想想。有些事情，不是一时半会儿能想得起来。"又对大家说，"大家也好好想想，没准能提供什么线索。"又指岱箫和池舟说，"尤其是你们两个，过了快一天了，有没有又想起什么？"

几人听了，都悄然思索起来。忽然听见蕾怡嚷嚷："我知道了！我知道了！"说着，招呼大家围上前，说，"占卜。我们占卜过的！"大家记得几天前蕾怡搞了各种占卜，神神秘秘的，但是什么也没占卜出什么来；不知蕾怡何意。见大家不解，蕾怡说："怎么都忘了？'篦子卜'！"说着，从脑后拿下篦子，把头发一甩，拔下几根，系在篦子上，开始演示。

所谓的"篦子卜"，就是把篦子悬在空中，让它指向相关的人或物。大家见蕾怡演示，记起来：当时她让大家围着她占"篦子卜"，篦子先是指向石巫，再指向岱箫，再指向池舟。但是仍然不知道蕾怡何意，齐齐望向她。

"你们真的没看出来？"蕾怡一脸惊讶的样子，"这是占卜出了和五彩石有瓜葛的三个人：石巫带路，画巫取出五彩石，'吃粥'拿了石头去干什么。这不就对上了——我的占卜没错，你们还不信。""吃粥"是蕾怡对池舟的戏称。说完，她又小声嘟囔一句："我只是不明白，为什么是石巫和'吃粥'这种家伙？"

池舟四人你看看我，我看看你。觉得蕾怡似乎说得有理，但又好像是强词夺理，牵强附会——对了，这不就是所谓的"事后诸葛"吗。石巫说："即使你说得没错，又有什么用呢？"是，有什么用呢？并没有给出额外的信息。柳志峰说："如果是石巫带路，潜到水里，那么问题的关键是：这水在哪里？大家要从哪里潜入水中，或者说要潜入哪里的水中……"他说到半截就止住了话。言下之意：这个关键信息并没占卜出来。

蕾怡也听出了柳志峰的话外之意，说："一定占卜出来了，只是我们没注意到，没解读出来！"一边说，一边凝视思索。突然叫道，"我知道了：笾子指了人，还指了方向！画巫说的！"

蕾怡掏出手机，找当时拍下的视频，找了一会儿，说："哎呀，没拍下来。"问大家，"你们呢？你们拍了吗？"石巫摇头；柳志峰说"没有"；岱箫想了想，也摇了摇头；池舟掏出手机，一面翻看，一面说"我找找看"。蕾怡把目光投向池舟，然而见他翻了半天也不作声，便夺过手机自己查找，却发现他拍了竹卦卜、番薯卜、火焰卜和大米卜，就是没拍"笾子卜"。气呼呼地把手机还给池舟，说："我就知道你不靠谱。"

失望之余，蕾怡眼珠子一转，说"来来来"，招呼大家去到起居室中间，指挥大家"你站在这里，你站在这里……"原来她要再现那天占"笾子卜"的情形：她站在中间，对面是岱箫，顺时针方向依次是池舟、柳志峰、西兰（西兰不在，就让翼人雅克代替）、阿里安（用椅子代替）和石巫。

安排众人站好了，蕾怡看看大家，想一想，指着石巫对岱箫说："还记得吗？你说的：石巫站的不是正南，是西南。西南方向是黑苗岭，还有狱门岛……"岱箫想一想，说："好像说过这话。"于是大家一边嘟囔"黑苗岭、狱门岛"，一边把目光投向石巫，意思是：西南方向，黑苗岭，狱门岛……这些提示有没有让你想起什么？石巫自然明白，低头凝神，努力回想。忽然听见池舟的声音："这里有些实景照片，你看看。"抬头就见池舟递过手机来。

石巫接过手机翻看。柳志峰、岱箫和蕾怡也凑过去；一看，原来拍的是狱门岛和黑苗岭之间的水域。两个多月前，石巫因在山外大会上刺伤晁骐，被关在狱门岛的监狱候审，池舟几人乘轮渡前往监狱打探消息，来回途中拍了些照片和视频。柳志峰三人也都掏出手机，翻找自己拍的，给石巫看。石巫看了一会儿，又反复翻看其中几张。说："好像有点印象……"

岱箫突然叫道："啊哈！你们看看这个？怎么把这个给忘了。"说着，把手机递给池舟，池舟接过来一看，原来是从狱门岛回来后，进入魂阁所拍摄的二楼火坑石头上的图案，一共五张，旋转拼合而成了一幅地图，有山水，有道路，有洞穴等。他兴奋叫道："这图还是我拼起来的！怎么就忘了？"又若有所思的样子，说，"好像昨天刚刚看过。"

池舟把手机递给石巫；石巫接过来一看，眼睛一亮。他把图放大，仔细琢磨一会儿，说："我知道了。"大家听了，连忙问知道什么了。石巫把手机屏幕转向大家，指着地图上的一处说："这里是一条地下河。"又指向一处说，"这是入口，就在狱门岛和黑苗岭之间。"大家凑在手机前观看，几乎不敢相信，问石巫："你确定？"石巫想了一想，说："有七八成把握。"

一百七十一

三份记忆连接起来，似乎是一场拯救山外的征程，现在终于找到了征程的起点。大家兴奋异常。池舟说："事不宜迟，我们马上出发。"蕾怡说："必须先报告果乃。"说着，拿起手机就要打电话。岱箫打手势制止，说："先等会儿。""怎么了？"蕾怡望着岱箫，十分不解。她眼珠子一转，又说："哦，我知道了！没准又是石巫在搞鬼。他的话，怎么能轻易相信？"

岱箫忙说："不是说这个。"他把大家扫视一遍，接着说，"有没有觉得哪里不对？"柳志峰几人都知道岱箫行事周到缜密，听他这么一说，回想前后，也都迟疑起来，说："好像是。"蕾怡问："什么叫'好像是'？到底哪里不对？"

岱箫说："石碑、地图、那个神秘男子所说的话、占卜……一切都对上了，但是，都像拼图一样合上了，反让人奇怪：怎么那么巧？都指向那个五彩石？感觉……怎么说呢……像是一个陷阱，一个阴谋。我们以为在千方百计保卫山外，到最后，可能来个惊天大反转：原来我们都只是棋子，某个野心勃勃的家伙，为了达到他的目的，操纵了所有这一切……"

"嗯……"蕾怡不等岱箫说完，抢道，"我就说嘛，那个神秘男人，他为什么要告诉我们植入记忆还有五彩石的事情？现在知道了：他就是要利用我们去找到五彩石。"想一想，又说道，"这个五彩石，是权力的象征，有着最强大的力量和魔法，他利用我们拿到它，好统治山外，统治世界，毁灭宇宙。"

听到如此的无稽之谈，石巫没能忍住，揶揄蕾怡："你不是说，那个神秘男人，是祖先显灵、托梦吗？"蕾怡白了石巫一眼，说："是，就是祖先显灵、托梦，可是被那个神秘人利用了：如果不是借我们的祖先说话，我们怎么会相信呢？那个神秘人，是我们祖先的敌人——没准是耶久。"然后，她又把矛头指向石巫，"要我说，没准就是你！你操纵了这一切！"然后又转向大家，说，"大家想一想，让我们去魂阁的是他，带你们去德夯的是他，教我们穿障术的是他，藏第三块石碑的还是他……每件事情，每次转折，都有他，你们不觉得太巧了吗？石巫就是那个神秘人，或者是他安插在我们身边的奸细……""哈哈哈……"听了这些，石巫大笑，"我有这样的本事，还在这里和你们浪费时间……"蕾怡抢道："你别装！我戳穿了你，你慌了……"

忽听得"啪啪啪"的声音。原来是柳志峰拍桌子。他边拍边喊："安静，都安静！"指着几个年轻人说，"你们是不是垃圾悬疑、奇幻小说看多了，要不要来个终究大反转：到头来发现，我们不过是写手、编剧手下的虚构角色，一切都是他们安排好的？"

然而柳志峰也不是个临危不乱、睿智洞察的，嘴上虽如此说，心里也有些动摇，更是想道："按套路，大反转的反派应该是某个最不容易让人怀疑的重量级人物。谁？大果乃耶晓？"他想起来：和耶晓接触不多，却也能从他深藏不露的表情下、讳莫如深的言辞下捕捉到一些端倪。

石巫冷静下来，不去跟蕾怡计较，对大家说："这个时候，没有时间理会这些了。如果真是某个神秘人的阴谋诡计，我们也要将计就计，粉碎阴谋，拿到五彩石，保卫山外……"池舟说："对。

好多时候，想太多也没有，反而贻误战机。只能先冲上去，临机……"瞥见蕾怡瞪了他一眼，急忙打住了。

这一切，都被一旁的雅克看在眼中。他察言观色，知道大家在争吵，然而听不懂，只能干着急。

忽然响起手机铃声。是岱箫的，他拿起手机一看，是大果乃耶晓打来视频。忙打手势让雅克回避，点通视频，叫大家凑过来，向耶晓问好。耶晓朝大家颔首，开门见山道："明天就是大战，战士已经分批向朗达山集结，今早最后一批也已经集合完毕，吃过早饭后就出发。你们那边有什么消息？"

岱箫便把这些天如何发现石碑里的大脑，如何破解神秘文字，如何占卜、通灵、托梦，如何招魂，如何植入三份记忆等都说了。然后说："池舟、石巫和我准备按照这三份记忆的指引，赶赴狱门岛和军家岛之间的水域，穿过地下河，找到五彩石，去生死门上方关闭膜界门。但不是百分百肯定这五彩石是用来关闭膜界门的，即使是，也不能保证能成功。"最后，又说了大家的疑虑：这一切可能是某个神秘人的阴谋，利用大家拿到五彩石，达成他的某种目的。又说："石巫和池舟说得好，即使这是某种阴谋诡计，也只能将计就计，拿到五彩石，粉碎阴谋，保卫山外。"

耶晓听了，沉吟一会儿，询问柳志峰的意见。柳志峰知道耶晓怕岱箫年轻，有遗漏、疏忽或者误会，这是在邀请他做补充和证实，于是说道："岱箫说得很全，很好。"耶晓问："你认为，下一步该怎么走。"柳志峰说："做两手打算：按计划迎战；同时，让岱箫三人们试一试，看能不能关上膜界门。"池舟几人听了，都点头说"是"。

耶晓长长地"嗯"了一声，沉默片刻，说："也只能说是试一试，不能做依靠。"于是和大家商议，做出相应安排：调遣船只去码头接池舟三人前往狱门岛附近水域。柳志峰又向耶晓要了三个帮手，翁里、文墨言和巴洛雨；说是为了 plan B，万一池舟三人受阻，就派出他们三个增援或者替补，只不说也是为了预备应对可能的阴谋——尤其是耶晓就是阴谋的背后主使的情形。

一百七十二

天已破晓。趁着等船只来码头的时间，大家迅速扒几口饭，回房补觉，养精蓄锐。池舟躺上床，给手机连线充电，把手机闹钟定到九点，强迫自己不去想即将到来的冒险和大战，不停地数羊，半天才迷迷糊糊睡去。又在迷迷糊糊中被叫醒，睁眼一看，是柳志峰站在床前。他连忙坐起来，问："时间到了？"柳志峰说："还有二十来分钟——我想跟你聊聊。"一面说，一面拉过一把椅子坐了。

柳志峰问："你想清楚了？"池舟反问："想清楚什么了？"柳志峰说："这一趟……意味着什么？"池舟想一想，说："我知道，可能有去无回。"

柳志峰说："想好了。俗话说的，'好人不长命，祸害遗千年'，这不是发牢骚，是有科学根据的：善良的人，顾及他人，愿意吃亏乃至牺牲，在生存斗争中处于劣势，容易被淘汰掉；恶人自私贪婪，利用他人为自己谋利，适者生存，反倒容易存活下来。这世上，多少人憋着劲教人学好，好由着他们自己使坏，多少人忽悠人卖力卖命，他好坐享财富、权力，更有奸邪之徒，盯上了人家的家产、老婆孩子，忽悠人去送死，他好夺取……你还年轻，不知道世事的险恶，人性的丑陋，正所谓'高尚是高尚者的墓志铭，卑鄙是卑鄙者的通行证'。巴尔扎克说，社会就是个垃圾坑，男男女女都是在这垃圾坑里蠕动的蛆虫……"

池舟有些吃惊，以为他发现了什么阴谋诡计，说："你的意思，真有人在欺骗、利用我们——你又发现了什么？"

柳志峰笑道："还没有，只是上了年纪，想起往事，发发牢骚。"转而又说，"我只是想让你想清楚了，你这么年轻，本来只是来支教一年的，别一时冲动，以为这就是一场闯关游戏，或者觉得自己是天选之人，有主角光环，要拯救世界，成为名扬天下的大英雄，赢得美女，还有滚滚而来的财富和地位——当然，这些，除了美女的芳心，大英雄都不在乎，甚至百般推辞，但最终都笑纳了，毕竟，没有钱和权，美人为什么要跟你在一起——我不想你被这些东西，或者任何思想、信仰、精神所蒙蔽，一时冲动，就稀里糊涂去……"

他想说"稀里糊涂去送命"，但觉得不吉利，话到嘴边又打住了。

池舟想了一会儿，说："我想好了。你说过的，人这一辈子，生死一程，大梦一场，没有意义，没有目的，我们只能自己赋予其意义，选择自己的路，前往自己的目的地，找到自己想要的幸福和快乐。我好不容易找到了，怎么能眼睁睁地看着她被毁灭？而且，这山外的人……我怎么能什么也不做，怎么能见死不救？换成你，你会怎么办？你能怎么办？"

柳志峰想起他死去的女儿，不禁黯然神伤，说："如果……我是说如果，你们一去无回，也没能救下山外呢？"池舟看着柳志峰，隐约感觉到了什么，说："那我只能说：对不起，我尽力了。"

"嗯。"柳志峰叹道，"如果说人是一个容器，满满地盛着自私和贪婪，那么这个容器是如此之大，也会容纳些许大无畏的牺牲精神。"虽然心底里还是觉得：池舟只是年轻，并不能够真正理解他的话，甚至都没有明白他自己说的话，就像小孩子，并不真正懂得死亡，反而并不怕死，就像他早逝的女儿。

池舟说："不去想太多，想多了，反而误事。谁说这一去就是死路？我们一定会凯旋。"

一百七十三

上午九点左右，大家来到南边的码头，还带上了貔麟"山岗"、山鸟、飞蜥和狐狸"火球"。石巫、岱箫和池舟三人准备登船踏上征程，柳志峰、蕾怡和翼人雅克一同前来，为三人壮行。大果乃耶晓、白苗果乃，西兰、石巫的未婚妻"仰阿莎"，还有翁里和文墨言也赶来送行。仰阿莎用 Gayir（一种竹制的背婴儿的器具）背着不到一岁的女儿。因担心此行失败或者结果并非所预期的那样，也为防潜在的敌人知晓后前来阻截，三人的行动并没有公开。

三人是传统出征装束：青色的上衣、白色的裤子，负弓箭挎砍刀，腰间还别着巫杖，石巫把他的长发盘成髻顶在头上。依照祖上留下的规矩，三人拿针刺破手指，在脸上画誓纹，以示出征的决心和勇气。

石巫已经在自己脸上画开了。池舟正举手要画，被岱箫握住手腕，问他："你要不要给我画？"池舟笑道："好。"一旁的蕾怡叫道："他不是缺人给他画，是在问你要不要做他的 khub！"又问岱箫，"你确定？"岱箫看了一眼西兰，转而对蕾怡说："我确定。"蕾怡不情愿地嘟囔："好吧。拿你没办法。"

啊？！池舟愣了一下，压住心中的激动，连连点头。于是两人在彼此脸上画上白苗誓纹：额头正中一道短横杠；眉毛上方两道八字斜杠；双眼下方一道横杠贯穿；脸颊上两道八字横杠；下巴上两道倒八字斜杠；最后一道竖杠，从额头往下，贯穿鼻梁，嘴唇，直到下巴。

然后左手持弓，右手剑指指天，彼此发誓："'古老'为证，我岱箫（池舟）和池舟（岱箫）结成 khub，从今往后，只要是一起钻山狩猎，一同出征作战，一定同行同止，同生共死；生死关头，丢下人自己逃命的，'古老'不容他，族人不容他……"

石巫见岱箫二人发誓结成 khub，心有所感，走到仰阿莎身旁，从 Gayir 中抱起女儿，果然女儿像父亲，孩子颇有几分么簸的影子。他心头一酸，一阵悲戚，连忙掩饰住，亲孩子的额头。小宝宝不到一岁，猛一见石巫脸上的血纹，吓得哇哇大哭；仰阿莎忙抱过孩子哄住。期间西兰、石巫、岱箫、蕾怡、池舟之间眼神往来、欲言又止，不必细说。

貔麟"山岗"，山鸟"小舟""树叶"和"波浪"，飞蜥"小蓝"和"小灰"，还有狐狸"火球"，似乎也明白了什么，恋恋不舍的模样。"小舟"和"树叶"飞到池舟和岱箫肩上不肯离去，两人不得不强行抱给柳志峰等人。

大果乃和白苗果乃上前，张开双臂送上祝福，三人一一接受，又和大家逐一拥抱作别。登上渡船，到船尾向众人挥手。却见翼人雅克飞到空中，上下飞舞，旋转翻滚。又有山鸟"小舟""树叶"和"波浪"在他四周翻飞，给他"伴舞"。

原来雅克在上演翼人的"翅语舞"（Tis las），所谓的"翅语舞"是把"翅语"编成富有节奏和韵律的"舞蹈"，在空中舞之，如同人类吟唱诗词歌赋一样。这次雅克演的是一首壮行"诗"，类似：

劈峰峦，

断江河；

挽日月，

射天狼。

雅克一面飞，一面做出劈、断、挽、射的翅语动作，同时用翅膀和身体摆出峰峦、江河、日月和天狼星的翅语造型。他一边飞舞，一边吟叹，"啊……嗷……"低沉浑厚的声音在空中回荡，渡水穿云，萦山绕谷，让人心生一种豪迈和悲壮。

一百七十四

三人在船尾望着，直到送行的人们几乎消失在地平线上。"嗨！"忽然听见清脆的女孩子的声音。三人一转身，万分惊讶地发现：蕾怡站在面前，狡黠地笑着。忙问"你怎么在这里？"蕾怡笑道："我怎么就不能在这里？"岱箫说："我说雅克怎么跳起舞来，原来都是你在搞鬼！"原来蕾怡唆使雅克上演"翅语舞"吸引大家的注意力，她乘机溜进渡船，躲在角落里，等船开远了，才出来打招呼。

大家忙说："这可不是闹着玩。""送完我们，还跟着船回去。"蕾怡说："不，我要跟你们一起去！"石巫说："事关山外生死存亡，你要碍事，可别怪我不客气。"蕾怡说："怎么可能——要是没有我的占卜，你们连从哪里开始都不知道！"池舟和岱箫变着说法劝她回去，蕾怡不为所动。

岱箫没办法了，拿手机给白苗果乃拨视频。蕾怡只等视频接通，便抢过手机，对着视频里的阿妈说："我不会走的。如果这一趟很顺利，多我一个又有什么？如果很危险，那两个家伙怎么信得过？画巫需要一个帮手。"知女莫若母，老阿妈知道拗不过，问蕾怡："你真的想好了？"蕾怡说："我都明白。不要小看我。"老阿妈想了一想，对岱箫说："我相信你们一定能凯旋。"又对蕾怡说，"不要任性。如果是帮倒忙，趁早回来。"蕾怡说："不会的。"

见此情形，池舟不禁有所感：没想到，这个十六岁的姑娘竟然有如此的肝胆，不是红尘中那些无时无刻不在算计的庸俗势利女人可比——不知道是因为还没脱孩子的天真，还是被爱冲昏了头脑。他越想越觉得可贵，越想越敬重，越想越喜欢。又想起出发前柳志峰说的话，自言自语地嘟囔："真有主角光环就好了——最后即使主角死了，他最亲密的人也不会。"

<h1 style="text-align:center">一百七十五</h1>

渡船全速前进。大家站在船头，不久就见狱门岛出现在天水之际。石巫一手指着前方比画，一手举着手机，手机屏幕上显示着魂阁里发现的地图。他时而低头察看，时而举目眺望，一面又高声叫喊，指挥水手们把船开往某某方向，朝某处靠拢。不知过了多久，他凝视前方，说："就是这里了。"

大家听了，四下张望，寻找地下河及其入口。只见水澹澹，风瑟瑟，崖壁森森，天高云淡。然而并没有看见地下河，更不用提入口。大家问石巫："你确定？"石巫来回扫视崖壁，将目光定在一处，凝视片刻，说"我确定"，然后指着水面，说，"要潜到水里去。"池舟三人便问："怎么潜下去？""需要准备小船？"……石巫手摁太阳穴，闭眼思索片刻，说："赤手空拳下水不行，需要帮助……需要坐骑……水兽，骑上水兽！"

大家听了，举目四眺，山重重，水茫茫，上哪里去找水兽？蕾怡抱怨："怎么不早说呢？"池舟突然把手在胸前一劈，叫道："我有办法了。"他用手拢着嘴，朝四面八方"呕吼""呕吼"地叫，又大声喊："小池、小岱，你们在哪儿？我们需要你们的帮助。"这"小池""小岱"是两只水兽，因和池舟、岱箫两人最熟，故而给他们起了这样的名字。然而上次见到他们，还是近两个月前乘轮渡前往狱门岛的路上，此时不知是在天涯还是在海角。岱箫问："有用吗？"池舟答："你有更好的办法？""好吧。"岱箫嘟囔一声，也跟池舟喊起来。接着，蕾怡也加入。

不久，水面上远远出现两个影子。定睛一看，正是小池和小岱，劈波斩浪而来。大家又惊又喜。蕾怡回船舱，找个篮子，搜罗了一些果蔬，跑回船头，让大家投给两只水兽。池舟和岱箫一边投，一边大声问："我们需要你们的帮助，穿过一条地下河。可能会有危险，但实在没有别的办法了。"小池和小岱似乎听懂了，朝众人点头。

于是四人把水手们叫上来，一共十来个，叮嘱一些事项，向他们告别。水手们放下藤编的软梯，四人依次翻过船舷，顺着软梯爬下，跳到水兽的背上。岱箫和石巫一前一后骑上小池，岱箫在前指挥小池，石巫在后指路。池舟和蕾怡一前一后骑着小岱，紧跟在后。

两只水兽载着四人，劈开波浪来到黑苗岭的崖壁前。石巫向四周张望一会儿，又皱眉凝神一会儿。一言不发，翻身扎进水里，潜水下去。不一会儿，浮出水面，湿漉漉的，说："找到入口了。"池舟拍拍小岱，准备憋气潜水。石巫说："地下河很长，快的话也需要两个多钟头，水兽也憋不了那么久……"说着，停了下来，沉吟片刻，拿起他的山鹿巫杖，舞动巫剑，引出膜界，画了一个直径约两米的球，罩住自己和岱箫以及小池的头、颈和背部。然后让岱箫指挥小池，试着潜到水中，在水中前进。因为空气的浮力，小池潜水有些费力，上上下下试过几次，方才成功。

石巫对三人说："这叫潜水术。"大家本以为他会在腮帮子上变出鳃，念"劈水咒"劈开水体，或者召唤来避水兽之类，谁知他的办法这样简单而粗暴。

于是池舟照猫画虎，画一个膜界球，罩住自己和蕾怡以及小岱的背部。画膜界球倒是不难，难就难在怎么让膜界和小岱背部的交界处密封防水——你还不能让膜界球把小岱整个都罩进去，这样他就没法游了。每次潜下水去，就会漏气，水往球里灌，气泡往上冒。试了几次，仍然不行。石巫想一想，让岱箫指挥小池游到小岱身旁，让池舟画出膜界球，他自己挥动巫剑，引出膜界，一顿操作后，抹在膜界和小岱背部的交界处，然后打手势示意池舟往下潜。池舟指挥小岱扎进水中，果然不再漏气。

一百七十六

于是四人驾着小池和小岱，罩着膜界球，潜入水中，穿过一个洞口，游入地下河，逆流而上，蜿蜒前进。眼前越来越暗，直到一团漆黑，唯有四人的眼睛微微泛着光。岱箫灵机一动，掏出手机，打开手电筒功能。池舟三人见了，也纷纷打开电筒。影影绰绰可见两边岩石嶙峋，上面石钟垂吊，下面深不知底，又不时有暗礁突现，前方幽幽折折，不知通向何处。

然而小池和小岱倒是活动自如，应该是跟蝙蝠和海豚一样，用超声定位避险。实际上，两只水兽似乎对这里很熟，应该来过多次。他们载着四人，左躲右闪，上上下下，迂回往前。憋不住了，便把头往后伸进膜界球里吸一口气。

游了约莫半个钟头，来到一处开阔处。上方隐隐有亮光，应该是通往外界的小洞口。水兽带着四人浮上水面，大口换气。石巫和池舟也收起膜界球，让大家呼吸新鲜空气。休息片刻，依旧画出膜界球罩上，潜入水中继续前行。

过了不知多久，又来到一处开阔的地方。大家浮上水面换气，然后潜入水中继续前行。突然，池舟感觉小岱猛然一颤，慌乱地往前窜。他立马意识到有危险，迅速侦察四方，就见左后方的支流中，几个黑影正在迅速窜过来。背后的蕾怡转身拿手机电筒照，顿时一声尖叫："蝠鲨！"

池舟大喊："关掉电筒！关掉电筒！"蕾怡急忙关掉，眼前立即暗下来，只见几个发着冷光的"灯泡"尾随而来，那是蝠鲨的眼睛。池舟记得蝠鲨的弱点就在于眼睛，大声喊："射眼睛，射它的眼睛！"蕾怡听了，忙从背后取下弓，侧身腾出空间，搭箭弯弓，将箭头伸出膜界球外，对准发光的"灯泡"射去，一箭接着一箭。接着，又隐约可见有箭从头上和两旁经过，应该是前方的石巫和岱箫射的。

然而，因空间局促，射手们不能够施展身手，胯下的坐骑又在不断颠簸转向，故而射出的箭大多扑空。少数射中的，被蝠鲨身上的鳞甲一挡便滑向一边，偶尔有一两支正中眼睛，因箭在水中受到滞阻，也造不成多大伤害。蝠鲨们迟疑片刻，便视箭为无物，加速追赶。

两只水兽都背着两个人，但因浮力，几乎感觉不到重量，倒是罩着人的膜界球增加了不少阻力，因而游得比平常慢一些，很快就要被蝠鲨们追上。为首的蝠鲨一边追赶，一边张开大嘴扑咬"猎物"，或者用头上的两个大锤头放电，企图电晕"猎物"。吓得小岱惊叫着往前蹿。

如是几次，池舟便感觉小岱精疲力竭，似乎难逃一死。忽见前面投来光束，听见岱箫大叫："躲进去！躲进去！"接着，就见那光束转而指向一个洞口。池舟会意，马上指挥小岱，用腿夹，用手掰，又大叫"向右拐"，小岱似乎也明白了，猛然转动鳍和尾巴，向右急拐，跟着前面的小池钻进洞中。

蝠鲨没有水兽灵活。为首的咬了个空，被惯性往前带了十几米才刹住。它掉头回到洞口，试图钻进洞中。然而这蝠鲨的个头跟虎鲸一样，长七八米，身体扁平，有着蝠鲼一样的腹鳍和胸鳍，宽达四米。它试图弯曲腹鳍和胸鳍的端部，然而无论怎么弯曲，也不能通过洞口。它又把身体侧立起来，试图侧着通过洞口，然而也不行：虽然身体扁平，厚度只有一米多，但背上的背鳍高达两米，而且跟刀锋一样，尖利而不能弯折。它退下来；让身后个头小一些的上前尝试，然而没有一头能够挤进去。它们气急败坏，用铁锤捶洞口的岩石，又用刀锋一样的背鳍去劈。

洞中，四人心惊肉跳，直到看见蝠鲨们无论怎么捶击、劈砍，洞口的岩石也只松动了几块小石头，这才稍稍放下心来。然而不多会儿，大家开始感觉头晕胸闷，连小池和小岱也有些东倒西歪起来。这是缺氧的症状，人和水兽都撑不了多久了。偏偏蝠鲨们守在洞口不走，还时不时用头上的锤头放电，发出噼噼啪啪的响声，闪出耀眼的光芒。怎么办？

岱箫灵机一动，拿手在胸前一指，说："跟上次一样，用血腥味把它们引开。"池舟和蕾怡记起来，上次乘渡船去狱门岛，途中遭遇蝠鲨，最终靠扔沾血的腊肉引开了它们。但此时手中没有任何吃的，正要问怎么办，就见岱箫从背后拿起仅剩的几支箭，拿砍刀割破手掌，把血涂在箭头上。他指挥小池靠近洞口，搭弓将血箭射向刚才过来的方向。池舟见了，也依样而为。

射完所有的箭，岱箫和池舟各自把手上的血舔干净，又都撕下一块衣襟，包裹伤口——这是尽量减少血腥味。两人一面包扎，一面观察洞口外面。不一会儿，就见蝠鲨似乎嗅到了什么，转动身体四下里寻找血腥的方位，最终纷纷游向朝血箭射去的方向，消失在黑暗中，只剩下发亮的"灯泡"忽闪忽现。

岱箫见最后一对"灯泡"也游远了，回头对池舟大叫一声"快"，指挥小池冲出洞口，往右急拐，拼尽全力往前冲，石巫坐在岱箫身后指路。池舟早已做好准备，只听岱箫一声令下，便指挥小岱紧紧跟上。

不多久，前方隐隐出现光亮，石巫叫道："快到了。"却听见蕾怡有气无力地叫："蝠鲨，蝠鲨，又来了！"池舟转头，果见几对"灯泡"远远袭来。原来，蝠鲨们咬噬完血箭，不知是因没吃够，还是发现上了当，转身追着池舟和岱箫的血腥味追了过来。

池舟一边拿腿夹小岱的背，一边叫："快！快！"小岱应该是听到了蝠鲨们发射的定位声波或电流，早感觉到了危险，拼尽全力往前游。然而此时已经精疲力竭，又缺氧，速度怎么都上不去；不多久，蝠鲨便追了上来，头顶噼啪闪光，张开大嘴直往前扑。又是九死一生！

池舟急中生智，侧头对蕾怡喊："吸气，大吸一口。"蕾怡此时已经昏昏沉沉，哪里有反应？然而池舟也顾不得许多了；他一手往后搂着蕾怡的腰，防止她掉下去，一手拿砍刀，捅破膜界球，然后迅速朝蝠鲨扔去。这砍刀歪打正着，正中蝠鲨的眼睛，把它逼慢了半步。

没有膜界球的阻力，小岱立即提速不少，朝光亮处游去。不久，便浮出水面。大家湿漉漉的，池舟和小岱大口换气，蕾怡把头靠在池舟背上，有气无力地咳着水。池舟望见小池载着岱箫和石巫在前面，一面指挥小岱游过去，一面大喊："岱箫，岱箫……"岱箫正在四处寻找，听见叫声，转身看见池舟、蕾怡和小岱，松了一口气，挥挥手，又指着一个方向叫："岸在那边。"池舟会意，把蕾怡的腰搂紧，说："再坚持一会儿，再坚持一会儿。"然后指着小池，对小岱说，"跟上。"话音未落，小岱嗷的一声惊叫，猛然加速，原来蝠鲨又在后面追了上来。

小岱拼尽最后的气力，跟着小池，绕过一处石壁，猛然冲刺，一跃而起，乘着惯性冲上了岸。池舟顺势往前，滑下小岱的背。转身把蕾怡接下来，扶到一块岩石处，让她坐了，拍她的背，让她咳出水，缓缓气。

安顿好蕾怡，池舟转身去找岱箫和小岱。没走多远，突然见岱箫冲过来，还没反应过来，便被他扑倒在地，滚到一边。接着，就听见轰隆一声闷响，一个庞然大物重重地砸在刚才的地方。原来一头蝠鲨跃上岸来，意图砸死"猎物"。

小岱惊叫着往远处躲。石巫冲上前去，拿砍刀攻击那蝠鲨的眼睛。蕾怡正看见刚才的一幕，被震得脑子一片空白，好一会儿才反应过来。她以为岱箫和池舟被砸死了，不顾石巫大声呵斥"闪开"，连滚带爬，上前去寻找，在石头边上找到岱箫二人，几乎是哭着说："吓死我了。"

池舟和岱箫忍痛爬起来——此时已经没有力气挺身跳起来了。两人把蕾怡送到安全的地方，拿起砍刀，返身去支援石巫。那蝠鲨抵挡不住三人的攻击，狂乱地蹦跶一阵，退回水中逃掉了。

第二十三章　五彩石

一百七十七

惊魂甫定，大家察看四周，发现身处巨大的喀斯特溶洞里。不远处是一处"天窗"通往外界，斜斜地投下一柱光束；洞中石笋、石柱林立，石帘、石幔遍布，五光十色，千姿百态；耳边传来潺潺的水声，南归的燕子霍霍扑翅声，还有蝙蝠的哧哧声。

蕾怡说："这不就是九天洞吗？早知道，就从那边的'天窗'下来了，走什么地下河，差点没死掉！"石巫冷笑道："谁叫你来的？"岱箫怕又生事端，忙说："这记忆是三百多年前的，那个时候应该还没有这个'天窗'。"又说，"谁知道是在九天洞？洞这么大，从哪个'天窗'下来？又上哪儿找五彩石？"意思是：都是靠着石巫的指引，才知道五彩石藏在这九天洞里。

缓过气来，开始寻找五彩石。岱箫左顾右盼，觉得景象又熟悉又陌生。他努力在记忆中搜寻，忽然拿手在胸前一指，说："记起来了，在一棵石笋里，有腰这么高。应该就在附近。"

大家听了，纷纷拿起巫杖，挥舞巫剑，进入四维空间，察看四周石笋的内部。然而把周遭找了个遍，都说"没有"。石巫突然想起什么，说："这个记忆是三百年前的。三百年前的石笋，应该长成石柱了。"大家一听，都说，"怎么没想到这个？"

于是大家又分头搜索。岱箫努力回忆，顺着记忆，来到一处石林，拿巫杖进入四维，察看四周。忽然发现，一根七色的石柱下部并非实心，里面嵌着掌心大小的阴影；然而光线昏暗，看不清楚。

岱箫现身出来，高声把池舟三人召集过来。说明情况，说自己的手机丢了，问他们要手机照亮。三人忙掏裤兜衣兜；只有蕾怡的手机还在。岱箫伸手要手机，蕾怡说："你只管取石头，我来照亮。"

于是岱箫闭眼，努力回忆取出五彩石的方式和注意事项。不一会儿，睁开眼睛，绕石柱转一圈，找到最合适的位置，拿起巫杖，对蕾怡说："好了。"蕾怡走到他身旁，一手拿手机，一手挥舞巫剑，说声"跳"。岱箫轻轻一跳，便被捎带进入了四维。在手机电筒的光照下，找准五彩石所在位置，拔出巫剑，引出膜界，伸出去裹住那石头，然后用手拿住取了出来。

岱箫和蕾怡现身出来。池舟和石巫忙上前，见岱箫伸着左手，掌心朝上，似乎托着什么东西。岱箫看着左手，疑惑了一会儿，拿剑朝掌上一戳。就见掌上现出一块卵石，掌心大小，表面缠护着白色、红色、黄色、蓝色和褐色的飘带，灿烂如霞，莹润如玉。原来石头裹着两层膜界，里面一层原本就有，外面一层是岱箫刚才裹上去的；岱箫戳破外面的那一层，这才让它现了出来。

一百七十八

池舟看着五彩石，若有所思。岱箫把石头递给池舟，池舟正要接过来，石巫伸手去拿，说："先给我看看。"蕾怡见了，急忙拦住，挡在中间，问石巫："你要干什么？"石巫抑制住心中的怒火，说："不过是想检查检查，确定是不是五彩石。"蕾怡说："要检查也是画巫。"

一语提醒了池舟和岱箫。池舟接过五彩石，想了想，从腰间拔出巫剑，小心翼翼刺进包围石头的膜界，开了一个比针眼还小的孔。石头顿时剧烈燃烧起来，发出耀眼的光芒，就像金属钠和钾遇空气燃烧。紧接着，又像爆竹一样砰砰爆炸，炸得池舟几乎握不住，他赶紧扔下巫剑，用手捏拿膜界，把石头再次封起来。说："的确是五彩石。"岱箫问："下一步怎么走。"池舟凝神，努力在脑子中搜索，说："按照记忆，让水兽带着去一处'天窗'，从'天窗'上去。"又指着不远处的"天窗"，说，"如今那边也开了一个，直接从那里出去……"

"啊！"突然传来蕾怡的尖叫，接着是她愤怒的质问声，"你要干什么？"池舟二人转身，就见石巫一手将蕾怡挟持在身前，一手拿砍刀抵着蕾怡的脖子。

池舟和岱箫慌道："你要干什么？"石巫用他那比池舟还标准的普通话说："事关山外的生死存亡，不能不小心。山内人贪婪、狡诈，为了飞黄腾达不择手段，毫无底线。你们怎么会相信一个山内异族人？"

岱箫："他已经是我的khub了，我相信他。"石巫冷笑道："多吃多占、落井下石、谋财害命、恩将仇报的khub还少吗？别的事也就罢了，事关山外的安危，我必须保障万无一失。"是啊，这世上，大概人心是最不可靠的东西，如果真能有"赤胆忠心咒""牢不可破咒"之类的巫法锁定人心，这个世界该是多么美好！

石巫拿手勒了一勒蕾怡的脖子，说："别以为我下不了手，为了山外，我什么都干得出来！"蕾怡被勒得咳了几下，忍不住道："一口一声山外，你哪里是为了山外，是为了虚荣，为了权力！"

石巫沉默几秒，用一种压抑而愤怒的语调呵斥："住嘴！你知道什么。"他把蕾怡勒得更紧了。不知是故意的还是因为手颤抖，他手中的砍刀在蕾怡脖子上一滑。蕾怡尖叫一声，一道鲜血从脖子上往下流。蕾怡吓得腿软，几乎瘫倒在石巫怀中。

"住手，快住手！"池舟和岱箫叫道，"依照你，要怎么样？""哈哈哈……"石巫大笑，"软弱！软弱！为了一个小丫头，就把山外的安危抛到了脑后！"又指着池舟说，"你以为别人看不出来，你和画巫结成 khub，不就是为了这个丫头？为了一个女人，动了这么多心思，完全就是色迷心窍！"又对岱箫说，"你们怎么能够相信这种人……"池舟咆哮道："你到底要怎么样？"

石巫说："把五彩石给我！"岱箫说："你不知道该怎么办。"石巫说："我拿着，盯着姓池的，他只要带路，告诉我怎么办。"池舟和岱箫彼此看：事到如今，也没有其他办法了，而且石巫应当是真的要救山外。于是说："大家一起去。你拿着石头……先放开蕾怡。"石巫说："先把石头拿过来！"池舟和岱箫对了对眼神，上前一步，把五彩石递给石巫。

一百七十九

谁知还没等石巫伸手去接，那五彩石就腾空而起，朝"天窗"方向"飞去"。石巫诧异了一秒钟，迅即反应过来：这是有人隐身抢走了石头。他扔下砍刀和蕾怡，拔腿就追，一面从腰间拔出巫剑去刺。那五彩石"躲躲闪闪"，石巫紧追不舍。池舟三人见了，也都拔剑上前围堵。

大家拿巫剑一顿乱刺。有人现身出来，身着白色长袍，高瘦精干的身材，披着长发，右眉角一道刀疤，不是别人，正是耶久。耶久一面持剑和四人对峙，一面趁隙施展法术。池舟四人知道他是要施展移形术逃走，哪里肯放？每当他舞动巫剑，就上前两步，拿剑捅破膜界。四人轮流上前，让他疲于应付。如此几个回合，四人步步紧逼，耶久一步一步后退。

耶久被逼到死角。他一手举着五彩石，一手拿巫剑对着四人，用他那奇特的口音说："不要再靠近。不然，我就引爆。"池舟说："你趁早交出来，饶你不死。"耶久朝前方一瞥，眉角的刀疤微微一动，脸上闪过一丝难以察觉的表情，扫视四人，说："交给谁？石巫，你接着，说好了的。"

蕾怡听了，转头瞪着石巫，叫道："我就知道你跟他是一伙的。"石巫冷笑道："你听他挑拨！"蕾怡说："你还狡辩！他怎么知道五彩石的事？还找到了这里？"池舟早已拿余光瞄了一遍周边，故意抢道："我就说嘛！是个阴谋，肯定有人在'后面'指使！'稳住'大家，找到石头，他好抢过去！"说完，向岱箫使眼色。岱箫会意，高声说："是！"又转头问石巫，"你还有什么好说的？耶久是不是你的 khub？他给了你什么好处？这一切都是你们的阴谋？是谁在'后面'指使？这石头到底有什么力量？能统治世界，毁灭宇宙……"一面说，一面对他偷偷使眼色。

石巫听了，觉得十分奇怪，转头望去，收到了岱箫的眼色，不动声色地瞥一眼四周，想了一想，重重地挥一下巫剑，高声说："耶久！原来卯拉一家是你害死的——当初，你们几个去魂阁，发现了石碑，你就把里面的记忆取了模，封存起来。这些天，你意识到了那些记忆的重要性，想到了用植魂术'读取'那些记忆，你把记忆植入卯拉一家，逼迫他们说出了五彩石的事情。但是，你的植魂术不过关，你害死了卯拉一家，又到这里等着我们找到石头……"耶久打断石巫："这不都是你的安排？还让我拿走一块，藏在你家里……"

蕾怡自然信不过石巫，连说："狡辩！抵赖！甩锅！"话音未落，就听见岱箫大喊"闪开"，还没反应过来，已经被一把推开。说时迟，那时快：岱箫扑向蕾怡身后；石巫拿巫剑刺向耶久；池舟一个箭步扑向前，从耶久手中夺走石头，转身就跑。

原来，池舟过于简单、莽撞，但在危急时刻，反而能排除杂念，沉着应对，眼观四路，耳听八方。他察觉出耶久的眼神和表情不对，用余光瞄见后方有影子在慢慢靠近，料定是耶久的人，知道耶久在故意挑拨，吸引大家的注意力，好让他的人偷袭。他脑子一动，将计就计，和岱箫、石巫交换眼神，拿言辞暗示，让他俩拿话语稳住耶久，吸引他的注意力，他则出其不意地扑上去夺取了五彩石。

耶久一伙要追池舟抢石头，岱箫三人自然死死咬住不放。双方打成一团：你扑倒我，我踹飞你，撞得石笋、石钟乳啪啪飞裂，惊起无数蝙蝠扑扑乱逃。

一百八十

池舟虽然心系岱箫和蕾怡，但此时身负重任，顾不了太多。他飞奔到"天窗"下面，仰头一望，正对上西下的太阳，忙把拿着巫剑的手遮在眼睛上。只见高几十米的一个洞口，一圈崖壁从洞口垂下，崖底距地面三四米。崖壁上零零落落伸出数株武陵松，石缝里星星点点冒着几丛荆棘，洞口簇簇拥拥垂着几处藤蔓。

池舟找准一处崖壁：崖底离地不高，跳一跳够得着；崖壁上凹凸的石头多，方便攀缘。他把巫剑插回腰间的巫鞘中，把五彩石咬在嘴里，后退两步，转头再望一眼岱箫和蕾怡，深吸一口气，向前冲几步，一跃而起，抓住崖壁上凸出的石头，甩动双腿，找到落脚处踏上。他手抓脚抠，上攀下蹬，左迁右回，噌噌噌上了二十来米。然后踩着一棵松树，往右一跃，抓住一条藤蔓，顺着藤蔓攀到洞口，跨腿翻身上去。一路惊飞不少燕子；衣裳多处被划破，下面一道道血印子。

洞口蔓延着草丛和灌木，扑面而来一股山野深幽的气味，夹着一缕一缕的麝香，看来这里是某只林麝的地盘。池舟从嘴中拿下五彩石，举目四望，就见群峰叠嶂，不见尽头。虽已入秋，山脚到山腰因是常绿阔叶林，仍是一片绿色，往上渐变成黄色、橙色，到山顶又变回暗绿色，中间夹杂着各种红色、褐色；无数种颜色相互掺杂、浸染，铺陈出一幅让人叹为观止的画卷。往南隐隐可见朗达山和生死门，山峰上的树木和藤蔓尽染红、橙、黄等色，如同燃烧的火焰。

下一步该怎么办？池舟闭上眼睛，努力搜寻植入的记忆。忽觉一阵晕眩，一片空白……睁开双眼，似乎大梦初醒，看看手中的五彩石，望着四周的景象，觉得既熟悉又陌生，心中有一种恍若隔世的感觉，更有一种说不出的感慨：多少年了，终于又见了天日，原来永生是这种感觉，原来重生是如此美妙，年轻真好，这就是……

想到这里，池舟忽然心中一震，脑袋一激灵，"啊"地大叫一声。不好！这记忆似乎醒了过来，要控制自己。池舟猛然抖动脑袋，压制住那记忆。思来想去：如果这记忆真是要拿五彩石去拯救山外，就把自己的身体交给它算了，但是总感觉哪里不对，总感觉什么地方有些奇怪……猛然又想：大家一直怀疑有阴谋，看来这阴谋诡计不是身边有奸细和叛徒，也不是某个藏得很深的重量级人物在暗中操纵。它就在这植入的记忆中，它要掌控我的身体，掌控五彩石，掌控一切！又想：这才是终极大反转，几百年前的人玩起来一点不落俗套——慢着，不一定是先人，是耶久和石巫最先在魂阁里发现了三块石碑和里面刻的大脑，没准是他俩篡改了那三份记忆，加入了他们的阴谋……"那么，这一趟该不该去？真能拯救山外？还是中了诡计，被那记忆掌控，反害了山外？"

池舟越想越乱，只恨 khub 岱箫不在身边，没有人商量——他行动做事最为周到缜密。想起岱箫，不由得担心起他的安危，又笑自己也沾上了他"想得太多反误事"的毛病，倒不像自己了。

想到这里，池舟把手在胸前一劈，说："真是阴谋诡计，也只能将计就计。"他坚信自己能够控制住植入的记忆，而不是让记忆控制自己，心想，"大不了和它'同归于尽'。"

一百八十一

池舟再次闭上眼睛，一面搜寻脑中植入的记忆，一面控制它的"觉醒"。他朦胧记起驾着飞伞往上飞，越往上越失重，背后似乎又生出了翅膀……他睁开眼，喃喃地说："飞伞，飞伞，怎么就没想到这个。"然而举目四望，但见莽莽群山，哪里去找飞伞？

"天无绝人之路！一定会有办法！"池舟给自己打气。手臂忽然碰到腰间的巫杖。他灵机一动，把手中的五彩石放在一旁的岩石上，拿起巫杖，拔出巫剑，引出膜界画飞伞。先画伞布，上伞布和下伞布两层，边缘和中间捏在一起，试过几次后终于成功。再画伞板的伞绳，这比较容易，一画就成。最后动手捏拿，把伞绳和伞布、伞板接合起来。

因伞布是透明的，怕看不清不好操控，又采了些花花草草附着在上面。采花草时，可巧看见一丛"山外草"；便采了一把，嚼成糊，敷在自己的伤口上。

准备妥当，恰巧来了一阵风。他忙起身四望，当机立断，拿起五彩石，咬在嘴里，趁风张起伞布，抱起伞板，逆风冲向一旁的"天窗"，跳上伞板，冲出悬崖。飞伞颠颠簸簸一阵后，摇摇晃晃往上。被风带向山腰的一片青冈树林，擦着林梢颤颤而上。惊起一对朱鹮，伸着红色的脑袋，展开镶着红边的白翅，仓皇逃走。

他驾着飞伞，御风而升，缘山脊而上，升过山巅。到了高处，往下一看，远远望见朗达山、生死门，还有集结的山外战士们。战士们发现了高空中的池舟，一开始还以为是敌人，弯弓搭箭对着。后来知道是自己人，都挥弓致意。池舟已经没了弓箭，挥动巫杖回应。

一百八十二

池舟驾飞伞往上，穿过云层，越升越高。重力越来越小，直至失重。因缺乏受力点，没法控制方向和速度，池舟孤悬在空中，上下不能，进退不得。

池舟又搜寻植入的记忆。他触景生情，依稀看见自己在挥动的翅膀。他想一想，拔出巫剑，收了飞伞，引膜界画一对翅膀。翅展十来米，根部相连，牵出两根肩带，方便"背"在背上，如同背背篓一样；两翅离根部一米来远处都设有手柄，方便用手握住扇动翅膀。翅膀本身是透明的，但因折射光线，透着金色。

画完，池舟背上翅膀，握住手柄，开始尝试操纵。他前不久参加了山外练兵，掌握了"蓑衣翅"飞行技术。有了这个基础，很快就了熟悉了膜界翅，上进下退、左右翻转，无不自如。

于是循着植入的记忆，振翅往上。飞了一阵，又停了下来，调转身姿往回，飞到低处，俯瞰山外。只见山峦起伏，铺陈着各种绿色，中间又点染、掺杂着黄、橙、红等颜色。溪流蜿蜒，石崖突兀；山峰耸立，白云缭绕。

此一去，生死未卜。池舟心生一种悲壮和豪迈，在深处涌动，激起一股一股的激越和昂扬，奔腾冲撞。又止不住想起岱箫和蕾怡等人，遏抑不住的思念和不舍，夹杂着哀伤和孤寂，犹如青烟薄雾，百转千折，牵魂绕魄。正是：

> 青云衣兮白霓裳，
> 展羽翼兮赴穹苍。
> 长太息兮别离殇，
> 心低徊兮望故乡。

一百八十三

池舟正缱绻难舍，忽然觉得脚踝被人一把拽住。扭头一看，又是耶久。原来耶久摆脱了岱箫三人，施展移形术追了上来。

两人顿时扭打起来，一会儿扭成一团，一会儿又撞开，然后一个又追上另一个，再次扭成一团。

不知过了多少回合。耶久拿巫杖画出膜界鞭，啪啪挥向池舟。那鞭子无影无形，池舟躲避不迭，不知挨了多少鞭；额头直冒鲜血，身上的衣服被撕裂得七零八碎，浑身鞭痕累累，背后的膜界翅支离破碎。

怎么破？池舟几次拿起巫杖，试着画出膜界鞭进行反击，但每次都被啪啪的鞭子打断。他害怕画鞭子不成，反丢了巫杖，不敢再试。心想："只有一个办法了。"他伺察耶久挥鞭的手势，估摸着鞭子打过来的方向，借助残破的翅膀，迅速翻身腾挪，等鞭子啪地打在胸膛上，强忍住痛，两臂一抱，抱住鞭子，一手抓住鞭子，在胳膊上绕一圈，又顺势在身上一绕。然后以迅雷不及掩耳之势，把鞭子一拉，打着转撞向耶久。

耶久见势，早把巫剑插回腰间的巫鞘，恰好池舟背对着撞上来，便趁势用右胳膊锁住池舟的咽喉，左手握住右手腕死命往后拉，誓要勒死池舟。池舟自然抓住耶久的胳膊和手腕，使劲往下、往外掰。

两人僵持一会儿。池舟急中生智，把口中的五彩石往前方轻轻一吐，那五彩石便向远方缓缓飞走。耶久见了，便松开左手去抓，被池舟抢左臂一挡，没抓着。趁此间隙，池舟拿右手在耶久的腰间摸，摸到耶久的巫杖，扯出巫剑，使劲扔向一边。耶久反应过来，想去追巫剑，又舍不得五彩石，又不肯松开池舟，又想着要去夺池舟的巫杖。耶久稍一迟疑，便让池舟趁机掰开了他锁喉的胳膊，猛然往后肘击，双脚往后一蹬，把耶久蹬飞出去。

在反作用的作用下，池舟往前飞去，正赶上前面的五彩石。他伸手抓住五彩石，依旧咬在嘴里。低头一看，上衣早已不知去向，下面的裤子也只剩下几块布，幸而腰间的巫杖还在。他拿起巫杖重又画了一对翅膀背上。把五彩石拿在手中，依照植入记忆的指引，振翅朝一方飞去。

此时已是霞落天边，月出山冈。

一百八十四

池舟振翅高飞。不觉来到一处，好像以前到过，眼熟耳详的。他停下来，凝神思索，定睛察看。就见夜色朦胧，两轮满月悬在空中，皎皎散着银辉。

"就是这里了！"池舟心中一震。脑中的记忆看见旧景，仿佛有所感触，沉吟半日，在脑中对池舟说："这五彩石，如同钥匙，能够触动无影无形的'机关'，或关闭膜界，或打开大门。你必须严格遵从我的指示，一点也不能错……"一开始，用的似乎是山外土话，后来换成山内方言，池舟仔细琢磨，才搞明白。

池舟遵从记忆的指引，展翅飞到一处。一面来回观望两边的月亮，忖度距离和方位；一面前后左右挪动，调整位置，又上下左右翻腾，调整身姿。几次三番，反复确认。

确认完毕，那记忆说必须把五彩石射向某处；又说："为确保方向和位置，你先试射几次。"于是池舟遵记忆之命，把五彩石咬在嘴里，拿巫杖做出一把弓、几支箭。做完，搭弓射出一箭。然而那剑是透明的，仅被月光染上一丝橘黄色，故而看不真切。池舟想一想，见下身的裤子还剩几块布，便撕下来戳在箭头上。如此射出几箭，直到脑中的记忆满意为止。

接下来，池舟把弓挎在肩上，拿巫杖引出一根几米长的绳子。

从嘴里取下五彩石悬在空中，拿一支箭，把箭头戳进包裹五彩石的膜界，让箭头抵住石头。然后把膜界绳的一头绕在自己身上，另一头系在包裹石头的膜界上，这是为了在射出石头后扯掉所包裹的膜界，引爆石头，从而触发无影无形的"机关"，关闭即将打开的膜界门。

一切准备就绪。池舟悬在空中，屈一腿，瞅准目标，拉满弓。正要射出，眼前不禁浮出岱箫和蕾怡的眉眼。

此时，就见他满身满脸的血污之下，目光如炬，两颊似削，鼻若悬胆，眉如泼墨，身形雄健板正，如山松挺拔，筋肉坚实鼓突，似钢铁锻造，经月光一照，又显得肌肤润泽，身形起伏，眼送柔情，眉藏缱绻。

"回去吧，回去吧。"脑子里又响起上次的声音，口音奇特，"这么年轻的生命，这么俊美的躯体，为什么要去送死。你不能死，还有更重要的事情等着你，比这个重要得多。这个只是一个陷阱，一场大梦……"

"啊呀！"池舟对自己说，"怎么又出来了？"心想：刚才还在指引我，现在反而来劝阻？于是对那声音大吼，"住嘴！我不会听你蛊惑！消失，你给我消失……"

池舟一心要压制住那声音，那声音偏不罢休，一直对他耳语："回去吧，回去吧，回到你的岱箫身边去，回到你的蕾怡身边去……"

这话正击中池舟。池舟恐怕再也压制不住，一狠心，大吼一声，把箭射了出去。他扔了弓，展臂握住翅膀，盯着五彩石。感觉绕在身上的绳子一紧，就见石头蹿到目标位置，脱出包裹的膜界，砰砰爆炸。他立即振翅，转身就逃。

刚转过身，就听背后轰隆一声巨响，动地震天。刹那间，眼前一片混沌：身体、月亮、空间……一切都在扭曲变形，似乎在拉长，又似乎在变宽，似乎被压成一个平面，又似乎被切成一层一层……时间似乎停止了，又似乎在飞速流逝……无数色彩，无数轮廓，无数的景象、意识、感触……交织、叠错、穿插……无法描述，无以言表。有如鸿蒙之初，又似万劫之后。

不知过了多久，又似乎就在同时，一切都好像在消逝，归于虚无，又好像在无限膨大，填满一切。景象若隐若现，声音若有若无……
真是"大象无形""大音希声""大方无隅""大有若无"……

一百八十五

又不知过了多久，又似乎就在同时，池舟感觉沉入一片深渊，
坠落……坠落……坠落……

忽然"咚"的一声，重重地砸在什么东西上。池舟忍住痛，睁
大眼睛看去，发现自己趴在一辆车上，车悬在半空中，前窗被撞碎，
自己的脸贴在撞碎的玻璃上，左边的额头还在冒血，血滴在碎玻璃上，
淌出一道一道痕迹。车内驾驶座上，一个年轻男子拨开弹出的安全
气囊，惊讶地看着自己。

年轻人的眉眼和神情怎么那么熟悉！仔细一看，不就是自己吗？
震惊，疑惑……让人不敢相信：这是几个月前在山内，自己开车赶
往 D 镇，过野鸭子岭，冲出山崖，悬在半空！

怎么回事！怎么回事？震惊之余，池舟飞速转动脑子，寻找解
释。他想起"刚才"的那一幕，恍然大悟：五彩石触发了无形的"机
关"，扭曲了时空，把自己抛到了几个月前的山内，恰在此时此地
砸在自己的车上。进而想到，一直以来让大家迷惑不解的"神秘人"，
原来就是自己！

想到这里，池舟又是惊讶，又觉可笑，继而万分着急：自己当
时说了什么？此时一定要说出来，否则会"耽误"大事。

于是艰难地嚅动嘴唇："生……死……门……去生死门……上
面……"

车内的自己十分疑惑，大声问："什么？你说什么？生死门，
什么生死门——你是谁？"

池舟本想说"生死门，去生死门上面关闭膜界门"，但马上意
识到，这个不是关键，关键信息是让柳志峰把石刻大脑里的记忆植
入自己、岱箫和石巫中。于是说道："让柳博士植入记忆……用膜
界植入……石刻大脑里的记忆……找到五彩石……拿石头……去生
死门上面……关闭膜界门……"

车内的自己被越搞越糊涂，只管问个不停。池舟生怕"自己"忘记，大喊："记住，一定要记住……"又不忘提醒，"小心耶……久……耶久……"

话没说完，又感觉被猛然一震，不知被抛向何时何地。

第二十四章　尾声

一百八十六

池舟醒过来，迷迷糊糊地张开双眼。发现自己躺在单人床上，上方是白色的天花板，身上盖着白色的被单，手边是灰白色的床栏。一边拉着银灰色的窗帘，几缕阳光透过缝隙投进来，在被单上跳动；另一边是另一张单人床。显然是医院病房。

一时间，池舟有些蒙眬，有些眩晕；不知道身处何时何地，不知道自己是谁，从哪里来，要到哪里去。他想动身起床，却发现浑身疼痛，行动不便。勉强用左手揭开被单，发现身着白底蓝条纹病服，右胳膊和左腿都打着绷带。他挪动身体，把枕头垫在身后，靠在床头。茫然地看着四周。

突然间，他恢复了意识，想起了发生过的许多事情：柳志峰、岱箫、西兰、蕾怡……驾车过野鸭子岭，乘船穿过膜界，进入山外……植入记忆，穿过地下河到九天洞，找到五彩石，飞向空中关闭膜界门……

门响了，有人推门进来，是个面善的老人，似乎有些眼熟。老人见池舟靠在了床头，有些意外，笑道："醒了？"池舟"啊"了一声，迫不及待地问："我怎么到了这里？"

"不记得了？"老人走到床头，把手中的东西放在床头柜上，倒一杯水递给池舟，便坐在对面的床上，正对着池舟，说："你开车过岭，遇到地震垮山，车翻下山爆炸。幸亏你爬了出来，才逃过一死。"一面从床头柜上拿起手机搜寻，递到池舟眼前，说，"你上了新闻。"

池舟放下水，接过手机翻看，原来当地网站报道，当地连遭暴雨、泥石流、垮山，不少市民和游客遇险，当地政府迅速反应，立即组织营救。所附图片中，有一辆已经烧成残骸的捷达车，看车牌尾号，正是池舟的；还有医护人员在晨曦中救治不省人事的池舟的图片。池舟见照片里几乎一丝不挂，面露羞赧之色，继而又疑惑不解。老者见了，凑过去一看，笑道："大家都说难得一见的身材呢。"

"大家？"池舟有些疑惑？老人笑道："我们之前见过。"池舟盯着老人看了一会儿，这才想起来：开车赶往D镇的路上，路遇一辆旅游大巴抛锚陷在泥沼中，他停下来，帮忙修好车，又和众人一起把车推出泥沼。这老人便是旅行团中的一员。

池舟有些意外，问："你们也出事了？"老人拿过手机，翻出一张照片，旅游大巴侧翻在路边，消防救援人员正在展开营救。老人说："司机躲山上滚下来的石头，翻了车——幸好没死人。"除老人外，还有十几个团员也受了伤，都被收治在这里。

池舟见照片被标示为"八月二十八日"，便问："今天几号。"老人答："九月二日——你已经昏迷五天了。"池舟听了，尽管已经有了些思想准备，还是有些吃惊，喃喃道："这才过了五天？"

正说着，一位女医生带着护士进来，给池舟做检查。池舟便问有没有骨折，会不会残疾，什么时候能够拆绷带，什么时候出院，医疗费用怎么办等。然而此时伤员众多，医生护士哪有那个耐心？匆匆察看一遍，略微应付几句，便走了。

池舟感到内急，便麻烦老人搀扶一把，去洗手间清空。顿时感觉饿得不行，肚子咕咕响个不停。老人听了，便去医院食堂买病号饭，给池舟吃了。

一百八十七

缓过劲来，池舟便嚷嚷着要出院，然而腿脚不便，只得暂且作罢。

他向老人借来手机，拨了几个电话，要么是空号，要么打错了号码。他又用自己的账号登录微信等 App，寻找柳志峰、"DebXot""Lief Vip"等好友，却怎么也找不到。

池舟怅然若失，说："已经过去了五天！"原来，他记起蕾怡几人说过的话，隔绝山外的膜界一关闭，山外就从这个世界上消失了，就像根本不存在一样。想到五天过去了，膜界自然已经关闭了，而"自己"、柳志峰、岱箫、西兰、蕾怡等人，已经乘船穿过膜界去了山外。

老人见池舟神情奇怪，便问"怎么了？什么事情？"池舟便把自己这"几个月"来的奇幻经历说了：如何驾车过野鸭子岭，车子冲出山崖，悬在半空……一直讲到射出五彩石触发"机关"，扭曲时空，被抛到冲出悬崖的车上，又被震飞。

老人听得津津有味。几个旅行团的伤员听说池舟大难不死，都过来慰问，碰上池舟讲"故事"，也都悄然搬来椅凳坐下，饶有兴致地听了起来。不等池舟说完，便多有感叹："真是个好故事。""多奇妙梦啊！""哪里去找'山外'。"……

老人叹道："这真是'南柯一梦'，一梦惊醒，万境归空。"有人笑道："不，不，不！这不是梦醒了，是又回到了梦里，他离梦醒还有好几十年呢。"这是取"庄周梦蝶"，"蝶梦人生"之意：谁又能保证，我们所认为的现实不是一个更大的梦境？

池舟说："不，不是梦。怎么是做梦？那么真……"众人说："有几人做梦会意识到是在做梦？都以为是真的。"

的的确确，在梦中，我们的意识同样可以真真切切地感触着，生活着，乃至走过一生一世。真实到有时从梦境中醒来，伤心惆怅不肯回到现实。在宁静的夜晚，在悠远的梦境中，抑或是走到了人生边上，那些梦中的情感和体悟，经常比真实更深切，更深邃。

有人说："你确定你是退伍后当骑手？我怎么觉得是网络写手。"有人说："估计是来 D 镇途中得知了一些当地的传说和习俗，结合各种奇幻文学和影视，昏睡五天，就想出了这个故事。"有人附和：对对对！拿五彩石去关闭膜界门，是借鉴了女娲补天；进入山外的方式，是不是从《桃花源记》得到的灵感……提到《桃花源记》，有人说现在网上有传言，它其实是个"细思极恐"的鬼故事，说："只要人还有欲望，就不可能人人平等，个个自由。那样的世界，大概也只能存在于没有欲望的死人当中。"说池舟昏睡几天，灵魂出窍，被鬼魂带走，历经了一个奇幻的异世界故事。

大家说得热闹，池舟反倒沉默起来了。理性告诉他，这世上不可能有山外这样的地方，真有这样的好地方，有钱有势的早占先去了，轮不到他。更重要的是，如果这是真的，他想起自己发过誓，绝不向山内透露任何山外的事，因而十分后悔没忍住说了出来，告诫自己再也不要多说一个字。

一百八十八

几天后，池舟出院，暂住民宿，补办身份证、手机号码等。他打算花几天时间游览当地风光，体验当地民俗民情——也不枉做了如此一场美梦。这之后，生活还得继续，依旧回到都市打工谋生。

这天晚上，池舟清理医院交给自己的随身物品。发现一根棍子，上面漆着蓝色的波纹，波纹上雕着大大小小的水兽图样。

巫杖！水兽巫杖！池舟激动万分，拿着巫杖走到镜子面前，拔出巫剑，引出膜界，画两层球罩着自己，就见自己突然从镜子中消失。他的眼前浮现出岱箫、蕾怡、西兰、柳志峰等人的面容，大家在欢歌，在醉舞。他的耳边仿佛响起音乐：

> 号角响起来，
> 芦笙吹起来。
> 我穿上百褶裙，
> 系上花带。
> 走出吊楼外，
> 踩着青苔，
> 穿过花海，
> 来到歌舞台。
> 东边是月亮，
> 月光下，

凤尾竹在摇摆。
西边是星河，
星光下，
夜来香在盛开。
有情的人儿对成对，
欢乐的人儿排成排。
为什么，只有你，
还在树下徘徊？
亲爱的人儿啊，
是什么让你忧愁，
是什么让你叹唉？
远远望着你，
我的心是多么无奈。
快，快，快，
来，来，来。
不必纠结过往，
不用期待未来。
不要伤怀，
不能等待。
一起唱起来，
一起跳起来。
青春易逝，
容颜易改，
光阴不我待。
……
人生如梦，
世事如烟，
切莫空伤哀。